MAGNUS CHASE AND THE GODS OF ASGARD

阿斯嘉末日

幽冥之船

Rick Riordan
雷克・萊爾頓 著
王心瑩 譯

名家好評推薦

藉由近年系列電影、知名電玩的推出，北歐神話的故事和神祇以雷霆萬鈞的氣勢風靡全球，逐漸拓展知名度。本書以十六歲的波士頓少年遊民馬格努斯為主角，其因血統而捲入未知的紛爭及冒險，並展開和北歐神話種族與舞台緊密結合的奇幻之旅。在層層謎團中，主角先進入英靈神殿，再穿梭於以世界之樹為核心的各個世界；他和夥伴們在旅途中共同奮戰，發揮個人潛質與過人的勇氣，不斷戰勝內心恐懼，迎擊前所未有的困難和挑戰。

當代奇幻大師雷克．萊爾頓曾巧妙運用希臘、埃及、羅馬神話融入各個小說系列作之中，【阿斯嘉末日】則置入北歐神話體系為主軸的英雄史詩敘事，角色性格栩栩如生，場景描繪細膩，畫面壯闊生動，情節高潮迭起且毫無冷場，非常引人入勝。

——暨南大學推理同好會指導老師　**余小芳**

當我拿到書，我便無法停下閱讀的慾望，這個故事太具有吸引力，也具有高度的文學性，讓我隨著故事跌宕起伏，仍在作者鋪陳的文字裡迴盪。作者將青少年冒險小說，融入北歐神話故事，將奇幻小說史詩般的呈現，不僅是讀者之福，也是教育者引頸企盼的讀本，因為孩子在閱讀故事同時，也親近了北歐的神話，亦從紙上獲致探索的勇氣，解放了心靈裡的美感經驗。

——作家、親子教育專家 **李崇建**

新世代奇幻小說家雷克·萊爾頓，繼風靡全球的【波西傑克森】系列，以及他運用希臘天神、古埃及神靈、羅馬神話等背景所創造出來的精彩冒險故事之後，這一次又再度引領著我們進入另一個古老的傳奇——北歐神話。

故事主角馬格努斯，是浪跡美國波士頓街頭的十六歲落魄孤兒。他要如何面對突如其來的命運大轉折，又應該如何接受北歐諸神降臨人世間的各種挑戰？在萊爾頓精彩的敘事筆下，充滿了精彩打鬥、人性試煉、抉擇挑戰、趣味幽默，在一古一今、時空背景交相錯置之下，帶著我們一起和馬格努斯進入這個全新的驚險未知冒險旅程。

——親子作家 **陳之華**

獨特好奇的故事開端，引人入勝的身世之謎，從現實社會牽引至前往未見的諸神世界。看著一字一句的生動詞彙，腦中自動地勾勒出無限遼闊的異想世界。

高潮迭起、精彩刺激的冒險，也代表著青春少年在成長過程中，對於自我價值與認同的找尋。隨著主人翁馬格努斯因自身背景的信心缺乏，經由重重關卡的磨練與考驗，發現只有相信自己，才會有不平凡的經歷與無限的可能。

一同翻閱【阿斯嘉末日】，有著現代與神話的相互激盪，搭配電影中耳熟能詳的北歐神話，在奇幻小說大師雷克·萊爾頓的炫妙文字吸引下，展開一場與北歐諸神的夢幻想像吧！

——親職教育講師 **澤爸（魏瑋志）**

獻給菲力普·荷西·法瑪爾（Philip José Farmer），
他的【冥河世界】（*Riverworld*）系列小說啟發我對歷史的愛好。

阿斯嘉末日

幽冥之船

目錄

九個世界

阿斯嘉：阿薩神族的居所與神域
華納海姆：華納神族的居所與神域
亞爾夫海姆：精靈之國
米德加爾特：人類世界
約頓海姆：巨人之國
尼德威阿爾：侏儒之鄉
尼福爾海姆：冰、霜與霧的國度
穆斯貝爾海姆：火焰之國
赫爾海姆：由死亡之神赫爾掌管的冥界

1 波西・傑克森竭盡全力要殺我

「再試一次，」波西對我說：「這一次不要死得那麼慘。」

站在「憲法號護衛艦」❶的桁桿末端，低頭俯瞰下方六十公尺處的波士頓港，我眞希望自己擁有紅頭美洲鷲的自然防禦能力，那就可以對波西・傑克森來個噴射性嘔吐，要他走開。

區區一小時前，他也叫我嘗試這樣跳，結果我全身每一根骨頭都摔斷了。我的朋友亞利思・菲耶羅趕緊把我送回瓦爾哈拉❷旅館，及時讓我死在自己的床上。

說來不幸，我是個英靈戰士❸，奧丁❹手下的永生不死戰士。只要在瓦爾哈拉的範圍內斷氣，我就不會永遠死掉。三十分鐘後，我像全新的人一樣悠悠醒來。如今我又出現在這裡，準備領受更多的痛苦。萬歲！

「眞的有必要這樣嗎？」我問。

❶ 憲法號護衛艦（USS Constitution）於一七九四年開始建造，是美國海軍創立時最早建造的船艦之一，曾立下許多戰功，卻沒有太大損壞，贏得「老鐵殼」（Old Ironsides）的稱號。目前停泊於波士頓港展示。

❷ 瓦爾哈拉（Valhalla）是服侍奧丁的戰士們的天堂。參《阿斯嘉末日1：夏日之劍》六十七頁註⓱。

❸ 英靈戰士（einherjar）是英勇死去的偉大人類英雄，組成奧丁麾下的永恆軍隊。他們在瓦爾哈拉接受訓練，以便迎接諸神的黃昏。

❹ 奧丁（Odin）是眾神之父。他是掌管戰爭和死亡的天神，同時也掌管詩歌與智慧。

波西倚著船上的索具，風勢吹得他的黑髮微微飄動。

他看起來像普通人，身穿橘色T恤、牛仔褲、髒兮兮的銳跑白色皮面運動鞋。你如果在街上看到他，心裡絕對不會這樣想：「哇，你瞧，那是海神波塞頓的半神半人兒子！讚美奧林帕斯眾神！」他沒有鰓，手指之間也沒有皮膜，不過眼睛倒是海綠色……我想，我現在的臉色大概就是同一種色調吧。唯一不尋常的地方只有傑克森前臂內側的刺青……那是一個三叉戟的圖案，顏色像燒焦的木頭一樣深，底下有一條線，以及「SPQR」的字樣。

他對我說過，那些字母是「*Sono Pazzi Quelli Romani*」的縮寫，意思是「那些羅馬人都是瘋子」。我不確定他是不是在開玩笑。

「馬格努斯，你聽好，」他對我說：「你要航行穿越敵人的領域。有一大堆海怪和海神，以及誰知道還有什麼別的，這些全都會企圖殺掉你，對吧？」

「對啊，我想也是。」

我真正的意思是：「拜託別提醒我。拜託別管我。」

「到了某個節骨眼，」波西說：「你會被拋出船外，也許從這樣的高度拋出去。面臨這種衝擊，你需要知道怎麼活下去，以免淹死，而且一回到水面就要立刻發揮戰鬥力。那真的很困難，特別是在冰冷的水裡。」

我知道他說得對。根據表姊安娜貝斯對我描述的情節，波西曾經歷的冒險比我的危險多了（而且我住在瓦爾哈拉，每天都至少死一次喔）。就算我非常感激他大老遠從紐約跑來，熱心提供英雄式的水中存活技巧，但像這樣不斷失敗還是讓人覺得很煩啊。

像是昨天，大白鯊張口咬我，巨烏賊緊緊纏住我，還有一千隻抓狂的海月水母猛螫我。

爲了慫氣，我不知喝了幾公升的海水，最後得知我的肉搏戰技巧在水下十公尺並沒有比乾燥陸地上好到哪裡去。

今天早上，波西陪我繞行這艘「老鐵殼」一圈，努力教我航海和導航方面的基礎知識，但我仍無法區分「後桅」和「艉艛甲板」。

而現在呢，我連從桁桿跳下去都辦不到。

我低頭看，安娜貝斯和亞利思．菲耶羅站在碼頭上看著我們。

「馬格努斯，你辦得到！」安娜貝斯鼓勵我。

亞利思．菲耶羅對我豎起兩隻大拇指。至少我認爲是那個動作，從這麼遠的地方實在很難確定。

波西深吸一口氣。到目前爲止，他對我很有耐心，不過我也感覺得到，這個週末累積的壓力開始在他身上顯現出來了。每次看著我，他的左眼都會抽搐一下。

「老兄，這很酷喔，」他保證說：「我再示範一次，好嗎？剛開始做出跳傘選手的姿勢，像大鵬展翅一樣減慢你的下降速度。接著，快撞上水面的時候，你要像箭一樣挺直身子……抬起頭，腳踝往下壓，背挺直，屁股夾緊。最後這部分眞的很重要。」

「跳傘選手，」我說：「大鵬，箭，屁股。」

「對，」波西說：「看我示範。」

他從桁桿末端跳出去，以完美的大鵬展翅之姿墜向港口；到了最後一刻，他挺直身子，腳踝下壓，撞擊水面後消失不見，幾乎沒產生什麼漣漪。一會兒之後，他浮出水面，舉起兩隻手掌，意思像是：「看見沒？沒什麼大不了嘛！」

安娜貝斯和亞利思拍拍手。

「好了，馬格努斯！」亞利思抬頭對我大喊：「換你了！當個眞男人！」

我認爲這句話的意思是搞笑。大多數時候，亞利思的性別認同是女性，但他今天肯定是男性。有時候我搞錯了，用錯誤的代名詞叫他/她，於是亞利思會用冷酷無情的方式回敬取笑我。朋友就是這樣嘛。

安娜貝斯大喊：「表弟，你辦得到！」

在我下方，深色的水面閃閃發亮，很像才剛刷乾淨的格子鬆餅烤模，準備把我壓扁扁。

「好。」我喃喃自語。

我跳下去。

前半秒鐘，我覺得很有自信。狂風呼嘯吹過耳邊。我伸展雙臂，努力忍住不要尖叫。

「好吧，」我心想：「我辦得到。」

就在這時，我的劍傑克不知打哪兒飛出來開口閒聊。

「嗨，先生！」他那雙刃劍身上的盧恩文字閃爍發光。「你在幹嘛？」

我胡亂踢蹬，努力想轉成垂直角度衝向水面。「傑克，不要現在聊！」

「喔，我懂了！你正在墜落！你知道嗎？有一次我和弗雷正在墜落……」

他還來不及繼續講述精彩故事，我就嘩的一聲撞進水裡。

正如波西的警告，冰冷讓我全身麻痺。我往下沉，短暫癱瘓，肺裡的空氣全部擠出去。我的腳踝陣陣刺痛，彷彿撞上磚造的彈簧床而彈開。但至少我沒死。

我檢視自己的主要傷勢。如果你是英靈戰士，你會很擅長留意自身的疼痛。你會在瓦爾哈拉的戰場上蹣跚跌撞、受著重傷、喘著最後一口氣，同時冷靜心想：「喔，原來這就是肋骨壓碎的感覺啊。有意思！」

而這一次，我的左腳腳踝肯定撞斷了，右腳踝只是扭傷而已。要治好這種傷勢很簡單。我召喚弗雷的力量。

一股暖意宛如夏天的陽光從我的胸口瀰漫到四肢，疼痛消退了。我治療自己的效果沒有像治療別人那麼好，但仍覺得腳踝漸漸癒合，彷彿有一群友善的黃蜂在我體內到處爬行，將骨折的地方塗抹撫平，把受傷的肌腱修補痊癒。

「啊，好多了。」我心裡想著，同時漂浮穿越冰冷的黑暗。「好了，我該做點別的事……喔，對了，應該呼吸一下。」

傑克的劍柄輕推我的手，簡直像隻小狗在渴望我的注意。我的手指握住他的皮革握把，於是他拉我向上，從港灣裡激射出去，宛如由火箭驅動的湖中女妖❺。我降落在朋友們旁邊，在「老鐵殼」的甲板上又喘氣又發抖。

「哇。」波西向後退。「跟我傳授的不太一樣啊。馬格努斯，你好嗎？」

「很好。」我拚命咳嗽，聽起來像是感染肺炎的鴨子。

波西盯著我手上的武器，劍身的盧恩文字發出亮光。「那把劍是從哪裡冒出來的？」

「嗨，我是傑克！」傑克說。

安娜貝斯拚命忍住尖叫的衝動。「這東西會說話？」

❺ 湖中女妖（Lady of the Lake）是英格蘭和威爾斯神話裡的水中妖精。

「東西？」傑克質問著。「嘿，女士，說話尊重點。我是桑馬布蘭德！夏日之劍！弗雷的武器！我浪跡天涯好幾千年了！還有，我是男生！」

安娜貝斯皺起眉頭。「馬格努斯，你對我提起你的魔法劍時，也許忘了提到這東西……嗯……『這位先生』會說話？」

「我沒提過嗎？」坦白說，我根本忘了。

過去幾週以來，傑克一直自己跑出去，反正感性的魔法劍在閒暇的時候就是這樣。我和波西練習格鬥時，用的是瓦爾哈拉旅館配發的標準用劍。我從沒想過傑克會突然飛出來自我介紹。更何況，傑克會說話應該是他最不詭異的一件事；他光憑記憶就能唱出《澤西男孩》整張音樂劇原聲帶的每一首歌，那才叫詭異吧。

亞利思．菲耶羅一副努力憋笑的樣子。他今天像平常一樣穿得一身粉紅和綠色，但我從沒見過這身特殊裝扮：綁帶皮靴、超緊身玫瑰色牛仔褲、檸黃色正式襯衫，再搭配方格圖案的窄領帶，領帶像項鍊一樣鬆鬆地繫在脖子上。他戴著粗框的雷朋墨鏡，頂著綠色捲髮，看起來很像一九七九年前後的新浪潮唱片封面人物。

「馬格努斯，要有禮貌，」他說：「把你的朋友介紹給你的劍認識吧。」

「呃，對喔，」我說：「傑克，這兩位是波西和安娜貝斯。他們是半神半人……是希臘那一掛的。」

「唔。」這似乎沒有讓傑克另眼相看。「我有一次遇到希臘英雄海克力士。」

「誰沒遇過啊？」安娜貝斯嘀咕說。

「說得好，」傑克說：「不過我想，如果你們是馬格努斯的朋友……」他突然一動也不動，盧恩文字變暗了，接著從我手中跳出去，飛向安娜貝斯，劍刃扭來扭去，彷彿在嗅聞著空氣。「她在哪裡？你把寶貝藏在哪裡？」

安娜貝斯往後退向欄杆。「哇，喂，劍兄，留點個人空間吧！」

「傑克，規矩一點，」亞利思說：「你在幹嘛？」

「她在這附近。」傑克很堅持地說。他飛向波西。「啊哈！海男孩，你的口袋裡有什麼？」

「你說什麼？」波西看著魔法劍在他的腰際來回盤旋，似乎有點緊張。

亞利思拿下他的雷朋墨鏡。「好吧，這下子連我也很好奇。波西，你的口袋裡有什麼？包打聽劍想要知道。」

波西從牛仔褲口袋拿出一支原子筆，看起來很普通。「你是指這個？」

「哇！」傑克說：「什麼樣的美女變身成這樣？」

「傑克，」我說：「那是一支筆。」

「不，那不是筆！秀給我看！秀給我看啦！」

「呃……好吧。」波西取下筆蓋。

它立刻變形成一把劍，大約九十公分長，發亮的青銅構成葉形的劍刃。與傑克比起來，那件武器看起來很細緻，幾乎可說是嬌小，但是從波西持劍的樣子看來，我完全相信他能以那把劍挺立在瓦爾哈拉的戰場上攻無不克。

傑克的劍尖指著我，劍身的盧恩文字閃爍著紅紫色。「馬格努斯，看見沒？我早就對你說過，隨身攜帶一把偽裝成筆的劍，一點都不蠢啊！」

「傑克，我才沒說過那種話！」我抗議說：「那是你說的。」

波西挑挑眉毛。「你們兩個在說什麼啊？」

「沒什麼，」我匆匆說道：「所以，我猜這把就是有名的波濤劍囉？安娜貝斯跟我提過這傢伙。」

「要說這美女。」傑克糾正我。

安娜貝斯皺起眉頭。「波西的劍是女的？」

傑克笑起來。「嗯，不然呢？」

波西仔細端詳波濤劍，不過我大可用自身經驗告訴他，光看外表，我們幾乎不可能得知一把劍的性別。

「我不知道，」他說：「你眞的確定……？」

「波西，」亞利思說：「請尊重性別。」

「好啦，很好，」他說：「只是覺得有點怪，我竟然從來不知道。」

「但另一方面，」安娜貝斯說：「你也是到去年才知道那支筆眞的能寫字。」

「聰明女孩，沒必要這樣吧。」

「總之！」傑克插嘴說：「重點是波濤劍在這裡，她好漂亮，而且她和我相遇了！也許我們兩個可以……你知道……有點私下的時間稍微聊聊……呃，與劍有關的事？」

亞利思嘻嘻笑。「這點子聽起來很不錯。我們何不讓這兩把劍彼此熟悉一下，而其他人去吃午餐？馬格努斯，你吃炸豆泥球不會噎到吧？」

2 炸豆泥球三明治的配菜是諸神的黃昏

我們在船尾甲板上吃午餐。（瞧，我會用航海名詞了喔。）歷經一個早上的辛苦失敗後，我覺得自己很有資格吃這些炸鷹嘴豆餡餅、口袋麵包、優格、冰涼的小黃瓜片，再搭配特辣的土耳其烤羊肉。安娜貝斯一手張羅我們的午間野餐。她太了解我了。

我的衣服在陽光下很快就乾了，溫暖的微風吹拂在臉上，感覺很舒服。帆船駛過港口，飛機劃過藍天，從波士頓的羅根機場飛向紐約或加州或歐洲。整個波士頓市似乎充滿了急切的能量，很像下午兩點五十九分的教室，每個人都等著下課鈴聲響起，準備衝出去歡度夏天，享受美好的天氣。至於我呢，我只想賴在原地不動。

波濤劍和傑克倚著附近的一綑繩索，劍柄靠在舷緣的欄杆上。波濤劍表現得像是沒有生命的普通物品，但傑克不斷慢慢靠近，對她吱吱喳喳講個不停，劍刃散發出類似波濤劍的深沉青銅光芒。幸好傑克很習慣維持自說自話的狀態。他講笑話。他撩妹。他像個狂熱的粉絲，還不斷提起自己認識的名人。「你知道嗎？我和索爾❻和奧丁有一次在一間酒吧……」

假使波濤劍因此而另眼相看，她也沒有表現出來。

❻ 索爾（Thor）是北歐神話中掌管雷電的天神，是眾神之父奧丁的兒子。參《阿斯嘉末日1：夏日之劍》三十五頁註❺。

波西把他的炸豆泥球捲成一團。這位老兄不只善於水中呼吸，也很善於大口吞下食物。

「所以，」他說：「你們什麼時候要啓航？」

亞利思對我挑挑眉，像是要說：「對喔，馬格努斯，我們什麼時候啓航？」

過去兩星期以來，我一直努力避免與菲耶羅談起這個話題，但運氣不會一直那麼好。

「快了，」我說：「我們不確定該去哪裡，也不知道要花多久的時間才能到達……」

「我人生的寫照啊。」波西說。

「……不過呢，我們必須先找到洛基❼那艘噁心的死人船，阻止它在夏至前後航行出去。它停泊在尼福爾海姆❽和約頓海姆❾的邊界之間某處，我們估計要花兩星期才能航行到那麼遠的地方。」

「那就表示，」亞利思說：「我們其實應該要出發了。無論有沒有準備好，我們一定要在這個週末就啓航。」

我看到自己憂慮的面容映照在他的暗色鏡片上。我們兩人都知道，距離準備好航向尼福爾海姆，現在的狀況還差得遠。

安娜貝斯盤腿坐好。她的金色長髮在腦後綁成馬尾，深藍色T恤裝飾著黃色字體，寫著「環境設計學院，加州大學柏克萊分校」。

「英雄從來沒有『準備好』這回事，對吧？」她說：「反正盡全力就對了。」

波西點點頭。「對呀。通常都行得通。我們到現在還沒死。」

「雖然你一直在嘗試。」安娜貝斯用手肘頂他。波西伸手環抱她，她安心地窩在波西身邊。他親吻安娜貝斯頭頂的金髮馬尾。

看他們這樣表露情感，讓我的心微微抽痛起來。

我很高興看到自己的表姊如此開心，但這也提醒我，如果阻止洛基以失敗收場，將會付出多大的代價。

我和亞利思已經死了，我們永遠不會變老，我們會一直住在瓦爾哈拉，直到世界末日來臨為止（除非那天還沒到，我們就先在旅館外面死掉）。在我們心目中，最棒的生活是為了迎接諸神的黃昏⑩而加緊訓練，讓那場不可避免的戰鬥往後拖延，盡可能拖延愈多個世紀愈好；然後，總有一天，我們會跟著奧丁的軍隊大步走出瓦爾哈拉，光榮戰死，親眼見證九個世界在我們周圍灰飛煙滅。眞好玩。

然而，安娜貝斯和波西有機會過正常的生活。他們已經安然度過高中階段，安娜貝斯對我說，那是希臘的半神半人最危險的一段時期。到了秋天，他們會出發去美國西岸念大學。如果順利挺過那段時期，他們就很有機會活到成年。他們可以在凡人世界好好生活，再也不會每隔五分鐘就有怪物來襲。

除非我和我的朋友無法阻止洛基；果眞如此，這個世界（全部九個世界）就會在幾個星

⑦ 洛基（Loki）是北歐神話中掌管魔法和詭計的天神。參《阿斯嘉末日1：夏日之劍》三十五頁註⑥。
⑧ 尼福爾海姆（Niflheim）是北歐神話的九個世界之一，意思是「冰、霜與霧之國度」。
⑨ 約頓海姆（Jotunheim）是北歐神話的九個世界之一，意思是「巨人之國」。
⑩ 諸神的黃昏（Ragnarok）是北歐神話中的末日或審判日，最英勇的英靈戰士會加入奧丁的行列，挺身對抗洛基和巨人族，展開世界的最後戰役。

期內走到盡頭。可是，你也知道……不要給自己壓力。

我放下手中的口袋麵包三明治。就連炸豆泥球也只能讓我振作一下子而已。

「你們兩個呢？」我問。「今天要直接回紐約嗎？」

「是啊，」波西說：「我今天晚上要當保母。我好興奮！」

「對喔，」我想起來了，「你剛出生的妹妹。」

我心想，又有一條重要的生命懸於一線。

不過我努力擠出微笑。「老兄，恭喜啊。她叫什麼名字？」

「艾絲黛兒。那是我祖母的名字。呃，顯然是我母親的媽媽，不是波塞頓那邊的。」

「好名字，」亞利思說：「老派又優雅。艾絲黛兒．傑克森。」

「嗯，艾絲黛兒．布魯菲斯，」波西更正說：「我的繼父是保羅．布魯菲斯。關於姓氏我沒什麼貢獻，不過我的小妹妹超棒。五根手指，五根腳趾，兩個眼睛。她流很多口水。」

「就像她哥哥一樣。」安娜貝斯說。

亞利思笑了起來。

我完全能想像波西把小嬰兒艾絲黛兒抱在懷裡，嘴裡唱著動畫電影《小美人魚》的主題曲〈在海底〉。我覺得更悲慘了。

我好像必須幫小艾絲黛兒爭取到幾十年的時間，她才能擁有眞正的人生。我必須找到洛基那艘滿載著殭屍戰士的邪惡之船，阻止它航向戰場，啓動諸神的黃昏；然後我必須重新逮住洛基，把他丟回去用鎖鍊綑好，免得他又引發更多亂燒世界的惡作劇。（或至少不會引發「那麼多」亂燒世界的惡作劇。）

「喂。」亞利思拿一塊口袋麵包扔向我。「別再一臉悶悶不樂的樣子啦。」

「抱歉。」我努力看起來高興一點。這可不像純粹用意志力治好腳踝那麼簡單。「等我們完成任務回來，我很期待有一天能見到艾絲黛兒。我也很感激你們北上到波士頓來。真的。」

波西回頭瞥了傑克一眼，他仍繼續與波濤劍閒聊。「抱歉，我沒辦法幫更多忙。大海實在是……」他聳聳肩，「有點難預測。」

亞利思伸展雙腿。「至少馬格努斯第二次摔得好多了。如果計畫失敗，我永遠都可以變成海豚，救出這個小可憐。」

波西的嘴角抽動一下。「你可以變成海豚？」

「我是洛基的孩子。想見識一下嗎？」

「不，我相信你。」波西凝視著遠方。「我有個朋友叫法蘭克，他是變身人。他可以變成海豚，巨大的金魚也行。」

我抖了一下，想像亞利思．菲耶羅變成一隻粉紅和綠色相間的巨大錦鯉。「嗯，我們會想辦法。我們有很棒的團隊。」

「那很重要。」波西表示同意。「可能比你擁有海中技巧更重要……」他挺直身子，皺起眉頭。

原本靠在他身上的安娜貝斯也坐直起來。「喔不。我認得這種眼神。你想到餿主意了。」

「我爸曾對我說……」波西起身走向他的劍，打斷傑克講到一半的精彩故事，他當時正說到自己穿梭於巨大的保齡球袋內外努力刺繡。波西拿起波濤劍，仔細端詳她的劍刃。

「嘿，老兄，」傑克抱怨說：「我們才剛開始相處融洽耶。」

「傑克，抱歉啦。」波西從口袋拿出筆蓋，碰觸波濤劍的劍尖。隨著微弱的「咻」一聲，波濤劍縮回成原子筆的模樣。「我和波塞頓有一次聊起武器。他告訴我，所有的海神都有一個共通點：他們一談起自己的魔法物品就很愛炫耀，占有慾也很強。」

安娜貝斯翻翻白眼。「聽起來我們遇過的『每一個』天神都這樣啊。」

「沒錯，」波西說：「不過海神更嚴重。崔萊頓[11]抱著他的海螺殼號角一起睡，伽拉忒亞[12]大部分的時間都在擦亮她的魔法海馬鞍，還有我爸，他對於擔心弄丟自己的三叉戟這點，反應超級歇斯底里。」

我想起自己唯一遇過的北歐海洋女神。過程並不順利。瀾恩[13]曾誇下海口，如果我膽敢再度駕船進入她的水域，她必定毀了我。不過她確實很寶貝自己的魔法網子，以及在網子裡激烈旋轉的垃圾收藏品。因爲有那些收藏，我才能哄騙她交出我的劍。

「你是要說，我得利用他們自己的物品，反過來對付他們。」我猜測說。

「對，」波西堅定地說：「而且，你說你有很好的團隊……雖然我身爲海神之子，有時候卻救不了自己，甚至在水底也一樣。有一次，風暴女神把我和朋友傑生拖到地中海的海底，她叫庫墨珀勒亞嗎？我什麼辦法都沒有，結果是傑生救了我，他提議要幫庫墨製作女神交換卡和公仔。[14]」

亞利思差點把嘴裡的炸豆泥球噴出來。「什麼？」

「重點是，」波西繼續說：「傑生對海洋一無所知，但他救了我。那還滿糗的。」

安娜貝斯笑得詭異。「我想也是。我從來沒聽過那件事的細節。」

波西的耳朵變成亞利思的牛仔褲那種粉紅色。「總之，說不定我們思考這一切的角度全都錯了。我一直想教你海中技巧，但最重要的其實是運用你手中的資源——你的團隊，你的機智，還有敵人自己的魔法物品。」

「根本沒辦法事先計畫。」我說。

「完全正確！」波西說：「我來這裡的任務完成了！」

安娜貝斯皺起眉頭。「波西，你的意思是說，最好的計畫就是沒計畫。身爲雅典娜的孩子，我實在沒辦法贊同。」

「對呀，」亞利思說：「而且，就我個人來說，我還是很喜歡自己的計畫，變成一隻海洋哺乳動物。」

波西舉起雙手。「我要說的是，我們這一代力量最強大的半神半人就坐在這裡，而這人不是我。」他朝安娜貝斯點點頭。「這個聰明女孩不能變身、不能在水底呼吸，也不能與飛馬交談。她不會飛，也沒有超級強壯。不過她超級聰明，而且很擅長即興發揮。這一點讓她厲害得要命，無論她在陸地上、水裡、空中或塔耳塔洛斯都一樣。馬格努斯，你整個週末都跟著我訓練，但我認爲你應該要跟著安娜貝斯訓練才對。」

從安娜貝斯那雙宛如風暴雨的灰眼睛，你很難看出眞正的想法。最後她說：「好吧，你

⓫ 崔萊頓（Triton），希臘神話中的海王子，相貌為半人半魚，是希臘海神波塞頓和安菲屈蒂所生的兒子，也是海神王位繼承人。
⓬ 伽拉忒亞（Galatea）是希臘神話的海中女神之一。
⓭ 瀾恩（Ran）是北歐神話中的海之女神，遠古海神埃吉爾（Aegir）的妻子。
⓮ 這段故事參見《混血營英雄5：英雄之血》二五四頁。

的嘴好甜。」她親吻波西的臉頰。

亞利思點頭。「不賴喔，海藻腦袋。」

「別連你也開始叫那個綽號！」波西嘀咕說。

碼頭那邊傳來低沉的隆隆聲，倉庫門轆轆打開。聲音在建築物的側邊反覆迴盪。

「那暗示我們該離開了，」我說：「這艘船剛從乾船塢送回來。今天晚上有盛大的儀式，要對大眾重新開放。」

「對呀，」亞利思說：「等到全部組員都登船，變裝術就沒辦法隱藏我們的存在。」

波西挑起一邊眉毛。「變裝術？你是指像你那身衣服？」

亞利思哼了一聲。「才不是呢。變裝術是一種產生幻覺的魔法，它的力量能夠遮蔽普通凡人的視覺。」

「嗯，」波西說：「我們叫它『迷霧』。」

安娜貝斯用手指關節敲敲波西的頭。「不管叫什麼名稱，我們最好快一點，趕快幫我整理乾淨。」

我們到達上下船的梯板底部時，第一批水手剛好抵達。傑克在我們前方飄浮前進著，不但散發五彩光芒，還用可怕的男聲假音大唱〈走路像男子漢〉⓯。亞利思從獵豹變形成狼，再變成紅鶴。（他眞是很漂亮的大紅鶴。）

那些水手以空洞的眼神看著我們，而且保持距離，但沒有人提出質疑。

等我們全部離開甲板，傑克恢復成盧恩石墜子掉進我手裡，我把他掛回頸間的鍊子上。他不太會像這樣突然住嘴，我猜他有點生氣，因爲他與波濤劍的約會硬生生被打斷了。

我們沿著憲法路走，波西轉向我。「剛才那是怎樣……一直變形，還有唱歌的劍？你們那麼想被抓嗎？」

「沒啦，」我說：「如果你炫耀各種奇怪的魔法物品，凡人會覺得更困惑。」能夠教波西一點事，我覺得很得意。「有點像是讓凡人的腦袋秀逗短路，讓他們避開你。」

「哈。」安娜貝斯搖搖頭。「鬼鬼祟祟了那麼多年，到頭來我們根本可以做自己？」

「你們應該要一直這樣啊。」亞利思變回人形走在我們旁邊，不過依然有幾根紅鶴羽毛插在頭髮上。「而且，我的朋友，你們得炫耀自己的怪異。」

「我會特別標記你說的這句話。」波西說。

「最好是。」

我們走到街角停下來，波西的豐田普銳斯汽車停在一台收費機旁邊。我和他握握手，然後得到安娜貝斯的熱烈擁抱。

表姊緊抓著我的肩膀，仔細端詳我的臉，一雙灰眼睛緊繃且充滿擔憂。「馬格努斯，好好照顧自己。你一定會安全回來。這是命令。」

「是的，夫人，」我保證說：「我們雀斯家的人一定要團結在一起。」

「說到這件事……」她壓低聲音，「你去過那裡沒？」

我覺得自己好像又變成自由落體，以燕式跳水的姿勢投向痛苦的死亡。

「還沒，」我坦承說：「今天去。我保證。」

⓯〈走路像男子漢〉（Walk Like a Man）是美國「四季合唱團」（The Four Seasons）一九六三年的作品。

我看著波西和安娜貝斯的最後一眼，他們的普銳斯汽車在第一大道的路口轉彎；波西跟著電台播放的「齊柏林飛船」歌曲哼哼唱唱，安娜貝斯則嘲笑他的聲音很難聽。

亞利思交叉雙臂。「假如那兩個人一起再可愛一點，他們的可愛會引發核子大爆炸，摧毀整個美國東岸。」

「你那樣講是恭維的意思嗎？」我問。

「可能跟你聽到的意思差不多吧。」他看著我。「你答應安娜貝斯會去哪裡？」

我覺得嘴裡的苦澀味像是在嚼鋁箔紙那樣。「我舅舅的房子。我得去做一件事。」

「喔喔喔。」亞利思點頭。「我討厭那地方。」

我逃避這項任務已經有好幾個星期。我不想單獨一個人去，也不想拜託其他每一位朋友……莎米拉、希爾斯東、貝利茲恩，或者瓦爾哈拉旅館十九樓的其他夥伴。那件事感覺太私人、太痛苦了。不過亞利思跟我一起去過雀斯家的大宅，想到有他的陪伴，我不會覺得很困擾。事實上，我很想找他一起去，發現這點令我大吃一驚。

「呃……」我清清喉嚨，吞下嘴裡殘餘的炸豆泥球和海水。「你想不想跟我一起去那間令人發毛的大屋子，尋找死人遺留的東西？」

亞利思眉開眼笑。「我還以爲你不會開口問呢。」

3 我繼承一匹死狼和一些內衣

「這才剛發生不久。」亞利思說。

富麗堂皇的大門遭到外力打開，門上的鎖頭掉出來。在玄關裡，一匹狼的屍體伸展四肢，癱開在東方地毯上。

我嚇得發抖。

你在九個世界裡揮舞戰斧，好像無論如何一定會砍中某種野狼，像是芬里爾巨狼[16]、奧丁的狼群、洛基的狼群、狼人、壞壞大野狼，還有獨立接案的商業小狼群，牠們收取適當的費用去殺死任何人。

躺在蘭道夫舅舅家玄關的死狼，看起來很像兩年前攻擊我媽的那種野獸，就在她死去的那一晚。

牠的幾綹毛髮帶有藍色冷光，黏附在蓬亂的黑色毛皮上，嘴巴扭曲成永久的咆哮形狀。此外，牠頭頂的皮膚烙印著維京人的盧恩文字，不過周圍毛皮燒灼得太厲害，無法辨認那是什麼符號。我的朋友希爾斯東也許認得出來。

[16] 芬里爾（Fenrir）是北歐神話中的恐怖巨狼，在末日前由眾神囚禁，但在北歐神話中的最終宿命是會吞噬掉奧丁。

狼的體型和小馬差不多。亞利思繞行那具屍體，伸腳踢牠的肋骨。那動物很敬業地維持那副死樣子。

「牠的身體還沒開始分解。」他指出。「你殺死怪物後，牠們通常很快就瓦解。現在還可以聞到牠身上毛皮燃燒的氣味，一定剛發生不久。」

「你覺得那個盧恩文字是某種陷阱嗎？」

亞利思嘻嘻笑著。「我認爲你舅舅對魔法略知一二。狼踩上地毯，觸發那個盧恩文字，然後『轟』！」

回想起以前無家可歸的時候，我曾經趁蘭道夫舅舅不在家時闖進來偷食物、洗劫書房，或者只是搗亂一番。我從來不曾被「轟」到。

我一直都認爲蘭道夫舅舅很疏忽居家保全，現在則覺得有點噁心，心想我說不定有可能死在門口腳墊上，額頭還烙上大大的盧恩文字。

難道這就是蘭道夫的遺囑特別針對我和安娜貝斯的原因，要我們來這棟房子拿財產，於是碰上陷阱？蘭道夫眞的有意進行死後的復仇？

「你認爲房子的其他部分可以安全搜索嗎？」我問。

「才不呢，」亞利思興高采烈地說：「那麼就動手吧。」

我們在一樓沒有找到更多死狼，也沒有盧恩文字在面前轟然爆炸。

我們發現最恐怖的東西放在蘭道夫舅舅的冰箱裡，有過期的優格、酸掉的牛奶和發霉的紅蘿蔔，全都演變成工業社會之前的原始模樣。蘭道夫的食物儲藏櫃甚至沒有留點巧克力給我，那個老壞蛋。

上到二樓，一切都沒變。

在蘭道夫的書房裡，陽光從彩色玻璃窗斜射進來，書架和維京人的手工藝品都染上紅色和橘色的光。有個角落放置一塊巨大的盧恩石，雕刻著猩紅色的狼臉（當然還是狼啦），露出可怕的獰笑。蘭道夫的書桌上鋪滿破爛的地圖和褪色泛黃的羊皮紙。我匆匆檢視那些文件，尋找有沒有重要的新東西，不過都是上次來這裡就看過的文件。

我想起蘭道夫遺囑的措辭，安娜貝斯把它寄給我看。

「這非常重要，」蘭道夫這樣敘述：「我摯愛的外甥馬格努斯要盡快檢視我在世間擁有的財產。他應該要特別注意我的文件。」

不知道蘭道夫爲何要在遺囑寫上那些字句。

在他的書桌抽屜裡，我沒找到註明要給我的信件，也沒有衷心的道歉像是：「親愛的馬格努斯，我很抱歉害你死掉，然後又站在洛基那邊背叛你，然後刺殺你朋友貝利茲恩，然後害你差點再死一次。」

他甚至沒有把大宅的無線網路密碼留給我。

我從書房的窗戶望出去。對街的聯邦林蔭大道上，人們正在遛狗、玩飛盤，享受舒服的好天氣。萊夫．艾瑞克森[17]的雕像站在他的基座上，驕傲地炫耀他的金屬胸罩，同時監視查爾斯水門的交通狀況，而且可能對於自己爲何不在斯堪地納維亞半島感到很疑惑。

---

[17] 萊夫．艾瑞克森（Leif Erikson, 970~1020）是維京人探險家，被認為是第一位發現北美洲的歐洲探險家，比哥倫布早了五百年，可能在今日加拿大的紐芬蘭島建立聚落。

「好吧。」亞利思走到我旁邊。「你繼承了這全部，唔？」

我們走過來的路上，我向他說明蘭道夫舅舅遺囑的基本資訊，但亞利思仍然一副不可置信的樣子，幾乎像是挑釁。

「蘭道夫把房子留給我和安娜貝斯，」我說：「嚴格來說，我死了，那就表示這全部屬於安娜貝斯。蘭道夫的律師聯絡安娜貝斯的爸爸，她爸爸告訴她，然後她告訴我。安娜貝斯要我來看看，並且……」我聳聳肩，「得要決定怎麼處理這個地方。」

亞利思從最近的書架拿起一個相框，是蘭道夫舅舅和他的妻女。我從來沒見過卡洛琳、艾瑪和奧珀莉，她們很多年前死於一場海上的暴風雨。但是我作惡夢時見過她們，我知道洛基利用她們逼迫我舅舅變節，他向蘭道夫保證，只要能幫助他脫離束縛，就可以再次見到家人……就某方面來說，洛基講的算是實話。我最後一次看到蘭道夫舅舅時，他墜入一道深淵而直抵赫爾海姆⑱，那裡是不名譽死者的國度。

亞利思把照片翻面，也許希望背面有某種祕密紙條。上一次我們來到這間書房，就是用這種方法找到結婚喜帖，然後喜帖帶著我們惹上各式各樣的麻煩。這一次，相框後面沒有隱藏訊息……只是空白的棕色相紙。不過比起另一面那些死去親戚的笑顏，看著這一面比較沒那麼痛苦。

亞利思把照片放回書架上。「安娜貝斯不在乎你怎麼亂搞房子嗎？」

「不會吧。光是大學的事就夠她忙的了，你也知道，半神半人的事。她只希望如果找到有趣的東西要告訴她，像是舊相簿、族譜，大概那樣的東西。」

亞利思皺著鼻頭。

「族譜。」他顯露出略帶不屑、略帶好奇的表情，剛才踹踢死狼的時候也出現同樣的神情。「所以樓上有什麼？」

「我不知道。我小時候，大人不准我們去二樓以上。而最近幾次我闖空門進來……」我雙手一攤。「我想，我從來沒去過上面。」

亞利思從墨鏡上方瞥了我一眼，他一隻眼睛是深棕色，另一隻是琥珀色，很像一對彼此不搭的月亮升上了地平線。「聽起來眞令人好奇。走吧。」

三樓有兩個大房間，前面的房間乾淨得一塵不染，寒冷且缺乏人味。裡面有兩張單人床和一個衣櫃，牆面毫無裝飾。也許這是客房，但我不太相信蘭道夫會招待很多人來家裡。說不定這裡以前是艾瑪和奧珀莉的房間。如果是這樣，那麼蘭道夫一定是把代表她們個性的蛛絲馬跡全部抹除掉，在房子正中央留下空白的虛無。我們沒有逗留。

第二個臥房一定是蘭道夫的房間，聞起來有他的老派丁香古龍水氣味。一堆堆疊高的發霉書籍倚靠牆邊，垃圾桶滿是巧克力棒的包裝紙片。蘭道夫可能是把存貨全部吃光，然後離開家，跑去幫忙洛基毀滅世界。

我想我沒資格責怪他，因爲我總是說：「先吃巧克力，然後再去毀滅世界。」

亞利思躍上四柱大床，在上面蹦蹦跳跳，聽到彈簧吱嘎作響笑得樂不可支。

「你在幹嘛？」我問。

⑱ 赫爾海姆（Helheim）是北歐神話的冥界，由死亡女神赫爾（Hel）負責掌管，年老和生病而死的死者就會來到這裡。

「炒熱氣氛啊。」他傾身過去，翻找蘭道夫的床頭櫃抽屜。「咱們來看看。咳嗽藥水、迴紋針、一些揉成團的衛生紙，我不打算碰那種東西，還有……」他吹個口哨。「大腸激躁症的藥！馬格努斯，這些贈禮全都屬於你耶！」

「你眞是怪人。」

「我寧可聽到『超級怪咖』這種詞。」

我們翻找臥房的其他地方，但不確定究竟要找什麼。「特別注意我的文件。」蘭道夫的遺囑這樣敦促我。我猜他指的不會是揉成團的衛生紙。

蘭道夫的律師沒有給安娜貝斯太多資訊。我們的舅舅顯然在死前一天重新修改遺囑，那可能表示蘭道夫知道自己活不久了；對於背叛我，他感到有點內疚，於是想留下某種最後的訊息。不然也可能是洛基命令他修改遺囑，但這一切如果眞是陷阱，目的是要誘惑我來，那麼玄關爲何會有死狼？

我在蘭道夫的衣櫥裡找不到祕密文件。他的浴室很普通，只有一堆半滿的李施德霖漱口水瓶啓人疑竇。放置內衣的抽屜塞滿了海軍藍色的知名品牌內褲，足夠給一整大隊的蘭道夫全部穿上……都是四角內褲，漿燙得非常筆挺，摺疊整齊。有些事眞不知該如何解釋。

再往上一層樓，又有兩個更空蕩的房間。完全沒有危險物品，例如狼群、爆炸的盧恩文字、老派男用內褲等等。

頂樓則是雜亂的圖書室，比蘭道夫的書房更大。書架上排列著雜七雜八的小說。有個小廚房占據房間一角，小冰箱和電茶壺一應俱全……蘭道夫，你爛死了，還是沒有巧克力！窗外可俯瞰後灣區的綠瓦屋頂。而在房間的遠端，有一道樓梯通往上方，我猜上面是屋頂露台。

壁爐面對一張看似舒適的皮椅，大理石邊框的正中央雕刻著咆哮的狼頭（當然還是狼）。壁爐台上有個銀質的三腳架，上面放了附有皮繩的北歐飲酒角杯，銀邊蝕刻著盧恩文字圖案。我在瓦爾哈拉見過數千個類似的角杯，但在這裡看到還是很驚訝。我從來不覺得蘭道夫會是大口飲酒的人，也許他都用這種容器啜飲伯爵紅茶吧。

「*Madre de Dios*（天主之母啊）。」亞利思說。

我瞪著他。這是我第一次聽到他說西班牙文。

他用手指輕敲牆上的一張相框，對我露出淘氣笑容。「拜託告訴我，這個真的是你。」

那張照片是我母親，搭配她平常的小精靈髮型和燦爛笑容，身穿牛仔褲和法蘭絨露營襯衫。她站在一棵挖空的懸鈴木樹幹裡，手上抱著小嬰兒馬格努斯迎向相機……我頭上只有一撮淡金色頭髮，嘴巴流著閃閃發亮的口水，一雙灰眼睛睜得好大，彷彿覺得：「我到底在這裡幹嘛？」

「那是我。」我承認。

「你以前好可愛。」亞利思看了我一眼。「後來怎麼變這樣？」

「哈，哈。」

我匆匆檢視牆上的照片，很驚訝蘭道夫舅舅竟然保留一張我和我媽的照片，放在他坐著舒適椅子就會看到的地方，簡直像是真的很關心我們。

另一張是雀斯家三兄妹小時候的照片，娜塔莉、菲德克和蘭道夫都穿著二次世界大戰時期的軍裝，手上揮舞假步槍。我猜是萬聖節裝扮吧。旁邊那張是我外祖父母的照片，兩位老人家白髮蹙眉，穿著很突兀的一九七〇年代蘇格蘭格紋衣服，如果不是要去教堂，就是去參加長輩的迪斯可舞會。

我招認：要我開口談自己的外祖父母實在很困難。他們過世的時候我還沒出生，但根據他們的相片，你可以看出他們是相處愈久、長得愈像的夫妻，到最後兩人簡直一模一樣，同樣頂著類似頭盔的白髮，還有同樣的眼鏡和同樣的小撮鬢髮。在照片裡，他們背後的牆上掛著幾件維京人的手工藝品，包括目前放在蘭道夫壁爐台上的飲酒角杯。我都不知道外祖父母也對北歐的東西感興趣。眞不知道他們有沒有遊歷過九個世界。或許正因如此，他們的表情才會顯得那麼困惑，而且稍微瞪大雙眼。

亞利思仔細查看書架上的書名。

「有什麼好書嗎？」我問。

他聳聳肩。

「《魔戒》。還不賴。希薇亞．普拉斯。很好。喔，《黑暗的左手》[19]，我愛這本書。其他的……嗯。對我來說，他的藏書有點太偏重於已經過世的白人男子。」

「我也是已經過世的白人男子。」我指出。

亞利思挑起一邊眉毛。「對，你是。」

我都不知道原來亞利思是個愛書人。我好想問問他喜不喜歡我的一些愛書，像是《歪小子史考特》，或者《睡魔》[20]。那些書都超級怪。不過我覺得，此時此刻也許不是組成讀書俱樂部的好時機。

我在書架上尋找日記或隱藏的隔間。

亞利思晃到最後一段階梯那裡。他抬頭看了看，結果臉色變得像他的頭髮一樣綠。「呃，馬格努斯？你恐怕應該來看看這個。」

我走過去他那邊。

在樓梯的頂端，有個圓頂狀的樹脂玻璃窗口通往屋頂。而在窗口外面一邊踱步一邊咆哮的，是另一匹狼。

---

⑲《魔戒》（*The Lord of the Rings*）是英國作家托爾金（J.R.R. Tolkien）的小說。希薇亞・普拉斯（Sylvia Plath）是美國詩人和小說家。《黑暗的左手》（*The Left Hand of Darkness*）是美國作家娥蘇拉・勒瑰恩（Ursula K. Le Guin）的小說。

⑳《歪小子史考特》（*Scott Pilgrim*）是加拿大漫畫家歐邁利（Bryan Lee O'Malley）的暢銷漫畫。《睡魔》（*Sandman*）是美國作家尼爾・蓋曼（Neil Gaiman）與多位漫畫家合作的圖像小說。

4 即刻展開行動，送你第二匹狼！

「你要怎麼對付這隻？」我問。

亞利思從他的腰帶扣環取下黃金索，那東西有三重功能，可以當作時尚配件、陶土切割工具，以及混戰時的武器。「我正想說我們應該殺了牠。」

那匹狼怒吼著狂抓圓頂窗。樹脂玻璃上閃耀著魔法盧恩文字。那隻野獸從剛才就試圖闖入，臉部毛皮已經開始燒焦冒煙。

我實在很想知道，那匹狼到底在屋頂上待了多久？又爲什麼沒有嘗試從其他的管道闖進來？或許牠不希望像樓下的朋友一樣以死告終吧。也說不定牠一心一意專攻這個房間。

「牠想要某種東西。」我猜測說。

「用來殺我們，」亞利思說：「如果是這樣，我們就應該先殺了牠。你想要打開圓頂窗，還是……？」

「等一下。」要殺死這麼閃亮的藍色惡狼，我通常會全力支持，但是這隻動物有某種因素讓我覺得很困惑……牠的冷酷黑眼似乎望向我們背後，彷彿要尋找其他的獵物。「如果我們讓牠進來呢？」

亞利思瞪著我，大概覺得我瘋了。他一天到晚這樣覺得。「你想端杯茶給牠喝？還是借牠一本書？」

「牠一定是來這裡出任務。」我很堅持。「有人派這些狼來拿東西……也許跟我找的東西是一樣的。」

亞利思想了一下。「你認爲這些狼是洛基派來的。」

我聳聳肩。「洛基的話不意外。」

「所以如果讓那匹狼進來，你認爲牠會直直衝向牠要找的東西。」

「牠來這裡不是要找大腸激躁症的藥，這點我相當確定。」

亞利思把他的格子花紋領帶拉得更鬆。「好吧。我們打開窗口，看看那匹狼跑去哪裡，然後殺了牠。」

「好。」我從頸間的項鍊拉下盧恩石墜子。傑克變成劍形，不過感覺比平常沉重許多，很像躺在百貨公司地板上耍賴的小孩。

「現在是怎樣？」他嘆口氣。「我快要心碎而死，你看不出來嗎？」

我大可指出他根本不會死，他也沒有眞正的心，不過我覺得那樣太刻薄了。「抱歉，傑克，我們要對付一匹狼。」

我向他解釋來龍去脈。

傑克的劍刃發出紫光。「可是波濤劍的劍刃像剃刀一樣銳利，」他恍惚地說：「你有沒有看到她的劍刃？」

「有，很棒的劍刃。那麼，我們來阻止洛基的死人船啓航，以免發動諸神的黃昏，好嗎？然後，也許我們可以安排你和波濤劍來個第二次約會。」

又一聲重重的嘆息。「狼。屋頂。窗口。收到。」

我曾向亞利思，結果嚇得差點尖叫。就在我沒看著他時，他已經變成好大一匹狼。

「你一定要在我背後偷偷變成動物嗎？」我問。

亞利思露出獠牙，展現犬科的微笑。他的口鼻指向樓梯頂部，像是要說：「你在等什麼？我是一匹狼。我沒辦法打開窗口啦。」

我爬到梯頂，很像處在溫室裡的溫度。那匹狼在窗口的另一側嗅聞一番，然後狂咬樹脂玻璃，留下一堆口水痕和獠牙印。那些具有保護和阻擋效果的盧恩文字想必很好吃吧。那匹狼充滿敵意，此時與牠距離這麼近，我的頸背寒毛直豎，都可以拿去當酒瓶的拔塞器了。

如果我打開窗口會怎樣？盧恩文字會害我送命嗎？還是害那匹狼送命？如果我自願讓狼進來，那些盧恩文字會不會失效？畢竟這絕對是我所做過最蠢的事啊。

那匹狼對著樹脂玻璃流口水。

「嗨，兄弟。」我說。

傑克在我手中嗡嗡作響。「怎樣？」

「不是你啦，傑克。我是對狼說話。」我對野獸微笑，接著想起對犬科動物來說，露出牙齒代表有意侵犯。我改成噘嘴。「我要讓你進來。這樣不是很好嗎？然後，你想拿什麼東西都可以，畢竟我知道你來這裡的目的不是要殺我，對吧？」

那匹狼的怒吼並沒有讓我消除疑慮。

「那好吧，」我說：「一，二，三！」

我用盡英靈戰士的全力頂開窗口、衝上屋頂，也把那匹狼往後撞開。我趁機觀察四周，看到一個烤肉架、有些花盆種滿了木槿，還有兩張休閒椅可以俯瞰查爾斯河的壯麗美景。我好想用力打蘭道夫舅舅一巴掌，有這麼酷的派對場所，他竟然從沒告訴我。

那匹狼從窗口後方走出來，大聲咆哮，頸部毛皮直豎，很像粗糙的背鰭。牠有一隻眼睛腫得張不開，眼皮因爲接觸到我舅舅的盧恩文字陷阱而燒焦。

「現在嗎？」傑克問，語氣沒有特別熱絡。

「還不要。」我彎曲膝蓋，準備在需要時跳起來行動。我會讓這匹狼見識到我的戰鬥力量有多強大……或者，你也知道，我的逃跑速度有多快，主要看所需的情況而定。

那匹狼用沒受傷的眼睛打量我，輕蔑地哼一聲，然後衝下樓梯，進入大宅。

我不知道究竟該鬆口氣還是倍覺羞辱。

我跟在牠後面。等我到達樓梯底部，亞利思和另一匹狼正在圖書室的正中央瘋狂吠叫。牠們露出利牙，彼此繞圈，尋找恐懼和軟弱的一絲跡象。藍毛狼的體型大多了，幾綹狼毛閃耀著霓虹色彩，增添幾許酷樣，不過牠依然半盲，痛得直眨眼。亞利思不愧爲亞利思，一點都沒有顯露害怕的樣子。他站穩在原地，任憑另一匹狼在旁邊繞圈圈。

我們的藍光訪客確認亞利思無意攻擊後，抬起口鼻嗅聞空氣。我以爲牠要衝向書架，咬出某本藏有航海圖的祕密書籍，或是說不定有本書叫作《簡單三步驟阻止洛基的幽冥之船！》。然而，那匹狼撲向壁爐，跳上壁爐台，用嘴巴咬住飲酒角杯。

我的腦袋有某個遲鈍的部分想著：「嘿，我好像應該阻止一下。」

亞利思的動作比我快。他以流暢的動作變回人形，踩踏向前，然後甩出他的勒繩，動作很像擲出保齡球。（其實眼前的動作更加優雅。我曾見過亞利思打保齡球，動作並不好看。）黃金索纏住狼的脖子，亞利思只往後用力一扯，就把那匹狼未來的頭痛問題解決掉了。

斷頭的屍體趴在地毯上，然後開始嘶嘶作響、分解消散，最後只剩飲酒角杯和幾綹毛皮。

傑克的劍刃在我手中又變得好沉重。「嗯，好，」他說：「我猜你根本不需要我。我還要再去寫點情詩，然後大哭幾場。」他縮回去，變成盧恩石墜子。

亞利思蹲在飲酒角杯旁邊。「一匹狼為何想要這種裝飾用的飲酒容器？有什麼想法嗎？」

我蹲在他旁邊，撿起那支角，查看裡面。有一本皮革小書捲起來塞在裡面，很像一本日誌本。我把它拿出來，匆匆翻動書頁，裡面有維京人的盧恩文字圖形，蘭道夫舅舅用難以辨認的草寫字跡寫了一段段註解。

「我想，」我說：「我們找到正確的已過世白人男子作者了。」

我們倚坐在屋頂露台的休閒椅上。

我翻看舅舅的筆記本，努力辨認他那狂亂的盧恩文字圖形和潦草的瘋狂筆記，亞利思則是完全放空，用飲酒角杯啜飲芭樂汁。

蘭道夫舅舅為何在圖書室的小冰箱裡放了芭樂汁，我沒辦法告訴你答案。

為了要鬧我，亞利思每隔一陣子會發出誇張的嘖嘖聲，舔舔嘴唇。「啊……」

「你確定用那個角杯喝東西很安全？」我問。「那可能遭到詛咒還是什麼的。」

亞利思掐住喉嚨，假裝噎到的樣子。「噢，不！我要變成青蛙了！」

「拜託不要。」

他指著日誌本。「有什麼發現嗎？」

我盯著書頁。盧恩文字在我眼前漂動。那些註解混用了好幾種語言，有古代北歐語、瑞典語，還有一些我連猜都猜不出來。就算用英文寫的段落也看不出什麼意義。我覺得好像努力要看懂一本高等量子物理學課本，而且看的是鏡中的顛倒影像。

「大多數都超出我腦袋能夠理解的範圍，」我坦白說：「比較前面的幾頁好像是關於蘭道夫尋找夏日之劍。我認得其中一些參考資料。不過後面這裡……」

最後幾頁寫得更倉促。蘭道夫的字跡變得顫抖且狂亂，紙頁還沾了乾掉的斑斑血跡。我記得那件事，在普洛溫斯鎮的維京人殭屍墓穴裡，蘭道夫有好幾根手指被砍斷。這些頁面可能是那件事之後寫的，用他的非慣用手寫成。這種軟趴趴的手寫字，讓我回想起自己小學時代寫的字，當時老師強迫我用右手寫字。

在最後一頁，蘭道夫草草寫上我的名字：馬格努斯。

他在那下面簡單畫了兩條蛇，交纏成數字「8」的圖案。圖形畫得很糟，不過我認得那個標誌。亞利思的頸部裸露處也有同樣的刺青圖案：洛基的標誌。

再下面還有一個用語「mjöð」，我猜那是古代北歐語。接著有一段註記寫著：「有可能阻止L。巴爾弗克的磨刀石大於守衛。哪裡？」

最後一個字的筆跡向下拖曳，問號潦草得幾乎不成形。

「你怎麼看？」我把書遞給亞利思。

他皺起眉頭。「那是我媽的符號，顯然是這樣。」

（你沒聽錯。洛基通常是男神，但他剛好是亞利思的母親。說來話長啊。）

「那其他部分呢？」我問。

「這個字看起來很像『moo』（哞）加上一個『j』。也許是斯堪地納維亞半島的母牛有方言口音？」

「那麼，我就當成你不會讀古代北歐語，不然那會是什麼語言？」

「馬格努斯，你別嚇到喔，我不是世界上的每一項才能都會。只會大多數的重要才能啦。」

他瞇眼看著書頁。專心盯著時，他的左邊嘴角抽動一下，似乎有某種神祕的笑話讓他很樂。那種抽動讓我分心。我好想知道他發現什麼有趣的事。

「有可能阻止L。」亞利思唸出來。「不妨假設『L』代表『洛基』（Loki）。『巴爾弗克的磨刀石』，你覺得那和思可菲儂石是同樣的東西嗎？」

我不禁抖了一下。在洛基的洞穴婚禮上，我們失去了思可菲儂石和思可菲儂劍，當時洛基掙脫了綑綁他一千年的束縛。（喔哦，我們的錯。）我再也不想見到那塊磨刀石。

「希望不是，」我說：「聽過『巴爾弗克』這名字嗎？」

「沒。」亞利思終於把芭樂汁喝完了。「不過呢，我有點喜歡這支飲酒角杯。你介不介意我留著它？」

「儘管拿去。」想到亞利思從我老家拿走一件紀念品，我發現這帶來奇怪的滿足感。「所以，如果蘭道夫希望我找到這本書，而洛基派那些狼來拿，免得我可以……」

亞利思把筆記本丟還給我。「假設你剛才說的是對的，假設這不是陷阱，也假設那些筆記不是瘋子的胡言亂語？」

「呃……對啦。」

「那麼，最好的情況是：你舅舅想出一個點子可以阻止洛基。他自己辦不到，但希望你能辦到。那點子牽涉到一塊磨刀石、一個巴爾弗克，可能還有一頭斯堪地納維亞半島的母牛。」

「雖然你那樣說，但聽起來不是很看好。」

亞利思戳戳飲酒角杯的尖端。「抱歉戳破你的美夢泡泡，不過呢，阻止洛基的計畫大多數都失敗了。這點我們很清楚。」

他聲音隱含的痛苦讓我很驚訝。

「你想到你和莎米的訓練課程，」我猜測說：「進行得如何？」

亞利思的表情透露出答案。

洛基有很多特質令人頭痛，包括命令子女去做他想做的事，只要他們在洛基面前就無法拒絕。這讓家人團聚成爲可怕的惡夢。

亞利思是例外。他想辦法學會抵抗洛基的力量，而過去六星期來，他努力教導同樣是洛基女兒的莎米拉．阿巴斯學習這一招。其實他們兩人不太談起訓練情形，那就表示令人興奮的成果尙未出現。

「她正在努力，」亞利思說：「但是好像更困難了，因爲她……」他自己住嘴。

「怎樣？」

「當我沒說。我答應不講的。」

「這下子我眞的很好奇。她和阿米爾一切都好吧？」

亞利思哼了一聲。「嗯，很好啦。他們還是對彼此神魂顚倒，夢想著兩個人結婚的那一天。我敢發誓，要不是有我當監護人，他們一定會做出瘋狂的事，像是牽手。」

「那麼問題在哪？」

亞利思伸手揮開我的問題。「我要說的是，從你舅舅蘭道夫那裡得到的所有資訊，包括這棟房子，還有那本書裡的訊息，你都不該相信。你從家族繼承的所有東西……背後永遠都有繩子隱隱操控。」

聽他說這番話，感覺實在很奇怪，畢竟他很喜歡蘭道夫的超棒屋頂露台看出去的景觀，還用蘭道夫的維京人飲酒角杯啜飲冰涼的芭樂汁，不過我有種預感，亞利思心裡想的其實不是我那位失常的舅舅。

「你從來沒提過你的家人，」我指出，「我是說你的凡人家庭。」

他盯著我，神情陰鬱。「我也不打算現在開始說。如果你知道有半數的……」

「呱！」只見黑色的羽毛噗噗拍翅，有隻渡鴉降落在亞利思的鞋尖上。

你在波士頓看不到很多野生渡鴉。加拿大雁、海鷗、鴨子、鴿子甚至鷹，這些確實有。但如果有隻巨大的凶惡黑鳥降落在你腳上，那只代表一種意義：來自瓦爾哈拉的訊息。

亞利思伸出手。（對渡鴉通常不建議這麼做。牠們咬人超凶狠。）那隻鳥跳到他的手腕上，吐出一顆約莫山胡桃大小的堅硬小球，放進亞利思的掌心，然後就飛走了，牠的任務已完成。

沒錯，我們的渡鴉透過「嘔吐信」傳遞訊息。渡鴉有一種與生俱來的能力，能把不可食用的東西吐出來，像是骨頭和毛髮。所以，牠們二話不說就吞下訊息小球，飛越九個世界，然後吐給正確的收件人。我是不會選擇這種職業啦，不過呢，嗯，無意批評喔。

亞利思剝開小球，打開信件開始閱讀，然後嘴角又抽動起來。「湯傑傳來的，」他說：「看來我們今天要動身了。事實上，就是現在。」

「什麼？」我在休閒椅上坐起來。「爲什麼？」

當然啦，我早就知道時間很緊迫。我們得盡快動身，目標是在夏至之前找到洛基的船。然而，「盡快」和「就是現在」有很大的差別啊。我並非「就是現在」的狂熱粉絲。

亞利思繼續閱讀訊息。「關於潮汐的事？我不知道。我最好去學校把莎米拉拖出來，她正在上微積分課。聽到要動身了，她不會太高興。」

他站起來，向我伸出一隻手。

我不想站起來。我想要待在這個露台上，與亞利思一起看著午後的陽光讓藍色的河流變成琥珀色。也許我們可以讀幾本蘭道夫收藏的平裝本舊書，而且把他的芭樂汁全部喝光。但是渡鴉已經對我們吐出命令，你不能質疑渡鴉的嘔吐物。

我握著亞利思的手，慢慢站起來。「要我跟你一起去？」

亞利思皺起眉頭。「不，呆瓜。你得回去瓦爾哈拉。擁有船的人是你。說到這點，你有沒有警告其他人……」

「沒有，」我說著，整張臉燒得火燙。「還沒。」

亞利思笑起來。「那應該很有趣。不必等我和莎米，我們會在路上跟你們會合！」

我還來不及問亞利思那是什麼意思，他就變成一隻紅鶴騰空飛入天際，為波士頓的觀鳥人創造了值得紀念的一天。

5 我告別了艾瑞克、艾瑞克，再一個艾瑞克

傳說故事告訴我們，瓦爾哈拉有五百四十道門，遍布於九個世界，因此前往各個地方都很方便。

傳說故事沒提到的是，其中一個入口是在紐伯里街的平價服飾店「Forever 21」（永遠二十一）裡面，位於女性運動風服飾的貨架後方。

平常我不喜歡使用這個入口，不過這裡最靠近蘭道夫舅舅的大宅。爲何有個入口位於「Forever 21」店裡，瓦爾哈拉沒人能向我解釋。就我個人看來，這種地點很像奧丁喜歡開的小玩笑，畢竟他手下有大批的英靈戰士永遠停留在二十一歲，還有十六歲或六十歲。

我的侏儒朋友貝利茲恩特別討厭這個入口。每次我提起Forever 21，他就開始氣呼呼地長篇大論，說他自己的流行服飾好太多了。跟什麼衣襬有關，我是不懂啦。

我晃過女生的貼身衣物區，獲得女店員的奇怪眼神一枚，然後鑽進運動風服飾貨架，從另一側冒出來，就到了瓦爾哈拉旅館的一間遊戲室。這裡正在進行一場撞球錦標賽，維京人打撞球是以長矛代替撞球桿（提示：維京人打撞球時，千萬別站在他的後面）。一百三十五樓的綠鬍子艾瑞克[21]開心歡迎我。（根據我的了解，瓦爾哈拉大約有百分之七十二的人口都叫艾瑞克。）

「哈囉，馬格努斯．雀斯！」他指著我的肩膀。「你那邊有一點萊卡彈性纖維。」

「喔，謝啦。」剛才穿過貨架時，有件瑜珈褲卡在我的襯衫上，我把褲子解下，扔進標示著「重新上架」的箱子。

然後我大步走去找朋友。

在瓦爾哈拉旅館走跳永遠不會變老變舊。至少我目前還沒變老，而在這裡待了數百年的英靈戰士也證明同樣的道理。多虧奧丁的力量，或者是諾恩三女神㉒的魔法，也說不定因為我們現場就有「宜家家居」㉓，所以裝潢不斷翻新，只不過老是加上一大堆長矛和盾牌，而且狼的裝飾圖案多到我會怕。

光是要找到電梯都需要導航，因為從早上到現在，走廊已經改變大小和方向，還經過一些我從沒看過的房間。有一間巨大的休息室裝飾著橡木壁板，裡面的戰士正在玩「推圓盤遊戲」，他們竟然用船槳去推，還用戰鬥盔甲取代圓盤！很多玩家的腳上固定著夾板、手臂掛著吊帶、頭上纏著繃帶，因為……這還用說嗎？英靈戰士玩推圓盤遊戲都是玩到死為止。

大廳重新鋪了深紅色地毯，這顏色很適合用來遮掩血跡。牆壁現在掛了織毯，描繪著女武神飛進戰場大戰火巨人的畫面。那是很漂亮的作品，不過周圍牆上架設那麼多火炬，害我覺得好緊張。瓦爾哈拉在安全法規方面非常鬆散，我可不想被燒死啊。（那是我最不喜歡的死

㉑ 中世紀有個著名的維京人探險家叫「紅鬍子艾瑞克」（Erik the Red），是最早開發格陵蘭的人。艾瑞克是北歐維京人常用的名字。

㉒ 諾恩三女神（Norns）是北歐神話的命運女神，由三姊妹組成，掌控人類和眾神的命運。

㉓ 宜家家居（IKEA）是來自瑞典的北歐風格家具店。

法之一；還有一種死法不相上下，就是在宴會廳吃完晚餐後被薄荷糖噎死。）

我搭電梯到十九樓。慘的是電梯音樂一直沒變，我都快要學會用挪威語唱出法蘭克．辛納屈的芭樂歌了。我只能慶幸自己住在低樓層，萬一住在幾百樓那樣的高層，我可能會……嗯，暴怒吧。

到了十九樓，四周安靜到有點奇怪。沒有打電動的暴力聲響從湯瑪斯．小傑佛遜的房間傳出來（死於美國南北戰爭的士兵超愛打電動，幾乎就像他們超愛攻上山頭）。瑪洛莉．基恩向來在走廊上練習擲刀，但現在沒看到人影。半生人．岡德森的房門敞開，一群渡鴉在裡面執行勤務，在半生人的書房和武器收藏之間飛來飛去，清除書籍和戰斧上的灰塵。大塊頭本人則是到處都沒看見蹤影。

我自己的房間才剛清掃過。床鋪好了。正中央天井的樹木修剪整齊，草地也割過了。（渡鴉要怎麼操作割草機啊？我永遠搞不懂。）咖啡桌上有張紙條，湯傑的雅致筆跡寫著：

我們在二十三號碼頭，地下六層。在那兒見！

電視已轉到瓦爾哈拉旅館頻道，播放著下午的活動列表：壁球、機關槍對戰生存遊戲（很像雷射槍對戰生存遊戲，只不過用的是機關槍）、水彩畫、義大利菜烹飪課、進階磨刀課，還有所謂的「吟詩對罵」，全都是拚到死為止。

我看著螢幕，既渴望又感傷。我以前從來不想練習水彩畫到死，但現在好想試試看。我正準備前往地下六層的二十三號碼頭，畫水彩聽起來簡單多了啊。

先進行最重要的事：把我身上的波士頓港臭味沖洗乾淨，換穿乾淨衣物。我抓起隨身包，裡面裝了露營用品、一些基本的補給品，而且，當然有些巧克力棒。

這間旅館套房的設備這麼好，我也就沒有太多個人物品，只有幾本最喜歡的書，也有一些過去的照片在這段期間神奇出現，漸漸擺滿了壁爐台。

旅館本來就不是永遠的家。我們英靈戰士可能會在這裡待上好幾個世紀，但這裡只是前往諸神黃昏的中途站。整個旅館散發出暫時存在和期待未來的氣氛。「不要過得太舒適，」它似乎這樣說：「你們可能隨時要離開，在世界末日邁向最後的死亡。萬歲！」

我走向全身鏡，查看自己的模樣。我不太知道自己為何要這樣。過去住在街頭的兩年期間，我向來不太在乎自己的外貌，但最近亞利思．菲耶羅一直無情地嘲笑我，害我比較在意自己展現的模樣。

除此之外，你在瓦爾哈拉如果沒有隨時查看自己的樣貌，可能會閒晃好幾個小時，身上有渡鴉的大便黏在肩膀上，或者屁股插著一支箭，或者脖子圍著一條瑜珈褲。

登山鞋：已帶。新牛仔褲：已帶。瓦爾哈拉旅館綠色T恤：已帶。適合冰水探險和跳下桅杆的羽絨外套：已帶。可變成心碎魔法劍的盧恩石墜子：已帶。

經歷過住在街頭的日子，我很不習慣自己的臉看起來這麼乾淨。我也完全不習慣現在的新髮型，這是第一次進入約頓海姆探險時，貝利茲幫我剪的。從那以後，每次頭髮開始變長，亞利思就把它砍掉，讓我的瀏海長度剛好可以掉進眼睛，腦後則是剪到對齊領口。我習慣自己的頭髮比較雜亂、比較粗硬，不過亞利思非常樂於謀殺我的金髮，要對他說「不」根本是不可能的事。

「超完美！」亞利思會這樣說：「現在你看起來至少修剪整齊，不過臉還是沒特色！」

我把蘭道夫的筆記本塞進背包，同時塞進我努力不去想的最後一件物品：我從父親那裡得到的一條絲質手帕。

我對鏡中的馬格努斯嘆口氣。「嗯，先生，你最好出發吧。你的朋友急著要嘲笑你。」

「他來了！」半生人．岡德森大喊，他是超厲害的狂戰士，也是廢話大王。

他像一輛友善的麥克巨型卡車朝我衝來，頭髮比我之前的模樣更加狂亂（我相當確定他的髮型是自己砍的，在黑暗中用戰斧砍）。他今天穿著T恤，這很不尋常，但手臂的肌肉和刺青依然狂野。他把取名叫「戰斧」的戰斧用皮帶揹在背上，而皮褲上上下下塞了六把刀子加皮套。

他給我來個大大的熊抱，還把我整個人抱起來，也許是想測試我的肋骨不會因爲承受壓力而斷裂。他把我放下，拍拍我兩隻手的手臂，顯然很滿意。

「你準備要出任務了嗎？」他大吼。「我準備要出任務了！」

瑪洛莉．基恩正在運河岸邊纏繞繩索，聞言大叫：「喔，你這笨蛋，閉嘴啦！我還是覺得應該把你當成船舵。」

半生人臉紅了，但目光依然盯著我。「馬格努斯，我很努力不殺她，我眞的很努力，但是超級困難。我最好一直有事要忙，否則會做出連自己都後悔的事。你帶了手帕嗎？」

「呃，有，不過……」

「好傢伙。沒時間浪費了！」

他踏著沉重步伐走回碼頭邊，開始整理他的各式用品：一個個巨大的粗帆布袋無疑裝滿了食物、武器，還有一大堆備用皮褲。

我匆匆檢視整個洞穴。有條河流沿著左邊的牆壁奔流而過，地道口約莫火車大小，河水從一端流進來，到了另一端同樣大小的地道口流出去消失不見。桶狀的天花板釘著富有光澤的木材，不僅放大了流水的轟隆聲響，也讓我覺得好像站在老式麥根沙士的桶子裡。各種用品和行李袋排列在碼頭上，等待船隻載運。

湯瑪斯・小傑佛遜站在這空間的遠端認眞說話，對象是旅館經理赫爾吉，以及他的助理杭汀，他們三人低頭看著寫字夾板上的某張書面資料。有鑑於我對書面資料很反感，再加上對赫爾吉很反感，於是我走向瑪洛莉，她正把一些鐵爪鉤塞進粗麻布袋裡。

她穿著黑色毛皮和黑色牛仔衣，一頭紅髮在腦後綁成正經樸素的髮髻。在火炬光線的照耀下，她的雀斑閃耀著橘色。如同以往，她所倚賴的一組雙刀佩戴在側邊。

「一切都還好嗎？」我問，因爲顯然並不好。

她滿臉怒容。「別連你也開始，XX先生……」她對我喊了一個聽不懂的蓋爾語詞彙，但我相當確定它的意思不是「最親愛的朋友」。「我們一直在等你和那艘船啦。」

「貝利茲恩和希爾斯東呢？」

我已經好幾個星期沒看到我的侏儒和精靈兄弟了，很期待他們兩人與大家一同出航。（這是少數我很期待的事。）

瑪洛莉咕噥一聲，顯得很不耐煩。「我們會在路上接他們。」

那表示我們可能停靠在波士頓的另一個地方，或者停靠在另一個世界，但瑪洛莉看起來沒有心情仔細說明。她朝我背後匆匆看了一眼，再度沉下臉。「亞利思和莎米拉呢？」

「亞利思說她們晚一點跟我們會合。」

「嗯，那好吧。」瑪洛莉做個驅趕的手勢。「去幫我們登記外出。」

「登記外出？」

「對呀……」她拖長聲音說道，表示覺得我的反應超級慢。「找赫爾吉啊。經理。快去啦。」

畢竟她還拿著滿手的爪鉤，我趕緊照她說的話去做。

湯傑一腳踩在補給箱上，步槍斜揹在背後，他那件北軍外套的黃銅鈕扣閃閃發亮。他看到我，伸手輕觸他的步兵帽以示歡迎。「我的朋友，及時趕到！」

赫爾吉和杭汀彼此交換緊張的眼神，每次奧丁宣布舉辦員工激勵活動時，他們就會露出這種眼神。

「馬格努斯．雀斯，」赫爾吉說著，同時拉拉他的扁塌鬍子。他與平常一樣穿著深綠色的細條紋西裝，可能認為這樣看起來比較像服務業的專業人士，但其實只像穿著細條紋西裝的維京人。「我們正要開始擔心了。漲潮隨時都會抵達這裡。」

我看著河水轟隆流過水道。我知道有好幾條地下河道交叉流過瓦爾哈拉，但不知道它們怎麼能受到潮汐的影響。而且，這裡的水位怎麼可能變得更高又不會淹沒整個空間？我實在不懂。然而，我現在的談話對象是兩個死維京人和一個南北戰爭的陣亡士兵，於是決定拋開邏輯的問題。

「抱歉，」我說：「我……」

我含糊地揮揮手，試著表達自己讀了神祕的筆記、殺了狼，更在波士頓港摔斷腿。湯傑很興奮，這樣算是有共鳴吧。「你帶了船嗎？我等不及想看！」

「呃，對啦。」我開始在背包裡翻找，但手帕似乎掉到最底下。

杭汀搓搓手。他的服務生制服扣錯鈕扣，八成因爲早上趕著穿。「你沒有弄丟吧？我警告過你喔，不要把沒人看管的魔法物品留在房間裡！我叫打掃的渡鴉不要碰。『那是戰艦！』我說：『不是餐巾！』可是牠們一直想拿去跟亞麻布一起洗。萬一弄丟了……」

「那麼你就要負起責任，」赫爾吉對服務生怒吼，「十九樓是你的服務區。」

杭汀整張臉皺成一團。回溯到好幾個世紀之前，他和赫爾吉是世仇，所以現在只要找到藉口，赫爾吉就會叫杭汀多做一點工作，像是把垃圾剷進焚化爐，或者拿水管沖洗鱗蟲飼養區一番。

「放輕鬆。」我拿出那塊布。「看見沒？就在這裡。還有，杭汀，這個給你。」我拿一根巧克力棒給他。「我不在的時候，你還特別盯著我房間，謝啦。」

服務生變得淚眼模糊。「孩子，你是最棒的。你隨時都可以把沒人看管的魔法物品放在房間裡！」

「唔。」赫爾吉滿臉怒容。「嗯，那麼，馬格努斯·雀斯，我需要你登記外出。」他把寫字夾板推到我面前。「仔細閱讀，每一頁的底部都要簽名。」

我翻閱那十幾張紙，全是密密麻麻的合約用語。我瀏覽一些句子，像是「遭到松鼠攻擊致死的事件」，以及「經營者不需對工作場所外的肢解狀況承擔責任」。難怪如果要離開旅館，我朋友都寧願不要申請許可。這種免責聲明實在太冷酷了。

湯傑清清喉嚨。「那麼，馬格努斯，你簽名的時候，也許我可以把船設定好？可以嗎？我準備讓這堆東西就定位！」

我看得出來。他準備的彈藥袋、背包和水壺足夠行軍三十天，他的眼神也完全像他的刺刀一樣閃亮。湯傑在十九樓的發言通常很理性，所以我很高興有他相伴，不過每次提到衝向敵人陣營來個正面交鋒，他就有點興奮過頭。

「嗯，」我說：「當然好，老兄。」

「耶！」他從我手中一把抓走手帕，衝向碼頭。

我簽署免責聲明書，努力不要糾結於仲裁條款，包括萬一火焰之國穆斯貝爾海姆的火把我們燒個精光，或者霜巨人把我們粉碎成灰。我把寫字板遞還給赫爾吉。

經理皺起眉頭。「你確定每一個字都讀過了？」

「呃……有啦。我的閱讀速度很快。」

赫爾吉抓住我的肩膀。「那麼，馬格努斯．雀斯，弗雷[24]之子，祝好運。還有請記得，你一定要阻止洛基那艘船『納吉爾法』在夏至啓航……」

「我知道。」

「……還要避免啓動諸神的黃昏。」

「對。」

「啓動諸神的黃昏就表示，我們宴會廳的裝修工程永遠無法完成，兩百四十二樓的高速網路也永遠不會修復。」

我嚴肅地點頭。我一點都不需要額外的壓力，也不想替全部樓層的網路連線負起責任。

「我們一定會成功。別擔心。」

赫爾吉拉拉鬍子。「不過呢，如果你眞的啓動了諸神的黃昏，可以拜託你盡快回到這裡嗎？或者傳送簡訊給我們？」

「好。呃，簡訊？」

據我所知，旅館職員只用渡鴉傳訊。他們並不知道怎麼使用行動裝置，甚至連門號都沒有。不過他們仍然說得頭頭是道。

「我們出發迎向世界末日之前，每個人都需要塡寫『退房意見調查表』，」赫爾吉解釋說：「目的是促進他們的死亡。如果你趕不回來，也可以在線上塡好你的意見調查表。而且提到經理的時候，如果你不介意，請勾選『極佳』，我會很感激你。奧丁眞的會看喔。」

「可是，如果我們無論如何都要死了……」

「大好人。」他拍拍我的肩膀。「嗯，祝你一路平安……呃，旅途成功！」

他把寫字板塞到手臂底下，大步走開，可能要去查看宴會廳的裝修工程吧。

杭汀嘆口氣。「那個人搞不清楚狀況。不過呢，我的好孩子，多謝你的巧克力棒。眞希望我能多幫你一點忙。」

我突然心有所感，頭皮麻了起來。住在旅館期間，杭汀是我的最佳消息來源。他知道所有人的遺體埋在哪裡（一點不假）。他知道客房服務菜單上沒寫的所有祕密菜色，也知道怎麼從大廳直達格拉希爾樹林上方的觀景台，不必穿過紀念品店遭受連環攻擊。他眞是一部活的

㉔ 弗雷（Frey）屬於華納神族，是掌管春天和夏天、陽光和雨水、收穫和繁殖、生長和活力的天神。

「維京百科」。

我拿出蘭道夫的日誌本，給他看最後那一頁。「你知不知道這個字是什麼意思？」我指著「mjöð」。

杭汀笑起來。「意思是『蜜酒』，這還用說嗎！」

「唔。所以這和母牛無關囉。」

「你說什麼？」

「當我沒說。這裡的這個名字呢……巴爾弗克？」

杭汀猛然一縮，連手中的巧克力棒都掉了。「巴爾弗克？不。不，不，不。這到底是什麼書啊？你怎麼可能會……？」

「哎喲！」半生人在碼頭邊大喊：「馬格努斯，我們需要你來這裡，快點！」

河流變得波濤洶湧，水花泡沫都潑濺到運河岸上來了。湯傑拚命甩動那條手帕，同時大喊：「這要怎麼弄？這到底要怎麼弄啊？」

那一艘可摺疊的船，我爸送的那艘船，竟然只能爲我效力，眞沒想到會這樣。我趕緊跑過去幫忙。

瑪洛莉和半生人手忙腳亂抓起他們的各種用品。

「我們最多只有一分鐘，然後高漲的潮水就會淹沒這整個地方！」半生人大喊：「馬格努斯，船！快！」

我拿起手帕，努力讓顫抖的雙手穩定下來。我曾經在比較靜止的水面練習展開這艘船，一次是我自己練習，一次找亞利思一起，但我還是很難相信這眞的行得通。我對結果一點都不期待啊。

我拿著手帕輕碰水面。手帕一接觸到水，四個角就展開再展開、一直不斷展開，很像透過定格動畫的快轉影片觀看樂高模型的搭建過程。區區兩次呼吸之間的空檔，一艘維京人長船就停泊在運河裡，洶湧的河水迅速流過船尾。

不過呢，當然沒有人稱讚我說船身設計得很漂亮、沿著欄杆排列的維京人盾牌很精緻，或者五排船槳隨時準備服勤了等等。沒有人注意到主桅以何種方式捲動收起，才能通過這麼低的水道而不會撞毀。沒有人讚嘆船頭有漂亮的龍形雕刻，或讚揚這艘船比一般的長船更巨大也更寬敞，甚至誇獎甲板下方有個掩蔽區，於是我們不必一邊睡覺一邊淋著冰雪和雨水。

瑪洛莉．基恩的第一句評論是：「我們可以討論一下顏色嗎？」

湯傑皺起眉頭。「它爲什麼……？」

「我不知道！」我尖聲說：「我不知道它爲什麼是黃色的！」

幾個星期前，我的父親，弗雷，送我這艘船，他保證這是最適合此趟旅程的船隻。它會載我們前往必須造訪的地方，也會在最變幻莫測的海域保護我們的安全。

我的朋友們一直很興奮。我拒絕讓他們事先偷看這艘魔法船，但他們依然信任我。

可是，爲什麼呢？噢，爲什麼我父親要讓這艘船呈現出這種「我不敢相信它不是奶油」的顏色？

所有的一切都像霓虹燈，都是足以讓眼睛熔掉的亮黃色：繩索、盾牌、船身、船帆、船舵，甚至連船首的龍形雕像都是。就我所知，連龍骨的底部也是黃色，我們會讓路過的魚全部瞎掉。

「嗯，現在不重要了。」半生人說著，同時怒目瞪著我，意思像是顏色非常重要。「把東西扔上船！快點！」

水道的上游傳來轟隆的怒吼聲，很像一列貨運火車逐漸靠近。船身猛烈撞擊碼頭。半生人把我們的物品拋到船上，湯傑拉起船錨，我和瑪洛莉則用盡全身的英靈戰士力氣快速收起泊繩。

就在半生人把最後的袋子扔上船時，我們背後的水道轟然湧現一道水牆。

「快走！」湯傑大喊。

我們跳上船時，波濤轟擊我們的船尾，將船身往前推，簡直像是體積有二十七萬立方公尺的騾子在用力踢蹬。

我回頭瞥了碼頭最後一眼。服務生杭汀站在及膝的水中，死命抓住他的巧克力棒，眼睜睜看著我們高速衝入黑暗，整張臉嚇得發白，彷彿與死人在瓦爾哈拉一起混了這麼多個世紀之後，他到現在才終於見到真正的鬼魂。

6 我作了關於腳趾甲的惡夢

我喜歡的河流就像我喜歡的敵人……緩慢、寬大、慵懶。

我很少得到自己喜歡的。

近乎全然的黑暗中，我們的船射過急流。我的朋友們在甲板上爬行，奮力抓住繩索，不時還絆到船槳。船身左右搖晃，感覺好像在鐘擺上衝浪。瑪洛莉以全身的重量抱住船舵，努力讓大家保持在水流中央。

「不要光是站在那裡！」她對我大喊：「幫忙啊！」

俗話說得好：第一次碰到水時，所有的航海訓練都會忘光。

我很確定俗話中有這句啦。

我向波西．傑克森學來的每一件事都在腦中煙消雲散。我忘了怎麼區分左舷和右舷、船頭和船尾。我忘了該怎麼預防鯊魚攻擊，也忘了該怎麼從桅杆以正確的方法跳下去。我只能跳過甲板喊道：「我來幫忙！我來幫忙！」可是完全不曉得該怎麼辦。

我們以不可思議的速度突然轉彎，嘩啦衝過水道，收起的桅杆差點刮過天花板。船槳的尖端眞的刮過石壁，留下亮黃色的閃亮刮痕，看起來很像仙女跟在我們旁邊滑冰。

湯傑衝過我旁邊前往船頭，他的刺槍差點戳中我。「馬格努斯，拉住那條繩索！」他喊著，揮手指向船上差不多每一條繩索。

我抓住最近的索具，盡可能用力拉，希望拉的是正確的繩索；或者希望即使拉錯，至少看起來好像幫上一點忙。

我們沿著一連串的瀑布向下彈跳，我的牙齒格格打顫很像打電報，冰冷的波浪沖刷著欄杆上的盾牌。接著，水道變寬了，我們的側邊撞到一顆不知從哪裡凸出來的石頭，整艘船旋轉三百六十度，然後沿著一道瀑布向下墜落，肯定就要墜向死亡。隨著四周的空氣轉變成重重冰冷的霧氣……所有的一切變成一片黑暗。

能夠看見東西眞是太美妙了！

我發現自己站在另一艘船的甲板上。

遠處有個廣大的海灣，邊緣的冰封峭壁滿是大理石一般的冰塊。空氣好冰冷，我的外套袖口發出劈啪聲響，原來是結了一層霜。我腳下踩的不是木板，而是凹凸不平的表面，散發出灰色和黑色光澤，宛如犰狳的外殼。

這艘維京人船艦的尺寸大約像航空母艦，整艘船用同一種材料建造而成。不幸的是，我知道那是什麼……那是從不名譽的死者身上剪下的腳趾甲和手指甲，幾十億片噁心的殭屍切片，全部用邪惡的修甲師魔法拼組起來，建造出「納吉爾法」，意思是「指甲之船」，也以「幽冥之船」的名稱爲人所知。

在我頭頂上方，灰色的船帆在冰冷寒風中陣陣翻飛。

數千名乾癟的人類穿著生鏽的盔甲，在甲板上緩慢遊蕩；它們是屍鬼，維京人的殭屍。巨人在它們之間大步走動，喊叫著各種命令，還狠踹那些屍鬼，要它們排好隊。我的眼角餘光瞥見更黑暗的事物，那些暗影沒有形體，可能是輕煙構成的狼、巨蛇或骷髏馬。

「瞧瞧誰在這裡！」一個聲音興高采烈地說。

站在我面前，身穿白色海軍上將制服的人正是洛基本尊。他的秋葉色頭髮在將官帽的邊緣微微飄動，眼睛虹膜的色彩好強烈，像一圈閃閃發亮的堅硬琥珀，可憐的瞳孔受困其中，生命力遭到扼殺。數個世紀以來，毒液滴落他的雙眼之間，他的臉像坑坑疤疤的廢墟，憤怒的侏儒也曾把他的嘴唇縫合得醜陋扭曲，但洛基依然露出溫暖又友善的微笑，你幾乎不可能不微笑回應。

「來看我的嗎？」他問。「太棒了！」

我想要對他大吼。我想要嚴厲斥責他害我舅舅死掉、害我的朋友們遭受折磨、害我生活全毀，也害我整整六個月都消化不良，但我的喉嚨好像塞滿溼水泥。

「沒有話要說嗎？」洛基笑起來。「沒關係喔，因爲我有好多話要對你說。首先是友善的警告：我眞的再三考慮要按照老蘭道夫的計畫。」他的表情非常緊繃，顯現出虛情假意的同情。「我擔心那個可憐人到最後有點老人痴呆。你一定是瘋了才會聽他的話！」

我很想掐死洛基，但雙手感覺異常沉重。我低下頭，發現手指甲以不自然的速度漸漸變長，朝向甲板延伸而去，很像植物的根部在尋找土壤。我的雙腳在鞋子裡覺得好緊。不知道爲什麼，我就是知道腳趾甲也逐漸變長，刺破了襪子，努力想突破登山鞋的束縛。

「還有什麼事呢？」洛基敲敲自己的下巴。「噢，對了！你看！」

他的手勢越過一群群緩慢移動的殭屍，伸出手臂揮向海灣，彷彿要展示我剛贏得的超棒獎賞。在霧濛濛的地平線上，一道冰封峭壁開始崩解，大片的冰幕傾洩而下。伴隨的聲響過了半秒才襲擊我，隱約的隆隆聲彷彿雷聲般穿越濃厚雲層而來。

「很酷吧？」洛基咧嘴而笑。「冰塊溶解的速度比我的預期快多了。我好愛全球暖化！這個星期結束前，我們就能啓航了，所以說實在的，你們已經太遲了。如果我是你，我會立刻掉頭回去瓦爾哈拉。諸神的黃昏來臨之前，你只剩下幾天的時間能夠好好享受了，說不定可以再上幾堂超棒的瑜珈課！」

我那些不受控制的指甲伸到甲板了，它們與閃亮的灰色表面交織在一起，把我往下拉，迫使我彎下腰。我的腳趾甲從鞋子前端爆出來，把我釘在原地，同時死人的指甲也像幼苗一樣向上生長，匆匆彎曲繞過我的鞋帶，以爬藤之姿伸向我的腳踝。

洛基露出溫和的微笑，低頭看著我，彷彿看著小小孩踏出此生的第一步。「是的，這是迎接世界末日的美好一週。不過呢，如果你堅持要挑戰我……」他嘆口氣，搖搖頭，像是要說「你們這些小孩和任務都太瘋了」。「那麼，拜託不要讓我的孩子參與其中，好嗎？可憐的莎米和亞利思，她們吃的苦夠多了。如果你眞的很在乎她們……嗯，這項任務會毀了她們。我向你保證。她們根本不知道自己會面對什麼樣的狀況！」

我膝蓋一彎往下跪。我再也無法分辨哪裡是我自己的手指甲和腳趾末端，哪裡又是這艘船開始的地方。灰黑色角質蛋白的鋸齒狀分枝緊緊纏住我的小腿和手腕，把我固定在甲板上，接著環繞我的四肢，往下拉進船隻本身的結構裡。

「馬格努斯，當心喔！」洛基叫喊著說：「不管用什麼方法，我們很快會再聊聊！」

一隻粗糙的手緊扣我的肩膀，把我搖醒。

「馬格努斯！」半生人．岡德森大喊：「老兄，振作起來！抓住船槳！」

我發現自己仰躺在亮黃色船隻的甲板上。我們正往側邊漂去，穿越一片冰冷的濃霧，水流把我們拉向左舷，河流從那裡墜落到轟隆怒吼的黑暗中。

我把哽在喉嚨裡的溼水泥猛力嚥下。「那是另一道瀑布？」

瑪洛莉猛然跌坐在我旁邊的凳子上。「會把我們直直送進金崙加深溝並殺了我們的瀑布，沒錯。你現在想划船了嗎？」

湯傑和半生人坐在我們前面的凳子上。我們四人同心協力，用盡所有的力氣划槳，拉動我們的船隻轉向右舷、遠離絕境。我的肩膀燃燒起來，背部肌肉尖叫抗議。最後，怒吼聲在背後漸漸淡去，霧氣也逐步消散，我發現我們置身於波士頓港，距離「老鐵殼」沒有很遠，左邊浮現查爾斯鎮的一排排磚造房屋和教堂尖頂。

湯傑轉過來對我微笑。「看見沒？沒那麼糟啦！」

「當然啦，」瑪洛莉說：「除了差點掉進世界的邊緣然後蒸發掉。」

半生人伸展雙臂。「我覺得剛才好像在邦克山舉起一頭大象，不過大家太棒了……」這時他看到我的臉，嚇得畏縮身子。「馬格努斯？怎麼了？」

我盯著不斷顫抖的雙手，感覺指甲好像仍然在繼續生長，並努力想辦法回到幽冥之船。

「我看到一點東西，」我嘀咕著說：「給我一點時間。」

我的朋友彼此交換憂慮的眼神。他們都知道，根本沒有只看到「一點東西」這回事。

瑪洛莉．基恩急忙靠到我身邊。「岡德森，你怎麼不去掌舵？」

半生人皺起眉頭。「我才不會聽命於……」

瑪洛莉瞪著他。半生人低聲咕噥一句，走過去掌舵。

瑪洛莉定睛看著我，綠色的虹膜帶有棕色和橘色斑點，很像北美紅雀的蛋殼。「你看到的是洛基嗎？」

一般來說，瑪洛莉不會這麼靠近我，除非在戰場上要把我胸口的斧頭拔出來。她很重視個人空間。她的眼神充滿憂慮；那眼神中的憤怒沒有具體的對象，很像火焰從一處屋頂跳到另一處，你永遠不知道它會燒掉什麼東西，又會放過什麼不燒。

「是啊。」我說明剛才的所見所聞。

瑪洛莉噘起嘴唇，滿臉厭惡。「那個奸詐的騙子……大家最近作的惡夢都看見他。那時我把雙手放在他的……」

「喂，瑪洛莉，」湯傑斥責道：「我知道你比我們大部分人更想報仇，可是……」

基恩以嚴厲的眼神阻止她繼續說下去。

我好想知道湯傑到底在說什麼。聽說瑪洛莉之所以會死，是因爲她在愛爾蘭嘗試拆除一顆汽車炸彈，但除此之外，我對她的往事了解得非常少。洛基要爲她的死負起責任嗎？

她抓住我的手腕，無情的手指讓我想起「納吉爾法」的角質蛋白藤蔓，讓人感覺很不舒服。「馬格努斯，洛基正在召喚你。如果你又作那種夢，別跟他說話。不要上鉤。」

「上什麼鉤？」我問。

在我們背後，半生人大喊：「女武神[25]在十點鐘方向！」他指著查爾斯鎮的岸邊。大約前方將近一公里處，我只能辨認出兩個人影站在碼頭上，一個人圍著綠色的穆斯林頭巾，另一個頂著綠色頭髮。

瑪洛莉回頭瞪著岡德森。「你這個笨蛋，一定要那麼大聲嗎？」

「這是我平常的音量啊，女人！」

「是啦，我知道，大聲又討厭。」

「如果你不喜歡……」

「馬格努斯，」她說：「我們以後再談。」她踏著重重的步伐走向甲板艙口，整場騷動期間，半生人的戰斧一直掉在那裡。她撿起那把武器，對著半生人揮舞。「等你開始表現良好，才能把這個拿回去。」

她滑下階梯，消失在甲板下方。

「噢，不，她不可以這樣！」半生人棄守崗位，大步追隨她而去。

船身開始向右舷歪斜。湯傑匆匆走向後方掌舵。

他嘆口氣。「那兩個人的分手時機選得很糟糕。」

「等一下，什麼？」我問。

湯傑挑挑眉頭。「你沒聽說？」

半生人和瑪洛莉經常吵架，你很難分辨他們是眞的生氣，或者只是打情罵俏。不過現在仔細一想，過去幾天他們確實對彼此比較暴躁。

「爲什麼分手？」

湯傑聳聳肩。「死後的來世是一場馬拉松，而不是短跑衝刺。如果你永遠活著，長期的關係就會變得很微妙。對英靈戰士伴侶來說，幾個世紀以來分手六、七十次不是什麼新鮮事。」

我試圖想像那種狀況。當然啦，我從來不曾建立某種關係，長期的或其他形式都沒有，

㉕ 女武神（Valkyrie）是奧丁的侍女，負責挑選陣亡英雄，帶領他們前往瓦爾哈拉。

所以……我沒辦法想像。

「而我們和那兩個人困在一艘船上，」我指出，「他們忙著解決彼此的歧見時，周圍有一大堆各式各樣的武器耶。」

「他們都很專業，」湯傑說：「我確定不會有事。」

咚。我腳下傳來斧頭砍進木頭的聲音，甲板為之震動。

「好吧，」我說：「那麼，瑪洛莉談到關於洛基的事呢？」

湯傑的笑容消失了。「說到那個騙子，每個人跟他都有問題要解決。」

我真想知道湯傑的問題是什麼。我和這群朋友在十九樓住了好幾個月，但我開始意識到自己對他們的往事了解得很少。湯瑪斯．小傑佛遜，以前是麻薩諸塞州第五十四志願步兵團的步兵，是戰神提爾[26]和一名解放奴隸之子。湯傑即使在戰場上戰死，或者必須把走廊上裸身夢遊的半生人．岡德森弄回房間，他似乎從來不曾慌張不安。我認識的死人之中，湯傑的個性最陽光，但他一定也有自己內心的恐懼。

在他的夢裡，我真想知道洛基用什麼手段奚落嘲弄他。

「瑪洛莉說洛基在召喚我，」我想起來了，「而且我不該上鉤？」

湯傑彎彎手指，彷彿對自己父親提爾的痛苦感同身受；芬里爾巨狼曾咬斷了提爾的手。

「瑪洛莉說得對。有些挑戰你絕對不該冒險嘗試，特別是與洛基有關。」

我皺起眉頭。洛基也曾用「挑戰」這個詞，不是「奮戰」，不是「阻止」。他曾說：「如果你堅持要挑戰我……」

「湯傑，你爸不是掌管單挑和雙人對戰等等的天神嗎？」

「沒錯。」湯傑的聲音十分僵硬平淡，很像他喜歡吃的硬麵包。他指著碼頭。「你看，莎米和亞利思有同伴。」

我之前沒注意到，不過有個人躲在洛基兩個孩子後方幾公尺處，倚著他的汽車頂蓋，身穿牛仔褲和藍綠色的工作襯衫。他是我最喜歡的新鮮炸豆泥球三明治的供應者。阿米爾·法德蘭，莎米拉的未婚夫，前來爲我們送行。

㉖提爾（Tyr），北歐神話中的戰神，是勇氣與英雄的象徵，也是契約與誓言的守護神。

7 我們全部溺水

「哇，」莎米拉看著我們靠近碼頭時說：「亞利思，你說對了，這艘船真的『很黃』。」

我嘆氣。「別連你也來這個。」

亞利思笑得合不攏嘴。「我提議幫它取名叫『大香蕉』。所有人都贊成嗎？」

「諒你不敢。」我說。

「我喜歡。」瑪洛莉說著，把一條泊繩扔給亞利思。

基恩和岡德森已經從甲板底下走出來，顯然停戰了，不過兩人都頂著新鮮的黑眼圈。

「那就決定了！」半生人大吼。「好船『米基爾古』！」

湯傑搔搔腦袋。「古北歐語有『大香蕉』這種話？」

「嗯，不算是啦，」半生人坦承說：「維京人從來不曾航行到那麼南方而發現香蕉。不過『米基爾古』的意思是『大黃色』，夠接近了！」

我望向天際，心裡默默禱告：「弗雷，夏日之神，老爸，多謝這艘船。不過我能不能提出建議呢？森林綠也是很棒的夏日色彩啊，拜託別害我在朋友面前丟臉好嗎？阿門。」

我爬到岸上，幫忙把「大黃羞羞臉」綁好，兩條腿依然因爲激烈的河流泛舟和看見洛基而發抖。我才剛航行了一陣子，就因爲回到乾燥陸地而滿心感激，看來我們航越大海的旅程肯定樂趣無窮。

阿米爾跟我握手。「吉……馬格努斯，你好嗎？」

即使過了這麼多個月，他有時候還是脫口叫我「吉米」。這都要怪我。我無家可歸的兩年期間，阿米爾和他爸爸是我少數幾頓可靠熱食的來源。他們在轉運站的美食廣場開餐廳，會把剩菜留給我吃。面對他們的善意，我卻無法以信任回報他們，沒有告知我的真名。我到現在還是覺得很內疚。

「是啊，我很好……」我發現自己又欺騙他了。「我是說，心情就像我們即將參與另一趟危險任務一樣好。」

莎米拉用她斧頭的鈍端頂頂我的肋骨。「喂，不要讓他激動啦。我花了好幾天努力說服阿米爾，要他別擔心。」

亞利思笑得詭異。「而且，我花了好幾天當監護人，看著她說服阿米爾，要他別擔心。非常甜蜜唷。」

莎米拉臉紅了。她穿著平常的旅行裝束：皮靴、堅固的工作褲搭配兩把斧頭、長袖高領毛衣、深綠色外套，再搭配她的魔法穆斯林頭巾。頭巾的布料在風中微微翻騰，從她周圍吸取色彩，隨時準備進入完整的偽裝模式。

然而，莎米的臉似乎有點不對勁。她的嘴唇乾燥龜裂，雙眼凹陷無神，好像深受維生素缺乏之苦。

「你還好嗎？」我問她。

「當然。我很好！」

但我從她呼出的口氣聞到酮味，那是一種汙濁的酸氣，很像檸檬在太陽底下曝曬過度產生的氣味。好一陣子沒吃東西就會呼出這種口氣，我在街上很習慣這種氣味。「才不，」我終於說：「你不好。」

她準備開口否認，但阿米爾幫她求情。

「齋戒從兩個星期前開始，」他說：「我們都在禁食。」

「阿米爾！」莎米抗議說。

「怎麼了？馬格努斯是朋友，他應該要知道。」

亞利思的下巴扭來扭去，努力想把失望吞回去。亞利思當然知道，他在蘭道夫舅舅家講的就是這件事，莎米很難專心訓練的原因。我不太了解齋戒，但我太了解飢餓了，那會嚴重影響你的專注力。

「那麼，呃，規則是怎樣？」我問。

「那不會影響我出這趟任務，」莎米保證說：「我本來不想說，因為我不想讓大家擔心。只是白天的時候不能喝水或吃東西。」

「或洗澡，」阿米爾說：「或罵人。或抽煙。或使用暴力。」

「那還好，」亞利思說：「因為我們的任務絕對不會牽扯暴力喔。」

莎米翻個白眼。「如果遭受攻擊，我還是可以自衛。只有一個月……」

「一個月？」我問。

「自從十歲開始，我每年都實行，」莎米說：「相信我，沒什麼大問題。」

我覺得聽起來有相當大的問題，尤其現在是夏天，白天這麼長，我們又要面對各種生死攸關的情況，那可不會等到一般營業時間之後才發生。「你難道不能，就像，延期一下，等我們完成任務之後再說？」

「她可以，」阿米爾說：「如果你去旅行，或者如果齋戒顯得太危險，延期是允許的，兩項都適用於這次的案例。」

「但她不會，」亞利思插嘴說：「因為她像非常虔誠的騾子一樣頑固。」

莎米戳戳亞利思的肋骨。「小心一點喔，兄弟。」

「哎唷，」亞利思抱怨說：「說好的不用暴力呢？」

「我這是自衛。」莎米說。

「喂，你們所有人，」半生人從船上叫著：「我們的裝備都放好了，準備啓航。你們在嘮叨什麼啊？走吧！」

我看著阿米爾，他永遠都這麼精心打扮，衣著整潔無瑕、熨燙完美，一頭黑髮剃得整齊又恰到好處。你絕對不會認為這傢伙有可能飢渴虛弱。不過他的臉部肌肉比平常緊繃許多，一雙溫和的褐色眼睛也眨個不停，似乎很期待一滴冰水灑到額頭上。阿米爾正在受苦，但痛苦的來源與齋戒一點關係也沒有。

「萬事小心，」他懇求說：「你們所有人。馬格努斯，我很想拜託你注意莎米拉的安全，但如果說出口，她會用她的斧頭砍我。」

「我絕不會用斧頭砍你，」莎米說：「總之，反過來才對，我會注意馬格努斯的安全。」

「我來注意莎米拉的安全啦，」亞利思自告奮勇說：「家人就是要這樣嘛，對吧？」

阿米爾的眼睛眨得更厲害了。我有種感覺，他還不確定該怎麼看待亞利思．菲耶羅，這位綠髮流性人是莎米的同父異母或同母異父手足兼死掉的監護人。

「好吧，」阿米爾點點頭，「謝謝。」

看到阿米爾這麼苦惱，我忍不住覺得內疚。幾個月前，他剛開始了解莎米拉是奧丁的女武神、過著奇怪的雙面生活時，我曾治療他的心靈，讓他不至於發瘋。如今，他的凡人之眼永久打開，再也無法過著無憂無慮的懵懂生活了，他偶爾可以看到大地巨人沿著聯邦大道閒晃、海中巨蛇在查爾斯河翻騰嬉戲，還有女武神飛過頭頂，帶著死去英雄的靈魂前往瓦爾哈拉旅館登記入住。他甚至可以看到我們這艘貌似重裝備香蕉的巨大維京人戰船。

「我們會小心，」我對他說：「況且，沒有人敢攻擊這艘船啦，它實在『太黃』了。」

他擠出弱弱的微笑。「還眞的是。」他伸手到背後，從車頂蓋拿起一個大型的綠色保溫袋，就是法德蘭炸豆泥球店用來外送的袋子。「馬格努斯，這是給你的。希望你喜歡。」

新鮮炸豆泥球的香氣飄出來。說眞的，幾小時前我才剛吃過炸豆泥球，但現在肚子仍然咕嚕叫，因爲……嗯，有更多的炸豆泥球耶。「老兄，你最棒了。我不敢相信……等一下，你正在齋戒，還帶食物來給我？這樣似乎不太好吧。」

「我正在齋戒，不表示你不能享受啊。」他拍拍我的肩膀。「我的禮拜祝禱對象會有你，你們所有人。」

我知道他是眞心這樣說。我自己是無神論者，只會以諷刺的心情向我父親禱告，希望這艘船能換個好一點的顏色。我得知有北歐眾神和九個世界的存在，只是更加深信根本沒有所謂的「神的偉大計畫」。什麼樣的神性會讓宙斯和奧丁在同一個宇宙到處亂跑，雙方都宣稱自己是造物主，用閃電對凡人天打雷劈，還舉辦激勵演講？

但阿米爾是有信仰的人，他和莎米拉都相信有某種更崇高的宇宙力量眞心關切人類。我想，即使我認為那條線的另一邊根本沒有任何人，然而得知阿米爾把我納入他的禮拜範圍，心裡還是覺得很安慰。

「謝啦，老兄。」我最後一次跟他握手。

阿米爾轉向莎米。他們站著，距離幾步之遙，彼此沒有碰觸。他們認識這麼多年來，彼此從未碰觸。我眞想知道，這件事對阿米爾的殺傷力是不是比齋戒更嚴重。我自己也不太喜歡身體碰觸，但是每隔一陣子，我所在意的人給予的擁抱都會讓我感動許久。像莎米和阿米爾這麼關心彼此，卻連握手都不行……我實在無法想像。

「我愛你。」阿米爾對她說。

莎米拉踉蹌後退，彷彿有一顆巨大的鷹蛋擊中她的臉。亞利思連忙扶著她。

「我……好，」莎米啞著嗓子說：「一樣。也是。」

阿米爾點點頭。他轉過身，坐進他的車。一會兒之後，他的車尾燈消失在旗艦路的遠處。

莎米拉猛拍自己的額頭。「一樣？也是？我眞是大白痴。」

亞利思拍拍她的手臂。「我覺得你很有說服力。來吧，姊妹，霓虹黃戰船等著你呢。」

我們解開泊繩，伸展桅杆，拉起船帆，並搞定其他一大堆航海裝備。我們很快就把波士頓拋到後面，駛過羅根機場和海港區之間的水道。

現在「大香蕉」沒有彈跳穿越地下的湍急水流，或者高速衝向跨越世界的瀑布，我對它的好感度大為提升。一道強風撐滿船帆，夕陽將市中心的天際線染成紅金色，延伸向前的海洋呈現藍色的絲綢狀；此時此刻，我只需要站在船頭，好好享受眼前的景致。

經過漫長而艱苦的一天後，也許終於能夠放鬆一下了，不過我仍想著蘭道夫舅舅的事。

他也曾經從同一個港口揚帆出海，想要尋找夏日之劍。他的家人再也沒有回去。

「這不一樣，」我對自己說：「我們是一群訓練有素的英靈戰士，還有瓦爾哈拉最頑固、最虔誠的女武神。」

洛基的聲音迴盪在我的腦袋裡。「可憐的莎米和亞利思。這項任務會毀了她們。她們根本不知道自己會面對什麼樣的狀況！」

「閉嘴。」我喃喃說著。

「抱歉，怎樣？」

我沒發現莎米拉就站在我旁邊。

「呃，沒事。嗯……不是眞的沒事。我曾短暫拜訪過你爸。」我對她說明詳細過程。

莎米拉做了個鬼臉。「那還滿普通的啊。亞利思也看到了一些影像和作惡夢，差不多每天都有。」

我看看周圍甲板，但亞利思一定是在甲板下面。「眞的嗎？他完全沒向我提起。」

莎米拉聳聳肩，像是說：「亞利思就是那樣啊。」

「那你呢？」我問。「有沒有看到什麼？」

她歪著頭。「沒有，這很耐人尋味。齋戒的時候很容易專心，也會強化意志。可能就是因爲這樣，洛基沒辦法進入我的心智。我希望……」

她讓想法隨風飄散，但我捕捉到她的意思。她希望齋戒能讓洛基比較不容易控制她。聽起來很像我亂猜一通。然而，如果我爸只要隨便下令，就可以讓我乖乖做他想做的事，那麼我很願意盡己所能反抗他，即使要放棄炸豆泥球三明治也在所不惜。每一次莎米說到她父親的名字，我都能聽出她內心即將爆發的恨意。她痛恨自己受制於他的力量。

一架客機從羅根機場起飛，呼嘯飛過頭頂。湯傑在桅杆頂部的瞭望台上，狂風吹亂了他的黑色捲髮，只見他振臂高喊：「唷呵！」

身為來自一八六〇年代的人，湯傑熱愛飛機。我想對他來說，飛機似乎比侏儒、精靈或巨龍擁有更多的魔法。

我感覺到下方傳來乒乒乓乓的聲音……可能是亞利思和瑪洛莉正把我們所有的物品堆放好。半生人・岡德森站在船尾，倚著船舵，用口哨吹著〈帶我飛向月球〉㉗。（魔音繞樑的瓦爾哈拉超蠢電梯音樂。）

「莎米，你一定沒問題，」我終於說：「你這次會打敗洛基。」

她轉身凝視夕陽。我很想知道她是不是期待著黃昏，到時候她就可以吃吃喝喝，而最重要的是，又可以罵人了。

「關於那件事，」她說：「除非我真正面對洛基，否則不會知道結果。亞利思的訓練完全著重於放鬆，讓我面對變身比較自在一點，可是……」她吞嚥口水。「我真的想要比較自在一點嗎？我也不知道。我又不像亞利思。」

這點無可否認。

莎米第一次對我提起她的變身能力時，她說自己很討厭運用那種能力。她認為，那樣表

㉗〈帶我飛向月球〉（Fly Me to the Moon）有很多版本，目前大家最熟悉的是美國歌手法蘭克・辛納屈於一九六四年配合阿波羅登月計畫錄製的版本。

示對洛基投降，變得比較像她父親。

亞利思認爲要把洛基的力量據爲己有，莎米則認爲她承襲的巨人血統是毒藥，必須驅逐出去。她仰賴的是紀律和組織，也就是要更常禮拜、放棄食物和飲水，無論要付出何種代價都在所不惜。但是說到變身，像亞利思和洛基那樣流動易變……即使那是莎米血脈中的一部分，也與她的性格不符。

「你一定能找到方法，」我說：「你能適用的方法。」

她仔細端詳我的臉，也許想判斷我是否眞心相信自己說的話。「我很感激你那樣說。不過呢，我們同時有其他事情要擔心。亞利思對我提過你舅舅家的事。」

儘管傍晚天氣溫暖，我仍打了寒顫。我一想到狼群就會這樣。「你對我舅舅筆記的意義有什麼想法嗎？蜜酒？巴爾弗克？」

莎米搖搖頭。「等我們接到希爾斯東和貝利茲恩就可以問他們。他們一直到處跑，做一大堆……他們是怎麼說的？遠程的預先勘察。」

聽起來很厲害。也許與密米爾㉘那個跨世界的奇怪黑手黨有關，他們兩人與組織裡的聯絡人串連，努力幫我們找到最安全的航線，以便穿越九個世界的海域。不過我心裡一直冒出這樣的畫面：貝利茲恩瘋狂採購全新行頭，希爾斯東則是閒閒沒事站在旁邊，將盧恩字母排列成各種不同的符咒，藉此打發時間。

我好想念那兩個傢伙。

「我們到底會在哪裡見到他們？」我問。

莎米指著前方。「鹿島燈塔。他們答應今天太陽下山時會在那裡。就是現在。」

數十個島嶼散布在波士頓的海岸線外。我永遠搞不清楚它們誰是誰，不過莎米提起的燈塔倒是很容易辨認，那是一棟矮胖建築，頂著類似天線的東西，從海浪中浮現出來，很像一艘混凝土潛艇的潛望塔。

隨著逐漸靠近，我期待看到一名身穿閃亮鐵鍊盔甲背心的時髦侏儒，或者穿得一身黑並搭配糖果條紋圍巾的精靈。

「我沒看到他們。」我嘀咕說。我抬頭看湯傑。「喂，你有沒有看到什麼？」

我們的瞭望員似乎驚呆了。他的嘴巴張得好大，雙眼圓睜，臉上的表情絕對不會讓我聯想到湯瑪斯．小傑佛遜……那是徹底的驚駭。

在我旁邊，莎米發出噎住的聲音。她從船頭往後退，指著我們和燈塔之間的水域。

在我們前方，海水開始攪動，向下旋轉成漏斗狀，很像有人把麻薩諸塞灣的浴缸塞子拔掉了。從那個漩渦裡，有好幾個水汪汪的巨大女子形體冒出來，總共有九個，每個都像我們的船身那麼大，她們身上的衣物由泡沫和冰晶構成，藍綠色的臉龐因爲憤怒而扭曲。

我才剛開始想：波西教的基本航海技術沒有涵蓋這一項。

接著，那些巨大的女子宛如存心報復的海嘯一樣落到我們身上，把這艘燦爛輝煌的黃色戰船壓進暗不可測的深淵。

㉘密米爾（Mimir）是阿薩神族的天神，名字的意思是「智者」，象徵智慧與知識。

8 進入憤青的宴會廳

猛衝到海底已經夠糟了。

我不需要再來點歌聲。

我們的戰船急速下墜、以自由落體之姿穿越海水龍捲風之眼，同時九位巨人女士在我們周圍旋轉，穿梭於風暴內外，看似一次又一次遭到淹沒。她們的臉孔因爲憤怒和歡樂而扭曲，長髮射出冰霧揮打我們。她們每一次從水中冒出來就尖厲哭嚎，但那不只是混亂的噪音，而是完全相同的音調，很像鯨魚的合聲嗚唱透過響亮的音響反饋播放出來。我甚至捕捉到歌詞的片段：滾沸蜜酒……揚波之女……爲你而死！這讓我回想起半生人．岡德森第一次播放挪威的黑金屬搖滾樂給我聽，過了幾個小節之後，我才突然頓悟……喔，等一下，這應該是音樂啊！

我和莎米的手臂緊挽著索具。湯傑跨坐在桅杆頂端，尖叫的模樣彷彿騎著全世界最可怕的旋轉木馬。半生人與船舵奮力搏鬥，但現在處於下墜之勢，我實在看不出那有什麼用。而在甲板下方，我聽到瑪洛莉和亞利思被拋飛得撞來撞去，發出「卡—轟隆、卡—轟隆、卡—轟隆」的聲音，很像兩顆人體骰子。

船身繼續旋轉。伴隨一聲絕望的尖叫，湯傑再也抓不住，甩出去墜入漩渦之中。莎米跟著他飛出去。幸虧女武神擁有優秀的飛行能力，她抱住湯傑的腰部，兩人一起以曲折的路線飛回船上，巧妙閃避海中女巨人抓攫的雙手，以及像壓艙物一樣拋飛出去的各種行李。

她一回到甲板上……噗啦！我們的船嘩啦一聲完全沒入水中。

最大的震驚是熱度。我一直預期會凍死，卻覺得好像是沉入滾燙的浴缸裡。我拱著背，全身肌肉收縮，努力不要吸進任何液體，但是等到眨眨眼想看清楚到底發生什麼事，周圍的水卻是奇怪的朦朧金色。

這不可能沒問題，我心想。

甲板在我底下起起伏伏。無論我們身在「大香蕉」何處，它的表面都撞破了。風暴已然平息，到處都沒看見九位女巨人的蹤影。我們的船在平靜的金色水域載浮載沉、吱嘎作響，船身周圍不斷冒泡，散發出像是異國香料、花朵和烘焙點心的氣息。四面八方聳立著陡峭的棕色峭壁，形成直徑大約一點五公里的完美環圈。我的第一個念頭是：我們墜落到某個火山湖的正中央。

至少，我們的船似乎還算完整。溼答答的黃色船帆拍打著桅杆，索具閃閃發亮冒出蒸汽。莎米拉和湯傑率先站起來，在船尾跌撞滑行。半生人．岡德森則趴倒在那裡的船舵上，額頭有個可怕的深長傷口滴著鮮血。

我一度心想：「呃，半生人每次都像那樣死掉。」接著才想起我們早就離開瓦爾哈拉。無論這是哪裡，我們都不會死而復生。

「他還活著！」莎米大聲說：「只是撞倒在地不醒人事！」

我的耳朵裡依然縈繞著詭異的音樂讓我思緒呆滯。我覺得好奇怪，湯傑和莎米為何要一直看著我？

接著我才意識到，咦，對喔，我是治療師。

我跑過去幫忙，傳送弗雷的力量治療岡德森頭上的傷口；瑪洛莉和亞利思也碰撞到流血，這時跌跌撞撞從下層甲板走出來。

「你們這些笨蛋到底在上面幹嘛？」瑪洛莉質問道。

簡直像要回答似的，一團暴風雨雲襲捲到頭頂上，遮蔽了半個天空。有個聲音從上方隆隆傳來：「你們在我的大鍋裡幹嘛？」

暴風雨雲往下降，我才發現那是一張臉……那張臉看到我們似乎不是很高興。

根據先前與巨人交手的經驗，我學習到應付他們巨大體型的唯一方法，就是一次只盯著一個部分，例如像油輪一樣大的鼻子、像紅杉一樣濃密廣大的鬍子、貌似麥田圈的圓形金邊眼鏡等等。而在巨人的頭頂上，我本來以為是暴風前緣的東西，其實是全宇宙最巨大的巴拿馬帽緣。

根據那個聲音在盆地裡共鳴的方式，以及撞上峭壁產生的微小回響，在在讓我意識到，事實上我們不是在火山口裡。那些峭壁其實是巨大鍋子的金屬鍋邊，冒著蒸汽的湖泊則是某種燉菜，而我們正好變成某種祕密食材。

我的朋友們紛紛站起來，嘴巴張得好大，努力想搞清楚自己究竟看到了什麼……只有半生人．岡德森除外，他很聰明，繼續維持不省人事。

我最先恢復理智。我超討厭這樣啊。

「哈囉。」我對巨人說。

我很有這種外交手腕，總是知道正確的打招呼方式。

滿臉不悅的「麥克巨臉」緊皺眉頭，讓我猛然回想起小學六年級自然課時講解的板塊構造。他往兩旁瞥了幾眼，然後大叫：「女兒們！到這裡來！」

又有更多的巨大臉孔從鍋子邊緣冒出來，正是來自漩渦的九名女子，但現在她們變得更大了，她們的泡沫狀頭髮漂浮在臉孔周圍，笑容有點狂躁，眼神因為興奮或飢渴而明亮。（我希望那不是飢渴……也可能是飢渴。）

「爸，是我們抓到的！」一名女子尖叫說道，如果她沒有像波士頓南區那麼大，可能就算是尖叫吧。

「是的，不過為什麼呢？」她們的父親問道。

「他們是黃色的！」另一個女巨人插嘴說：「我們立刻就發現他們！一艘船有那樣的顏色，我們認為應該要淹死他們！」

我開始在心裡列舉一連串「F」開頭的字：Frey（弗雷）。Father（父親）。False（錯誤）。Friend（朋友）。Frick（法里克）。Frack（法拉克）。還有一些其他的字。

「而且，」第三個女兒說：「他們有個人提到『蜜酒』！爸，我們知道你會想找他們談談！那是你最喜歡的詞！」

「喂，喂，喂！」亞利思．菲耶羅揮動雙手，彷彿正在表演耍旗。「這裡才沒有人提到蜜酒。一定有什麼地方搞錯了……」他遲疑一下，接著對我皺起眉頭。「對吧？」

「呃……」我指著莎米拉，她連忙往後退，遠離亞利思那條勒繩搆得到的範圍。「我只是要說明……」

「那不重要！」皺眉哥轟隆說道：「你們來到這裡，但我不能讓你們待在我的大鍋裡。我正在濃縮蜜酒。一艘維京人的戰船絕對會毀了蜜糖的風味！」

我瞥了周圍的冒泡液體一眼，突然很慶幸自己沒有喝到半口。

「蜜糖？」我問。

「你竟敢那樣叫我！」亞利思咆哮說。他可能是開玩笑吧，我不想問。

一隻巨大的手從我們上方隱約靠近，皺眉哥從桅杆拎起我們的船。

「他們太小了，根本看不清楚，」他抱怨說：「我們把尺寸縮小吧。」

我好討厭巨人改變現實的比例。我們周圍的世界立刻縮短變小，感覺肚子往內壓縮，耳朵啵啵作響，眼睛在眼窩裡爆凸得好痛。

轟！吱嘎！咚！

我跌跌撞撞站起來，發現自己與朋友們站在廣大的維京人宴會廳正中央。

我們的船隻側躺在一個角落，熱蜜酒依然從船身汩汩滴下。房間的牆壁排列著幾十根船隻龍骨，向上拔起數十公尺高，然後向內彎曲，形成尖狀天花板的梁椽。然而柱子之間沒有填補木板或灰泥，只有波光粼粼的綠色水域，我完全不懂是什麼樣的物理學能讓它們就定位。水牆上到處都有門，我猜是通往其他的海底空間。地板鋪著溼軟的海草，我很慶幸自己穿了鞋子。

宴會廳的配置與一般的維京人派對空間沒有太大差異，長方形的宴會桌占據顯著的位置，兩側各有一排椅子，以紅珊瑚雕刻而成，而遠端有一張精緻的寶座，裝飾著珍珠和鯊魚頷骨。散布各處的一個個火盆燃燒著鬼魅般的綠色火焰，讓整個大廳充滿炭烤海草的氣息。主要爐床的正上方掛著我們曾經漂浮的大鍋，但它現在顯得沒那麼巨大了……也許只夠烹煮一小群公牛吧。青銅大鍋擦得晶亮，側邊雕刻著海浪和怒吼臉龐的圖案。

我們的主人兼獵人，皺眉老爸巨人，正站在我們面前，手臂交叉，眉頭緊皺成一團。他現在只有人類的兩倍高，軍綠色合身牛仔褲的褲腳往上翻起，露出黑色的尖頭靴。他的西裝背心扣上釦子，裡面穿著白色的正式襯衫，袖子往上推高，露出前臂一大堆渦旋狀的盧恩文字刺青。他戴著巴拿馬帽和金邊眼鏡，看起來很像高級的「全食超市」那些焦躁的顧客，眼看快速結帳櫃檯排了一堆人都購買大量物品，他卻只買了養生抹茶果泥，急著盡快付錢走人。

在他後面，九位海浪少女排列成鬆散的半圓形；此刻她們沒有興風作浪，眞是太令人驚訝了。每一位女巨人各以獨特的方式令人驚嚇，但全都瞇著眼睛咯咯發笑，每個人同樣興奮地彼此推擠，活像一群粉絲正在等待大明星從舞台門走出來，然後可以把他撕成碎片以顯示她們的愛。

我回想上次遭遇海洋女神瀾恩的情景，她描述自己的丈夫是個喜歡精釀啤酒的文藝青年。當時她描述的內容太詭異，實在很難理解，事後回想起來則覺得很好笑。而現在，感覺有點太過眞實，因爲我相當確定，當時談論的文青天神就站在我面前。

「你是埃吉爾㉙，」我猜測說：「掌管海洋的天神。」

埃吉爾咕噥一聲，意思像是：「對，所以呢？你還是汙染了我的蜜酒啊。」

「而這些……」我吞了口口水。「這些可愛的淑女是你的女兒？」

「當然，」他說：「九位揚波女巨人！這位是希明萊瓦，然後是赫佛琳、赫蘿恩……」

㉙ 埃吉爾（Aegir）是北歐神話中的深海海神，在北歐天神中以善釀啤酒聞名。

「爸，我是赫佛琳，」最高大的女孩說：「她才是赫蘿恩。」

「好啦，」埃吉爾說：「再來是烏娜。還有拜爾琪雅……」

「拜雞鴨？」瑪洛莉說著，同時盡力扶住意識不清的半生人。

「很高興能認識大家！」莎米拉大喊，搶在埃吉爾介紹什麼彗星、朱比特和魯道夫之前。「我們主張客人的權利！」

莎米拉很聰明。在一些很有禮貌的巨人家裡，主張客人的權利可以讓你得到一張免於屠殺的通行證，至少暫時可以。

埃吉爾哼了一聲。「你把我當成什麼？野蠻人嗎？你們當然擁有客人的權利。其實你們毀了我的蜜酒，而且有一艘很沒禮貌的黃色船，但你們現在來到我家，至少一定要一起吃個飯，然後我才要決定怎麼處置你們。當然啦，除非你們之中有人是馬格努斯．雀斯，萬一是這樣，我一定得立刻殺了你們。希望他沒有在這裡吧？」

沒有人回答，不過我的朋友全都目光灼灼看著我，像是要說：「該死了，馬格努斯。」

「只是假設喔……」我說：「如果我們有一個馬格努斯．雀斯，你爲什麼要殺他？」

「因爲我答應我太太瀾恩！」埃吉爾大叫：「因爲某種原因，她痛恨那傢伙！」

九個女兒點頭如搗蒜，嘴裡嘀咕著：「痛恨他。非常恨。眞的，超級痛恨。」

「喔。」我眞慶幸剛才全身浸到蜜酒裡，也許可以掩飾我的額頭在猛冒汗。「那麼，你的美麗妻子在哪裡？」

「今晚不在這裡，」埃吉爾說：「她出去用網子收集垃圾。」

「感謝眾神！」我說：「我的意思是說……感謝眾神，我們至少可以和你們其他人共度美好時光！」

埃吉爾歪著頭。「是的……嗯，女兒們，我想，應該要在餐桌上幫我們的客人多準備幾個位置。我會叫主廚把那些美味多汁的囚犯煮來吃！」

他朝向側邊的一道門揮揮手，門就自己打開了，裡面是一間很大的廚房。看見掛在火爐上方的東西時，我費盡全部的意志力，才沒有像揚波女巨人一樣尖聲嚎叫。那裡掛了兩個相同的特大號鳥籠，關在裡面的正是我們的遠程預先勘察專家，貝利茲恩和希爾斯東。

9 我暫時變成素食主義者

想想在那個尷尬的時刻，你定睛看著兩個朋友懸掛在巨人廚房的籠子裡，而其中一人認出你，正準備開口大喊你的名字，但你不希望有人喊你的名字。

貝利茲恩搖搖晃晃站起來，抓住他籠子的欄杆，張嘴大喊：「馬……」

「……馬馬虎虎！」我大喊蓋過他的聲音。「這樣本還不錯喔！」

我小跑步到籠子邊，莎米和亞利思也跟在後面。

埃吉爾皺起眉頭。「女兒們，照顧一下我們的其他客人！」他朝向瑪洛莉和湯傑做個「把垃圾拿出去倒掉」的清掃手勢。只見他們兩人奮力讓半昏迷的狂戰士不至於把臉埋在地上的海草裡。接著，海神跟著我們走進廚房。

所有的設備都是人類的兩倍大，光是爐子的旋鈕就像晚餐盤那麼大。希爾斯東和貝利茲恩看起來毫髮無傷，但是懸盪在四個爐嘴上方備受羞辱。他們的籠子一直碰撞後方的磁磚背牆，那裡用俗豔的紅色草寫字體寫著義大利文「*BUON APPETITO!*」（胃口大開！）

希爾斯東穿著平常的機車騎士黑色裝束，糖果條紋圍巾是唯一的裝飾色彩。他的蒼白臉孔和銀白頭髮很難判斷究竟是貧血、害怕，或者只因爲「胃口大開！」的標語而備感屈辱。

貝利茲恩拉直他的海軍藍外套，接著確認淡紫色絲質襯衫好好塞進牛仔褲裡。搭配造型的手帕和領巾有點歪斜，不過以名列今晚菜單的囚犯來說，這位仁兄看起來相當體面。他的黑色捲髮和鬍子都修剪得很整齊，黑皮膚與籠子的鐵欄杆搭配起來非常漂亮。

別的不說，埃吉爾眞應該放他出來，成爲分享時髦穿搭的好夥伴。

我用快速含糊的手語動作警告他們：「別叫我的名字。埃吉爾會殺了我。」

我比出天神的名字，畢竟還不知道會用什麼綽號稱呼他。「皺眉哥」、「啤酒男」或「文青」全都是很合理的選項。

天神出現在我旁邊。「他們確實是不錯的樣本。」他表示同意。「我們總是努力捕捉當天的新鮮漁獲，以免剛好有客人路過。」

「眞棒！很聰明，」我說：「不過，你們平常會吃侏儒和精靈嗎？我以為天神不會……」

「天神？」埃吉爾爆出笑聲。「嗯，小小凡人，你這話可就說錯囉。我才不是什麼彆彆扭扭的阿薩神族或華納神族！我是巨人神祇，百分之百的巨人！」

自從小學三年級上過威科特教練的體育課之後，我再也沒聽過「彆彆扭扭」這個詞，但回想起來，那似乎不是讚美的話。「那麼……你眞的會吃侏儒和精靈喔？」

「有時候會。」埃吉爾的語氣聽起來有點防備。「而且偶爾也吃巨怪或人類，不過我把妖精排除在外，獸味太強了。你爲什麼問這個？」他瞇起眼睛。「你有特殊的飲食限制嗎？」

再一次，莎米的反應最快。「有，眞的有！我是穆斯林。」

埃吉爾整張臉皺成一團。「我懂了。抱歉。對，我想侏儒不是清眞食物㉚。我不確定精靈可不可以。」

㉚ 合乎伊斯蘭教規定的食物稱為清真（halal）食物。

「都不可以，」莎米說：「事實上，現在是齋戒月，表示我開齋的時候需要有侏儒和精靈的陪伴，除了不能吃他們，也不能待在吃他們的人附近。那是嚴格禁止的。」

我相當確定那是她亂掰的，不過我真的確定嗎？我猜她料定埃吉爾對古蘭經戒律的了解程度比我更少。

「太可惜了。」我們的主人嘆氣說：「那麼你們其他人呢？」

「我吃素。」我說，這不是真的，不過呢，炸豆泥球是素食啊。我瞥了貝利茲和希爾斯一眼，他們熱烈地舉起四隻大拇指比讚。

「而我的頭髮是綠色的。」亞利思雙手一攤，彷彿說不然你要怎樣。「我很怕吃了侏儒或精靈會牴觸我的信仰。不過我非常感激這樣的招待。」

埃吉爾怒目而視，活像我們正在測試他烹飪待客的極限。他瞪著貝利茲恩和希爾斯東，他們這時悠閒地倚著籠子欄杆，企圖讓自己看起來盡可能很不「清眞」。

「本日漁獲就只有這樣，」埃吉爾咕噥說：「不過我們總是盡力款待客人。艾迪爾！」

最後那個名字他喊得超大聲，害我嚇得跳起來，頭撞到烤箱門的把手。

旁邊有扇門打開，一個老人渾身是煙，拖著腳從食材室走出來。他穿著白色的廚師服，頭戴高帽，打扮得很完整，但衣服似乎正在經歷燒掉的過程。火焰從他的袖子跳到圍裙上，而且領口冒出濃煙，彷彿胸口加熱到沸騰，火花也從灰色眉毛悄悄傳遞到鬍子。他看起來大概有六百歲，表情超陰沉，可能一輩子都聞著可怕的氣味吧。

「怎樣？」他厲聲說：「我正準備要用鹽醃精靈！」

「我們晚餐得準備不一樣的菜，」埃吉爾命令道：「精靈不行。侏儒不行。」

「什麼？」艾迪爾咕噥說。

「我們的客人有飲食限制，需要清眞食物、素食，還有適合綠頭髮吃的。」

「而且現在是齋戒月，」莎米補充說：「所以你得把那些囚犯釋放出來，他們才能陪我一起開齋。」

「唔，」艾迪爾說：「期待我要（唔嗯，唔嗯）一接到通知（唔嗯，唔嗯）適合綠頭髮吃的菜單。我的冷凍庫可能有些海草餡餅。」他踱步走回食材室，依然喃喃抱怨且悶燒冒煙。

「我無意冒犯，」我對埃吉爾說：「不過你的主廚是不是著火了啊？」

「喔，艾迪爾那個樣子已經好幾個世紀了。自從我的另一個僕人費馬芬格遭到洛基殺害，艾迪爾的工作量就變成兩倍，害他氣到爆炸！」

我的胸口冒出一個小小的希望泡泡。「你說，遭到洛基殺害？」

「對！」埃吉爾皺起眉頭。「你當然聽說過，那個壞蛋怎麼讓我的宴會廳蒙受恥辱吧？」

我瞥了莎米和亞利思一眼，意思是：「嘿，各位，埃吉爾又是洛基的敵人！」

接著我才想起，莎米和亞利思都是洛基的孩子。埃吉爾可能也不會喜歡我這兩位朋友，就像他也不會喜歡名叫馬格努斯．雀斯的人。

「埃吉爾陛下，」莎米說：「洛基羞辱你的宴會廳那次……是眾神的宴會嗎？」

「對，對，」埃吉爾說：「徹底的大災難！專門寫八卦的部落客眞是樂壞了！」

我幾乎可以看到莎米的腦子轉個不停。她如果是艾迪爾，蒸汽可能早就從她的穆斯林頭巾邊緣冒出來了。

「我記得那故事，」莎米說。她抓住亞利思的手臂。「我必須禮拜。亞利思得來幫我。」

亞利思瞇起眼睛。「要嗎？」

「埃吉爾陛下，」莎米繼續說：「我可以借用宴會廳的一角很快禮拜一下嗎？」

海神拉拉他的背心。「嗯，我想可以吧。」

「謝啦！」

莎米和亞利思急忙走出廚房。我希望他們是要去構思巧妙的計畫，把我們所有人活著弄出埃吉爾的宴會廳。如果莎米真的只是去禮拜……嗯，我真想知道，她以前曾經在北歐天神（抱歉，是巨人神祇）的家裡表明自己是穆斯林的信徒嗎？我很怕這整個地方會因爲宗教上的矛盾而坍垮崩毀。

埃吉爾盯著我。在晚宴上，你嘗試把侏儒和精靈拿來款待素食主義者，就會有這種尷尬的沉默。

「我要去酒窖拿一些蜜酒，」他終於開口說：「拜託告訴我，你和你的朋友對蜜酒沒有飲食限制吧？」

「我想我們都很愛！」我說，因爲我不想看到巨人大哭起來。

「謝波謝浪。」埃吉爾從背心口袋拿出一串鑰匙，把它們扔給我。「打開鎖好嗎？放出晚餐……我是說囚犯啦。然後你們……」

他朝宴會廳含糊地揮揮手，接著大步走開，任憑我自己想像他會怎麼說完那句話，像是：你們當作自己的家、你們自己偷閃免得麻煩、你們把自己做成三明治。

我爬到爐台上，把貝利茲和希爾斯從他們待的鳥籠放出來。我們在左前方的爐嘴上面來個涕淚縱橫的大團圓。

「小子！」貝利茲恩緊緊抱住我。「我就知道你會來救我們！」

「呃，說實在的，我根本不知道你們兩個在這裡。」爲了希爾斯東，我一邊說話一邊比手語，不過我已經好幾個星期沒有比手語，雙手的動作有點遲緩。沒練習很快就生疏了。「不過能找到你們眞的很高興。」

希爾斯東彈彈手指要我們注意。「我也很高興。」他用手語說。他拍拍腰帶上的盧恩石袋子。「蠢籠子有防範魔法功能。貝利茲恩哭很大。」

「我才沒有，」貝利恩茲抗議說，同時比著手語，「是你吧。」

「我沒有，」希爾斯東說：「你才有。」

這下子，手語對話演變成他們兩人互戳對方的胸口。

「兩位，」我打斷他們，「到底發生什麼事？你們怎麼會在這裡？」

「說來話長，」貝利茲說：「我們在燈塔等你們，同時應付眼前的狀況。」

「奮戰大海蛇。」希爾斯用手語說。

「又沒有搞砸。」貝利茲說。

「用石頭砸海蛇的頭。」

「喂，牠對我們造成威脅耶！」貝利茲說：「然後那道浪捲上來，吞沒了我們！」

「海浪裡有九個憤怒的女人。海蛇是她們的寵物。」

「我怎麼知道？」貝利茲嘀咕說：「海蛇看起來不像是要玩『你丟我撿』的遊戲啊。不過，小子，那不重要啦。我們的預先勘察發現一些資訊，實在不太妙……」

「各位貴客！」埃吉爾在大廳叫道：「來吧！跟我們一起喝酒吃飯！」

「那件事等一下再講。」希爾斯東用手語說，然後最後一次戳戳貝利茲胸口。

回顧我們三個人在波士頓街頭無家可歸的日子，如果有人邀請吃晚餐，我們一定用跑的衝過去。但面對這頓免費大餐，我們卻是心不甘情不願地拖著腳走去。

埃吉爾的九個女兒匆匆在餐桌上擺好盤子、叉子和酒杯，埃吉爾則是嘴裡哼著歌，同時隨意擺放一排蜜酒小桶，每一桶都標示著盧恩文字。湯傑、瑪洛莉和半生人已經就坐，在紅珊瑚椅子裡顯得非常不自在，而且他們之間都隔著空椅子。半生人．岡德森現在差不多恢復意識了，他瞇著眼睛凝視周遭，彷彿希望自己正在作夢。

而在「大香蕉」那邊，莎米拉結束禮拜。她捲起隨身攜帶的禮拜毯，與亞利思匆匆簡短交談，然後兩人一起走過來與我們會合。如果莎米真的想出超棒的計畫，我很高興那計畫並沒有包括她和亞利思變成海豚，嘴裡叫著「再見啦大笨蛋！」，然後自己逃走。

餐桌看似用全世界最巨大的桅杆製作而成，先是沿著長邊剖開，然後放平成兩張桌面。頭頂上從椽梁垂下一條錨鏈，吊著用海草做的枝狀吊燈。吊燈的照明不是用蠟燭也非電燈，而是有亡靈在巨大的燭台裡旋轉發亮。我想，只是為了製造氣氛吧。

我正準備坐在貝利茲和希爾斯之間，然後才發現桌上放了名牌：侏儒、赫蘿恩、精靈、赫佛琳、綠頭巾。我發現自己的名牌放在桌子的另一側：金髮小子。

很好。我們有指定的座位。

我的左右兩側各坐一名埃吉爾的女兒。根據名牌所寫，我左邊的女士是庫爾嘉，而右邊那位……喔，天哪。她的名字顯然是「貝蘿度格達」。我不禁納悶，這名字是不是她媽媽生下九號女兒之後，麻醉還沒退的時候發出的聲音？也許我可以只叫她「貝蘿」。

「嗨。」我說。

貝蘿微笑致意。她的牙齒染成紅色，波浪狀的頭髮沾著斑斑血跡。「哈囉。很榮幸把你拉到海底來。」

「是啊。謝謝。」

她的姊妹庫爾嘉傾身過來。我的前臂開始形成冰霜。庫爾嘉的衣服似乎是由碎冰和融雪編織而成。「姊妹，我希望留住他們，」她說：「他們會是很好的受苦靈魂。」

貝蘿咯咯發笑。她的口氣聞起來很像剛從冰箱拿出來的新鮮牛絞肉味。「是的，當然！很適合我們的枝狀吊燈。」

「很感激提供這樣的機會，」我說：「不過我們的行程排得相當滿。」

「我們眞是失禮，」貝蘿說：「我名字的意思是『血紅髮』，我這位姊妹則是『寒波』。而你名字的意思是……」他對我的名牌皺起眉頭。「金髮小子？」

我覺得這名字沒有比「血紅髮」或「巨浪」糟到哪裡去啊。

「你們可以叫我『吉米』，」我提議說：「這個名字的意思是……吉米。」

貝蘿對這個答案顯得不太滿意。「你好像不是只有這樣而已。」她嗅聞我的臉。「你以前曾經參與海軍戰役、航行經過我的血紅水域嗎？」

「很確定沒有。」

「也許我母親瀾恩曾經對我提過你。可是，她爲什麼會……？」

「各位貴賓！」埃吉爾聲若洪鐘地說，而我從來不曾聽到有人插嘴還這麼高興。「這是我第一次舉辦精釀啤酒之夜。這款是桃子酸啤酒，可以當作很棒的餐前酒。試喝之後，我很歡迎你們提出任何意見。」

埃吉爾提著酒桶繞行餐桌，幫每個人倒酒，他的九位女兒見狀發出喔喔啊啊的驚嘆聲。

「我想，你們會發現這款酒帶有些微的果香，」埃吉爾說：「只有一點……」

「馬格努斯．雀斯！」貝蘿大喊出聲。她猛然站起來，伸手指著我。「這個人就是馬格努斯．雀斯！」

10 我們可以談談蜜酒嗎？

對啦，這很常見。有人一說到「些微的果香」，腦海立刻浮現我的名字。

拜託喔你們，給點尊重好不好。

埃吉爾的女兒全都一躍而起，有些人拿起牛排刀、叉子或餐巾，作勢要刺殺、猛戳或勒死我們。

埃吉爾尖聲大叫：「馬格努斯・雀斯？這是什麼詭計啊？」

我和朋友們全部一動也不動，大家都知道客人的權利怎麼運作。目前還可以透過談判避開戰鬥，不過我們一旦拔出武器，就不具客人身分，也將成爲每日漁獲。在巨人神祇的家園地盤上，與他們整個家族爲敵，我們的機會有點渺茫。

「等一下！」面對名叫「血紅髮」的女子拿刀對著我，我只能盡量以平靜語氣說道：「我們還是你們餐桌上的客人。我們沒有違反任何規定。」

蒸汽從埃吉爾的巴拿馬帽緣底下滾滾湧出，他的金邊眼鏡都起霧了。夾在他手臂底下的蜜酒桶開始吱嘎作響，很像胡桃鉗裡的胡桃。

「你騙我，」埃吉爾怒吼說：「你說你不是馬格努斯・雀斯！」

「你的酒桶快要破掉了。」我警告說。

他終於發現了。埃吉爾把蜜酒桶移到前方，用兩隻手臂抱著，很像抱嬰兒。「客人的權利不適用！你們巧立名目，害我同意在餐桌上款待你們！」

「我絕對沒說我不是馬格努斯．雀斯，」我提醒他，「況且，你的女兒帶我們來這裡，是因爲我們提起蜜酒。」

庫爾嘉咆哮說：「而且因爲你們有一艘超醜的黃色船。」

我眞想知道，會不會每個人隔著衣服都看得出我的心臟在跳？感覺眞的有那麼猛烈。「對啦，不過還有蜜酒。我們在這裡是因爲提到蜜酒！」

「有嗎？」半生人問。

瑪洛莉一副要擊倒他的樣子，不過中間有一位海洋女巨人擋路。「我們當然提過啊，你這個笨蛋！」

「所以，你看吧，」我繼續說：「這不是巧立名目，而是完全眞實！」

埃吉爾的女兒們竊竊私語，無法反駁我的完美邏輯。

埃吉爾抱著酒桶搖來搖去。「你們究竟提到蜜酒的哪方面呢？」

「眞高興你問了！」接著我才意識到自己沒有想好答案。

莎米拉再一次挺身救援。「我們會解釋！」她保證說：「不過那些故事最好等到吃過晚餐再說，還要搭配好酒，對吧？」

埃吉爾充滿感情地敲敲他的酒桶。「餐前酒，帶有些微的果香。」

「完全正確。」莎米表示同意。「所以，我們一起開齋吧。吃過晚餐後，如果你聽過解釋沒有完全滿意，就可以殺了我們。」

「他可以嗎？」湯傑問。「我是要說……當然。他可以。」

在我右邊，貝蘿的指甲宛如爪子，滴著紅色的海水。至於左邊，庫爾嘉的周圍旋轉著小型的冰雹暴。夾在我朋友之間的另外七個女兒掀起海龍捲，宛如號稱「塔斯馬尼亞惡魔」的袋獾一樣咆哮怒吼。

貝利茲恩的雙手放在他的鐵鍊盔甲背心上。幾個月前遭到思可菲儂劍刺殺後，他對於刀劍的攻擊有點敏感。希爾斯東的目光在一張張臉孔之間飄來飄去，努力想要跟上眾人的對話。閱讀一個人的唇語就夠難了，嘗試閱讀一整個房間眾人的唇語幾乎是不可能的事。

瑪洛莉．基恩抓著她的蜜酒杯，隨時準備將酒杯上的裝飾圖案壓印到最近的女巨人臉上。半生人睡眼惺忪皺眉頭，無疑深信眼前的一切全是一場夢。湯傑在背包裡摸索步槍的點火帽，努力不引起注意。亞利思．菲耶羅只是冷靜坐著，啜飲他的桃子酸啤酒。亞利思根本不需要準備戰鬥，我看過他抽出勒繩的動作有多快。

海神埃吉爾的態度是關鍵。他只要一聲令下「殺了他們」，我們就會像蜜酒一樣接受加熱烹煮。我們無疑會激烈抵抗，但終究會死。

「我不知道耶……」埃吉爾沉吟著說：「我太太說，只要看見你就得殺了你。我要慢慢淹死你，拉起來，然後再淹一次。」

聽起來很像瀾恩會說的話。

「偉大的陛下，」貝利茲恩插嘴說：「你有沒有正式發誓要殺了馬格努斯．雀斯？」

「嗯，沒有，」埃吉爾坦承說：「不過等到我太太問起……」

「你當然得考慮她的願望！」貝利茲表示同意。「不過你也要好好考慮，那樣會違反客人的權利，對吧？而且，如果沒有給我們時間說明整個情形，你怎麼能確定到底該怎麼做呢？」

「父親，讓我殺了他們！」這位咆哮的女兒有一雙異常巨大的手掌。「我會把他們抓得尖叫求饒！」

「安靜，『抓浪』。」埃吉爾命令道。

「讓我盡地主之誼！」另一個女兒說，她把盤子投向地上。「我會把他們投進巨蟒耶夢加得[31]的嘴裡！」

「先等等，『投浪』。」埃吉爾皺起眉頭。「侏儒說得有道理。這眞是左右爲難啊……」他敲一敲酒桶。我等著他這樣說：「我的蜜酒桶生氣了。只要我的蜜酒桶生起氣來，人們就得死！」

不過到最後，他重重嘆口氣。「這麼好的蜜酒全部浪費掉實在太可惜了。我們會一起吃飯喝酒，你們對我說明整個狀況，特別要著重在到底跟蜜酒有什麼關係。」

他作勢要所有女兒再次坐下。「不過，馬格努斯．雀斯，我警告你，如果我決定要殺你，我的復仇會很可怕。我可是巨人神祇，非常原始的力量！就像我的兄弟火神和風神一樣，我呢，身爲海神，擁有無法限制的憤怒力量！」

廚房門突然打開。在一團煙霧裡，艾迪爾現身了，他的鬍子依舊悶燒，而現在廚師帽也著了火。在他的臂彎裡，許多蓋住的盤子疊成斜斜的高塔。

「誰點了無麩質餐？」他咆哮說。

「無麩質？」埃吉爾問道。「我記得沒人點無麩質餐啊。」

「那是我的。」貝蘿說。她注意到我的表情，充滿敵意地沉下臉。「怎樣？我都吃全血餐不行喔。」

「那很好啊。」我啞著嗓子說。

「好吧。」埃吉爾說，他負責發號施令。「清眞餐……那是莎米拉的。素食是馬格努斯

『等一下殺了他』雀斯的。綠髮餐呢……」

「在這裡。」亞利思說，其實可能沒必要說。即使在擠滿海中女巨人的房間裡，他也是唯一滿頭綠髮的人。

餐盤分送完畢。蜜酒也都倒好了。

「好，」埃吉爾說著，落坐在他的寶座裡，「大家都好了嗎？」

「還剩下一份！」艾迪爾喊著：「佛教餐？」

「那是我的。」埃吉爾說。

「別瞪他。」我對自己說，看著那位原始神祇打開蓋子，餐盤裡裝了豆腐和豆芽菜。我心想：「這所有的一切完全正常。」

「好啦，我剛才說到哪裡？」埃吉爾說：「喔，對了。無法限制的憤怒力量！我會把你的四肢一根接著一根撕扯開來！」

要不是他拿著一根蒸煮荷蘭豆對我們揮來揮去，這番威脅聽起來一定更嚇人。

亞利思拿起酒杯啜飲著。「我可以說這種蜜酒眞是太棒了嗎？如果沒搞錯，這帶有些微的果香。你是怎麼釀的？」

埃吉爾眼神一亮。「你的味覺很敏銳！你聽好，祕訣在於蜂蜜的溫度。」

㉛ 耶夢加得（Jormungand），北歐神話中的世界巨蟒，他的身體非常長，可以繞住整個大地。

埃吉爾開始大發議論。亞利思很有禮貌地點頭，問了更多問題。

我領悟到亞利思正在幫我們爭取時間，希望把用餐時間拉長，讓我們思考蜜酒方面的驚人事蹟。可是，與蜜酒有關的點子我已經用完了。

我偷看貝蘿的餐盤。真是大錯特錯。她唏哩呼嚕吃光一大塊血紅色的果凍。

我轉向另一邊，庫爾嘉的餐盤放了各種顏色的剉冰甜筒，排列得像孔雀開屏。

庫爾嘉發現我盯著看，怒吼了一聲，她的牙齒宛如用冰塊鑿成。溫度掉得好快，我的耳道開始劈啪結霜。

「馬格努斯・雀斯，你看什麼看？不准你吃我的剉冰甜筒！」

「不，不！我只是好奇，呃……到了諸神的黃昏，你們幾位會站在哪一邊？」

她嘶聲威嚇。「大海吞沒一切。」

我等待更多說明。那似乎是她全部的作戰計畫了。

「好吧，」我說：「所以，你算是中立囉？那很酷。」

「酷很好。冷酷更棒。」

「好。不過，你爸和洛基不是好朋友吧？」

「經歷那次可怕的吟詩對罵之後？當然不是！洛基羞辱這個宴會廳、眾神、我父親，甚至我父親的蜜酒！」

「對。吟詩對罵。」

這個字聽起來很耳熟。我很確定曾在瓦爾哈拉的電視螢幕上看過這個詞，但不太懂到底是什麼意思。

「我想，你應該沒聽過『巴爾弗克』這名字囉？」我賭上自己的運氣問：「或者，它與蜜酒到底有什麼關係？」

庫爾嘉對我冷笑一聲，彷彿我是蠢蛋。「巴爾弗克當然是蜜酒大盜的化名啦。」

「蜜酒大盜。」我覺得這聽起來很像某本芭樂小說的書名。

「那個人偷走克瓦希爾的蜜酒！」庫爾嘉說：「那是我父親唯一釀不出來的蜜酒！哼，你太無知了。我等不及把你的靈魂塞進我們的枝狀吊燈。」她回頭享用自己的蚓冰甜筒。

克瓦希爾。太好了。我詢問一個自己不熟的名字，然後得到另一個我不熟的名字。不過呢，我覺得好像愈來愈接近某件事的核心……把某些拼圖組合起來，或許能夠解釋蘭道夫舅舅的筆記，讓我得知他打擊洛基的計畫；或許也能提供有關蜜酒的解決方案，讓我們活著離開這個宴會廳。

埃吉爾繼續大談釀造蜜酒的事，對亞利思說明酵母養分和液體比重計的驚人功效。亞利思努力顯得很感興趣的樣子，眞是太英勇了。

我看著桌子對面的希爾斯東，迎上他的目光，以手語說：「什麼是『吟詩對罵』？」

他皺起眉頭。「比賽」。他豎起食指扭轉一下，一副要向上戳的樣子……啊，對。那是表示「羞辱」的美式手語。

「那麼『克瓦希爾』呢？」我問。

希爾斯東把雙手往後拉，很像碰到火燙的爐子。「不然你知道嗎？」

莎米用手指關節叩叩敲桌面，吸引我的注意。她的雙手用很小的動作激動比著手語：「早就想告訴你！洛基來過這裡。很久以前。羞辱比賽。要答應埃吉爾能復仇。我和亞利思認爲我們可以用蜜酒……」

「我懂了。」我以手語回應。

真驚訝，我覺得自己想好計畫了。沒有把所有細節都想清楚，甚至大多數的細節都沒想。比較像是我一直蒙著眼睛在原地打轉，然後有人拿一根棍子放在我手中，要我大致面對著紙糊的「皮納塔」㉜的方向，叫我開始揮擊。

不過，這樣總比毫無計畫好多了。

「偉大的埃吉爾！」我從椅子上跳起來，還來不及細想就爬上桌子。「我現在要向你解釋爲何不該殺我們，而且與蜜酒到底有什麼關係！」

餐桌周圍陷入沉默。九位暴風女巨人緊盯著我，似乎思考著各式各樣的方法，要把我投擲、抓攫、猛拋或冷凍至死。

透過眼角餘光，我瞥見亞利思匆匆用手語傳遞訊息：「你的褲子拉鍊沒拉。」

我運用超人般的意志力才沒有低頭看。我專心看著皺眉的埃吉爾，有一條豆芽菜掛在他的鬍子上。

海神咕噥說：「我才剛講到怎麼消毒發酵槽。你打斷我，最好有很棒的理由。」

「眞的有！」我保證說，同時悄悄查看拉鍊，發現其實有拉上。「我們小組正要向北航行，將洛基逮捕歸案！他掙脫了束縛，但我們一定要找到他的船『納吉爾法』，阻止那艘船在夏至那天啓航，然後重新逮捕洛基，把他帶回去綁起來。只要你幫助我們，就可以對那場惡劣的吟詩對罵報一箭之仇。」

埃吉爾的巴拿馬帽升起一股蒸汽，很像爆米花鍋的蓋子。「你竟敢談到那場羞辱事件？」

他質問著：「在這裡，就在發生那場事件的餐桌上？」

「我知道，他吟詩辱罵你！」我大喊：「他罵你罵得好惡劣！你和所有的天神賓客遭到卑鄙的辱罵。他甚至辱罵你的蜜酒！不過我們可以打敗洛基，要他付出代價。我……我會親自挑戰洛基！」

莎米整張臉埋在兩隻手掌裡。亞利思則是瞪著天花板，嘴形似乎說著：「哇，不會吧。」我的其他朋友以驚恐的神情看著我，彷彿我剛剛把手榴彈的插栓拉掉了。（我以前曾在瓦爾哈拉的戰場上做過這種事，所以完全了解手榴彈的運作方式。對手榴彈或者對我來說，下場都不太好。）

埃吉爾變得極度冷靜。他向前傾，金邊眼鏡的鏡片閃閃發亮。「你，馬格努斯．雀斯，你會向洛基挑戰吟詩對罵？」

「是的。」儘管看到朋友們有那種反應，我依然很肯定這是正確答案，雖然我其實不太了解這答案的眞正意義。「我會對他瘋狂痛罵。」

埃吉爾摸摸自己的鬍子，發現那根豆芽菜，把它撥開。「你要怎麼辦到呢？連眾神的吟詩對罵功力都比不上洛基！你一定需要某種絕妙的祕密武器，才能占到些微的優勢啊！」

「也許甚至帶有些微的果香喔。」我心裡這樣想，因爲這是我很確定的另一件事，雖然沒有完全理解背後的原因。我直直站起來，以決心接受挑戰的低沉聲音向大家宣告：「我會用

㉜皮納塔（piñata）是墨西哥人做的一種紙糊物品，裡面裝入小玩具或糖果，節慶時把皮納塔掛起來，大家拿棍棒把它打破，掉下糖果。

克瓦的蜜酒！」

亞利思加入莎米拉的「把你的臉埋進雙手掌心」社團。

埃吉爾瞇起眼睛。「你是指克瓦希爾的蜜酒？」

「對！」我說：「就是那個！」

「不可能！」庫爾嘉抗議說，蚪冰甜筒把她的嘴巴染成五顏六色。「父親，不能相信他們的話！」

「還有，偉大的埃吉爾，」我堅決表示，「如果你讓我們離開，我們甚至會……呃，帶一份克瓦希爾蜜酒的樣品給你，畢竟那是你唯一無法自己釀造的酒。」

我的朋友和九位女巨人全部轉頭看著埃吉爾，等待他的裁決。

海神的嘴角漾起一抹淺淺的微笑，看起來很像是隨時準備跳進「全食超市」新開放的快速結帳櫃檯，因爲終於能買到他的抹茶雪泥了。

「嗯，這樣改變了一切。」他說。

「眞的嗎？」我問。

他從寶座站起來。「我很樂意看到有人把洛基逮捕歸案，而且是透過吟詩對罵，這點毫無疑問！我也很樂意獲得克瓦希爾蜜酒的樣品。而且，我也寧可不殺你們，畢竟我確實同意你們擁有客人的權利。」

「太棒了！」我說：「那麼，你會讓我們離開囉？」

「說來不幸，」埃吉爾說：「你仍然是馬格努斯．雀斯，而我妻子要你的命。如果我讓你走，她會對我發飆。不過呢，趁我沒看見的時候，如果你能逃走，而在這過程中，假如我的女兒沒辦法殺掉你們……嗯，我想，我們就得把那樣的結果當成是諾恩三女神的意志！」

他拉直背心。「現在呢，我要去廚房多拿一點蜜酒！我不在的時候，眞希望不要發生什麼不愉快的事。艾迪爾，一起來吧！」

主廚對我瞄了煙霧瀰漫的最後一眼。「爲了費瑪芬格，請你好好臭罵洛基，好嗎？」然後他跟著主人走進廚房。

等到門一關上，埃吉爾的九個女兒全部從椅子上站起來，發動攻擊。

11 傑克帶你去，嗯……放克鎮

以前我是普通凡人小孩的時候，對戰鬥的了解不多。

我有種模糊的印象，覺得敵對雙方會排成陣線、吹響號角，然後大步走向前，井然有序地彼此殺戮。如果叫我描述維京人的戰鬥方式，我可能會想像某個老兄大喊：「集盾成牆！」於是一大群金髮傢伙冷靜地排成陣列，將彼此的盾牌緊靠在一起構成某種很酷的幾何形式，例如多面體或是「金剛戰神」。

眞實的戰鬥完全不是那樣。至少我參與過的都不是，反而比較像綜合了現代形意舞、墨西哥摔角，以及白天脫口秀節目的打架橋段。

九位海洋女巨人集體發出興奮的嚎叫，對我們發動猛烈攻擊。我的朋友們都已經準備就緒。瑪洛莉．基恩跳到「抓浪」的背上，舉刀插進女巨人的肩膀。半生人．岡德森則揮舞兩個蜜酒杯，一個扔中赫佛琳的臉，另一個擲入烏娜的肚子。

湯傑企圖裝塡他的步槍，浪費了寶貴的時間。他還來不及開火，可愛的希明萊瓦就變成一道海嘯，把他沖到大廳的另一頭去。

希爾斯東扔出我以前沒見過的盧恩石：

ᛚ

它擊中了「拜雞鴨」（我是說拜爾琪雅），結果發出燦亮的閃光，讓她液化成一大批憤怒的氣泡。

莎米的光矛在她手裡一閃而現。她縱身向上飛起，剛好在碰觸不到的地方，然後開始以清澈的女武神弧光轟炸女巨人。同一時間，貝利茲恩在混戰周圍跳來跳去，發出連珠砲般的毒舌時尚評論，逼使九姊妹分心，像是：「你的褶邊太高了！你的襪子脫線了！那條領巾和你的衣服根本就不搭！」

庫爾嘉和貝蘿從我的左右兩邊撲過來。我大膽地溜進桌子底下，企圖爬行脫困，但貝蘿抓住我的腿，把我拉出去。

「不行喔，」她怒吼著，滿嘴牙齒滴著血，「馬格努斯·雀斯，我要把你的靈魂和軀體撕扯開來！」

接著，一隻背部銀色的山地大猩猩壓到她身上，把她撞得摔落在地，然後撕下她的臉。（那聲音超噁的。老實說，大猩猩揮打貝蘿的臉時，女巨人的整顆頭溶解於海水中，滲進海草地毯裡。）

大猩猩轉過來看我，兩隻眼睛是彼此不搭的一棕一金。他很不耐煩地對我呼嚕叫，意思像是說：「起來啦，你這白痴。快打啊！」

大猩猩轉而面對庫爾嘉。

我跌跌撞撞向後退。魔法爆炸、光束、斧頭、刀劍，還有毒舌時尚羞辱滿天飛，全都回應著猛烈海浪、冰霜和一團團染血的果凍。

我的內心告訴我，假如女巨人結合九個人的力量，威力一定更加強大，就像先前弄沉我們的船那樣。我們到現在還活著，只因爲姊妹九人想要殺了各自的目標，我們也因爲各個擊破而成功。假如九位女巨人又開始團隊合作、唱著她們的詭異歌曲，我們就完了。

而即使個別對抗，我們也身陷麻煩。每次有女巨人揮發掉或幻化成一灘水，她都很快就重新成形。我們以八抵九，人數上屈居劣勢。無論我的朋友們戰術有多厲害，女巨人都占了主場優勢……而且怎麼打都打不死，那優勢實在是相當吃香啊。

我們得找到方法登上船隻離開這裡，回到海面上揚帆而去。爲了達成目標，我們需要分散敵人的注意力，於是我召喚出自己所知最能分散注意力的東西。

我從頸間的鍊子扯下盧恩石。

傑克彈開形成一把劍。「嗨，先生！你知道嗎？我正想著波濤女孩。誰需要她啊，對吧？武器界還有那麼多其他的劍，而且……哇！是埃吉爾的宮殿嗎？超棒的！他今天供應的是哪一種蜜酒？」

「你也來幫幫忙！」我大喊，同時看著貝蘿在我面前爬起，她的臉又黏合回去，爪子還滴著鮮血。

「當然好！」傑克親切地說：「不過呢，老兄，埃吉爾在十月慕尼黑啤酒節釀的南瓜風味蜜酒，非常值得誓死追尋啊！」

他咻地一聲飛向「血紅髮」，位居於我和攻擊者之間。

「嗨，女士！」傑克說：「想要跳支舞嗎？」

「不想！」貝蘿怒吼道。

她企圖繞過傑克，但傑克非常靈活。（是的，而且敏捷，雖然我從沒看過他跳越燭台㉝。）

只見他左右扭動，展現他對付女巨人的優勢，嘴裡還大唱〈放克鎮〉㉞。

貝蘿似乎不願或不能越過傑克魔法劍的雷池一步，因此趁著傑克大跳迪斯可舞步之時，我爭取到幾秒鐘的安全時刻。

「馬格努斯！」莎米拉急速飛到我頭頂上方三公尺處。「準備船隻！」

我的心一沉。我領悟到朋友們爲我扮演阻擋掩護的角色，希望我能想辦法備好船隻，重新揚帆啓航。可憐啊，這些受騙上當的朋友。

我跑回去找「大香蕉」。

船身側躺在地上，桅杆刺穿水牆。外面的水流一定很強勁，因爲水流推著船身在地毯上微微移動，龍骨在海草上鑿出印痕。

我摸摸船身。謝天謝地，船隻回應了，縮回成一塊手帕，我將手帕緊抓在手裡。假如我能把所有朋友集合起來，也許大家可以同時跳過水牆，然後我召喚出船隻，讓水流帶我們離開這裡。這艘船有魔法，或許可以帶我們回到海面上。說不定我們不會淹死，強大的水壓也不會把我們壓扁。

這樣有太多的「也許」。就算眞能辦到，埃吉爾的九個女兒也會把我們再度吸到海底，我想不出有什麼原因能讓她們不會再來一次。因此，我必須想辦法阻止她們跟過來。

㉝出自英文兒歌〈傑克好靈活〉（Jake be Nimble），歌詞即是「傑克好靈活，傑克好敏捷，傑克跳越燭台」。

㉞〈放克鎮〉（Funkytown）是美國雙人團體「紅唇組」（Lipps Inc.）一九七九年的迪斯可名曲，以左右扭動的舞步風靡一時。

我還顧整個戰鬥場面。希爾斯東跑過我旁邊，對著企圖追他的女巨人扔擲盧恩石。這個盧恩字母ᛚ似乎運作得最好，每次炸到女巨人，她都變成一灘水，可以持續個幾秒。時間不長，但是有效。

我看著宴會廳的牆壁，突然想到一個點子。

「希爾斯！」我大喊。

我隨即咒罵自己的愚蠢，竟然用大喊的方式要聽障朋友注意。總有一天我會改掉這種習慣。我跟在他後面跑，蹲下躲過「抓浪」，瑪洛莉．基恩握著刺入她肩膀的刀柄滿場跑，活像在控制一具戰鬥機器人。

我抓住希爾斯的袖子，要他注意。「那個盧恩石，」我以手語說：「是什麼？」

「拉──格──司，」他一個字一個字比出，「代表水，或者是……」他比了一個我從沒看過的手勢：一隻手平放，另一隻手的手指從它滴下。我懂了，那是「滴、漏」的意思，也或許是指「液化」。

「你可以對牆壁那樣做嗎？」我問。「或者天花板？」

希爾斯的嘴巴扭動一下，對他來說那是惡毒的微笑。他點頭。

「等我的暗號。」我以手語說。

「投浪」湧到我們之間，同時大喊：「嗚哇哇哇！」於是希爾斯東重新投入混戰。

我得想辦法把朋友們與那些女巨人隔開。那麼，我們可能要讓宴會廳的一部分倒塌下來，壓在九姊妹頭上，同時製造逃生出口。我覺得那樣可能傷不了我們的敵人，不過至少可以嚇嚇她們、拖慢速度。問題是，我不知道該怎麼結束打鬥的局面。看來像籃球裁判一樣吹吹口哨、宣布跳球是行不通的。

傑克來回飛舞，用他的致命劍刃，以及更加致命的七〇年代經典迪斯可表演不斷騷擾女巨人。庫爾嘉在地毯的另一端噴出冰層，打算徹底解決半生人．岡德森。拜爾琪雅對戰湯傑，紅珊瑚劍對決刺刀。「抓浪」終於奮力把背上的瑪洛莉拉下來；女巨人本來有可能把她碎屍萬段，不過貝利茲恩扔出一個晚餐盤，剛好砸中女巨人的臉。

（貝利茲有個遭到埋沒的技能：他是侏儒界「終極飛盤比賽」的殺手級人物。）

希明萊瓦撲向莎米拉。她抓住莎米的腿，但亞利思急速甩出他的勒繩。女巨人的腰圍突然間縮小了幾十公分……其實是「整個」腰圍都不見了。她倒向地板，整個人幾乎一分為二，然後化解成海水泡沫。

希爾斯東迎上我的目光。「何時用盧恩石？」

眞希望我知道答案。我的朋友們不可能持續戰鬥到永遠。我考慮召喚出弗雷的和平力量……那像是大喊「暫停」的超級力量，把所有人的武器都從他們手中震飛出去；然而，女巨人其實沒有使用武器，我的朋友大概也不喜歡遭到繳械吧。

我需要協助。急需協助。於是，我做了一件對我來說並不容易的事。我望向水狀的天花板，眞心誠意禱告：「好吧，弗雷，老爸，拜託。我也知道，先前我對於亮黃船的批評聽起來很忘恩負義，不過我們快要死在下面這裡了，所以，如果你能傳送一點助力給我，我眞的會非常感激。阿門。馬格努斯愛你。我是馬格努斯．雀斯，免得你忘記。」

我緊皺著眉頭。我眞的很討厭禱告啊，也不確定夏日之神能夠傳送什麼樣的助力到庥薩諸塞灣的海底來。

「哈囉。」有個聲音從我旁邊傳來。

我往空中跳起三十公分高吧，大概到達這種環境所能跳到的極限。

有個男子站在我旁邊，將近六十歲，身材矮胖，滿面風霜，彷彿數十年來都擔任救生員的工作。他穿著淡藍色的馬球衫和工作短褲，打著赤腳，輕軟的頭髮和修短的鬍子呈現蜂蜜色澤，同時點綴著灰髮。他的笑容彷彿我們是老友，不過我很確定自己以前從未見過他。

「呃，嗨？」我說。

住在瓦爾哈拉，你會很習慣隨時有陌生人不知道從哪裡冒出來。然而，這次有一點像是偶遇，感覺挺怪的。

「我是你的祖父。」他表示。

「是喔。」我說。因爲我該說什麼呢？這傢伙看起來一點都不像雀斯爺爺（或奶奶），不過我認爲他說的是我家族樹的另一支系，華納神族那一支。要是我眞能想起弗雷的爸爸的名字，那就萬事俱備了。「嗨……爺爺。」

「你父親在海裡使不上力，」弗雷的爸說：「不過我可以。需要幫點忙嗎？」

「要。」我說。這樣也許很蠢吧，我無法確定這傢伙眞是他說的那個人，而且接受強大神祇的協助永遠都需要付出代價。

「太棒了！」他拍拍我的手臂。「等這一切都搞定，我們到海面上碰面，好嗎？」

我點頭。「嗯哼。」

我剛相認的祖父大步走進戰場中央。「哈囉，各位女孩！現在是怎樣？」

戰鬥嘎然而止。那些女巨人小心翼翼退向餐桌，我的朋友們則拖著蹣跚的步伐，跌跌撞撞向我走來。

貝蘿咧開她的染紅牙齒。「尼奧爾德[35]，這裡不歡迎你來！」

「尼奧爾德！那是他的名字！」我在心裡默默記住，以後要在祖父母節寄卡片給他。維京人有「祖父母節」嗎？

「噢，貝蘿度格達，別這樣嘛，」天神興高采烈地說：「老朋友不能來喝杯蜜酒嗎？咱們像文明的海神一樣聊聊嘛。」

「這些凡人是我們的！」抓浪咆哮說：「你沒資格！」

「啊，不過你看喔，他們現在開始受到我的保護。這也就表示我們回到以前的利益衝突了，唔？」

那些女巨人氣得嘶聲威嚇又怒吼。她們顯然很想把尼奧爾德碎屍萬段，但不敢嘗試。

「更何況，」尼奧爾德說：「我這群朋友中有人想要玩個把戲給你們看。希爾斯東，是不是這樣？」

希爾斯東定睛看著我。我點頭。

希爾斯直直朝上扔出「拉格司」盧恩石，越過地獄亡魂所占據的枝狀吊燈。我眞不懂，它怎麼可能向上飛過三十公尺到達天花板呢？不過，那顆石頭往上飛去似乎愈飛愈輕巧、快速。它撞到椽頂，爆炸成熾烈燃燒的金色ᛚ字，只見水狀的屋頂向內崩塌，一百萬加侖的海水淋浴淹沒了女巨人和尼奧爾德。

---

[35] 尼奧爾德（Njord）是北歐神話中的海洋之神，屬華納神族之首，掌管船隻、水手和漁夫。

「快！」我對朋友們大喊。

海浪湧過來時，我們所有人緊抱成一團。我的手帕在大夥兒周圍伸展開來。坍垮的宴會廳像擠牙膏一樣，把我們從海洋深處射出去，於是我們乘著亮黃色的維京人戰船，朝向海面激射而去。

12 美腳男

所有的事都比不上搭乘一艘有魔法的維京人船隻從深海噴射出去！超爛。爛透了。

我覺得眼睛好像中了「拉格司」魔法變成葡萄。耳朵砰砰響的力道好強，感覺後腦勺好像中了一槍。我緊抓欄杆，一邊發抖一邊暈頭轉向，直到「大香蕉」降落在海浪上，「轟轟轟轟！」感覺下巴都撞飛出去了。

船帆自動展開，船槳開動推入水中，然後開始自動划槳。我們在星空下航行，海面風平浪靜、閃閃發亮，往四面八方望去都沒有看到陸地。

「這艘船……可以自動航行。」我指出。

尼奧爾德突然從我旁邊冒出，看來沒有因爲受困於埃吉爾的倒場宴會廳而面有菜色。

尼奧爾德笑起來。「嗯，對呀，馬格努斯，這艘船當然會自動航行。你想要用老派的方法划船嗎？」

我無視於旁邊的朋友全都瞪著我。「唔，也許。」

「你只要意志堅定，讓這艘船前往你想去的地方就行了，」尼奧爾德對我說：「其他的一切都不需要。」

我想起之前花了那麼多時間向波西．傑克森學習穩帆索和後桅杆，到頭來卻發現 Google

的無人自動船根本是維京天神發明的。我敢打賭，如果我需要從桅杆高處向下墜落，這艘船甚至會以魔法協助我。

「馬格努斯？」亞利思吐出他嘴裡的一撮海中女巨人頭髮。等等，是從「她」的嘴裡。不確定她是什麼時候變的，不過我相當肯定亞利思改變性別了。「你不打算把我們介紹給你的朋友嗎？」

「對喔，」我說：「各位，這位是弗雷的爸。我是說尼奧爾德。」

貝利茲恩沉下臉。他低聲喃喃說著：「早該知道才對。」

半生人．岡德森瞪大雙眼。「尼奧爾德？掌管船隻的天神？『那個』尼奧爾德？」接著狂戰士轉過身，朝著欄杆外面大吐特吐。

湯傑跨步向前，舉起雙手示意「我們為了和平而來」。「偉大的尼奧爾德，半生人不是要發表社論啦。我們很感激您的協助！他只是因為頭部受傷。」

尼奧爾德面露微笑。「完全沒問題啊。你們全都需要休息一下。我盡可能消除你們的減壓症狀，不過還是會有一、兩天覺得不舒服。而且，你的鼻子正在流血。喔，也從你的耳朵流出來了。」

我這才發現他是對每個人講話。大夥兒像貝蘿度格達一樣滲血，但至少我所有的朋友似乎都全身而退。

「那麼，尼奧爾德，」瑪洛莉一邊抹著鼻子一邊說：「我們休息之前，你確定那九個女巨人不會再隨時冒出來……嗯，你知道的，摧毀我們？」

「不，不會，」他保證說：「你們受到我的保護，目前很安全！好了，也許你們可以給我一點時間，讓我和我孫子談談？」

亞利思把舌頭上最後一根女巨人的頭髮捏起來。「沒問題，弗雷的爸。喔，各位，附帶一提，我的代名詞現在是『她』。這是全新的一天！」

（我說對了，幫我歡呼一下。）

莎米拉走向前，緊握著雙拳。她的穆斯林頭巾溼答答掛在頭上，很像深情的章魚。「馬格努斯，在下面的宴會廳……你到底知不知道自己答應了什麼事？你有沒有概念……？」

尼奧爾德舉起手。「親愛的，或許你能讓我跟他討論那件事。黎明快到了，你不該吃點封齋飯嗎？」

莎米望向東方，那裡的星星開始變得黯淡。她的下巴扭動一下。「我想您說得對，不過實在沒什麼胃口。有人想跟我一起嗎？」

湯傑把他的步槍揹上肩。「莎米，只要提到吃，我永遠都支持你。我們去下面看看船上的廚房是否完整。有人要去嗎？」

「好。」瑪洛莉盯著海神。不知什麼原因，她似乎很迷戀海神的一雙光腳。「我們會給馬格努斯一點家庭時間。」

亞利思也跟著走，並且盡全力扶著半生人．岡德森。也許只是我自己的想像吧，亞利思準備走下樓梯時，對我露出一種神情，意思像是：「你還好嗎？」也說不定她只是像平常一樣，搞不懂我為何這麼古怪。

於是，現場只剩下貝利茲和希爾斯，他們正在挑剔彼此的裝扮。不知為何，希爾斯的圍巾像吊帶一樣綁在他的手臂上，貝利茲的領巾則像黑人的嘻哈頭巾包在頭上。他們努力想要幫對方，卻又推開彼此，於是毫無進展。

「侏儒和精靈。」尼奧爾德的語氣聽起來很輕鬆，不過我的兩位朋友立刻停止爭吵，轉身面對天神。「留下來陪我們，」尼奧爾德說：「我們應該要商討一下。」

希爾斯東看起來深表同意，但貝利茲的臉色更臭了。

我們在前甲板坐下，那裡是唯一不會絆到自動船槳、不會撞到吊桿也不會纏到魔法索具的地方。

尼奧爾德背靠欄杆坐著，還兩腿開開，一直扭動腳趾，好像要讓它們曬得均勻漂亮些。這樣一來，我們其他人根本沒有太多空間可坐，不過既然尼奧爾德是天神，而且才剛救了我們，我覺得他有資格獲得整個人舒服攤開的特權。

貝利茲和希爾斯在天神對面並肩坐著，我則是背靠著船頭蹲下，雖然我每次在移動的車輛背對車頭坐都會很不舒服。希望我不會變成當著天神的面前大吐特吐的第一名組員。

「嗯，」尼奧爾德說：「這樣很好。」

我覺得自己的頭好像剛被彩色黏土的模子擠壓過，全身滿是溼答答的蜜酒和海水，而且晚上幾乎沒碰素食餐，肚子飢渴萬分，滴滴鮮血也從我的鼻子灑落大腿。除此之外，對啦，這樣眞的很好。

我們上升過程中，傑克不知何時恢復墜子形式。他掛在我的項鍊上，貼著胸骨發出嗡嗡聲，彷彿傳達著訊息：「讚美他的大腳。」

這一定是出於我的想像，不然就是我誤解他的意思。也許傑克眞正的意思是：「讚美他是大咖。」

「呃，爺爺，再次感謝你的協助。」我說。

尼奧爾德露出微笑。「叫我尼奧爾德就好。叫『爺爺』讓我覺得自己好老！」

我心想，他已經活了二千或三千歲了吧，但我不想羞辱他。「也對。抱歉。那麼，是弗雷請你來的嗎？還是你剛好在附近？」

「喔，我聆聽海裡所有人絕望的祈求。」

尼奧爾德扭扭腳趾頭。那到底是我的想像？還是他有意要炫耀自己的腳？我是說，那些腳趾頭確實保養得宜，沒有老繭，連一點泥土或髒汙都沒有，腳趾甲也修得光滑且完美，完全沒有汙垢或奇怪的哈比人腳毛。可是呢……

「我很高興能幫上忙，」尼奧爾德繼續說：「我和埃吉爾認識很久了，他和瀾恩還有他們的女兒代表大自然的憤怒力量，是大海的嚴苛力量，吧啦吧啦吧啦之類的。可是我……」

「你是掌管漁業的天神。」貝利茲恩說。

尼奧爾德皺起眉頭。「還有其他事喔，侏儒先生。」

「拜託，叫我貝利茲，」貝利茲說：「侏儒先生是我父親。」

希爾斯東不耐煩地咕噥一聲；每次貝利茲恩想要害自己遭到天打雷劈時，希爾斯東經常會這樣。

「尼奧爾德是掌管很多事的天神，」他以手語說：「航海。造船。」

「完全正確！」尼奧爾德說，顯然對於判讀希爾斯的手語毫無困難。「像是貿易、漁業、導航……與海洋有關的所有事務。甚至農業，畢竟潮汐和暴風雨會影響農作物的生長！埃吉爾則是海洋的另一面，險惡又殘暴。如果希望海洋助你一臂之力，我是你可以祈求的傢伙！」

「嗯哼。」貝利茲說。

我不知道他爲何顯露這麼大的敵意，接著突然想起他父親比利之所以喪命，是因爲要去那個島上查看巨狼芬里爾的鎖鍊。比利的衣物被撕扯得破爛，最後海浪將之沖上侏儒世界尼德威阿爾的海岸。他沒能安全回航。除了殘暴以外，貝利茲恩怎麼會對海洋有其他看法呢？

我好想讓貝利茲恩知道我很了解，也覺得遺憾，但他的目光盯著甲板一動也不動。

「總之，」尼奧爾德說：「很多個世紀以來，埃吉爾和他的家人一直是我的……嗯，對手。他們企圖淹死凡人，我則努力拯救凡人。他們摧毀船隻，我則建造出更好的船隻。我們不算是眞正的敵人，可是呢，我們確實一直踩住彼此的腳趾！」

他強調「腳趾」這個詞，還把他的腳伸得更長一點。這下子感覺眞的很怪異。傑克的聲音在我腦中嗡嗡作響得更厲害了。「讚美，他的，腳。」

「你的腳很漂亮，爺……呃，尼奧爾德。」

天神眉開眼笑。「噢，這些老傢伙嗎？嗯，你眞好心。你知道我曾經靠這雙腳贏得選美比賽嗎？大獎是我的妻子！」

我瞥了貝利茲和希爾斯一眼，想知道這整段對話是不是我自己想像出來的。

「請你，」希爾斯不帶熱情地以手語說：「告訴我們這段故事吧。」

「嗯，如果你堅持要聽的話。」尼奧爾德望著天上繁星，也許回憶著自己參加美腳慶典遊行的光榮歲月吧。「故事的大部分都不重要啦。眾神殺了一個巨人叫夏基，他的女兒絲卡蒂誓言復仇，血債血還之類的吧啦吧啦。爲了避免進一步的戰爭，並阻止血腥的世仇，奧丁同意讓絲卡蒂自己選擇一名天神結爲連理。」

貝利茲皺起眉頭。「而她選擇了……你？」

「不是！」尼奧爾德樂得直拍手。「噢，那實在好有趣喔。你知道嗎？絲卡蒂在選擇丈夫的時候，奧丁只讓她看眾神的腳！」

「爲什麼？」我問。「爲什麼不是……鼻子？或者手肘？」

尼奧爾德考慮一下。「我從來沒想過。不確定！總之，絲卡蒂認爲，最帥氣的丈夫會有帥氣的腳，有道理吧？所以，我們全都站在一片簾幕後面，而她沿著簾幕走，尋找巴德爾㊱，因爲所有人向來認定他是最帥的。」他翻了個白眼，嘴型好像是說「吹捧過頭」。「不過在眾神之中，我的腳是最漂亮的，奧丁一定早就知道了。絲卡蒂選了我！她拉開簾幕，看到自己必須與誰結婚時，你眞該看看她臉上的表情！」

貝利茲恩交叉雙臂。「那麼，奧丁利用你耍了那位可憐的女士。你得到最佳呆瓜獎。」

「當然不是！」尼奧爾德比較像是驚訝而非生氣。「那是一場偉大的比賽！」

「我也確定是。」我連忙說，急著想避免貝利茲恩變成一艘小艇，或者船神可能會施加的任何懲罰。「你們兩人從此過著幸福快樂的生活囉？」

尼奧爾德倚著欄杆扭動一下。「嗯，沒有。那之後沒多久，我們就分開了。她想要住在山上，我則喜歡沙灘。接著，絲卡蒂和奧丁談戀愛。接著我們就離婚了。不過那不是重點！我的腳在比賽那天……它們超厲害。它們贏得漂亮冰雪女巨人絲卡蒂的親手挑選！」

我眞的好想發問，他究竟只贏得了絲卡蒂的手？還是她的整個人？不過，我決定還是不

㊱ 巴德爾（Balder）是北歐神話中的光明之神，也是光輝美麗的化身。

要問的好。

貝利茲恩瞪著我。他扭動雙手，似乎很想用手語比出某種醜話來描述尼奧爾德，但隨即想起尼奧爾德看得懂手語。他嘆口氣，盯著自己的大腿。

尼奧爾德皺起眉頭。「侏儒先生，有什麼不對嗎？你沒有對我另眼相看！」

「喔，他有啦，」我保證說：「只是說不出話。我們全都看得出來啊……呃，你的腳對你來說非常重要。」

「你有什麼美麗祕訣嗎？」希爾斯東很有禮貌地問。

「那麼多個世紀以來，我一直站在海浪裡，」尼奧爾德透露說：「那讓我的腳變得光滑，成爲你們今天所見的完美雕塑傑作。因爲那樣，再加上用石蠟勤於修腳護理。」他扭一扭自己的光亮趾甲。「我正在考慮要不要拋光，但是覺得拋光眞的會讓這些小豬豬變得閃亮亮。」

我點點頭，同意他擁有非常閃亮的小豬豬。我也希望自己沒有這麼奇怪的家人。

「其實呢，馬格努斯，」尼奧爾德說：「這正是我想見你的原因之一。」

「讓我看你的腳？」

他笑起來。「不是啦，笨蛋。」聽到這句話，我相當確定，他眞正的意思是「對」。「要給你一點忠告。」

「關於如何拋光他的腳趾甲？」貝利茲問。

「不是！」尼奧爾德遲疑一下。「不過那方面我也可以提供建議啦。我有兩個重要的小智慧，也許對你的任務有幫助，可以阻止洛基。」

「我們好喜歡小智慧喔。」希爾斯以手語說。

「首先是這個，」尼奧爾德說：「爲了到達『幽冥之船』，你必須通過尼爾夫海姆和約頓海姆之間的邊境。那是很嚴酷、很惡劣的地帶，處於那樣的寒冷之中，凡人只要幾秒鐘就會凍死。如果那沒有取走你的性命，巨人和屍鬼也會。」

貝利茲嘀咕一聲。「我不太喜歡這樣的小智慧啊。」

「啊，不過有個港口很安全，」尼奧爾德說：「或者至少可能是安全的港口。或至少是你們不會立刻喪命的港口。你們應該要找到『雷鳴之家』，那是我摯愛的絲卡蒂的堡壘。告訴她，是我送你們去那裡。」

「你的摯愛？」我問：「你們不是離婚了嗎？」

「對。」

「不過你們還是朋友。」

「我已經有好幾個世紀沒有見過她了。」尼奧爾德的目光變得出神。「也不能算是分開還保持良好關係。不過呢，我必須相信她對我還保有一點情感。去找到她。如果她看在我的份上，同意爲你們提供安全的港口，我就知道她已經原諒我了。」

「萬一她不歡迎我們呢？」希爾斯問。

「那會很令人失望。」

我把這句話的意思當成：「你們所有人的結局會是進入絲卡蒂的儲肉櫃。」

我不喜歡這點子：成爲我祖父與他前妻能否和解的風向球。然而，可能會有個安全的港口，聽起來遠比二十秒內急凍死掉好太多了。

糟的是，我有種預感，我們還沒聽到尼奧爾德「最沒用」的忠告。我等著另一隻鞋扔過來砸到我，雖然尼奧爾德顯然根本沒穿鞋。

「第二個小智慧是什麼？」我問。

「唔？」尼奧爾德突然把注意力拉回我身上。「嗯，對。就是我美麗雙腳故事的重點。」

「有重點嗎？」貝利茲的語氣聽起來眞的很驚訝。

「當然有！」尼奧爾德說：「最意想不到的事，很可能就是勝利的關鍵。巴德爾是最帥氣的天神，但因爲我的雙腳，我贏得女孩的芳心。」

「那是後來和你分手離婚的女孩。」貝利茲說。

「你可以不要再描述細節了嗎？」尼奧爾德對我翻個白眼，意思像是在說「現在的侏儒都這樣」。「親愛的孫子，我的重點是，你們需要運用意想不到的工具才能打敗洛基。你在埃吉爾的宴會廳開始領悟到這點，對吧？」

我不記得剛才咬到哪個海中女巨人的頭髮，不過感覺喉嚨好像塞了一整團。

「吟詩對罵，」我說：「我要打敗洛基，必須透過一場……罵人比賽？」

新的灰色鬍髭在尼奧爾德的鬍子上擴展開來，很像結了冰霜。「吟詩對罵遠比一連串簡單的嘲笑奚落要困難多了，」他警告說：「那是聲望、權力和自信的決鬥。洛基在埃吉爾的宴會廳與眾神吟詩對罵時，我也在場。他把眾神羞辱得那麼徹底……」尼奧爾德好像洩了氣的皮球，彷彿光是想到那件事就讓他變得衰老又虛弱。「馬格努斯，話語可以比刀刃更加致命，而洛基是操縱話語的大師。如果要打敗他，你必須找到自己內在的詩意。在洛基自己的遊戲裡，只有一種東西可以讓你有機會打敗他。」

「蜜酒，」我猜測說：「克瓦希爾的蜜酒。」

我不太能接受這樣的答案。我曾在街頭混了夠久，很清楚「酒類」促進能力的效果到底是怎樣。你自己挑選毒藥吧：啤酒，葡萄酒，伏特加，威士忌。很多人宣稱他們得喝酒才有辦法過日子，稱之為「借酒壯膽」，變得更風趣、更聰明、更有創造力。只不過實情並非如此。喝酒只是讓他們降低判斷力，不知道自己表現得多麼無趣和愚蠢。

「不只是蜜酒，」我的祖父說著，同時仔細端詳我的神情，「克瓦希爾的蜜酒是有史以來最有價值的靈丹妙藥。要找到它並不容易。」他轉身看著希爾斯東和貝利茲恩。「你們很清楚這點，對吧？你們知道這趟任務可能會奪走你們兩人的性命。」

13 愚蠢的爆炸祖父

「你應該要好好說明一下，」我說著，頸部的脈搏猛烈鑽動，「希爾斯和貝利茲絕對不會死。那就玩完了。」

尼奧爾德笑笑露出的牙齒幾乎像斯堪地納維亞半島的雪一樣白。眞希望能得知他保持冷靜的祕訣。禪坐冥想？釣魚？瓦爾哈拉旅館的瑜珈課？

「噢，馬格努斯，你好像你父親啊。」

我眨眨眼。「因爲我們都有金髮，而且都喜歡戶外活動嗎？」

「你們都有善良的心，」尼奧爾德說：「弗雷願意爲朋友赴湯蹈火。他總是很容易墜入愛河又愛得深刻，有時候不太明智。證據就在你的頸間。」

我伸手握住傑克盧恩石。我知道那個故事：弗雷放棄了夏日之劍，以便贏得一位美麗女巨人的愛。由於拋棄自己的武器，他在諸神的黃昏會遭到殺害。這個故事告訴我們，就像傑克很喜歡說的：愛劍刃更愛美人。

實情是，反正幾乎所有人都會在諸神的黃昏遭到殺害。我並不怪我爸的選擇。如果他沒有很容易墜入愛河，我也絕對不會出生。

「好吧，我很像我爸，」我說：「我依然選擇朋友，而不是一杯蜜酒。我不在乎那到底是南瓜風味還是桃子酸啤酒。」

「其實呢，那是鮮血，」尼奧爾德說：「還有神的口水。」

我開始覺得暈船，但不認爲是因爲我坐的方向背對船頭。「再說一遍？」

尼奧爾德打開手掌。他的手掌上方飄浮著小小的發亮人形，是個身穿毛料長袍、留著鬍鬚的男子。他的神情明亮且開心，停留在笑到一半的表情。看著他，你很容易就想傾身向前，面露微笑，想要聽他說說到底有什麼好笑的事。

「這是克瓦希爾。」尼奧爾德的語氣帶著一抹悲傷。「有史以來所創造的最完美生命。好幾千年前，華納神族和阿薩神族終於停戰時，我們所有人都對著一個金杯吐口水，那份混合物蹦出克瓦希爾，我們活生生的和平協議！」

突然間，我一點都不想傾身靠近那個發光小人了。「這老兄是用口水做的。」

「那樣說得通，」貝利茲恩嘀咕說：「天神的唾液是絕佳的工藝材料。」

希爾斯東歪著頭，似乎對那全像式人形很著迷。他以手語說：「爲什麼有人殺害他？」

「殺害？」我問。

尼奧爾德點點頭，眼中閃爍著電光。我頭一次得到一種印象：我的祖父絕不是只擁有一雙漂亮腳丫的閒散傢伙。他是充滿力量的神祇，很可能光靠一個念頭就能壓扁我們的戰船。「克瓦希爾在九個世界隨處遊蕩，所到之處帶來智慧、忠告和正義。每個人都愛他。然後呢，他遭到殺害。很可怕。不可饒恕。」

「是洛基嗎？」我猜測，因爲在名單上，下一個名字出現洛基似乎很合乎邏輯。

尼奧爾德爆出短促且酸楚的笑聲。「不，這一次不是。是侏儒。」他瞥了貝利茲恩一眼。「沒有惡意。」

貝利茲恩聳聳肩。「不是所有的侏儒都一個樣。天神也是。」

如果尼奧爾德感受到羞辱，他也沒有表現出來。他握起手掌，口水小人就消失了。「殺害的詳情並不重要。事後，克瓦希爾流出的鮮血與蜂蜜混合在一起，創造出魔法蜜酒，成爲九個世界最有價值、眾人最夢寐以求的飲料。」

「呃。」我伸手摀住嘴巴。我認爲不該說出來的詳情與尼奧爾德所想的部分很不一樣。「你要我喝下的蜜酒是用鮮血做的，而那鮮血又是用天神的口水做的。」

尼奧爾德摸摸自己的鬍子。「你那樣描述，聽起來確實很糟。不過馬格努斯，你說的沒錯。無論是誰喝下克瓦希爾的蜜酒，都會找到內心的詩意。你會說出最完美的言語，詩句流動，演說令人目眩神迷，訴說的故事讓所有的聆聽者深深著迷。擁有那樣的力量，你和洛基吟詩對罵時就能針鋒相對，辱罵之詞滿天飛。」

我的思緒和腸胃一起顛簸翻騰。爲什麼一定要由「我」去挑戰洛基呢？

我內心的聲音回答了，但說不定是傑克的聲音：「因爲你在晚宴上自告奮勇啊，呆瓜。每個人都聽到了。」

我揉揉太陽穴，心想腦袋有沒有可能因爲塞入太多資訊而爆掉。那是我在瓦爾哈拉從沒體驗過的死法。

希爾斯東憂慮地看著我。「你要一顆盧恩石嗎？」他以手語說：「還是吞點阿斯匹靈？」

我搖搖頭。

所以，蘭道夫舅舅的筆記本不是騙人的詭計。他留下眞實可行的計畫讓我遵循。那個老笨蛋儘管做了那麼多爛事，到頭來似乎有感到一點懊悔和自責。他曾經努力要幫我。我不確定這讓我心情比較好還是更糟。

「那麼『巴爾弗克』這名字呢？」我問：「那是誰？」

尼奧爾德面露微笑。「那是奧丁的別名。有很長一段時間，巨人擁有全部的克瓦希爾蜜酒。奧丁做了僞裝，打算偷一點蜜酒回來給眾神。他成功了。他甚至灑了幾滴蜜酒在米德加爾特的周遭，啓發了凡間的詩人。不過好幾個世紀前，眾神手中的靈丹妙藥耗盡了。蜜酒只剩下一小份，由巨人謹愼守護。爲了得到它，你必須遵循巴爾弗克的腳步，把只有奧丁偷得出來的東西偷出來。」

「也太棒，」貝利茲恩咕噥說：「那麼，我們要怎麼進行？」

「更重要的是，」我說：「對希爾斯和貝利茲來說，爲什麼很危險呢？而我們要怎麼做才不會危險？」

我有種難以克制的慾望，很想幫希爾斯和貝利茲寫封信：「親愛的宇宙力量，請讓我的朋友免於死亡的命運。他們今天的心情不太好。」至少我想讓他們配備安全頭盔、救生衣和反光標誌，再送他們出征。

尼奧爾德面對希爾斯東和貝利茲恩，以手語說：「你們已經得知自己的任務。」

他做出一個火柴人站在他的掌心，意指「地面」；然後握緊兩個拳頭，一個拳頭輕碰另一個拳頭上面，指的是「工作」。

「基礎工作」，至少我覺得他是這個意思。要不然就是「耕種田地」，畢竟尼奧爾德也是掌管農作物的天神，我實在無法確定。

希爾斯東碰碰自己的圍巾，用手語心不甘情不願地說：「那一個石頭？」

尼奧爾德點點頭。「你知道自己得去哪裡找它。」

貝利茲恩插入對話，他的手語比得超快，字與字之間有點模糊。「不要打擾我的精靈！我們不能再做一次！太危險了！」

不過他要表達的意思也可能是這樣：「不要讓我的精靈離開浴室！我們不能做那個手錶！太多垃圾了！」

「你們幾位到底在說什麼？」我問。

在這番靜默的對話裡，我的說話聲聽起來很刺耳，令人討厭。

貝利茲恩撥撥他的鐵鍊盔甲背心。「小子，我們的長期預先勘察工作。密米爾叫我們去找克瓦希爾的蜜酒。後來聽說一些謠言，關於我們需要的一件特定物品……」

「巴爾弗克的磨刀石。」我猜測說。

他滿心不悅地點頭。「那是唯一能打敗……」他雙手一攤，「所謂『蜜酒守衛』的方法。我們還不確定守衛是誰、如何守衛，也不知道爲何那樣。」

對我來說，這些似乎全是相當重要的重點。

「問題是，」貝利茲繼續說：「如果這塊石頭位於我們所想的那個地方……」

「沒關係，」希爾斯東以手語說：「一定要去。所以我們會去。」

「兄弟，不行，」貝利茲說：「你不能……」

「精靈說得對，」尼奧爾德說：「趁著馬格努斯和其他組員航行尋找蜜酒的藏匿地點時，你們兩個一定要去找到石頭。準備好了嗎？」

「喂，喂，喂，」我說：「你現在馬上就要派他們去？他們才剛到這裡耶！」

「孫子，你們的時間非常有限，洛基的船很快就要準備啓航了。你們只有『各個擊破』這個方法能用。」

我相當確定，「各個擊破」這句老話的意思是軍隊分成許多個小組很容易敗下陣來，不過尼奧爾德的語氣似乎沒心情與人辯論。

「我代替他們去。」我跌跌撞撞站起來。我才剛度過有史以來最漫長的一天，本來準備要昏迷了，但我不可能袖手旁觀，眼睜睜看著兩位老友奉命進入致命的危險情境。「或者，至少讓我跟他們一起去。」

「小子，」貝利茲說，他的聲音啞啞的，「沒關係。」

「我的重擔。」希爾斯以手語說，兩隻手同時放在他的一邊肩膀往下壓。

尼奧爾德再次對我露出冷靜的微笑。我開始考慮揮拳打在我祖父的完美牙齒上。

「馬格努斯，這艘船的組員需要你跟他們在一起，」他說：「不過我答應你這點：只要希爾斯東和貝利茲恩找到磨刀石的地點，只要他們替攻擊行動打好基礎，我會把他們送回來接你。接著，你們三人可以一起面對眞正的危險。如果失敗了，三個人會一起死。這樣如何？」

這樣並不會讓我大喊「歡呼」，但我自己想不出更好的提議。

「好吧。」我扶著貝利茲站起來，擁抱他一下。他身上有烤海草和「黑侏儒」的淡香水氣味。「我不在的時候，你們敢死掉試試看。」

「我盡力囉，小子。」

我面向希爾斯，伸出一隻手輕放在他胸口，這是精靈表達深刻情感的手勢。「你，」我以手語說：「安全。不然我，生氣。」

他嘴角上揚，不過神情看起來依然煩亂且憂慮。他的心臟在我的手指尖底下跳得很急，很像飽受驚嚇的鴿子。

「你，也是。」他以手語說。

尼奧爾德彈彈手指，於是我的兩位朋友碎裂成浪花，像是船槳擊碎的海浪。

我努力嚥下內心的憤怒。

我對自己說，尼奧爾德只是派希爾斯和貝利茲離開，沒有眞的把他們蒸發掉。他曾保證我會再見到他們。我必須相信這點。

「然後呢？」我問他：「他們不在的時候，我要做什麼？」

「啊。」尼奧爾德交叉雙腿盤腿坐，可能只是要秀出受到海浪雕塑的腳底吧。「馬格努斯，你的任務也同樣困難。你必須找到克瓦希爾蜜酒的藏匿地點。那東西受到嚴密看守，高度保密，只有少數幾位巨人知道地點。不過你也許可以說服一個人告訴你：赫朗格尼爾[37]，他徘徊在『約維克』那塊人類土地上。」

船隻撞上一道湧浪，簡直要把我的胃從底部震脫。「我和巨人有過一些慘烈的交手經驗。」

「大家都有經驗吧？」尼奧爾德說：「等你到達約維克，一定要去找赫朗格尼爾，向他提出挑戰。如果你打敗他，就要求他把所需的資訊告訴你。」

我打個寒顫，想起上次去約頓海姆的事。「拜託告訴我，這次的挑戰不是保齡球賽。」

「喔，不是，放輕鬆！」尼奧爾德說：「很可能是單挑戰鬥到死爲止。你應該要帶兩位朋友同行。我會建議嫵媚動人的那位，亞利思．菲耶羅。」

我眞想知道亞利思會不會接受這樣的諂媚，還是會覺得噁心想吐，或者一笑置之。我也想知道亞利思的腳有沒有像尼奧爾德這麼乾淨整齊。想知道這種事眞是蠢斃了。

「好，」我說：「約維克。不管它在哪裡。」

「你的船知道怎麼去，」尼奧爾德保證說：「我保證的安全航行就到那裡爲止，但如果你活下來了，而且繼續航行，接下來又會很容易遭到攻擊，包括埃吉爾、瀾恩、他們女兒，還有……更糟的東西。」

「我會努力維持我的運氣。」

「那很睿智，」尼奧爾德說：「你的精靈和侏儒會找到你需要的磨刀石。你會找到藏匿蜜酒的祕密地點。然後，你會取得克瓦希爾的蜜酒，打敗洛基，再次把他用鎖鍊綁起來！」

「眞感激你對我這麼有信心。」

「嗯，如果你辦不到就慘了，洛基會用吟詩對罵把你罵成可悲又軟弱的孤魂野鬼。然後，你得眼睜睜看著所有朋友一個接一個死掉，最後只剩你孤零零一個人，在赫爾海姆承受永恆的痛苦，任由九個世界燃燒殆盡。那是洛基的計畫。」

「喔。」

「總之呢，」尼奧爾德爽朗地說：「祝好運！」

我的祖父爆炸成一片細密的海霧，與鹽一起灑在我臉上。

㊲ 赫朗格尼爾（Hrungnir），傳說是霜巨人中戰鬥力最強的一位。他曾向挑戰奧丁賽馬，輸了比賽仍被請進瓦爾哈拉，但喝個爛醉後對眾神不敬，最後被雷神索爾擊斃。

14 什麼事都沒發生，眞是奇蹟

平順的航行。

要不是自己眞正得到，否則我從來不曾欣賞這個詞彙。接下來的兩天是驚人且反常的平靜無事。天空維持晴朗無雲，風勢溫和且涼爽。大海向四面八方延伸出去，宛如綠色絲綢，讓我回想起媽媽曾經帶我去看她最喜歡的藝術家，那個人名叫克里斯多[38]，他在戶外創作，把整座森林、整棟建築物和整個島嶼都用閃閃發亮的布匹包裹起來。眼前的景象，宛如克里斯多把北大西洋變成一件巨大的裝置作品。

「大香蕉」愉快地向前航行。我們的黃色船槳自行划動，需要的時候船帆也會轉動方向。我對組員說要航行去約維克時，半生人不高興地咕噥一聲，但無論對那個地方有多少了解，他都沒有與大家分享。至少船隻似乎很清楚我們要去哪裡。

第二天下午，我發現自己與瑪洛莉．基恩一起站在船身中間，她表現得比平常更不高興。

「我還是不懂，貝利茲和希爾斯爲什麼得離開？」她咕噥說著。

我不禁懷疑基恩小姐是不是愛上了貝利茲恩，但我沒有膽子開口問。每一次貝利茲造訪瓦爾哈拉，我都會逮到瑪洛莉仔細端詳他修剪得乾淨俐落的鬍子和完美的穿著，接著瞥向半生人．岡德森，彷彿很好奇她的男友／前男友／復合男友／前男友爲何不能打扮得如此瀟灑。

「尼奧爾德發誓說有那個必要。」我說，雖然我對貝利茲和希爾斯的擔憂一點也沒少過。

「說是幫我們爭取最多的時間。」

「唔。」瑪洛莉朝地平線揮揮手。「可是我們在這裡，航行又航行。你爺爺不能乾脆咻的一聲把我們扔去約維克嗎？那樣可能還比較有用。」

半生人．岡德森帶著拖把和水桶從旁邊走過。「有用，」他喃喃說著：「不像某些人啦。」

「閉嘴去打掃啦！」瑪洛莉厲聲說道：「至於你呢，馬格努斯，我警告過你，不要上了洛基的鉤。結果你怎麼樣？自己走進去，自願參加吟詩對罵比賽。你和這個狂戰士一樣蠢！」

她說完就爬到桅杆頂端，那是整艘船最孤獨的地方，然後拿著閃亮匕首對著大海。

半生人拖著甲板，同時含糊地說：「紅頭髮的愛爾蘭壞女人。馬格努斯，別理她。」

眞希望我們不必在他們吵架的時候揚帆航行；也不要在莎米爲齋戒月禁食的時候；也不要在亞利思試圖教莎米抵擋洛基控制的時候。想到這裡，眞希望根本不必有這趟航行。

「瑪洛莉以前和洛基有什麼糾葛？」我問。「她似乎很……」

我不確定該用什麼樣的字眼：擔心？怨恨？殺氣騰騰？

半生人的肩膀揪在一起，背上的蟒蛇刺青也跟著起伏。他瞥了桅杆頂端一眼，似乎考慮針對瑪洛莉說更多難聽的話。「我沒有立場可以說。不過關於上了鉤，做出你以後會後悔的事……瑪洛莉眞的很了解。她就是因爲那樣而死。」

回想起我剛到瓦爾哈拉那段日子，當時半生人曾取笑瑪洛莉，說她想用自己的臉擋住汽

㊳ 克里斯多．耶拉瑟夫（Christo Jaracheff）是保加利亞裔的著名環境藝術家，他與已故的妻子珍．克勞德（Jeanne-Claude）擅長綑包與地景藝術。

車炸彈的爆炸威力。她的死絕對不只是那樣。她一定非常勇敢才會吸引女武神注意。

「馬格努斯，你一定要了解，」半生人說：「我們都是要前往自己當年死去的地方。對你來說可能很不一樣。你死在波士頓，也留在波士頓。你死得還不夠久，還不曾看到世界在你周遭發生變化。不過對我們來說呢？瑪洛莉並不希望再看到愛爾蘭，即使我們剛好航行經過愛爾蘭的海岸邊。而我呢……我絕對不想回到約維克。」

我感覺到一陣痛苦的罪惡感。「老兄，我很抱歉。那是你死去的地方嗎？」

「嗯。不完全是那個地點，不過很接近。我和『無骨人』伊瓦爾[39]一起協助征服那個城市，就像我們的基地營。回顧當時，那裡只算是小鎮。我只希望那裡的河流不再有『瓦納維提』了。」他抖了一下。「很糟。」

我對「瓦納維提」毫無概念，不過如果連半生人．岡德森都認為他們很糟，我絕對不會想遇到他們。

隨後到了晚上，我去找湯傑，他站在船頭凝視海浪，啜飲著咖啡，然後咬一口硬麵包。他為什麼喜歡吃硬麵包，我實在說不上來。那很像大塊的鹽味蘇打餅，但是用水泥做成而不是用麵粉，而且沒有鹹味。

「嗨。」我說。

他不太能清楚看到我。「噢，嗨，馬格努斯。」他把水泥蘇打餅遞給我。「來一點？」

「我不餓，謝謝。我等一下可能需要用到牙齒。」

他點點頭，一副沒聽懂笑點的模樣。自從我把剛才與尼奧爾德的對話告訴他們以來，湯傑一直很安靜，不太說話，很像以前憂心沉思的模樣。

他拿硬麵包沾點咖啡。「我一直都想去英國，只是沒想到會是死後才去，去出任務，搭乘一艘亮黃色的戰船。」

「英國？」

「我們就是要去那裡。你不知道嗎？」

雖然我不是很常想到英國，不過想到的是披頭四、保母包萍的故事，還有一些傢伙戴著圓頂硬禮帽、手拿雨傘、嘴裡用英式英文說著「再見再見再會囉」。我沒想到那裡有一群維京人或某些地方叫「約維克」。接著我回想起第一次遇到半生人．岡德森時，他告訴我，他死的時候正在入侵東盎格利亞王國㊵，那是大約一千兩百年前在英國建立的一個王國。那些維京人真的是到處趴趴走啊。

湯傑倚著欄杆。在月光下，一條細細的琥珀色紋路在他頸間閃閃發亮；那是一顆米涅子彈擦過的痕跡，當時他以北軍士兵的身分參與第一場戰役。看在我眼裡，這實在怪透了：你死了，到達瓦爾哈拉，一百五十年來每天復活，身上卻帶著你凡人人生所得到的傷疤。

「回顧那場戰爭，」他說：「我們很擔心大英帝國會宣布支持美國南方的叛軍㊶。英國比我們更早廢除奴隸制度……我說的『我們』是指北軍；但英國人需要南方生產的棉花供應給

㊴「無骨人」伊瓦爾（Ivar the Boneless）是九世紀的維京人首領，曾率領維京人入侵今日的英格蘭。

㊵東盎格利亞王國（East Anglia）建立於公元五世紀末期，位於今日英格蘭東部的諾福克郡和薩福克郡。

㊶在美國南北戰爭中，以北軍觀點來看，南軍是「叛軍」，但此種用語帶有貶抑意味，現已無人使用。湯傑死於戰爭時期，因此還習慣這種用語。

他們的紡織廠。事實上英國保持中立，沒有站在南軍那一邊，這對於北軍贏得戰爭是很重要的因素。英國佬一直給我溫暖的感受。我夢想有一天能去那裡表達個人的感謝。」

我努力想找到他語氣中的挖苦或諷刺意味。湯傑是解放奴隸之子，他奮戰至死的國家，曾經讓他的家人處於不自由的狀態長達好幾世代之久。他甚至帶有著名奴隸主人的名字。但湯傑談到「北軍」時用的是「我們」。都已經過了一個多世紀，他仍驕傲地穿著北軍制服。他夢想有一天能夠跨越海洋去感謝英國人，只因爲他們保持中立，爲他帶來恩惠。

「你怎麼能永遠都看到光明的一面？」我滿心驚嘆地說：「你好……正面喔。」

湯傑笑起來，結果硬麵包害他差點嗆到。「馬格努斯，兄弟，如果我剛到瓦爾哈拉時你碰到我，就不會這樣說了。剛開始那幾年很難熬。不是只有北軍士兵來到瓦爾哈拉，也有相當多的叛軍手握刀劍而死。女武神才不管你是對戰雙方的哪一邊，也不在乎你的參戰原因是什麼。她們只看個人的英勇和榮耀。」來了。他的語氣出現了一絲絲的不贊成。「我成爲英靈戰士的頭幾年，看到一些熟悉的臉孔穿越宴會廳……」

「你是怎麼死的？」我問。「眞正的實情。」

他撫摸杯緣。「我說過啦。華格納堡的攻城戰，南卡羅來納州。」

「不只是那樣。幾天前，你警告我接受挑戰的事，描述的語氣像是講述個人經驗。」

我仔細端詳湯傑的下巴，緊繃的線條隱藏著情緒。也許這就是他喜歡硬麵包的原因，讓他有很難咬的東西可以磨牙。

「有一位美利堅邦聯㊷的少尉找我單挑，」他終於開口說：「我完全不知道爲什麼。我們的軍團蹲著休息，等待攻城的命令。敵軍的火力正在衰退。所有的人動彈不得。」

他瞥向遠方。「然後，這位叛軍軍官從敵軍陣線站起來，舉劍揮向無人的土地，直指著我，彷彿不知什麼原因認識我。他大喊：『你，嗯……』這個嘛，你可以猜測他是叫我。『出來，跟我公開單挑！』」

「那根本是自殺。」

「我寧可認為是絕望之下展現勇氣。」

「你眞的這樣認爲？」

他的咖啡杯在兩隻手中顫抖。泡在咖啡裡的硬麵包開始散掉，像海綿一樣膨脹起來，棕色的液體滲入白色的濺粉裡。

「如果你是提爾之子，」他說：「你就不能拒絕個人的決鬥。有人說『跟我決鬥』，你就得上陣。我身上的每一條肌肉都回應那樣的挑戰。相信我，我根本不想單挑那個……傢伙。」

他原本想到的字眼顯然不是「傢伙」。「但是我不能拒絕。我爬出戰壕，自己一個人衝向叛軍的防禦工事。等到死後，我才聽說自己的行動引發攻勢，導致華格納堡遭到攻陷。其他同伴跟隨我的示範，猜想他們覺得我太瘋狂了，最好在後面支援我。至於我呢，我只想殺了那名中尉，也眞的辦到了。傑佛瑞．杜桑，我朝他的胸口射中一槍，然後到了夠近的地方，用刺刀刺中他的肚子。當然啦，在那之後，叛軍射了我大概三十槍吧。我倒在他們行列中，死的時候微笑面對一群美利堅邦聯士兵的憤怒臉孔。接下來，我只知道自己身在瓦爾哈拉。」

㊷ 美利堅邦聯（Confederate）是美國南方十一個蓄奴州從美利堅合眾國分裂出來的政權，存在期間只有一八六一到一八六五年，與北方合眾國進行內戰，直到南北戰爭戰敗為止。

「奧丁的內衣啊！」我喃喃說著，這是我保留給特殊場合的粗話。「等一下……你殺的那名中尉。你怎麼知道他的名字？」

湯傑對我露出悲傷的微笑。

我終於懂了。「他最後也到了瓦爾哈拉。」

湯傑點頭。「七十六樓。我和老傑佛瑞……我們花了五十年的時間，一次又一次殺死對方，每天都如此。我內心充滿了仇恨。那個人是我所鄙視的一切，反之亦然。我很怕我們最後會像赫爾吉和杭汀一樣是永恆不朽的敵人，過了數千年後依然彼此互槓。」

「可是你沒有？」

「很好玩吧。到最後……我實在很厭倦。我不再去戰場上找傑佛瑞．杜桑。我頓悟了一些事。你不能永遠緊抓著仇恨不放。那樣不會對你仇恨的人造成半點影響，卻會毒害你，眞的是這樣。」

他用手指撫摸米涅子彈造成的傷痕。「至於傑佛瑞，他不再出現於宴會廳。再也沒看過他。很多美利堅邦聯的英靈戰士都這樣。他們撐不下去，把自己鎖在房間裡，再也沒有出來，漸漸衰弱。」

湯傑聳聳肩，然後繼續說：「我猜，他們的心態很難調整吧。你認爲世界的運作方式是這樣，然後發現世界比你原本的想像更巨大、更奇特。如果不能讓自己的想法比較開放，到了死後的來世也沒辦法過得很好。」

我回想起之前和阿米爾．法德蘭一起站在雪鐵戈大樓的屋頂上，我捧著他的頭，希望他的凡人心智不要因爲看見彩虹橋和九個世界而崩潰破碎。

「是啊，」我附和說：「讓你的腦袋變得開放是很痛苦的。」

湯傑面露微笑，但我再也不覺得露出那樣的微笑是很容易的事。那微笑得來不易，就像單兵衝進敵人的陣營一樣英勇無畏。「馬格努斯，現在你接受了自己的個人挑戰。你即將和洛基面對面單挑，沒有回頭路可走。不過，你不會是自己一個人衝進那些堡壘，我們都會與你同在，如果那樣有幫助的話。」

他拍拍我的肩膀。「好啦，如果不介意的話……」他把自己的咖啡硬麵包湯遞給我，活像那是超棒的禮物。「我要離開去瞇一下！」

大部分組員都睡在甲板下面。我們已經發現只要有需求，「大香蕉」就會打開很多個舒適的房間，完全不受船身外部大小的限制。我不確定這是怎麼辦到的。就算我是科幻影集《超時空博士》㊸的粉絲，也不想測試咱們這部亮黃色的「時光機」有何極限。我寧可睡在甲板上，睡在星空下；我們在海上的第三天早晨，亞利思就是在那裡把我搖醒。

「雀斯，來吧，」她朗聲說：「我們要幫莎米拉趕進度。我要教她抵抗洛基的方法，即使那樣會害我們送命。而我說的『我們』，也包括你在內。」

㊸《超時空博士》（*Doctor Who*）是英國廣播公司（BBC）製播的影集，內容講述博士（The Doctor）搭乘時光機（TARDIS）跨越時空，打擊各種敵人。

15 猴子！

我立刻看出自己的問題。

我根本不該介紹亞利思給波西．傑克森認識，她學到太多波西的無情訓練方法了。亞利思或許無法召喚海中動物，但可以變成牠們，那根本一樣糟糕。

我們從莎米拉和亞利思彼此對打開始，包括在甲板上、水裡和空中。我的工作是拿著亞利思做的一疊教學卡片，從中抽出某種動物，大喊「猴子！」，然後莎米就得在戰鬥中變成一隻猴子，同時亞利思持續從人類變身成動物再變人類，盡可能痛擊莎米。

每次亞利思處於人類形體時，她就亂喊一些嘲弄的話，像是：「拜託，阿巴斯！你說這就叫『棉冠獠狨』喔？變得好一點啦！」

經過一小時的戰鬥遊戲後，莎米拉的臉閃耀著汗珠。她已取下穆斯林頭巾，將棕色長髮綁在腦後，打鬥起來比較順暢（她把我們全都視爲家人，所以需要的時候沒有蒙上頭巾並不是問題）。她倚著欄杆，稍事喘息。我差點拿水給她喝，接著才想起她正在禁食。

「也許我們該休息到晚上，」我建議說：「天色變暗後，你就可以吃喝東西了。這樣會害你沒命。」

「我很好。」莎米不是很擅長說謊，但她努力擠出微笑。「不過還是謝啦。」

亞利思在甲板上踱步，查看她的寫字夾板。各位，寫字夾板喔，簡直像是要努力成爲瓦爾哈拉旅館副理。她身穿綠色的合身牛仔褲搭配粉紅背心，正面以華麗亮片縫出很不恰當的手勢圖案。她的頭髮開始變長，黑色髮根讓她顯得更有氣勢，很像長出健康鬃毛的獅子。

「好啦，馬格努斯，換你了，」她對我說：「拿著傑克，準備戰鬥。」

傑克很樂意幫忙。「打架時間？酷喔！」他飄浮在我旁邊飛了一圈。「我們要打誰？」

「莎米。」我說。

傑克呆住。「可是我喜歡莎米耶。」

「我們只是練習啦，」我說：「努力殺死她，但沒有眞正殺死她。」

「喔，呼！好喔，我辦得到。」

亞利思有個計數器。她的殘酷眞的沒有極限。我和傑克聯手對抗莎米。傑克當然是以他的劍刃發動攻擊，我則用拖把柄，而我相信這不會讓莎米膽顫心驚。莎米一下子蹲低、一下左右閃身，企圖用她的斧頭砍我們，斧刃有用帆布包裹起來。只要亞利思按下計數器一次，莎米就應該變身一次，但亞利思每次按下的間隔時間不固定，完全不考慮莎米當下的情況。

我想，這個做法是要讓莎米拉適應隨時隨地變身，只要有需求就變，絕不遲疑。

我看得出來傑克有所保留，他只揮砍莎米幾次。而我呢，用拖把眞是遜斃了。我缺乏很多重要的技能，看來在維京人戰船甲板上的戰鬥演習也是其中之一。我絆到船槳、卡到索具，頭也撞到桅杆摔進海裡兩次。換句話說，算是我的一般表現啦。

莎米則沒有這方面的問題，她讓我全身瘀青、遭到痛毆。我只有一次出擊成功，那時亞利思按下計數器的時機特別不巧，因爲莎米剛變成一隻鸚鵡，正要直直撲向我的拖把柄。她呱叫一聲，變回人類，重重跌坐到甲板上，一大團藍色和紅色的羽毛在她周圍飄飛。

「莎米，抱歉。」我覺得很窘，「我以前從沒打過鸚鵡。」

儘管流著鼻血，她依然笑了。「沒關係。咱們再試一次。」

我們奮戰到兩人都筋疲力竭。亞利思的練習課總算喊停，我們累得倚著欄杆邊的盾牌。

「呼！」傑克靠在我側邊。「我累死了！」

由於一旦我握住他，他耗費的所有精力都會從我身上流出，所以我決定讓傑克停留在劍刃的形式再久一點點。我還沒準備要陷入昏迷狀態，等到吃過午餐再說吧。

但我至少可以吃午餐啊。

我瞥了莎米拉一眼。「齋戒月那件事。我眞不知道你怎麼實行。」

她挑起一邊眉毛。「你的意思是我『爲什麼』要實行吧。」

「也是啦。你眞的要忍受禁食整整一個月？」

「是啊，馬格努斯，」她說：「知道齋戒月要持續一整個月，你可能覺得很驚訝吧。」

「很高興你沒有完全失去毒舌本色。」

她拿毛巾輕拍臉，這點顯然沒有禁止。「齋戒月已經過了一半。沒那麼糟啦。」她皺起眉頭。「當然啦，如果我們全都在齋戒月結束前就死掉，那眞的會氣炸。」

「對耶，」亞利思附和說：「你禁食的時候，洛基把九個世界燒光，而你連喝一口水都不行？哎呀。」

莎米猛搥她的手臂。「菲耶羅，你得承認，我今天比較專心。齋戒月有幫助。」

「呃，也許吧，」亞利思說：「我還是覺得你禁食眞的是瘋了，不過我沒那麼擔心了。」

「我覺得頭腦比較清楚。」莎米說：「比較空，不過是好的那種。我沒有那麼常愣住了。

等到面對洛基時，我會準備好，如果『眞主意欲』。」

莎米不常說這句話，但我知道那意思是「老天保佑」。這話對她顯然有幫助，但是從來不曾激起我的信心。「我會做得很棒，如果眞主意欲」，感覺就像是說「我會做得很棒，假如沒有哪一輛卡車先輾過我的話」。

「嗯，」亞利思說：「直到你眞正面對親愛的『老媽、斜線、老爸』，我們才知道會發生什麼狀況。不過我會抱持審愼樂觀的態度。而且你沒有殺了馬格努斯，我想這樣很好。」

「多謝喔。」我嘀咕著。

即使亞利思只表達一丁點的顧慮，認爲我的死可能稍微不合她的意，我心裡卻感受到一股模糊的暖意。嗯，我好可悲。

之後的下午，我在「大香蕉」上到處幫忙。儘管這艘船會自動航行，但還是有很多事要做：擦拭甲板、解開纜索、避免瑪洛莉和半生人互相砍殺等等。這些雜務讓我不要一直想著自己與洛基即將進行的對抗，也不要多想貝利茲和希爾斯可能會碰到的狀況。他們已經離開三天，而我們現在距離夏至只剩兩個星期，說不定冰塊融化所需的時間更短，洛基的船隻就能啓航了。貝利茲和希爾斯到底還要多久才能找到那顆石頭呢？

一想到尋找磨刀石的事，自然而然讓我回想起上次與貝利茲和希爾斯出任務的悲慘記憶，當時我們努力尋找思可菲儂石。我對自己說，這兩件事沒有關聯。這一次不會有嚴酷的亞爾夫海姆陽光，沒有拉奏小提琴的邪惡水妖，也沒有怒氣沖沖、殘暴成性的精靈父親。

希爾斯和貝利茲很快就會回來，告知我們未來要克服的是一整套完全不同的危險障礙！每一次有海浪湧上船頭，我看著浪花四濺，心裡都期盼那會凝固成我的兩位朋友。但他們沒有再度現身。

下午這段期間，小型的海蛇兩次游近到……呃，大約距離六、七公尺的地方吧。牠們緊盯著船隻，但沒有發動攻擊。我猜想，牠們可能不喜歡香蕉口味的獵物，不然就是傑克的歌聲把牠們嚇跑了。

傑克跟著我在甲板上閒晃，一下子唱著阿巴合唱團[44]的熱門金曲（維京人是阿巴合唱團的大粉絲），一下子又對我訴說往日時光，說他以前和弗雷會漫步於九個世界，散播陽光散播歡樂，偶爾也殺殺人。

一天即將過去，這變成個人的忍耐力測試：我要不要把傑克變回盧恩石的形式，然後付出剛才聯手訓練的代價而昏過去？還是想要聽他唱更多首歌？

最後，接近黃昏時，我再也無法忍受了。我跌跌撞撞走向船尾鋪了睡袋的地方，躺下來，享受莎米拉在前甲板進行傍晚禮拜的聲音，她吟唱詩歌的聲音既輕柔又令人放鬆。

感覺眞奇怪，這樣一艘滿載無神論者和非基督徒的維京戰船，竟然有穆斯林進行昏禮禮拜。然而，莎米拉的祖先從中世紀就與維京人往來。我想，這應該不是維京戰船上第一次有人向阿拉進行禮拜。這個世界，「這些」世界，因爲不時有這樣的彼此融合而有趣多了。

傑克恢復成盧恩石形式，我根本來不及讓他回到頸間項鍊上就昏過去了。

在夢中，我目擊到一場謀殺。

---

44 阿巴合唱團（ABBA）是瑞典的流行樂團，一九八〇年前後紅遍全球。

16 口水男對上鏈鋸，猜猜看誰贏

我與四名天神一起站在山丘頂上，旁邊是一棟茅草小屋的廢墟。

奧丁倚著一根粗大的橡木柱子，藍色旅行斗篷底下的鐵鍊盔甲閃閃發亮。一支長矛斜揹在他背上，一把劍掛在側邊，頭上戴著藍色的寬邊帽，好的那隻眼睛在帽沿底下神采奕奕；再配上灰白的鬍子、眼罩和各式武器，看起來像是個要去參加萬聖節派對卻無法決定該扮成巫師還是海盜的傢伙。

站在他旁邊的是海姆達爾[45]，彩虹橋的守衛。當時一定還沒發明智慧型手機，因為他沒有像平常那樣每五秒鐘就自拍一次。他身穿白色的厚羊毛盔甲，兩把劍都插在劍鞘裡，以X字形交叉掛在背上。「末日號角」加拉爾在他的腰帶上懸盪，讓我覺得很不牢靠。隨便一個人都有可能追上他、吹響號角，像是惡作劇一樣開啓諸神的黃昏。

第三位天神是我父親弗雷，他跪在一堆營火的灰燼旁邊。他穿著褪色的牛仔褲和法蘭絨襯衫，但我不懂這些衣物怎麼可能已經發明出來了。也許弗雷是美國戶外用品店REI在中世紀時期的上市前公開測試員。他的金髮拂過肩膀，短硬的鬍子在陽光下閃耀金光。如果世界上有正義可言，雷神索爾看起來就會是這副模樣：金髮、英俊、莊嚴，而不會是肌肉發達

[45] 海姆達爾（Heimdall）是北歐神話掌管警戒的天神，也是阿斯嘉的門戶「彩虹橋」的看守者。

的紅髮放屁機器。

第四位天神我從沒見過，不過我根據尼奧爾德的「全像式簡報」認出他來：克瓦希爾，阿薩神族和華納神族之間活生生的和平協議。以他原本是一杯神聖的口水來看，他長得滿英俊的。他的黑色捲髮和鬍子在微風吹拂下飛揚，身上裹著手織長袍，傳達出星際大戰絕地大師的氛圍。他跪在我父親旁邊，手指在營火的碳化餘燼上方揮動。

奧丁傾身靠向他。「克瓦希爾，你覺得如何？」

光是聽到這個問題，我就能感受到眾神有多麼尊敬克瓦希爾。一般來說，奧丁不會向其他人詢問意見。他只給予答案，通常是以謎語的形式，或者透過簡報投影片。

克瓦希爾碰觸那些灰燼。「這是洛基的火堆，絕對是。他剛剛到過這裡，而且還在附近。」海姆達爾掃視地平線。「我在方圓一百五十公里內完全沒看到他，除非……不，那是個髮型很棒的愛爾蘭人。」

「我們必須逮住洛基，」奧丁咕噥著說：「那場吟詩對罵是最後一根稻草。他必須被囚禁且受罰！」

「一張網。」克瓦希爾朗聲說道。

弗雷皺起眉頭。「你是指什麼？」

「看見沒？洛基正在焚燒證據。」克瓦希爾仔細端詳灰燼中幾乎看不出來的交叉線圖案。「他企圖預先參透我們的行動，考慮過我們捕捉他可能用上的所有方法。他織出一張網，然後很快燒掉。」

克瓦希爾站起來。「各位先生，洛基把自己偽裝成一條魚。我們需要一張網！」

其他人看起來滿臉困惑，就像是說：「福爾摩斯，你怎麼知道？」

我等著克瓦希爾大叫：「遊戲已經開始了！」[46]然而他喊的是：「前往最近的河流！」接著大步前行，其他天神匆匆跟上。

我的夢境變了。我看到克瓦希爾的生命一幕幕閃過，他行遍九個世界，向各地的人提出忠告，從農耕、生孩子到減稅等無所不包。所有凡人都愛他。在每一個城鎮、堡壘和村莊，他廣受歡迎的程度宛如英雄。

然後有一天，他幫一家子巨人填完一些特別困難的稅單，接著踏上前往米德加爾特[47]的道路。這時有兩名侏儒擋住他的去路，是兩個異常矮小、渾身肉疣多毛的小不點，帶著滿懷惡意的微笑。

說來不幸，我認得他們，法亞拉和吉亞拉兄弟。他們曾經賣給我一張單程船票。根據貝利茲恩的說法，他們也是惡名昭彰的盜匪和殺人犯。

「哈囉！」法亞拉從一塊大石上叫喚克瓦希爾。「你一定是大名鼎鼎的克瓦希爾！」

他旁邊的吉亞拉熱情揮手。「真高興遇見你！我們聽說過你很多了不起的事蹟！」

克瓦希爾身為有史以來最聰明的創造物，應該知道自己要這樣說：「抱歉，我已經捐過錢了。」然後繼續往前走。

不幸的是，克瓦希爾很好心。他舉手打招呼。「哈囉，好侏儒！我確實是克瓦希爾。可以

---

[46] 「遊戲已經開始了！」（The game's afoot!）是知名小說主角神探福爾摩斯（Holmes）常說的一句話。

[47] 米德加爾特（Midgard）是北歐神話的九個世界之一，是人類居住的地方。

幫什麼忙嗎？」

法亞拉和吉亞拉互看一眼，似乎無法相信自己運氣這麼好。「呃，嗯，你可以讓我們請吃晚餐！」吉亞拉作勢指著附近的山坡，那裡有個洞穴入口，蓋著破破爛爛的皮革簾幕。

「我們沒興趣殺你，」法亞拉保證說：「也沒興趣偷你的東西。更沒興趣流乾你的血，那可能有驚人的魔法性質吧。我們只想好好招待你！」

「非常感激，」克瓦希爾說：「不過今天晚上我本來想待在米德加爾特。很多人類需要我幫忙。」

「噢，我懂了，」法亞拉說：「你很……樂於助人。」他說這話的語氣像是說「你很樂於吃生牛肉」。「嗯，事情就有這麼巧，我們碰到一點困難，呃，不會計算每季的預估稅額。」

克瓦希爾皺起眉頭，顯得很同情。「我懂了。那實在很難計算。」

「對呀！」吉亞拉猛拍手。「聰明一哥，你可以幫幫我們嗎？」

每一部驚悚片只要演到這種情節，觀眾都會大喊：「不要啊！」但是克瓦希爾的同情心壓過自己的理智。

「那好吧，」他說：「讓我看看你們的書面規畫！」

他跟著兩名侏儒進入洞穴。

我好想衝到他背後，警告他接下來會發生什麼事，但我的雙腳釘在原地動彈不得。在洞穴裡，克瓦希爾開始尖叫。過了一會兒之後，我聽到像是鏈鋸的聲音，接著是液體咕嚕流進大鍋。要是在睡夢中也能大吐特吐，我一定會這麼做。

夢境最後一次變換。

我發現自己在一棟三層樓大宅的前院，是整排殖民時期房屋的一棟，面對一片公共綠地。這裡可能是塞林鎮或萊辛頓鎮，就是波士頓郊區的無聊城鎮，早在獨立戰爭之前就有了。房屋大門的左右排列著白漆列柱，空氣中充滿了忍冬樹叢的香甜氣息，門廊上有一面美國國旗隨風飄揚。眼前的景象很有鄉村風情，如果陽光再酷烈一點，這裡一定是亞爾夫海姆㊽。

大門打開了，一個瘦削的人影從紅磚台階上滾落，像是有人把她扔出來。亞利思．菲耶羅看起來大約十四歲，也許比我認識她的時候年輕個兩、三歲。一絲鮮血從她的左邊太陽穴緩緩淌下。她跪趴在門前的人行道上，剛才跌落時擦傷了手掌，點點血跡留在水泥上，宛如用海綿沾顏料的壓畫。

她看起來充滿痛苦和憤怒卻不害怕，雙眼飽含著挫折的淚水。

房屋門口出現一名中年男子，有著一頭黑色夾雜灰色的短髮，穿著熨平的黑色寬鬆長褲、閃亮的黑皮鞋，正式襯衫既俐落又潔白，閃得我眼睛都痛了。我能理解貝利茲恩說的話：「先生，你眞的需要一抹色彩！」

男子與亞利思一樣體型嬌小，也有同樣稜角分明的酷帥臉龐，很像你讚嘆著一顆鑽石，但是一碰就會割傷。

他不該會讓人覺得害怕。他個子不高、不強壯，看起來也不凶狠，穿著像是銀行員。然而他的下巴線條、他的眼神強度、他的嘴唇在牙齒周圍扭動和繃緊彷彿對人類表情不熟悉的模樣，在在令人不寒而慄。我很想置身於他和亞利思之間，但是動彈不得。

㊽ 亞爾夫海姆（Alfheim）是北歐神話的九個世界之一，意思是「精靈之國」。

男子的一隻手拿著美式足球大小的陶器，是棕色和白色的卵形物品。我看出那是一尊半身雕像，並列著兩張不同的臉。

「正常！」男子把那個陶瓷雕像扔向亞利思。它在人行道上摔得粉碎。「我只希望你正常而已！當個『正常』的孩子！眞該死，有那麼困難嗎？」

亞利思掙扎著站起來，轉身面對父親。她穿著淡紫色的及膝裙，裡面搭配黑色緊身褲。她跌在人行道上，綠色的無袖上衣無法保護手臂不受傷，手肘看起來很像遭到肉鎚狠狠打過。我從沒見過她的頭髮留這麼長，綠色馬尾冒出黑色髮根，活像埃吉爾火盆裡的火焰。

「這位父親，我很正常。」她咬著牙說出這些話，彷彿她想不出更變態的罵人話語。

「不再幫忙。」他的語氣既嚴厲又冷酷。「不再出錢。」

「我才不要你的錢。」

「嗯，那很好！因爲那些錢要給我『眞正的』小孩。」他朝階梯吐口水。「你有那麼大的潛力。你對手工藝的領悟力完全像你祖父一樣優秀。可是看看你那副德性。」

「藝術。」亞利思更正說。

「什麼？」

「那是藝術，不是手工藝。」

她父親朝那些破陶片揮揮手，滿臉鄙夷。「那才不是藝術。那是垃圾。」

他的意見很明確，只差沒有明白說出：「你自己也選擇成爲垃圾。」

亞利思盯著她父親。他們之間的空氣變得又乾又苦澀。兩人似乎都等待對方做出最終的表態……道歉且讓步，抑或把他們兩人之間的聯繫永遠切斷。

亞利思沒有得到那樣的解答。

她父親沮喪地搖搖頭，彷彿不敢相信自己的人生走到這種地步。接著他轉過身，走進屋內，轟地一聲關上門。

我猛然驚醒。「怎樣？」

「放輕鬆啦，瞌睡蟲。」亞利思·菲耶羅站在我上方……是現在的亞利思，她穿著那麼亮黃色的雨衣，害我以爲我們的戰船漸漸同化她了。我在夢中聽見的摔門聲，其實是她把裝滿水的水壺重重摔落在我的頭旁邊。她拿一顆蘋果扔向我胸口。

「早餐，」她說：「也是午餐。」

我揉揉眼睛。仍依稀聽見她父親的聲音，也聞得到她家前院的忍冬花香。「我睡多久？」

「大概十六個小時，」她說：「你錯過的事情沒有很多，所以我們讓你一直睡。不過現在該醒了。」

「爲什麼？」

我在睡袋上坐起來。我的朋友們在甲板上忙來忙去，正在綁緊繩索、固定船槳。空中飄著冰冷的毛毛雨。我們的長船停泊在石砌的堤岸邊，河岸上排列著磚造街屋，與波士頓那些房屋沒什麼兩樣。

「歡迎來到約維克，」半生人沉著臉說：「或者如同你們現代人的叫法，英國的約克市。」

17 我們遭到一堆岩石的伏擊

怕你會問就先說了，老約克看起來完全不像「新約克」（就是紐約啦[49]）。它看起來更老。

馬格努斯．雀斯是擅長描述的大師。不客氣。

半生人回到他的老基地營，看起來一點都不興奮。「只要是很自重的維京人城市，都不該距離海邊這麼遠，」他咕噥說：「我真不懂，『無骨人』伊瓦爾到底爲什麼在意這個地方呢？我們耗費一整個早上才航行到這裡，沿著烏斯河往上游大約四十公里！」

「巫師河？」我問。

「『烏斯』啦，」湯傑糾正我，同時爆笑起來，「它和『慕斯』押韻。我是在一本旅遊指南讀到的！」

我忍不住抖了一下。和「慕斯」押韻的詞都沒什麼好的。苦思。怒撕。補撕。此外，發現湯傑對英國做了這麼多功課，我也覺得很煩躁。不過在瓦爾哈拉混了一百五十年實在很漫長，而旅館的圖書室又眞的很棒。

我瞥向左舷那側。陰鬱的綠水在船身周遭迴繞起落，雨勢點點滴落河面，形成許多圓心靶的形狀彼此交疊。河水似乎太活躍也太清醒。無論波西．傑克森曾經教我多少技巧，我都不想掉進這裡的水域。

「你感覺到它們了，對吧？」半生人緊抓自己的斧頭，彷彿隨時準備要在烏斯河上展開行動。「瓦納維提。」

從半生人的語氣聽來，他似乎覺得那眞的很駭人……就像「膽怯」和「刮鬍子」一樣駭人。「它們是什麼？」我問。

「而且，它們有沒有比較好唸的名字啊？」亞利思補上一句。

「它們是大自然的精靈，」瑪洛莉說：「我們在愛爾蘭也有類似的傳說。我們稱它們爲『水馬』。」

半生人哼了一聲。「你們愛爾蘭人有類似的傳說，因爲那是從北歐人偷來的。」

「騙人，」瑪洛莉咆哮說：「你們這些粗野笨蛋入侵愛爾蘭之前，凱爾特人早就已經住在那裡了。」

「粗野笨蛋？在你們那個慘兮兮的島上，維京人所建立的都柏林王國[50]才是唯一值得一提的政權！」

「總之……」莎米拉走到那對情侶之間，「這些水馬爲什麼很危險？」

半生人皺起眉頭。「嗯，它們可以組成一大群，假如遭到激怒就會驚慌亂竄，摧毀我們的

---

[49] 紐約（New York）的字面意思是「新約克」，一六六四年英國人從荷蘭人手中攻下此地，以當時約克公爵（後來的詹姆斯二世）為名。

[50] 維京人於公元九世紀入侵現今愛爾蘭都柏林周圍，建立都柏林王國，直到十二世紀遭諾曼人征服為止。

船。我想，它們按兵不動這麼久，只因爲不確定我們爲何呈現這種亮黃色。還有，如果有人笨到去碰觸它們……」

「它們會黏在你的皮膚上，」瑪洛莉說：「把你拖下水，淹死你。」

她這番話讓我的胃糾成一團。我自己曾黏在一隻魔法大鷹上，牠帶我飛越波士頓的屋頂上方，進行一趟撞車大賽之旅。想到在烏斯河面下遭到拖行，聽起來好像更不好玩。

亞利思伸出兩隻手臂摟住瑪洛莉和半生人。「那好吧。聽起來你們兩個像是水馬專家，那麼我們其他人進行偉大的獵捕行動時，你們應該待在船上，好好守護『大香蕉』！」

「呃，」我說：「我可以把這艘船變成一條手帕……」

「噢，不行！」半生人說：「我一點都不想再涉足約維克。反正我對你們一點用也沒有。一千兩百年來，這個地方稍微有點改變。我會待在船上，但是我不需要瑪洛莉來幫忙守護這艘船。」

「你認爲不用？」瑪洛莉怒目瞪著他，兩隻手各握著一把刀柄。「你會唱任何一首凱爾特歌曲來安撫水馬嗎？我不會把這艘船留給你照顧！」

「哼，我才不會把它留給你照顧！」

「兩位！」莎米拉舉起兩隻手，活像是拳擊比賽的裁判。她向來很少罵粗話，不過我有種感覺，面對齋戒月的「不罵人」戒律，她的內心又開始掙扎了。這還眞有趣：只要別人叫你不准做某件事，你就有排山倒海而來的慾望很想做。

「如果你們兩人都堅持留在船上，」她說：「我也會留下。我很擅長對付馬，遇上麻煩也可以飛行。萬一眞的有需要……」她搖晃手腕一下，讓她的光矛伸長現身，「我可以炸掉攻擊我們的東西。不然我也可以炸掉你們倆，如果你們不乖的話。」

面對這項安排，半生人和瑪洛莉看起來同樣很不高興，那就表示這是很棒的折衷方案。

「你們聽到這位女士的話了，」亞利思說：「登陸小組包括我、湯傑和金髮小子。」

「太棒了！」湯傑猛搓雙手。「我等不及要感謝英國了！」

湯傑絕不是開玩笑。

我們在寒冷灰濛的毛毛雨中沿著約克市的狹窄街道走。湯傑看到每個人都打招呼，還想找人握手。

「哈囉！」他說：「我來自波士頓。感謝你們沒有支持美利堅邦聯！」

本地人的反應從「啊？」到「走開啦！」都有，還有人說了一些很生動的話，我不禁懷疑他們會不會是半生人．岡德森的後代。

這些事都沒有嚇倒湯傑。他大步往前走，一邊揮手一邊指指點點。「你們有需要就說！」他提議說：「這是我欠你們的。」他對我咧嘴笑。「我愛這個地方。大家都好友善。」

「嗯哼。」我掃視低矮的屋頂，心想如果這個城市有巨人，應該看得見才對。「所以，如果你是約克市的巨人，你會躲在哪裡？」

亞利思走到一堆路牌前面停下來。她的綠色頭髮從黃色雨衣兜帽底下冒出來，很像龐克打扮的冷凍炸魚條代言人。「也許我們可以從那裡著手。」她指著最頂端的路牌。「約維克維京人中心。」

聽起來像是好計畫，尤其是我們沒有其他計畫。

我們跟隨路標，沿著蜿蜒的窄巷曲折前進，兩旁排列著磚造的街屋、酒吧和櫥窗。這裡很像波士頓的北區，只不過約克市有更多的歷史遺跡。維多利亞時代的磚造房屋與中世紀的石屋彼此相連，接著又是伊莉莎白時代的都鐸式黑白房屋，下一間則是日曬沙龍，提供五英鎊曬二十分鐘的服務。

我們只遇到少數路人，街道車輛稀少。我不禁好奇今天是不是假日。難道本地人聽說有亮黃色的維京人戰船入侵烏斯河，全都逃到山丘上去了？

我覺得這樣也好。如果遇到更多英國人，湯傑不停打招呼肯定會拖慢我們的腳步。

我們沿著一條街道走，這裡叫「肉鋪街」，我覺得描述得很直白，但是給人的印象很差。這條路本身寬到可以騎腳踏車，如果騎車的人很瘦的話。人行道兩旁的房屋呈現哈哈鏡的模式，每往上一層樓都比下一層樓稍微寬一點，因此不免給人一種印象，萬一我們踏錯一步，整個社區會自己垮下來。我幾乎無法呼吸，直到走進一條較寬的街道才比較好。

最後，路標帶我們走到一個行人徒步購物區，這裡有一棟矮胖的磚造房屋，裝飾著綠色的橫幅旗幟：「維京人！活生生的歷史！超有趣！充滿互動式體驗！」

聽起來全都相當棒，只不過大門入口掛了一塊牌子：休息中。

「唔。」湯傑喀啦轉動門把。「我們應該破門而入嗎？」

我看不出那有什麼好處。這地方顯然是給遊客參觀的博物館，無論裡面的互動式體驗有多棒，只要你曾在瓦爾哈拉真正生活過，都會覺得其他體驗令人失望。我也不需要去紀念品店買什麼維京人隨身物品。光是有盧恩石墜子/會說話的劍，我就快應付不來了。

「兩位，」亞利思說，她的聲音很緊繃，「剛剛那道牆是不是移動了？」

我順著她的目光看去。人行廣場的對面有一段破碎粗糙的石灰岩塊，從特易購雜貨店的側邊凸出來，可能是城堡或舊城牆的遺跡。

至少我是這樣想，直到石灰岩堆移動爲止。

我曾有幾次看到莎米拉從她的穆斯林僞裝頭巾後面走出來，看起來很像從樹幹、素面白牆或甜甜圈店的展售櫃後面走出。眼前的景象就讓我產生類似的暈眩感。

我的心智必須進行後製，才能理解自己看到的景象：那不是一道損毀的牆壁，而是一名巨人，有六公尺高，完美模擬成石灰岩的樣子。粗糙的米棕色皮膚冒出一個個水泡，活像美國毒蜥。蓬亂長髮和鬍子黏了一堆小石頭，身穿束腰上衣和緊身褲，布料是沉重的拼綴帆布，因此整個人看起來很像堡壘的城牆。他爲何倚著雜貨店？我實在一點概念也沒有。打盹？乞討？巨人會乞討嗎？

他以琥珀色的眼睛盯著我們，那似乎是他唯一眞正活生生的部分。

「哎呀，哎呀，」巨人以低沉的聲音說：「我等待維京人出現在維京人中心已經等了好久！等不及要殺你們了！」

「亞利思，眞是好主意啊，」我啞著嗓子說：「咱們跟著指標走到維京人中心。耶。」

這一次，她居然沒有尖酸回嘴。她盯著巨人，嘴巴張得好大，雨衣的兜帽從她的頭上向後滑落。

湯傑的步槍很像占卜杖，在他手中喀啦抖動。

我不覺得自己比較勇敢。沒錯，我看過更高大的巨人，也見識過大鷹巨人、火巨人、喝醉的巨人，更看過身穿俗豔保齡球衫的巨人。可是我從沒看過石巨人出現在正前方，與高采烈地提議要殺我。

他站立挺直身子時，肩膀大約與周圍的兩層樓屋頂一樣高。街上的少數行人逕自繞過他身旁，彷彿他只是造成不便的建築工程。

他抓起最近的電話線桿，將它從地面用力拉起，連帶扯起一大塊圓形的人行道鋪面。他把電話線桿扛在自己的肩膀上，我才意識到那是他的武器……是一根大木槌，槌頭足足有浴缸那麼大。

「維京人以前比較擅長社交，」他的聲音隆隆說道：「我還以爲他們會來社區中心比武審判一番。或至少來玩賓果遊戲！不過呢，你們是我看過的第一批人，自從……」他歪著頭髮蓬亂的腦袋，似乎會有一大群牧羊犬滾下來。「我到底在這裡坐了多久？我一定是睡著了！啊，對了，戰士們，把你們的名字告訴我。我想知道自己要殺的人是誰。」

在這個關頭，我眞該尖聲大喊：「我主張客人的權利！」但糟的是，我們並不是在巨人家裡。我想，客人的權利不適用於人類城市的公共街道上。

「你是巨人赫朗格尼爾嗎？」我問，希望自己的語氣聽起來比較有自信而不是驚慌失措。「我是馬格努斯．雀斯。這兩位是湯瑪斯．小傑佛遜和亞利思．菲耶羅。我們來這裡是要跟你談條件！」

毛髮蓬亂的石頭巨人左右張望一番。「我當然是赫朗格尼爾！你在附近有看到其他巨人嗎？小不點英靈戰士，殺掉你們恐怕沒得商量，不過你想要的話，細節部分我們倒是可以討價還價。」

我呑嚥口水。「你怎麼知道我們是英靈戰士？」

赫朗格尼爾笑起來，他的牙齒很像城堡塔樓的齒狀城牆。「你聞起來就像英靈戰士啊！好，來吧，你們希望談什麼樣的條件……速死速決？擠壓而死？也許是這樣的美好死亡：我把你們用力踩扁，然後從鞋底刮下來！」

我瞥了湯傑一眼，他猛搖頭，意思像是：「不要鞋子！」

亞利思依然動也沒動。我之所以知道她還活著，只因爲她眨眼把雨水擠掉。

「噢，巨大的米棕色赫朗格尼爾，」我說：「我們要尋找克瓦希爾蜜酒的藏匿地點！」

赫朗格尼爾沉下臉，皺起岩石眉毛，宛如磚塊的嘴唇噘成一節節的彎曲弧形。「哎呀，哎呀。你們要玩奧丁的偷竊遊戲，是嗎？巴爾弗克的老招？」

「呃……也許。」

赫朗格尼爾笑起來。「我可以把那項資訊告訴你們。巴烏吉和蘇圖恩把蜜酒藏到新的藏匿地點時，我和他們一起去。」

「那好。」我默默把「巴烏吉」和「蘇圖恩」加到內心的「我毫無概念」名單裡。「那就是我們來談的條件。蜜酒的地點！」

我意識到自己剛才說過這件事。「親愛的米色一哥，你的代價是什麼？」

赫朗格尼爾摸摸鬍子，導致小石頭和灰塵飄落到束腰上衣的正面。「我考慮這種交易時，你們的死亡方式必須很有娛樂性。」他仔細端詳湯傑，然後是我。最後他的目光停留在亞利思·菲耶羅身上。「啊。這一個有陶土的氣味！你擁有必需的技能，對不對？」

我瞥了亞利思一眼。「必需的技能？」

「對啦。」亞利思說。

「太棒了！」赫朗格尼爾的吼聲隆隆作響。「已經有好幾個世紀了，石巨人一直找不到可敬的對手，能夠來場傳統的二對二決鬥！戰鬥到死為止！我們可以把時間訂在明天的黎明時分嗎？」

「哇，」我說：「我們不能來場治療比賽嗎？」

「或者賓果遊戲，」湯傑提議說：「賓果遊戲很好玩。」

「不行！」赫朗格尼爾大叫。「小不點英靈戰士，我名字的意思是『格鬥家』，你們沒有拿出夠格的戰鬥絕對騙不了我！我們會依循古代的戰鬥法則。由我對抗……嗯。」

我並不想自願出征，但我見識過傑克以前撂倒的巨人比這傢伙更巨大。我舉起手。「那好吧，我……」

「不行，你太瘦了。」赫朗格尼爾指著湯傑。「我挑戰他！」

「我接受！」湯傑大喊。

然後他眨眨眼，看似心裡想著「多謝啦，老爸」。

「很好，很好，」巨人說：「而我的二號戰將會對抗你們的二號戰將，那要由她來做！」

亞利思跌跌撞撞向後退，活像是有人推她一把。「我……我不行。我從來沒有……」

「不然的話，我現在就可以殺了你們三人，」赫朗格尼爾說：「那麼，你們絕對沒機會找到克瓦希爾的蜜酒。」

我的嘴巴感覺像巨人的鬍子一樣沙沙的。「亞利思，他在說什麼？你應該要做什麼？」

她的眼神透露出自己中計了，我看得出來，她很清楚赫朗格尼爾的需求是什麼。我以前只有一次看過她如此驚慌，那是她第一天到達瓦爾哈拉，當時她以為自己可能終其一生都會困在同一種性別裡。

「我……」她舔舔嘴唇。「好吧。我會做。」

「這樣才有氣魄！」赫朗格尼爾說：「至於這位金髮小子呢，我猜他可以成爲遞水給你喝的水壺工之類的。嗯，我要離開去做我的二號戰將了。你應該也一樣。我明天會來找你們，黎明的時候，在『科儂斯古沙』見！」

巨人轉過身，大步穿越約克市街道，行人紛紛閃避，彷彿他是一輛突然掉頭的巴士。

我轉向亞利思。「解釋一下。你剛才同意做什麼？」

她兩隻不同顏色眼睛的對比似乎比平常更加明顯，彷彿金色和棕色正要彼此分離，分別集中於左眼和右眼。

「我們得找到陶藝工作室，」她說：「快點。」

18 我搓揉彩色黏土揉到死

你不會常常聽到英雄說這種話。

「神童，快點！快去陶藝工作室！」

但是亞利思的語氣不容質疑，這確實是攸關生死的問題。最近的陶藝工坊叫「土地方」，結果位於我最喜歡的那條街，就是肉鋪街。我看這實在不是什麼好兆頭。我和湯傑在外面等，亞利思進去與老闆談了幾分鐘，最後老闆出現時滿臉堆笑，手上拿著一大疊五顏六色的鈔票。「小伙子，祝你們玩得高興！」他這樣說，並沿著街道匆匆走開。「太讚了！謝啦！」

「謝謝你！」湯傑揮著手。「也要感謝你沒介入我們的南北戰爭！」

我們進入店裡，發現亞利思正在清點物品……工作桌、陶輪、金屬架上排列許多半完成的陶器、裝滿工具的桶子，還有一個櫥櫃堆滿了塑膠袋，裡面裝著溼陶土塊。工作室後面有一扇門通往小浴室，另一扇門後面則看似儲藏室。

「這也許行得通，」亞利思喃喃說著：「也許啦。」

「你買下這地方？」我問。

「別蠢了。我只是付錢給老闆包場使用二十四小時。不過我付得很慷慨。」

「用英鎊支付。」我注意到了。「你從哪裡得到那麼多本地貨幣？」

她聳聳肩，專心清點那些陶土袋。「雀斯，那叫準備工作。我認為我們會經過英國和斯堪地納維亞半島。我帶了歐元、瑞典克朗、挪威克朗和英鎊。我家人的贈禮。而說到贈禮呢，意思是我偷的。」

我回想起夢境中的亞利思在她家門前，想起她怒吼著「我不要你的錢」。也許亞利思指的是她只想按照自己的意思拿錢。我可以尊重這種想法。不過她到底是用什麼方法得到這麼多種貨幣，我實在猜不透。

「別再張口結舌了，快幫我。」她命令道。

「我沒有……我沒有張口結舌。」

「我們得把這些桌子合併起來，」她說：「湯傑，去看看後面有沒有更多陶土。我們需要更多的大量陶土。」

「拚了！」湯傑衝向用品室。

我和亞利思搬動四張桌子拼在一起，讓工作面積夠大，足以在上面打桌球。湯傑拖來更多袋陶土，直到我估計所有的陶土量足以做出一輛陶瓷福斯汽車。

亞利思在陶土和陶輪之間來回查看，用大拇指的指甲敲著牙齒，看起來很緊張。「時間不夠，」她喃喃說：「乾燥，上釉，火燒……」

「亞利思，」我說：「如果你希望我們幫你忙，你就得解釋一下我們到底在做什麼。」

湯傑悄悄離開我旁邊，以免亞利思抽出她的勒繩。

她只是瞪著我。「如果你聽我的話，在瓦爾哈拉選修『陶器一〇一』的課程，你就會知道我在做什麼。」

「我……我衝堂啦。」事實上，我一點都不想做陶器做到死，尤其在課堂上要被扔進火熱的陶窯。

「石巨人有個傳統叫『提瓦維吉』，」亞利思說：「意思是雙人戰鬥。」

「那就像維京人的單人戰鬥，『安維吉』，」湯傑補充說：「只不過是雙人而非單人。」

「好極了。」我說。

「沒錯！我讀過這個，是在……」

「拜託別說是旅遊指南。」

湯傑盯著地板。

亞利思拿起一箱各式各樣的木製工具。「坦白說，雀斯，我們沒時間幫你補充最新資訊。湯傑要對抗赫朗格尼爾。我要做一尊陶瓷戰士對抗巨人的陶瓷戰士。你則扮演水壺工或治療師或隨便什麼都可以。很容易懂吧。」

我盯著一袋袋陶土。「陶瓷戰士。像是魔法陶器？」

「陶器一〇一。」亞利思又說一次，一副「這還用說嗎」的態度。「湯傑，你開始切割那些陶土塊好嗎？我需要每片二點五公分厚，大約六十到七十片。」

「沒問題！我可以用你的勒繩嗎？」

亞利思笑得好久好大聲。「當然不行。那個灰色桶子裡應該有一條。」

湯傑氣呼呼走開，找到一條普通的鐵線切土器。

「還有你，」亞利思對我說：「你要做土條。」

「土條。」

「我知道你會把陶土揉搓成土條。就像用彩色黏土做成蛇的樣子。」

我真好奇她怎麼知道我內心不為人知的祕密，就是我小時候很愛玩彩色黏土。（我說的「小時候」，是指玩到十一歲啦。）我勉強承認這確實位於我的才能範圍之內。「那你呢？」

「最困難的部分是使用陶輪，」她說：「最重要的零件必須拋轉。」

拋轉，我知道她的意思是「在陶輪上轉出形狀」，而不是「拋到房間的另一頭去」，不過亞利思經常把這兩種動作串連在一起。

「好了，兩位男孩，」她說：「咱們上工吧。」

花了幾個小時揉搓土條後，我的肩膀好痠痛，上衣黏住汗溼的皮膚。只要閉上雙眼，陶土蛇就在我的眼皮背後跳來跳去。

唯一的慰藉是老闆的一台小型收音機，只要亞利思或湯傑不喜歡某首歌，我就起身去轉換電台。湯傑比較喜歡軍樂，不過英國電台播放的軍樂隊曲子少得可憐。亞利思則喜歡日本動漫的歌曲，這在調頻和調幅廣播電台也很稀少。最後，他們都選定「杜蘭杜蘭」樂團51，我無法解釋到底是什麼原因。

每隔一陣子，我從老闆的小冰箱拿汽水給亞利思喝。她最喜歡的是「提瑟牌」汽水，那是口味非常重的櫻桃汽水。我不喜歡，不過亞利思很快就喝上癮，她的嘴唇變成像吸血鬼一樣的亮紅色，我看了覺得很煩，卻又莫名受到吸引。

在此同時，湯傑則是在切割泥塊和陶窯之間跑來跑去，他正在陶窯那邊生火，準備迎接一整天的艱苦燒窯。他似乎特別樂於在陶塊上戳出鉛筆頭大小的凹痕，作用是讓陶塊燒製時

51 杜蘭杜蘭（Duran Duran）是一九八〇年代走紅的英國樂團。

不會龜裂。他一邊戳，一邊哼著〈飢餓如狼〉[52]……基於我個人過往的經歷，這不是我最愛的歌。以一個預定要與六公尺高的石巨人舉行晨間決鬥的人來說，湯傑也太興奮了。我決定不要提醒他：如果死在英國這裡，無論本地人對他多麼友善，他都會維持在死亡狀態啊。

我讓自己的工作桌盡可能靠近亞利思的陶輪，這樣才能跟她講話。通常我會等她把新的一團陶土放到陶輪中央才問她問題，這時她的兩隻手都很忙，比較不可能打我。

「你以前做過這個嗎？」我問：「製作陶瓷人？」

她瞥來一眼，臉上沾著一點一點的白色陶土。「試過幾次，都不像這麼大。不過我的家族……」她對陶土施加力道，把它塑造成蜂窩狀的圓錐體。「就像赫朗格尼爾說的，我們擁有必需的技能。」

「你的家族。」我試圖想像洛基坐在一張桌前，搓揉著陶土蛇。

「我說的是菲耶羅家族。」亞利思朝我射來謹慎的眼神。「你真的不知道？從沒聽過菲耶羅陶瓷公司？」

「呃……我應該要聽過嗎？」

她笑起來，彷彿覺得我的無知令她精神一振。「如果你對烹飪或家飾品有點概念，也許應該知道吧。大概十年前是很紅的品牌。不過沒關係，反正我講的不是我爸賣的機器製造的爛貨，而是我祖父的藝術作品。他從提拉蒂科移居出來的時候創辦這項事業。」

「提拉蒂科。」我努力回想這個地名。「我猜那不在九十五號州際公路旁？」

亞利思大笑。「你沒有理由聽過那個地方啦。墨西哥的小地方。最近它真的只是墨西哥市的附屬區域。根據我祖父的說法，早在阿茲特克文化興起之前，我們家族就已經開始製造陶器。提拉蒂科原本屬於這個超級古老的文化。」她的兩手大拇指壓進蜂窩的中央，拉出新陶壺的側邊。

對我來說，她的動作很像魔法，光靠力量和旋轉就塑造出那麼精緻且對稱完美的陶瓶。我曾經試用陶輪幾次，結果手指差點骨折，也只能把一團陶土變成稍微比較不醜的陶土。

「誰知道實際上是怎樣？」亞利思繼續說：「那些只是家族流傳的故事。只是傳說。不過我的爺爺很當真。他搬到波士頓以後，繼續使用傳統技法，即使只做盤子或杯子，他也親手捏出每一件物品，以自豪的技術專心製作細部構造。」

「貝利茲恩會很喜歡這樣。」

亞利思往後倚，打量她的陶壺。「是啊，我爺爺也會是很棒的侏儒。然後，我爸接管整個事業，決定商業化經營。他出清存貨，然後大量製造各種陶瓷碗盤的生產線，切入家飾用品供應鏈。大家還沒意識到品質漸漸走下坡，他就賺了好幾百萬元。」

我回想起夢中她父親的尖酸話語：「你有那麼大的潛力。你對手工藝的領悟力完全像你祖父一樣優秀。」

「他希望你繼承家族事業。」

她仔細端詳我，無疑正在思考我怎麼會猜到。我差點對她描述那個夢境，但亞利思真的很不喜歡別人闖進她的腦袋，即使不是故意的也一樣。而我則是不喜歡別人吼我。

「我父親是白痴，」她說：「他無法理解，我怎麼會喜歡陶藝卻又不想從中賺錢。他完全

---

52 〈飢餓如狼〉（Hungry Like the Wolf）是「杜蘭杜蘭」樂團的歌曲。

不希望我聽從我祖父的瘋狂點子。」

「例如？」

湯傑俯身於他的工作桌上，繼續用一支木釘在陶土片上戳洞，製造出各式各樣的圖案，像是星星和螺旋。「這還滿好玩的，」他坦白說：「好療癒！」

亞利思噘起她的提琴汽水紅唇。「我爺爺以製作陶器維生，但他真正的興趣是我們祖先的雕塑品。他想了解那些雕塑品在精神層面的意義。那可不容易。我的意思是……經過那麼多世紀，你努力想釐清祖先遺留的東西，但它已經埋藏在那麼多其他文化底下，包括奧爾梅克、阿茲特克、西班牙、墨西哥。你怎麼確定什麼事情是真的？又要怎麼做才能恢復呢？」

我有種感覺，她的問題只是一種修辭，並沒有想從我口中得到答案，也幸虧是這樣。湯傑在旁邊哼著杜蘭杜蘭樂團唱的〈里約〉，而且在陶土上戳出一堆笑臉，我的腦袋實在無法清楚思考。

「不過你爺爺很努力吧。」我猜測說。

「他想要那樣。」亞利思又讓陶輪旋轉起來，用海綿吸掉陶壺側邊的水分。「我也是。至於我爸……」她的表情滿是厭惡。「嗯，你也知道，我這個樣子……他喜歡怪罪給……洛基。等到我在菲耶羅家族這邊找到認同，他卻完全無法接受。」

我的腦袋現在感覺很像我的雙手，像是有一層陶土在表面變得愈來愈緊繃，吸掉了所有的水氣。「抱歉，我不懂。這點和魔法陶瓷戰士有什麼關係？」

「你很快就會懂了。從我口袋拿出手機，打電話給莎米，好嗎？告訴她最新情況。然後閉嘴，我才能專心做事。」

即使是遵照命令，但要從亞利思穿的緊身褲口袋拿出東西，感覺像是害自己被宰掉的好方法。

我試了一陣，稍微驚慌幾下，然後就發現亞利思的手機在英國有數據服務。她一定是偷取多種貨幣時，順便把這個也安排好了。

我發簡訊給莎米拉告知現況。

幾分鐘後，手機嗚嗚作響，收到莎米的回覆：「好。祝好運。打架。GTG。」

我不知道「GTG」在這則簡訊裡的意思是「got to go」（得走了）、「Gunderson throttling girlfriend」（岡德森掐女友脖子），或者是「giants torturing Gunderson」（巨人拷打岡德森）。我決定往樂觀的方面想，於是認定第一個選項。

下午慢慢過去，後面的桌子逐漸堆滿燒好的陶瓷方塊，看起來很像裝甲鋼板。亞利思教我把那些土條組合成圓柱狀，用來做雙臂和雙腿。她則在陶輪上努力做出雙腳、雙手和一顆頭，全都像陶瓶的形狀，同時仔細裝飾了維京人的盧恩文字。

她花了好幾個小時雕塑臉孔，有兩張臉並排在一起，很像亞利思的父親在我夢中摔碎的那件藝術品。左臉雙眼低垂、眼神猜疑，有一抹卡通反派人物的捲翹鬍子，一張大嘴做著鬼臉。右臉則是露齒笑的骷髏頭，眼窩空洞、舌頭伸長。看著兩張臉緊貼在一起，我忍不住想起亞利思自己那兩隻不同顏色的眼睛。

到了傍晚，我們把陶瓷戰士的所有零件擺放在四張拼合的桌子上，產生了二百四十公分高的科學怪人巨獸，接著還需要組合。

「嗯，」湯傑抹抹額頭，「如果我得在戰鬥中面對這傢伙，真的會嚇死。」

「同意，」我說：「而說到那兩張臉……？」

「這是雙重面具，」亞利思解釋說：「我的祖先來自提拉蒂科，他們做的很多小雕像都有兩張臉，或者一張臉分成不同的兩半。沒有人確切知道爲何要這樣做。我的祖父認爲它們代表單一身體的兩個靈魂。」

「就像我的雷納皮族老友『威廉媽媽』！」湯傑說：「所以，我猜南方的墨西哥原住民文化也有『阿魯』！」他很快更正自己的說法。「我是指跨性別的人，流性人。」

「阿魯」，在維京人的語言中是指性別會變換的人，字面意思是「沒有男子氣概」，亞利思絕對不會允許這種用詞。

我仔細端詳面具。「難怪你對雙面藝術有共鳴。你爺爺……他了解你是什麼樣的人。」

「他很了解，」亞利思附和說：「而且他引以爲榮。他過世的時候，我爸盡全力詆毀我爺爺的點子、摧毀他的藝術作品、要把我變成厲害的小商人。我不讓他稱心如意。」

她揉揉自己的頸背，也許是下意識觸摸那個八字蛇形的刺青圖案。她欣然接受變身，拒絕讓洛基毀掉這種能力。她面對陶藝也抱持同樣的態度，即使父親已將家族事業轉變成她所鄙視的形式，她也不改其志。

「亞利思，」我說：「對你的事情了解愈多，我就愈佩服你。」

她的表情混雜了興味盎然和氣憤惱怒，活像我是剛在地毯上撒尿的可愛小狗。「油嘴滑舌的傢伙，等我能讓這東西活過來，你再稱讚我也不遲，那才是眞正厲害的把戲。而現在呢，我們全都需要一點新鮮空氣。」她丟給我另一疊鈔票。「咱們去吃點晚餐吧。你買單。」

19 我參加一場殭屍加油大會

晚餐在名叫「炸魚薯條先生」的餐廳吃炸魚薯條。湯傑覺得這店名很好笑，我們吃飯時，他一直用熱情的語調大聲說：「炸魚薯條先生！」收銀台的傢伙一點都不覺得有趣。

吃過晚飯後，我們回到陶藝工作室躺平過夜。湯傑建議我們回到船上，與其他組員一起過夜，但亞利思堅持說她需要盯緊陶瓷戰士。

她發簡訊給莎米報告最新進展。

莎米的回覆是：沒問題。這裡沒事。奮戰水馬。

奮戰水馬是用表情符號寫的：拳頭，波浪，馬。我猜莎米今天奮戰太多水馬了，因此決定簡短描述就好。

「你也幫她辦了國際漫遊。」我指出。

「嗯，對，」亞利思說：「得和我姊妹保持聯繫。」

我想問她為什麼沒有順便幫我辦，接著才想起自己沒有手機。大部分的英靈戰士不會費心想這種事。就說一件事好了，對於官方文件上已經死掉的人來說，要申辦門號且支付帳單是很困難的。況且，沒有一種資費能夠涵蓋九個世界的其他部分。而且瓦爾哈拉的收訊狀況很差，我認為原因要歸咎於屋頂的黃金盾牌。儘管如此，亞利思仍堅持要有手機。不曉得她是怎麼辦到的，也許莎米拉幫她申辦某種「朋友與家人以及死去家人」方案吧。

我們一抵達工作室，亞利思就去查看她的陶瓷作品。看到它還沒有自行組裝起來變得活靈活現，我不確定到底該鬆口氣還是覺得失望。

「過兩小時我會再檢查一次，」她說：「到時候……」

她搖搖晃走向房間裡唯一的休閒椅，那是老闆的牛皮躺椅，上面濺滿了陶土……然後她就昏迷過去，開始打呼。啊呀，她很能打呼耶。我和湯傑決定去儲藏室睡覺，比較能隔絕亞利思那種快要故障的割草機的打呼效果。

我們用防水帆布疊起臨時床墊。

湯傑清潔他的步槍，並把刺刀磨利，這是他的睡前儀式。

我躺下來，望著雨水滴落於天窗。玻璃會漏水，水滴在金屬層架上，因此整個房間充滿潮溼鐵鏽的氣味，但我不介意。我很感激有這些規律的咚咚聲。

「那麼，明天早上會怎樣？」我問湯傑：「我是指確切的情況？」

湯傑笑起來。「確切情況？我要挑戰一個六公尺高的巨人，直到其中一人死掉，或者不能再對戰爲止。同時，巨人的陶土戰士要挑戰亞利思的陶土戰士，直到其中之一變成碎石堆。亞利思呢，不知道耶，我猜她會幫自己的作品加油。你則把我治好，如果可以的話。」

「那樣是允許的嗎？」

湯傑聳聳肩。「就我所知，只要你和亞利思沒有眞正參與戰鬥，不管你們做什麼都是允許的吧。」

「對手的身高比你高了五公尺，你不會擔心嗎？」

湯傑挺直背脊。「你覺得我看起來那麼矮嗎？我幾乎有一百八十公分高耶！」

「你怎麼可以這麼冷靜？」

他檢查刺刀邊緣，把刺刀舉到自己的臉中間，於是看起來很像把臉切成兩半，變成雙重面具。「馬格努斯，我已經很多次克服劣勢。在詹姆斯島上，那裡是南卡羅來納州吧？我站在朋友喬伊．威爾森的旁邊，那時有個叛軍的狙擊兵……」他伸手比出手槍的動作，然後拉動扳機。「有可能是我中彈，也可能我們其中一人中彈。我倒在地上，滾了一圈，盯著天空，那時候的平靜感受席捲了我。我再也不會害怕了。」

「是啊，那稱為衝擊。」

他搖搖頭。「才不是。我看到女武神了，馬格努斯……那些女士騎在馬上，在我們軍團上空盤旋飛行。以前我媽一直對我說我爸是提爾，那一刻我終於相信了。關於北歐天神在波士頓的那些瘋狂故事。在那當下，我下定決心……好吧，不管什麼事，發生就發生了。假如我爸是掌管勇氣的天神，我最好能讓他感到驕傲。」

我不確定自己會不會有那樣的反應。我很高興自己的父親以我為榮，因為我能夠治療別人、喜歡戶外活動，也能忍受他那把會說話的劍。

「你見過你爸？」我問。「那把刺刀是他給你的，對吧？」

湯傑用羚羊皮包起刀刃，看來要把它塞進床鋪底下。「我入住瓦爾哈拉時，刺刀在那裡等著我。我從來沒有和提爾面對面過。」湯傑聳聳肩。「不過呢，我每一次接受一項挑戰，就覺得更接近他。愈危險的挑戰愈好。」

「你現在一定覺得跟他超接近的。」我猜測說。

湯傑面露微笑。「是啊。美好的時刻。」

我感到很納悶，那位天神都有個像湯傑這麼勇敢的兒子了，為何過了一百五十年還沒有出面認他呢？但我的朋友並不孤單，我知道有很多英靈戰士從沒見過他們的父母。與孩子的會面時間並非北歐天神的優先事項……或許因為他們有成千上萬個孩子吧。也說不定因為天神全都是混蛋。

湯傑仰躺在他的帆布床墊上。「現在我只想知道該怎麼殺死那個巨人。我擔心正面直接進攻可能沒用。」

身為南北戰爭的士兵竟然會這樣想，還滿有創意的。

「那麼，你的計畫是什麼？」我問。

「想不出來！」他輕觸眼睛上方的北軍帽沿。「也許我作夢的時候會想到某種點子吧。晚安，馬格努斯。」

他開始打呼，幾乎像亞利思一樣響亮。

我輸了。

我清醒地躺著，想著莎米、半生人和瑪洛莉在船上不知過得如何。我也想知道貝利茲和希爾斯為何還沒回來，光是勘察磨刀石的地點為何要花上五天？尼奧爾德曾向我保證，要進行真正危險的事之前，會再見到他們。我真該叫他以自己整潔清爽的雙腳發毒誓才對。

然而最重要的是，我很擔心自己即將與洛基決鬥，居然要與口才最便給的北歐天神進行罵人比賽。我到底在想什麼啊？無論克瓦希爾的蜜酒有多神奇，它又怎麼可能幫我在洛基自訂的比賽裡打敗他呢？

當然，不要有壓力。如果我輸了，只不過會消散成一縷幽靈，囚禁於赫爾海姆；同時我的朋友全都會死，諸神的黃昏也會摧毀九個世界。也許我可以去維京人中心的紀念品店買到維京人的罵人粗話大全吧。

湯傑繼續打呼。我很欽佩他的勇氣和積極。等到必須面對洛基時，我很好奇自己有沒有他這種處變不驚能力的十分之一。

我的內心回答：「沒有！」接著情緒崩潰，歇斯底里地啜泣起來。

感謝窗外的雨勢，我終於漸漸睡著，但我的夢境既不輕鬆，也無法安心。

我發現自己回到幽冥之船「納吉爾法」。大批的屍鬼群聚在甲板上，它們身上掛著破布和發霉的盔甲，長矛和刀劍也腐蝕得像是燒過的火柴棒。那些戰士的魂魄在它們的胸口焦慮顫抖，很像藍色的火焰勉強攀住火柴頭僅剩的部分。

成千上萬個屍鬼搖搖晃晃走向前甲板，那裡有很多手繪旗幟懸掛在欄杆上，在嚴寒的風中劈啪翻飛，上面寫著「歡呼一下！」、「加油，屍鬼，加油！」、「搖滾諸神黃昏！」，還有其他非常驚悚的標語，大概只有這些不名譽的死者寫得出來。

沒看到洛基。不過有個巨人站在舵輪旁，位於一座也是用死者指甲堆疊而成的高台上。那個巨人非常老邁，我差點以為他可能是不死的鬼魂。我從未見過他，但聽說過他的一些故事：赫列姆[53]，這艘船的船長，他名字的字意是「衰老」。他兩隻裸露的手臂極度消瘦，幾綹白髮像垂冰一樣掛在皮革般的乾癟頭皮上，讓我聯想到以前看過融化冰河裡發現的史前人類

[53] 赫列姆（Hrym）是北歐神話的一名霜巨人。在諸神的黃昏中，是霜巨人的領袖，也是幽冥之船「納吉爾法」的船長。

照片。他瘦削的身子披著發霉的白色毛皮。

然而，他的淡藍色眼睛顯得生氣勃勃。他恐怕不像外表看來那麼虛弱，一隻手揮舞的戰斧比我整個人還要巨大；另一隻手則拿著盾牌，是用某種巨型動物的胸骨製成，肋骨之間的空間填補了一片片裝有飾釘的鐵板。

「赫爾海姆的士兵們！」巨人大吼：「瞧呀！」

他的手勢指向灰色水域的遠處。在海灣的另一端，冰河峭壁崩解得愈來愈快，冰塊爆裂開來墜入海裡，發出的聲響很像遠處轟擊的大砲。

「航道很快就會排除障礙！」巨人大喊：「然後我們要航向戰鬥！眾神將要迎接死亡！」

我的四周揚起叫聲，是久遠以前的死人以空洞又可憎的聲音喃喃吟誦。

謝天謝地，我的夢境改變了。這是陽光普照的溫暖日子，我站在一片剛犁過的麥田裡，遠處起伏的山丘長滿了野花，更遠處還有奶白色的瀑布從風景如畫的山坡傾瀉而下。

我的腦袋有一部分想著：「終於有個愉快的美夢！我在有機全麥麵包的廣告裡！」

接著，有個身穿藍色長袍的老人蹣跚走向我。他的衣服很破爛，而且因爲長途跋涉沾滿了泥巴。他的臉孔籠罩在寬邊帽的陰影裡，但我可以從他的灰白鬍子和神祕微笑認出他。

他走到我面前，抬起頭，露出一隻眼睛，眼中閃耀著搗蛋搞笑的光彩。另一邊的眼窩則是黑暗且空蕩。

「我是巴爾弗克。」他說，不過我當然知道他是奧丁。姑且不論他一身不太有創意的僞裝，只要你聽過奧丁談論最棒的狂戰士訓練課程的重要演說，你絕不會忘了他的聲音。「我來這裡，是要跟你談個終生的交易。」

他從斗篷底下拿出一個物品，約莫圓形乳酪那麼大，上面蓋著布。我很怕那可能是奧丁的激勵演講全集的其中一張CD。接著他打開蓋布，顯露出一塊圓形的灰色石英磨刀石。它讓我聯想到赫朗格尼爾那把巨大槌頭的敲擊端，只不過比較小，也比較沒有當槌頭的價值。

奧丁／巴爾弗克把它拿給我。「你願意付出代價嗎？」

突然間，奧丁不見了，我的面前隱約出現一張臉，臉孔大到無法看清全貌：在發亮的綠眼睛裡，瞳孔呈現垂直的細縫狀，皮質的鼻孔滴下鼻涕。肉類酸腐的惡臭味燒灼我的肺。那個生物張大嘴巴，顯露出一排排尖銳的三角形牙齒，準備把我撕咬成碎片……我倏然坐起，在帆布床上失聲尖叫。

在頭頂上方，灰暗的光線透過天窗照進來。雨已經停了。湯傑坐在我對面，嘴裡咬著貝果，臉上戴著一副奇怪的眼鏡，兩個鏡片都是中間很清楚，而邊緣有一圈琥珀色的玻璃，看起來很像得到第二組虹膜。

「終於起來了！」他說：「作惡夢，對吧？」

我覺得全身緊繃不安，很像錢幣在區分幣值的機器裡滾動發出咯咯聲響。

「到底……到底怎麼了？」我問：「那副眼鏡是怎樣？」

亞利思．菲耶羅出現在門口。「那麼高亢的尖叫聲，只有可能是馬格努斯。啊，很好。你醒了。」她把一個棕色的紙袋扔給我，聞起來有大蒜的氣味。「快點，時間都浪費掉了。」

她帶我們進入大房間，她的陶瓷雙面人仍然散落一地。她繞行桌子，查看自己的成果，滿意地點點頭，可是我看不出有什麼變化。「好了！對，我們很棒。」

我打開紙袋，皺起眉頭。「你留給我大蒜貝果？」

「最後起床的最後選。」亞利思說。

「我的口氣會很可怕耶。」

「是『更』可怕，」亞利思更正說：「嗯，沒關係，我不會親你。湯傑，你會親他嗎？」

「沒打算要親。」湯傑把他的最後一塊貝果扔進嘴裡，然後笑起來。

「我……我又不是說那個……」我結結巴巴地說：「我的意思不是……」我的臉好像爬滿了火蟻。「隨便啦。倒是湯傑，你爲什麼戴那副眼鏡？」

我覺得難爲情的時候，很擅長像這樣巧妙轉移話題。這是一種天賦。

湯傑撥撥他的新眼鏡。「馬格努斯，你昨天晚上講到狙擊兵，幫忙喚起我的記憶！然後我夢到赫朗格尼爾和他那雙奇怪的琥珀色眼睛，我看到自己一邊大笑一邊射他的頭。接著，我醒來的時候，突然想起背包裡有這個。完全忘了這副眼鏡！」

聽起來湯傑作的夢比我好多了，這沒什麼好驚訝的。

「這是狙擊手眼鏡，」他解釋說：「瞄準器還沒發明出來的時候，我們就是用這個。這大概是，嗯，我想是一百年前吧，我在瓦爾哈拉買的，所以很確定這個有魔法。等不及要試用看看！」

我不太相信赫朗格尼爾會呆呆站著，任憑湯傑從某段安全距離之外狙擊他。我也不太相信今天有誰會像他的夢中那樣大笑。然而，我也不想在戰鬥之前對湯傑潑冷水。

我轉身看著陶瓷戰士。「『陶瓷倉庫』[54]那傢伙怎樣了？他爲什麼還是一堆零件？」

亞利思聽了眉開眼笑。「陶瓷倉庫？好名字！不過先別猜『陶倉人』的性別。」

「呃。好吧。」

「祝我好運。」她深吸一口氣，然後以手指撫過陶瓷戰士的兩張臉孔。

那些陶瓷零件喀啦作響，往上飛高而組合起來，彷彿原本就有磁性。陶倉人坐起來，定睛看著亞利思。兩張臉孔依然是堅硬的陶土，但是凍結的輕蔑冷笑似乎變得更憤怒也更飢渴，右邊臉的眼窩則放射出金光。

「完成！」亞利思鬆了一口氣。「好了。陶倉人是『非二元性別』，跟我猜的一樣。比較適合的代名詞是『他們』。而且他們準備好，可以戰鬥了。」

陶倉人跳下桌面，四肢吱嘎作響，很像石頭刮過水泥的聲音。他們站起來有兩百四十公分高，滿嚇人的，不過我也擔心他們是否真有機會打敗赫朗格尼爾的陶土戰士。

陶倉人一定是感受到我的懷疑。他們的兩張臉都轉向我，舉起右手的拳頭……那是沉重的陶土瓶，散發出血紅色的釉彩光芒。

「住手！」亞利思命令道。「他不是敵人！」

陶倉人轉向亞利思，彷彿詢問：「你真的確定嗎？」

「也許他們不喜歡大蒜味，」亞利思猜測說：「馬格努斯，快點吃完貝果，咱們要上路了。我們不能讓敵人乾等！」

---

54 陶瓷倉庫（Pottery Barn）是美國知名家具飾品店。

20

提瓦維吉＝最糟的單挑

早晨穿越約克市區的街道時，我吃著大蒜貝果，同時把自己的夢境告訴兩位朋友。我們的新夥伴「陶倉人」發出匡啷聲跟在我們旁邊，引來睡眼惺忪的本地人露出不滿的表情，像是要說：「哼，觀光客。」

至少我說的夢境吸引了湯傑的注意，因此他沒有用道謝和握手來騷擾太多約克郡居民。

「唔，」他說：「眞想知道我們爲什麼需要磨刀石。我想，也許奧丁曾在他寫的某本書裡討論巴爾弗克事件，像是《阿薩神族通往勝利之路》？或者是《偷取的藝術》？我不記得細節。你說，有綠眼睛的大型野獸？」

「而且牙齒超多。」我努力甩掉那段記憶。「也許奧丁殺了那頭野獸而得到石頭？或者說不定是用石頭打中那頭野獸的臉，就是那樣才得到蜜酒？」

湯傑皺起眉頭。他已經把新眼鏡架到帽子上。「聽起來都不太對。我不記得有什麼怪獸。我相當確定奧丁是從巨人手上偷到蜜酒。」

我回想更早之前關於法亞拉和吉亞拉那場鏈鋸屠殺的夢境。「難道不是侏儒殺了克瓦希爾嗎？巨人怎麼會得到蜜酒？」

湯傑聳聳肩。「基本上，所有的古老傳說都是敘述一個群體爲了偷取東西而殺了另一群體。那很可能就是原因。」

身爲維京人，我好引以爲榮喔。「好吧，不過我們沒時間弄清楚來龍去脈。我看到的那些冰河融化得很快。夏至距離現在只剩，呃，十二天吧，可是我想，洛基的船可能早在那天之前就可以啓航。」

「兩位，」亞利思說：「這樣做如何？首先，我們打敗巨人，然後再來討論下一項可能的任務？」

聽起來很合理，但是我懷疑亞利思只是想叫我閉嘴，這樣我才不會朝她的方向呼出更多大蒜味。

「有人知道我們要去哪裡嗎？」我問。「科儂斯古沙是什麼？」

「意思是『國王的宮廷』。」湯傑說。

「那是你的旅遊指南說的嗎？」

「不是。」湯傑笑起來。「『北歐古老傳說一〇一』。你還沒上過那堂課嗎？」

「我衝堂啦。」我嘀咕著。

「嗯，這裡是英國。一定有某個國王的宮廷在這附近。」

亞利思在下個十字路口停下來。她指著一個路標。「國王廣場。會是那裡嗎？」

陶倉人似乎認爲是。他們的雙重臉孔轉朝那個方向大步走去。我們連忙跟上，畢竟讓一堆二百四十公分高的陶器獨自穿越市鎮是很不負責任的行爲。

我們找到那地方了。好耶！

國王廣場其實不是廣場，也很沒有國王的氣勢。中間的三角形公園鋪著灰色石板，有一些矮樹和兩張公園長椅，周圍的街道形成Y字形。附近的樓房暗暗的，店面都關閉。唯一看到的人影是巨人赫朗格尼爾，他兩腳的靴子分別踩在一間藥妝店的兩側，而藥妝店的名字還眞搭配，就叫「靴子」[55]。巨人身穿同樣的拼綴盔甲，蓬亂的石灰岩色鬍子才剛崩塌過，琥珀色的眼睛很明亮，閃耀著「等不及要殺你們」的神采。他的巨型木槌豎立在他側邊，很像全世界最巨大的「節日棒」[56]。

赫朗格尼爾看到我們露出笑容，笑到嘴都裂開了，這模樣可能會讓泥水匠看了膽戰心驚吧。「哎呀，哎呀，你們出現了！我都開始覺得你們可能逃走了。」他皺起砂礫構成的眉毛。「大部分人都逃走了。眞是討厭死了。」

「無法想像爲何逃走。」我說。

「唔。」赫朗格尼爾對著「陶倉人」點點頭。「那就是你們的陶瓷二號，嗯？看起來不怎麼樣嘛。」

「你等著瞧。」亞利思保證說。

「我很期待！」巨人以低沉的聲音說：「我很愛在這裡殺人。你們也知道，很久以前……」他作勢指向附近一間酒吧，「約維克的北歐國王宮廷就聳立在那裡。而你們現在站的地方呢，基督徒建了一座教堂。懂了沒？你們正走在某人的墳墓上。」

果然沒錯，我腳下的石板蝕刻著名字和日期，但是太模糊而無法判讀。整個廣場都鋪著碑石，也許取材自古老教堂的地板。想到走在這麼多死人上面，我覺得好想吐，但是嚴格來說我自己也是死人。

巨人咯咯發笑。「似乎很適合，對吧？這裡已經有這麼多死人，再多幾個又何妨？」他面對湯傑。「你準備好了嗎？」

「生已準備好，」湯傑說：「死也準備好。復活同樣準備好。不過呢，赫朗格尼爾，我要給你最後一次機會，現在選擇玩賓果遊戲還不遲。」

「哈！小不點英靈戰士，不要！我花了整個晚上製作我的戰鬥夥伴，才不要浪費他而玩什麼賓果遊戲。莫克卡非，過來這裡！」

地面爲之搖撼，伴隨著聽來溼軟的「噗、噗」聲。一個陶土人繞過轉角出現了。他有兩百七十公分高，形狀粗糙，依然溼漉發亮。我如果去上「陶藝一〇一」課程，做出來的東西可能就像這樣：很醜，凹凸不平，手臂太細，大腿又太粗，那顆頭更是只有一大團，附了兩個眼窩，並雕刻著一張蹙額皺眉的臉孔。

在我旁邊，陶倉人開始喀啦作響，我覺得不是因爲興奮的關係。

「比較巨大不見得比較強壯。」我壓低聲音對他們說。

陶倉人的兩張臉都轉向我。當然啦，他們的表情沒有改變，不過我感覺到兩張嘴都對我說著同一件事：「閉嘴，馬格努斯。」

亞利思交叉雙臂。她把黃色雨衣綁在腰際，顯露出粉紅和綠色格子圖案的運動背心，我覺得那是她的戰鬥服。「赫朗格尼爾，做成這樣也太懶了吧。這也敢叫陶土人？而且莫克卡非是哪門子的名字啊？」

㊺ Boots 是英國最大的連鎖藥妝店，字面意思是「靴子」，亦音譯為「博姿」。

㊻ 節日棒（Festivus pole）出自美國影集《歡樂單身派對》（Seinfeld），「Festivus」是虛構的節日，定為十二月二十三日，諷刺太過商業化的耶誕節，豎立一根毫無特色的棒子諷刺耶誕樹。

巨人挑挑眉毛。「等到開始戰鬥，我們再來看看誰的作品比較懶。莫克卡非這名字的意思是『迷霧小牛』！對戰士來說，這是很有詩意、很光榮的名字！」

「嗯哼，」亞利思說：「那麼，這位是『陶倉人』。」

赫朗格尼爾抓抓鬍子。「我得承認，這對戰士來說，也是個很有詩意的名字。不過它能打鬥嗎？」

「是『他們』，他們的打鬥技巧當然很厲害，」亞利思保證說：「而且他們會撂倒你的那團廢渣，毫無問題。」

陶倉人看著他們的創造者，像是在說：「會嗎？」

「聊夠了！」赫朗格尼爾舉起他的大木槌，怒目瞪著湯傑。「小不點，我們要開始了嗎？」

湯瑪斯・小傑佛遜戴上他的琥珀邊框眼鏡，取下肩膀的步槍，再從他的工具組拿出一個小小的圓柱形紙包，是裝填火藥的彈藥包。

「這把步槍的名字也很有詩意，」他說：「它叫『春田一八六一』，麻薩諸塞州製，就像我一樣。」他用牙齒撕開彈藥包，把內容物倒進步槍的槍口，再拿出通槍條，把火藥和子彈壓緊。「用這把漂亮的槍，我通常能夠一分鐘射擊三輪，但我已經練習了好幾百年。咱們來看看我今天能不能一分鐘射擊五輪。」

他從側袋拿出一個小型的金屬雷帽，設置在擊槌底下。我以前看過他做這整套流程，但是他可以同時裝填、說話和走路一氣呵成，簡直與亞利思操作陶輪的技巧一樣神奇。對我來說，這就像嘗試一邊慢跑、一邊綁鞋帶，同時還用口哨吹出美國國歌〈星條旗〉。

「太好了！」赫朗格尼爾大喊：「咱們開始『提瓦維吉』吧！」

我的首要任務是我最喜歡的一項：閃開別擋路。

我倉促爬向右邊，這時巨人的大槌猛力擊中一棵樹，把它砸爛成一堆火柴。只聽見乾乾的劈啪一聲，湯傑的步槍開火了。巨人痛苦怒吼，跌跌撞撞向後退，左眼冒出縷縷白煙，此刻變成黑色而非原本的琥珀色。

「這樣很無禮！」赫朗格尼爾又舉起他的巨槌，但湯傑繞到他瞎眼的那一側，冷靜地重新裝填彈藥。他第二次開火，把巨人的鼻子炸得開花。

在此同時，莫克卡非甩動細小的手臂，踏著笨重步伐走向前，但陶倉人的動作更快（我想要歸功於我做的土條關節太好了）。陶倉人閃向一側，然後在莫克卡非的背後站起來，用兩隻陶瓶拳頭猛擊他背後。

慘的是，他們的拳頭陷入莫克卡非柔軟黏糊的身體裡。莫克卡非轉過身，想要面對他的對手，卻把陶倉人甩得雙腳離開地面，簡直像甩動一條陶瓷尾巴。

「放開！」亞利思大喊：「陶倉人！噢，臭爛屁啦！」

她抽出自己的勒繩，但如果不能真正投入戰鬥，她要怎麼幫忙呢？我也不確定。

「劈啪！」湯傑的火槍子彈從巨人的脖子彈開，打碎了一扇二樓的窗戶。我很驚訝，本地人怎麼沒有跑出來查看這場騷動？或許有強力的變裝術正在運作吧，也說不定約克這裡的人很好心，很習慣一大早就有維京人和巨人彼此互毆。

湯傑重新裝填彈藥，這時巨人逼得他往後退。

「站好喔，小不點凡人！」赫朗格尼爾大吼。「我要打爛你！」

對巨人來說，國王廣場是很狹小的地方。湯傑努力保持在赫朗格尼爾瞎眼的那一側，但巨人只需要抓好時機一腳踩下，或者碰巧用力一甩，就可以把湯傑打成扁扁的一片步兵鬆餅。

赫朗格尼爾再度甩動他的巨槌。湯傑及時跳到旁邊，只見巨槌把十幾塊碑石轟成碎片，在廣場上留下三公尺深的坑洞。

在此同時，亞利思甩出她的勒繩，套住陶倉人的腳，用力一扯讓他們脫困。糟的是，她施加的力道太大了點，於是莫克卡非也朝同一方向飛去。由於衝力太大，陶倉人飛越廣場，撞穿了發薪日貸款公司的窗戶。

莫克卡非轉向亞利思。這個陶土男的胸口發出溼漉的咯咯聲，很像肉食性蟾蜍的怒吼聲。

「哇喔，小子，」亞利思說：「我沒有眞的參加打鬥喔，我不是你的……」

「咯咯咯！」莫克卡非像摔角手一樣撲向前，比我估計的移動速度更快，於是亞利思消失在一百三十幾公斤的溼陶土底下。

「不！」我尖叫。

我還來不及移動或想出該怎麼救亞利思，這時湯傑在廣場的另一端高聲尖叫。

「哈！」赫朗格尼爾高舉拳頭。他的手指緊緊握住的正是湯瑪斯．小傑佛遜，只見湯傑在裡面無助掙扎。

「用力一擠，」巨人得意地說：「這場比賽就結束了！」

我站著，全身動彈不得。我好想分裂成兩半，像我們那位陶瓷戰士一樣變成雙面人。但就算眞能如此，我也不知道該怎麼同時拯救我的兩位朋友。

接著，巨人的拳頭收緊，湯傑痛苦嚎叫。

21 開心手術眞好玩

陶倉人化險爲夷。

（嗯，並沒有。我從沒想過自己說得出這種話。）

我們的陶瓷朋友從發薪日貸款公司的三樓窗戶破窗而出。他們猛力撲到赫朗格尼爾的臉上，兩條腿死命夾住巨人的上唇，再用他們的陶瓶雙拳猛揍巨人鼻子。

「哎喲嗚哇！走開！」赫朗格尼爾搖搖晃晃，放開湯傑，只見湯傑掉在地上動也不動。

同一時間，莫克卡非掙扎站起，這動作一定很困難，因爲亞利思．菲耶羅深深壓進他胸口。亞利思因爲受到陶土男的重壓，呻吟出聲。我大大鬆口氣。至少她活著，而且那狀態也許可以多維持個幾秒鐘。先後順序決定了：我衝向湯傑，他的狀況我覺得不太樂觀。

我跪在他旁邊，伸手放在他胸口。我差點立刻縮手，因爲感受到的傷害實在太嚴重了。一絲紅色垂在他的嘴角顯得好鮮明，彷彿剛喝了提瑟汽水……但我知道那不是提瑟汽水。

「撐住啊，兄弟，」我喃喃說著：「有我在。」

我瞥了赫朗格尼爾一眼，他仍然跌跌撞撞，企圖把臉上的陶倉人抓下來。情況目前還好。至於廣場的另一端，莫克卡非已經把亞利思剝掉，目前站在她上方，氣憤地發出咕嚕聲，兩隻黏糊糊的拳頭互相捶擊。情況不太好。

我從脖子上的項鍊扯下盧恩石，召喚出桑馬布蘭德。

「傑克！」我大吼。

「什麼？」他吼回來。

「保護亞利思！」

「什麼？」

「可是不能眞正投入戰鬥！」

「什麼？」

「只要讓陶土巨人不要靠近她就好！」

「什麼？」

「引開他。快去！」

眞高興他沒有又說一次「什麼」，否則我很擔心自己的劍是不是聾了。

傑克飛向莫克卡非，停駐在陶土男和亞利思之間。「嗨，兄弟！」傑克劍刃上的盧恩文字一陣陣波動，很像做音樂的等化器燈光。「想不想聽一則故事？一首歌？還是跳舞？」

正當莫克卡非忙著理解眼前是何種奇怪幻覺時，我把注意力放回湯傑身上。

我的雙手貼著他的胸骨，召喚出弗雷的力量。

陽光灑遍他的藍色毛料外套，暖意滲入他的胸口，把斷掉的肋骨接合起來、修補破損的肺部，也把好幾個壓扁的內臟撐起來，它們如果扁掉就無法發揮功能。

我的療癒力量流進湯瑪斯．小傑佛遜體內時，他的記憶也回流到我心裡。我看見他母親身穿褪色的條紋棉布衣，頭髮很早就花白，也因爲多年來的辛勤工作和憂慮，神情顯得很緊繃。她跪在十歲的湯傑面前，雙手緊緊扣住他的肩膀，彷彿很怕強風把他吹跑了。

「千萬別用那個指著白人。」她責罵道。

「媽，那只是一根木棍，」湯傑說：「我玩玩而已。」

「你不能玩那種東西，」她厲聲說：「你用一根棍子對著白人玩射擊遊戲，他會用槍眞的射你。湯瑪斯，我不要再失去另一個孩子。你聽見我說的沒？」

她搖晃他的身子，努力想把訊息搖進他心裡。

另一個影像：湯傑是青少年，他在港口邊，讀著磚牆上的一張傳單：

給有色人種！

自由！保家衛國，有薪，號召服兵役！

我可以感受到湯傑心跳加速。他從來不曾如此興奮。他的雙手渴望握住步槍。他感受到一陣召喚……一陣無可否認的衝動，就像這麼久以來，一直有人在媽媽的酒館後巷以拳頭挑釁他。這是一項個人的挑戰，而他無從拒絕。

我看到他搭上北軍的船隻，浪濤洶湧，夥伴們全都在他左右抱桶狂吐。他的一個朋友，威廉．巴特勒，痛苦呻吟說道：「他們用奴隸船載送我們。他們解放我們，答應支付薪餉雇用我們去作戰，然後又把我們塞回船艙。」但是湯傑渴望握住他的步槍，他的心臟興奮狂跳。他以自己的制服爲傲，以他們頭頂上桅桿某處飄揚的星條旗爲傲。北軍已經給他一把眞正的槍。他們支付薪餉，雇用他去射擊叛軍，就是那些只要一有機會肯定會殺了他的白人。

他在黑暗中露出微笑。

接著，我看到他奔跑穿越華格納堡戰場上的無人曠野，四周冒出的硝煙宛如火山爆發的蒸汽。空氣中滿是火藥的硫磺味和傷者的尖叫聲，但湯傑一直緊盯著他的勁敵，傑佛瑞・杜桑，那人竟敢向他叫陣。湯傑打橫步槍向前衝，因爲看到杜桑眼中閃現的恐懼而異常興奮。

回到眼前此刻。湯傑喘著氣，眼睛在琥珀鏡框後面顯得異常清澈。

他啞著嗓子說：「我左邊，你右邊。」

我趴向一側。坦白說，我根本沒時間區分左邊和右邊。我滾躺在地上，只見湯傑舉起他的步槍迅速開火。

赫朗格尼爾此時掙脫了陶倉人的糾纏，逼近我們上方，手上高舉著巨槌準備來個最後一擊。湯傑的火槍子彈射中他的右眼，徹底奪走他的視覺。

「呃啊！」赫朗格尼爾扔下武器，用力坐倒在國王廣場正中央，超大屁股壓垮兩座公園長椅。陶倉人則掛在附近一棵樹上，因遭到痛毆受損嚴重，左腿懸在頭頂上方三公尺的樹枝上。然而一看到赫朗格尼爾的悲慘處境，他們的頭在脖子上磨來磨去，發出像是爆笑的聲音。

「快去！」湯傑的厲聲呼喊嚇到我。「去救亞利思！」

我跌跌撞撞站起來，拔腿就跑。

傑克繼續嘗試逗弄莫克卡非，但是他的唱歌跳舞老套愈來愈沒用了（傑克這招很快就失靈）。莫克卡非企圖把他揮打到旁邊去，但劍刃戳進陶土男黏糊糊的手背。

「討厭！」傑克抱怨說：「放開我！」

傑克對於整潔有點強迫傾向。在查爾斯河的河底躺了一千年後，他對泥巴一點都不熱衷。

趁著莫克卡非四處踱步，努力想移開他手上那把會說話的劍時，我跑到亞利思旁邊。她四肢攤開，從頭到腳沾滿了黏土，一邊呻吟一邊扭動手指。

我知道亞利思不喜歡我的療癒力量。她超討厭我偷窺她的情緒和記憶，那只是療癒過程中自動發生的一部分。不過我認定她的存活遠比她的隱私權更加重要。

我伸手扣住她的肩膀。金色的光線從我的指間滲透出來，暖意傾注到亞利思體內，從她的肩膀一路深入到身體核心。

我做好心理建設，準備迎接更多痛苦的影像。我準備再度面對她的可怕父親，或者見識亞利思在學校遭受何種惡劣的霸凌，或她曾在遊民庇護所遭到何種毒打。

然而，一個單純清晰的影像朝我襲來：沒什麼特別，只是瓦爾哈拉十九樓餐廳的早餐，還有我很快一閃而過，愚蠢的馬格努斯．雀斯，那是亞利思的視角。我坐在她對面，因為她剛說的某件事而傻笑。一小塊麵包卡在我的門牙縫裡。我的頭髮好亂。我看起來很放鬆、很開心，而且蠢得不得了。我迎上亞利思的目光，才多持續了那麼一秒，氣氛就變得好尷尬。我臉紅了，連忙別開視線。

這就是她全部的記憶。

我回想那天早晨，還記得當時我心想：「嗯，我又像平常一樣，讓自己變成一個徹底的白痴。」但那根本不是什麼意義重大的事件。

那麼，那個事件為何位於亞利思記憶的頂端？而且，從亞利思的視角看到愚蠢的自己，我為何有種大大的滿足感？

亞利思猛然睜開眼，把我的手從她肩膀上揮開。「別那樣。」

「抱歉，我……」

「我右邊，你左邊！」

我趴向一邊，亞利思滾向另一邊。這時，莫克卡非的拳頭掙脫了傑克的劍刃，猛力捶向我們之間的石板鋪面。我瞥見傑克，他倚在靴子藥妝店的門口，身上滿是泥巴，像垂死的士兵一樣呻吟著：「他撂倒我了！他撂倒我了！」

陶土男站起來準備殺死我們。傑克幫不上忙，我和亞利思也不成人形，根本無法抵擋。接著有一堆陶器不知從哪裡飛出來，掉落在莫克卡非背上。原來是陶倉人，他不知用什麼方法擺脫了那棵樹。儘管失去左腿，儘管陶瓶右手早就碎裂，陶倉人依然化身爲升級版陶瓷狂戰士。他們把莫克卡非的背部撕扯開，挖出一塊塊溼陶土，宛如開挖一道倒塌的牆壁。

莫克卡非腳步蹣跚。他試圖抓住陶倉人，但是兩隻手臂太短了。接著，傳來很像吸吮的「啵」一聲，陶倉人從莫克卡非的胸腔扯出某種東西，結果兩名戰士都癱倒在地。

莫克卡非冒出蒸汽，開始融化。陶倉人則從他們敵人屍體旁邊滾開，雙重臉孔面對著亞利思，虛弱地舉起手中握住的東西。等我領悟到那是什麼東西，剛才的大蒜貝果早餐立刻威脅要再嘔出來一次。

陶倉人要給亞利思的東西，是他們敵人的心臟……是眞實的心肌，比人類大了許多。也許是馬或牛的心臟？我決定最好繼續保持無知。

亞利思跪在陶倉人旁邊，伸手放在戰士的雙重額頭上。「你們表現得好棒，」她說著，聲音顫抖。「我的提拉蒂科祖先會以你們爲榮。我的祖父會覺得很驕傲。最重要的是，我覺得很驕傲。」

金色光芒在骷髏臉的眼窩裡閃爍一陣，然後消失了。陶倉人的手臂向下垂，他們的零件失去魔法的凝聚力而散落一地。

亞利思只讓自己哀悼了三次心跳的時間。我數得出來，因為陶倉人手中的噁心肌肉依然繼續跳動。接著她站起來，雙手握緊拳頭，轉身面對赫朗格尼爾。

巨人的狀況不大好。他蜷曲身子側躺，兩眼全盲，痛苦地發出咯咯聲。湯傑繞過他身邊，用他的骨鋼刺刀割斷巨人的肌腱。赫朗格尼爾的阿基里斯腱已經斷裂，於是雙腿都沒用了。湯傑對巨人的手臂做了同樣的處置，冷靜、凶狠又有效率。

「提爾的犬牙，」亞利思罵道，臉上流露著憤怒，「提醒我，永遠不要找傑佛遜決鬥。」

我們走過去與他會合。

湯傑把他的刺刀尖壓在巨人的胸口。「赫朗格尼爾，我們贏了。把克瓦希爾蜜酒的位置告訴我們，我就不必殺你。」

赫朗格尼爾虛弱地咯咯笑。他的牙齒滴下灰色的液體，很像陶藝工作室那一桶桶的泥釉。

「噢，不過呢，小不點英靈戰士，你一定得殺我，」他以沙啞的聲音說：「那是決鬥的一部分！比起把我留在這裡跛腳而痛苦不堪，殺了我還比較好！」

「我可以把你治好。」我提議說。

赫朗格尼爾噘起嘴唇。「好典型的弗雷之子啊，軟弱又可悲。我欣然迎接死亡！我會從金崙加深溝的冰冷深淵重新成形！而且到了諸神的黃昏那一天，我會在維格利德的戰場上找到你，用我的牙齒咬碎你的頭骨！」

「那好吧，」湯傑說：「要死就死！不過，首先，克瓦希爾蜜酒的位置。」

「哼。」赫朗格尼爾又呼嚕滴出更多灰色黏液。「那好吧。反正也沒差，你們絕對過不了守衛那一關。前往弗洛姆，那裡位於你們稱爲挪威的古老北歐土地。搭火車。很快就會看到你們尋找的東西。」

「弗洛姆（Fläm）？」我的心裡浮現出一種美味的焦糖點心，然後才想起那個是焦糖布丁（flăn）。

「沒錯，」赫朗格尼爾說：「提爾之子，那就殺了我吧！來呀，正中心臟，除非你的意志力像你的朋友一樣薄弱！」

亞利思正要開口說：「湯傑……」

「等一下。」我喃喃說著。

有點不對勁。赫朗格尼爾的語氣太像嘲弄、太急切了。但我思考問題的速度很慢。我認爲應該用其他方式殺了巨人，但還來不及提議，湯傑就接受赫朗格尼爾的最後挑戰。

他把刺刀戳進巨人的胸口。刀尖撞到裡面的某種東西，發出堅硬的「喀啦」一聲。

「啊啊。」赫朗格尼爾的死亡嘆息幾乎像是沾沾自喜。

「嗨，各位？」傑克的虛弱聲音從藥妝店那邊傳來。「不要刺破他的心臟，好嗎？石巨人的心臟會爆炸。」

亞利思瞪大雙眼。「就地掩蔽！」

砰！

赫朗格尼爾的碎片撒滿整個廣場，打破了窗戶，摧毀了招牌，還把磚牆打出無數孔洞。

我的耳朵嗡嗡作響。空氣中瀰漫著打火石摩擦出火花的氣味。原本躺著巨人赫朗格尼爾的地方，此時什麼也不剩，只留下一排冒煙的砂礫。

我似乎沒有受傷。亞利思看起來也還好。但是湯傑跪在地上，嘴裡呻吟著，一隻手按住流血的額頭。

「讓我看看！」我衝到他旁邊，但是傷口不像我所擔心的那麼糟。一塊砲彈碎片嵌入他的右眼上方，一塊三角形的灰色碎片，像是用打火石做成的驚嘆號。

「把它弄掉！」他大喊。

我試了一下，但只要用力一拉，湯傑就痛得嚎叫。我皺起眉頭。這沒有醫學根據啊，碎片不可能插得那麼深，甚至沒有流很多血。

「兩位？」亞利思說：「我們有觀眾了。」

本地人終於開始到外面來查看騷動情況，可能因爲赫朗格尼爾的爆炸心臟把街廓裡的每一片窗戶都打破了。

「你能走路嗎？」我問湯傑。

「嗯。嗯，我想可以。」

「那麼，我們帶你回船上，到那裡再治療。」

我扶著他站起來，然後走去取回傑克，他依然哀嘆著自己滿身都是泥巴。我把他變回盧恩石形式，於是我的疲累狀態更糟了。亞利思跪在陶倉人殘骸旁邊，撿起他們脫落的頭部，抱著它像是抱著棄嬰。

然後，我們三人跌跌撞撞穿越約克市街，回去找「大香蕉」。只希望那些「水馬」沒有把那艘船連同我們的朋友一起弄沉。

22 其實我只有壞消息

船身依然完整。看來半生人、瑪洛莉和莎米拉為了讓它保持完整付出了沉重代價。半生人的左手臂掛在吊帶上。瑪洛莉的狂野紅髮已經剪到齊下巴的長度。莎米站在欄杆邊，渾身溼透，正在擰掉她那魔法穆斯林頭巾的水。

「水馬？」我問。

半生人聳聳肩。「沒有什麼是我們不能處理的。自從昨天下午開始，有六隻發動攻擊。據我估計是這樣。」

「有一隻拉著我的頭髮，把我扯進河裡。」瑪洛莉抱怨說。

半生人笑起來。「我想我幫你剪的髮型很好看喔，想想我那時只有戰斧可以用啊。馬格努斯，我跟你說，斧刃那時很靠近她的脖子，讓我好想……」

「閉嘴啦，蠢蛋。」瑪洛莉咆哮說。

「正有此意，」半生人說：「可是莎米拉呢，哎呀……你們眞該看看她的表現，超級令人刮目相看。」

「那沒什麼。」莎米咕噥著。

瑪洛莉哼了一聲。「沒什麼？你被拖到河裡，結果『騎著』一隻水馬冒出水面耶。你馴服那頭野獸。我從沒聽過有人辦得到。」

莎米拉微微皺眉。她拿著穆斯林頭巾又擰一次水，彷彿很想把那段經驗的最後一滴都擠掉。「女武神對馬很有一套。可能只是因爲這樣而已。」

「唔。」半生人指著我。「你們三個人如何？你們都活著，我看得出來。」

我們把整個過程告訴他，包括在陶藝工作室過夜，以及早上摧毀了國王廣場。

瑪洛莉對亞利思皺起眉頭，她現在仍然全身都是陶土。「這樣就能解釋菲耶羅那件新的油漆外套。」

「還有湯傑頭上的石頭。」半生人倚過去靠近看那塊碎片。湯傑的額頭沒有流血了，腫脹已經消除，但因爲某種不明原因，那塊打火石碎片依然拒絕離開。只要我嘗試拔出，湯傑就痛得大叫。小碎片固定在他的眉毛上方，讓他看起來永遠都很驚訝。

「不痛嗎？」半生人問。

「不痛了，」湯傑怯怯地說：「除非你企圖移動它。」

「那就維持這樣吧。」半生人用沒受傷的那隻手翻找腰際的小袋。他拿出一盒火柴，笨手笨腳拔出一支，然後劃過湯傑的打火石。火柴立刻爆出火焰。

「喂！」湯傑抱怨道。

「我的朋友，你有全新的超能力！」半生人咧嘴大笑。「那有可能派上用場！」

「好啦，鬧夠了吧，」瑪洛莉說：「很高興你們全都還活著，不過到底有沒有從巨人那裡得到資訊？」

「有喔，」亞利思說，她還捧著陶倉人的頭，「克瓦希爾的蜜酒在挪威，某個叫『弗洛姆』的地方。」

點燃的火柴從半生人的指間滑落，掉在甲板上。

湯傑連忙踩熄火焰。「大塊頭，你還好嗎？你一副看到屍鬼的樣子。」

半生人的鬍鬚底下似乎發生大地震。「約維克已經夠糟了，」他說：「現在又來弗洛姆？這種機率有多少啊？」

「你知道那個地方。」我猜測說。

「我要去甲板下面了。」他喃喃說著。

「要我先治療手臂嗎？」

他悲慘兮兮地搖頭，彷彿相當習慣與痛苦共處。接著他逕自走下階梯。

湯傑轉向瑪洛莉。「那是怎樣？」

「別看我，」她厲聲說：「我又不是他的監護人。」

不過她的語氣帶有一絲關切。

「咱們上路吧，」莎米拉提議說：「除非必要，否則我不想在這條河停留更久。」

關於這點，我們全都同意。約克是很漂亮的地方，有好吃的炸魚薯條，至少也有一間很像樣的陶藝工作室，不過我準備要離開了。

亞利思和湯傑去甲板下面換衣服，也讓早晨戰鬥的疲累休息一下，於是只剩下瑪洛莉、莎米和我操控船隻。這天接下來的時間，我們沿著烏斯河航行回到海面上，但是航程平安無事，眞是謝天謝地。沒有水馬衝上來壓制我們，也沒有巨人來挑戰打鬥或玩賓果遊戲。最糟的狀況只有一座低矮的橋梁，讓我們不得不把桅桿收起來，以免有可能壓倒在我們頭頂上。

日落時分，我們把英國海岸線拋到後面，莎米進行她的齋戒淨身。她面向西南方禮拜，接著坐在我旁邊，滿意地嘆氣一聲，打開一袋椰棗。

她遞一顆給我，接著自己咬一口。她咀嚼時閉上雙眼，轉變成純粹的至福神情，彷彿吃那種水果是一種宗教體驗。我猜也眞是如此。

「每一次日落，」她說：「椰棗的滋味就像是體驗到人生第一次品嘗食物的喜悅。風味就像在你嘴裡爆炸開來。」

我嚼食自己的椰棗。還不錯。沒有爆開，或者讓我渾身充滿至福。然而，我並沒有一整天禁食後才吃它。

「爲什麼是椰棗？」我問。「爲什麼不是……例如，彩色扭扭糖？」

「就是傳統。」她又咬一口，發出滿足的嗯嗯聲。「先知穆罕默德總是吃些椰棗開齋。」

「不過開齋之後，你們可以吃其他東西，對吧？」

「喔，對，」她神情嚴肅地說：「我很想吃所有食物。聽說亞利思帶了一些櫻桃汽水回來？我也想嘗嘗看。」

我嚇得抖了一下。我逃得過巨人、國家，甚至所有世界，但似乎永遠逃不過提瑟汽水的魔掌。我作過惡夢，夢見所有朋友都帶著腥紅色的嘴唇和櫻桃色的牙齒對我咧嘴大笑。

莎米去甲板下吃所有食物時，瑪洛莉懶洋洋倚著船舵，一邊盯著地平線的動靜，但這艘船似乎很清楚我們要去哪裡。她不時碰觸原本頭髮垂在肩膀的地方，然後悶悶不樂地嘆氣。

我寄予同情。不久之前，貝利茲也曾割斷我的頭髮，拿去製作魔法保齡球袋的繡線。我還有創傷後遺症。

「航行去挪威要花幾天時間，」瑪洛莉說：「北海有可能相當狂暴。除非有誰可以召喚某位友善的海神。」

我專心盯著自己的椰棗。我不打算再次尋求尼奧爾德的協助。在這永恆的一輩子，我已經看夠祖父的漂亮雙腳了。然而，我回想起他曾對我說的話：過了約維克之後，我們就要靠自己了，再也沒有神的保護。如果埃吉爾或瀾恩或他們的女兒發現我們的下落……

「也許我們運氣很好。」我虛弱地說。

瑪洛莉哼了一聲。「是啦，經常都是那樣。就算我們安全抵達弗洛姆，無法打敗蜜酒的守衛又會怎樣？」

眞希望我知道答案。「蜜酒的守衛」聽起來很像我永遠都不想讀的另一本書。

我回想起奧丁拿磨刀石給我的那個夢，接著他的臉變形成另一個樣子：皮革般的外觀，有著綠眼睛和一排排的牙齒。我在現實生活中從沒遇過那樣的生物，但是它目光透露的冷酷與憤怒，似乎有種令人不安和害怕的熟悉感。我想到希爾斯東和貝利茲恩，想到尼奧爾德可能會把他們送去尋找稀有石頭的地方。有個想法開始凝聚起來，很像亞利思陶輪上的陶土逐漸旋轉成勻稱的模樣，但是我不喜歡它成形之後的樣子。

「我們需要磨刀石才能打敗那些守衛，」我說：「我不明白爲什麼。只能信任……」

瑪洛莉笑起來。「信任？好吧。我的信任就像好運一樣多啦。」

她拔出自己的一把刀，若無其事地握住刀尖，將那把刀射向我的腳。它刺入黃色地板，像蓋格計數器的指針一樣搖來搖去。

「看清楚一點，」她提議說：「看看我爲何不信任祕密武器。」

我從甲板上拔起刀子。我以前從沒拿過瑪洛莉的武器。刀刃輕巧得令人驚訝……實在太輕了，可能會讓你惹上麻煩。如果你把它當成標準的匕首，比所需的力道用上更多的力量，它有可能從你手中飛出去，割到你自己的臉。

刀刃是很長的深色等腰三角形，上面蝕刻著盧恩文字和凱爾特的花結圖案，握把纏著柔軟的舊皮革。

我不確定瑪洛莉要我注意哪方面，於是我只表達顯而易見的一點：「好刀。」

「呃。」瑪洛莉從腰帶拔出雙刀的另一把。「不像傑克那麼鋒利，也無法施展任何魔法，據我所知是這樣。它們應該要能救我的命，不過你也看得出來……」她伸展雙臂，「我死了。」

「那麼……你是活著的時候就擁有這兩把刀。」

「在我生命的最後五、六分鐘，對。」她在指間旋轉刀子。「剛開始我的夥伴……他們慫恿我去設置炸彈。」

「等一下。你去設置……」

她以嚴厲的表情打斷我的話，像是說：「絕對不要打斷一位持刀淑女的話。」

「那是洛基，慫恿我的人，」她說：「他的聲音出現在我那組人之中，那個騙子偽裝成我們其中一人。當然啦，當時沒有發現。接著，完成之後，我的良心戰勝了自己。就在這時，那個醜老太婆出現了。」

我等待著。我得承認，我聽不太懂瑪洛莉的這段故事。我知道她死於拆除汽車炸彈，但那顆汽車炸彈是她自己設置的？比起剪成短髮，她曾經做那樣的事更令我難以接受。我實在不知道自己看到的是什麼樣的人。

她抹掉一滴淚，彷彿那是一隻惱人的昆蟲。「那個醜老太婆說：『噢，女孩，聽從你內心的聲音。』吧啦吧啦之類的。反正就是那種沒意義的話。她給了我這兩把刀，對我說它們堅不可摧，不會變鈍，不會斷掉。她說的是對的，我看得出來。不過她也說：『你會需要它們。好好運用。』於是我走回去……去拆除我設置的東西。我浪費一點時間，想要弄懂這兩把血腥的匕首怎麼解決我的問題。但是不行。然後……」她張開手指，做出無聲的爆炸動作。

我的腦袋嗡嗡叫。我有一大堆問題想問，但是很怕問出口。她為什麼設置那顆炸彈？她想要炸掉誰？她完全瘋了嗎？

她把刀子插回刀鞘裡，然後作勢要我將另一把刀子扔回去給她。我很怕自己會不小心扔向船外或殺了她，但她輕輕鬆鬆便接住。

「那個醜老太婆也是洛基，」她說：「一定是。他愚弄我一次還覺得不夠。他得愚弄我兩次，而且害我死掉。」

「那麼，如果那兩把匕首來自洛基，你為什麼要留著？」

她的雙眼閃爍著光。「因為呢，我的朋友，等我再次看到他，我要將這兩把刀刃插進他的喉嚨。」

她將第二把匕首收起來，於是我好幾分鐘以來第一次鬆口氣。

「馬格努斯，重點是，」她說：「我不會把自己的信心投注於某種魔法武器，認為那會解決我們所有的問題，無論刀子或其他東西都一樣，無論是克瓦希爾的蜜酒，或者應該要帶我們得到蜜酒的磨刀石。到最後，所有的一切都得仰賴我們自己。無論貝利茲恩和希爾斯東去外面尋找什麼東西……」

他們的名字簡直像是咒語。這時有一波海浪不知從哪裡湧來，猛力沖刷船頭。浪花散去後，出現兩個跌跌撞撞的疲倦人影。我們的精靈和侏儒回來了。

「哎呀，哎呀。」瑪洛莉連忙站起，並抹掉另一滴眼淚。她強迫自己帶點爽朗的語氣。「兩個小子路過得恰恰好啊。」

貝利茲恩從頭到腳都包著防曬的保護裝備，鹹鹹的海水讓暗色的風衣和手套閃閃發亮。他的探險遮陽帽的帽緣圍繞著黑網，因此看不清表情，直到撩起面罩爲止。他的臉部肌肉抽動著，而且不斷眨眼，很像剛從車禍現場走出來的人。

希爾斯東剛好坐在先前離開時的位置。他的雙手垂放在膝蓋上，頭搖個不停，意思是：「不，不，不。」他不知爲何弄丟了圍巾，於是一身裝束很像靈車的內裝一樣漆黑。

「你們活著。」我說，因爲鬆口氣而頭暈目眩。由於擔心他們倆，我的胃已經緊緊打結好幾天了。然而現在，看著他們飽受驚嚇的表情，我無法品嘗他們回來的欣喜感受。

「你們發現要找的東西了。」我猜測說。

貝利茲恩嚥下口水。「我……小子，恐怕是喔。尼奧爾德說得對，我們需要你幫忙進行困難的部分。」

「亞爾夫海姆。」我搶在他之前說出來，只是想要降低話中的刺激與傷害。我希望自己是錯的。我還寧可前往約頓海姆最荒僻的角落、穆斯貝爾海姆的火堆，甚至波士頓南站的公共廁所都好。

「是啊。」貝利茲恩贊同說。他瞥了瑪洛莉．基恩一眼。「親愛的甜心，請你告知你的朋友們好嗎？我們需要借用馬格努斯。希爾斯東必須最後一次面對他父親。」

23 沿著死青蛙味（配〈沿著黃磚路〉[57]的曲）

這些老爸到底是怎樣？

我認識的每個人幾乎都有個廢物老爸，就好像他們全忙著爭奪「宇宙最爛老爸」大獎。我很幸運。我直到去年冬天才第一次見到我爸，但即使如此，我也只與他聊了幾分鐘。不過弗雷至少顯得很酷。我們擁抱一下，他讓我保留他的愛說話迪斯可劍，還送我一艘亮黃色的船，需要的時候可以用。

莎米的老爸是洛基，他縱容且共謀騙局。亞利思的老爸是愛罵人又愛生氣的蠢蛋，夢想成為全球碗盤霸主。而希爾斯東呢……他的老爸比所有人更糟。阿德曼先生讓希爾斯東的童年變成活生生的赫爾海姆。我只去過那裡一次，就覺得再也不想多花一天晚上待在那男人的屋簷下。我無法想像希爾斯東怎能忍受那種地方。

我們從金色的天空掉下去，每個人都是用這種方法墜落到精靈的輕飄飄世界。我們輕輕落在阿德曼大宅前方的街道上。如同以往，寬闊的郊區道路往兩方延伸出去，石牆和細心呵護的樹籬圍繞著大宅，於是每一位精靈百萬富翁都看不見彼此的數公頃地產。微弱的重力讓我腳下的地面顯得很溼軟，彷彿像彈簧床一樣可以直接彈回空中。（我真的很想嘗試看看。）

陽光如同記憶般酷烈，因此我很感激亞利思借我的太陽眼鏡，雖然是粉紅色的巴迪・霍利[58]式粗鏡框。（在「大香蕉」船上戴這個又更可笑。）

我們是在日落時分離開米德加爾特，到達亞爾夫海姆的時候卻像下午還很早，我不曉得爲何會這樣。也許精靈奉行「精靈光節約時間」吧。

阿德曼的精緻大門上依然有閃閃發亮的金銀花體字「A」，大門兩側的高牆也仍豎立著尖釘和有刺鐵絲，用以嚇阻流氓。但現在，監視攝影機暗暗的沒有動靜，大門也以鐵鍊和掛鎖圈住。大門兩側的磚柱各釘著一塊相同的黃色告示牌，上面用耀眼的紅色字體寫著：

地產禁止進入
奉亞爾夫海姆警察局之令
入侵者必死無疑

不是起訴，不是逮捕或射殺。走進這些邊界你就必死無疑。看著這麼簡單的警告，感覺更加凶險。

我的目光在地面上游移，那裡差不多像波士頓大眾花園一樣大。自從我們上次造訪之後，草地受到亞爾夫海姆充足陽光的照耀，已經長得又高又亂。樹上有一團團苔蘚聚集成刺球狀，天鵝湖甚至有浮渣冒出刺鼻氣味，都飄盪到大門這邊來了。

---

57 〈沿著黃磚路〉（Follow the Yellow Brick Road）這首歌出自電影《綠野仙蹤》（*The Wizard Of Oz*）。

58 巴迪．霍利（Buddy Holly）是一九五〇年代的美國創作歌手，他的黑框眼鏡造型風靡一時，稱為「巴迪．霍利眼鏡」。

八百公尺長的車道散落著白色羽毛，可能來自上述的天鵝吧；還有骨頭和一撮撮毛皮，也許原本長在松鼠或浣熊身上；另外有一隻黑色的正式皮鞋，看起來曾經遭到咀嚼再吐出。

在山丘上，原本宏偉的阿德曼大宅變成廢墟。建築群的左側崩垮成一堆瓦礫、大梁和焦黑的橫梁。葛藤已經完全占據右側，植株生長得太茂密，連屋頂都塌落了，只有兩扇大型觀景窗保持完整，但是火焰把邊緣的窗框燻成棕色。玻璃在陽光下閃閃發亮，讓我回想起湯傑的狙擊手眼鏡，感覺有點不安。

我轉身看著朋友們。「這是我們造成的嗎？」

我感到驚訝多過於內疚。上一次逃離亞爾夫海姆時，我們遭到邪惡的水精靈和持槍的精靈警察從後方追趕，更別提希爾斯的發狂父親了。在逃跑過程中，我們或許弄破了幾片窗戶吧。我想，我們也有可能引爆火勢；果真如此，發生在這麼邪惡的大宅也只是剛好而已。

然而……我還是不懂，這地方怎麼可能毀壞得如此徹底；或者這樣一個郊區天堂，怎麼可能如此之快就變成令人毛骨悚然的荒地。

「我們只是啓動了過程。」貝利茲恩又用黑網蓋住臉，因此不可能看出他的表情。「這場破壞都是那個戒指的錯。」

在酷烈的溫暖光線中，應該不可能感受到一陣寒意啊，然而好像有冰塊沿著我的背脊往下滑。我們上一次造訪時，我和希爾斯找到一個令人厭惡的老侏儒，安德瓦利，從他手上偷來一堆黃金，包括那個小老頭的詛咒戒指。他努力警告我們，那枚戒指只會帶來悲慘的境遇，但是我們聽進去了嗎？沒有啊啊啊。在當時，我們比較專注於其他事，例如，喔，挽救貝利茲恩的性命，而唯一能救他的東西是阿德曼先生收藏的思可菲儂石。阿德曼先生索取什麼代價呢？數不盡的黃金，因爲所有的邪惡父親都不收美國運通卡。

長話短說：阿德曼取走那枚詛咒戒指。他戴上戒指，變得更加瘋狂與邪惡，我以爲這種事不可能發生。

就個人來說，我希望那枚詛咒戒指至少做點很酷的事，例如把你變隱形，或讓你看見索倫之眼59。安德瓦利的戒指沒有好的一面，只會引出你最糟的部分——貪婪、仇恨、嫉妒。根據希爾斯所說，它最後會把你變成真正的怪物，於是你的外表與內在同樣令人極度厭惡。

如果戒指仍在阿德曼先生身上施展魔法，而且掌控他的速度就像荒野掌控他房產的速度一樣快……嗯，那就不妙了。

我轉身看著希爾斯。「你爸……他還在那裡面嗎？」

希爾斯東的神情既嚴肅又堅毅，很像一個人終於接受最後的診斷。「附近，」他以手語說：「但不是他本人。」

「你該不會是指……」

我盯著車道上遭到咀嚼的鞋子，眞想知道鞋子的主人到底怎麼了。我想起自己夢境中的巨大綠眼睛和成排牙齒。不，希爾斯指的不可能是那個，沒有一隻詛咒戒指可以作用得那麼快，對吧？

「你們……你們搜索過裡面？」我問。

「恐怕是。」貝利茲一邊說話一邊比手語，畢竟希爾斯看不到他嘴唇的動作。「阿德曼的

59 索倫之眼（Eye of Sauron）出自小說《魔戒》，反派角色索倫透過眼睛施展意志。

稀有石頭和手工藝品的所有收藏……全都不見了。包括所有的黃金。所以，如果我們尋找的磨刀石是在那棟房子裡面某處……」

「一定移走了，」希爾斯東以手語說：「放在他藏匿的東西之中。」

希爾斯比出「藏匿的東西」的手語，是在他的下巴前方抓握拳頭，很像抓住某種有價值的東西，意思像是：「寶藏。我的。別碰，否則你必死無疑。」

我覺得好像吞下了滿嘴沙子。「那麼……你們找到那些藏匿的東西了嗎？」我知道我的朋友很勇敢，但是一想到他們在那棟房子的外牆之內到處摸索，我簡直嚇壞了。顯然連本地的松鼠族群都不覺得那是好地方。

「我們認爲找到他的巢穴了。」貝利茲說。

「喔，很好。」我的聲音聽起來比平常更加高亢卻虛弱。「阿德曼現在有巢穴。而且，呃，你們看到他了嗎？」

希爾斯東搖搖頭。「只聞到他的氣味。」

「好吧，」我說：「那樣不會很嚇人。」

「你馬上就知道了，」貝利茲說：「最簡單的方法就是帶你去瞧瞧。」

這是我絕對會想拒絕的提議，但我不可能讓希爾斯和貝利茲再一次自己走進那道大門。

「爲……爲什麼本地的精靈沒有對這片房地產採取一些對策？」我問。「上次我們在這裡的時候，他們甚至不能容忍我們在路上閒晃。難道鄰居不會抱怨嗎？」

我朝那棟廢墟揮揮手。像那樣令人厭惡的眼中釘，特別是如果害死了天鵝、齧齒動物和偶爾上門推銷的精靈業務員，一定違反社區管理委員會的規定吧。

「我們找當局談過，」貝利茲說：「我們不在的時候，有一半的時間都在找精靈官僚交涉。」他穿著厚重的外套渾身發抖。「警察不想聽我們說話，這會讓你覺得很驚訝嗎？我們無法證明阿德曼究竟是死了還是失蹤。希爾斯東對這片土地沒有任何法律上的權利。至於清理這片地產，警察最多只能設立那些愚蠢的警告牌。他們不願冒著賠上脖子的風險，無論有多少鄰居抱怨都一樣。精靈假裝成一副通情達理的樣子，不過迷信和傲慢的程度也一樣高。當然不是所有的精靈都這樣啦。希爾斯，抱歉。」

希爾斯東聳聳肩。「不能怪警察，」他以手語說：「非必要的話，你會進去那裡面嗎？」他說到重點了。光是想到要拖著腳步穿越那片土地，無法看清高聳的草叢裡有什麼東西埋伏潛行，我的胃裡就好像有豆子跳來跳去。亞爾夫海姆的警察很擅長威嚇驅趕社區裡的路人，但是面對瘋子大宅廢墟裡的真實威脅……可能就不是那麼擅長了。

貝利茲恩嘆口氣。「嗯，不能再等了。咱們去找親愛的老爸吧。」

我還寧可找埃吉爾的凶狠女兒們共進另一頓晚餐，或者與一堆陶器奮戰至死。見鬼了，我甚至願意與蘭道夫舅舅屋頂露台上的一整群狼分享芭樂汁。

我們爬過大門，小心穿越長草地。蚊蚋群聚在我們臉上，陽光刺痛我的皮膚，全身所有毛孔都湧出汗水。除非有僕人對草皮進行修剪、整理、維護，我才會覺得亞爾夫海姆是漂亮的世界。一旦變成野地，它就變得超級荒涼。我很想知道精靈是不是也類似這樣。外表看來冷靜、纖細、拘謹，然而一旦解放……我真的很不想遇到劣化的新版阿德曼先生啊。

我們繞行房屋廢墟外側，這對我來說很好。我對希爾斯東舊房間的藍色毛皮地毯記憶猶新，我們曾被迫用黃金蓋上那塊地毯，作爲支付他弟弟之死的贖罪賠償金。我還記得希爾斯東房間牆上寫著各種違規事項的價目表，記錄了積欠他爸的債務，永遠也償還不完。我不想再一次接近那個地方，即使它已成爲廢墟也一樣。

小心穿越後院時，我的腳下踩到某種東西吱嘎作響。我低頭看，發現鞋子直直踩穿了一副小鹿骨骸的肋骨。

「噁。」我說。

希爾斯東對那具乾癟的遺骸皺起眉頭。只有幾綹肉絲和毛皮還黏附在骨頭上。

「被吃了。」他以手語說，把合攏的手指尖放在嘴巴下面。這個手語非常類似藏匿物或寶藏。對我來說，手語有時候太寫實了一點。

我對可憐的小鹿默默道歉，再把腳拉出來。我看不出吃掉牠的東西究竟是什麼，但希望這獵物沒有經歷太多痛苦。此外，亞爾夫海姆這麼高級的地段竟然容許這麼巨大的野生動物生存於此，我也感到很驚訝。我很好奇警察會不會騷擾這些閒晃的小鹿，也許幫牠們的鹿蹄釦上腳銬，再推進警車後座吧。

我們奮力走向這片土地後側的樹林。地面的雜草變得太過茂盛，我實在看不出草地到哪裡結束，林下灌叢又從哪裡開始生長。漸漸的，樹冠層愈來愈濃密，到最後陽光變得很微弱，只將黃色的光斑投射到森林地面上。

根據我的判斷，此處距離希爾斯東的弟弟死掉的舊井沒有太遠，那個地方也在我的「絕不再造訪名單」名列前茅。於是，自然而然的，我們跌跌撞撞走進去。

那裡有個圓錐形石堆，蓋住的地方是早已塡平的一口井。禿裸的泥土沒有長出半根雜草，彷彿連雜草都不願意侵入那塊有毒的空地。然而，我不難想像希爾斯東和安狄容的孩提時期在這裡玩耍的情景：希爾斯背對那口井，開心地堆疊石頭，沒有聽到他弟弟的尖叫聲，當時野獸「布魯米基」住在那口井內，從黑暗中爬出來。

我才剛開口說：「我們沒有一定要來這裡……」

只見希爾斯走向石堆，彷彿處於恍惚狀態。上次我們造訪時，希爾斯東在那個石堆頂上放了一顆盧恩石：

ᛟ

歐特哈拉，代表家族繼承的盧恩字母。希爾斯東很堅定地說，他再也不會使用那個盧恩石；對他來說，它代表的意義已在此處死去。即使他有一套新的花楸木盧恩石，也就是從女神希芙[60]那裡接收的禮物，裡面也不包括歐特哈拉。希芙曾警告他，這樣會對他造成麻煩。她說，到最後，他還是得回到這裡，取回缺少的那塊石頭。

發現女神說得對，感覺眞是超討厭的。

「你該拿它嗎？」我以手語說。身在這樣的地方，靜默的對話似乎比用自己的聲音合適。

希爾斯東皺著眉，眼神充滿了違抗感。他做出快速的砍劈手勢，先往旁邊然後揮下，很像反向寫的問號。「絕不。」

---

[60] 希芙（Sif），北歐神話中的土地與豐收女神，是雷神索爾的妻子。神話中形容她有一頭耀眼金髮，象徵金黃色的麥穗。

貝利茲恩嗅聞空氣。「我們現在很近了。聞到沒？」

我什麼也沒聞到，只有微弱的植物腐爛氣味。「什麼？」

「對喔。」他大聲說，然後用手比出：「人類的鼻子很悲慘。」

「很沒用。」希爾斯東附和著。他在前面帶路，進一步深入森林。

我們不是走向河流，與上一次尋找安德瓦利的黃金那時不一樣。這一次，我們約略與水道平行前進，奮力穿越荊棘和巨大橡樹的多瘤根部。

大約再走四百公尺，我開始聞到希爾斯和貝利茲剛才說的氣味了。我突然回想起八年級的生物課，當時喬伊．凱爾索把我們老師的青蛙生態箱藏到天花板上面。這件事直到一個月後才露餡，當時玻璃水族箱從教室的天花板摔下來，整個摔碎在老師的桌子上，前面幾排座位也灑滿了玻璃、泥土、黏液，以及腐臭的兩生類屍體。

我一聞到森林裡的氣味就想起那段往事，只不過現在的氣味臭多了。

希爾斯東在另一塊空地邊緣停下腳步。他蹲在一棵倒木後面，作勢要我們到他旁邊。

「在那裡，」他以手語比著：「那是他唯一可去的地方。」

我從陰暗處向外窺伺。空地周圍的樹木已化爲燒焦的枯枝，地面有厚厚的腐爛落葉層和動物骨頭。距離我們躲藏處大約十五公尺的地方冒出一堆大岩石，其中兩塊最大的石頭彼此倚靠，看似洞穴入口的構造。

「現在我們等待，」貝利茲比著手語並輕聲說：「等待晚上從那裡出來的東西，那地方連侏儒都不屑進去。」

希爾斯點頭。「他到晚上會出現。然後我們就會看到。」

我根本呼吸困難，更別提剛才還想起死青蛙的噁心臭氣。聽到要待在這裡，感覺實在太恐怖了。

「誰會出現？」我以手語說：「你爸？從那裡？爲什麼？」

希爾斯東轉過頭去。我有種感覺，他努力以不回答我的問題來表現他的仁慈。

「我們等一下就會知道了，」貝利茲喃喃說著：「如果那正是我們擔心的東西……嗯，現在趁機好好享受自己的無知吧。」

24 我還寧願希爾斯東的老爸是綁架牛的外星人

我們等待時，希爾斯東供應晚餐給我們吃。

他從盧恩石袋子拿出這個符號：

X

就我看來像是普通的「X」，不過希爾斯東說明它是「蓋伯」，代表禮物的盧恩字母。眼前閃過一道金光，出現了一個野餐籃，裝了滿滿的新鮮麵包、葡萄、一整圓模的乳酪，還有好幾瓶汽泡水。

「我喜歡禮物，」我刻意壓低音量說：「但是這氣味不會……呃，引來多餘的注意嗎？」

我指著洞穴入口。

「不大可能，」貝利茲恩說：「從那洞穴傳來的氣味，比這籃子裡的所有東西都強烈多了。不過爲了安全起見，我們快快吃完所有東西。」

「我喜歡你這種想法。」我說。

我和貝利茲恩津津有味地吃起來，但希爾斯只是端坐在倒木後面看著我們。

「不吃嗎？」我問他。

他搖搖頭。「不餓，」他以手語說：「而且，蓋伯的意思是禮物，不是給送禮物的人。給予者必須犧牲。」

「喔。」我低頭看著準備塞進嘴巴的乳酪塊。「那樣不公平吧。」

希爾斯東聳聳肩，示意我們繼續吃。我不喜歡他犧牲才能讓我們有晚餐吃的想法。他才剛回到家，等待他父親從洞穴裡現身，這樣的犧牲似乎夠多了，不需要再來一個專屬於他的齋戒盧恩石。

但換個角度想，拒絕他的禮物實在很沒禮貌。於是，我吃了。

隨著太陽西沉，影子也拉長了。我根據經驗得知，亞爾夫海姆從來不會完全變暗，很像阿拉斯加的夏天，太陽只會輕沾地平線，然後再度往上彈起。精靈是光明的生物，這也證明「光明」不見得等於「美好」。我碰過很多精靈都證實如此，希爾斯是例外。

天色變暗了，但還不足以讓貝利茲取下他的防曬裝備。他的厚重外套裡面肯定高達一千度，但他沒有抱怨。每隔一陣子，他都從口袋拿出手帕，在黑網底下輕輕擦拭，抹掉脖子上的汗水。

希爾斯東把玩著手腕上的某個東西，是用金髮編織成的手環，我以前從沒見過那東西。那綹頭髮的顏色似曾相識……

我輕拍他的手吸引注意。「那個來自英格嗎？」

希爾斯皺起眉頭，彷彿這是個很尷尬的主題。英格是阿德曼先生長期聘僱的家事僕人，我們上一次造訪時，英格幫了很多忙。她是「密林女妖」，是一種擁有母牛尾巴的精靈。她認識希爾斯的時候，兩人都還是小孩子；果不其然，她也極度迷戀希爾斯，要逃離阿德曼的最後一次派對之前，英格甚至親吻希爾斯的臉頰，向他告白。

「我們幾天前去找她，」希爾斯以手語說：「偵察的時候。她現在與家人同住。」

貝利茲氣得直嘆氣，而希爾斯當然聽不見。

「英格是個好女孩，」侏儒以手語說：「可是……」他的兩隻手都做出V字形，然後以這種手勢在前額畫圈，彷彿把東西從心裡拉出來。就剛才說的事情看來，我覺得這個手語的意思是「妄想」。

希爾斯東皺眉頭。「不公平。她想要幫忙。密林女妖手環帶來好運。」

「你說了算。」貝利茲以手語說。

「眞高興她很安全，」我以手語說：「手環有魔法嗎？」

希爾斯正準備回答，接著他的雙手突然定住不動。他嗅聞著空氣，隨即用手語比劃表示：「趴下！」

樹上的鳥兒停止鳴叫。整個森林似乎都屛住呼吸。

我們蹲低身子，勉強從倒木上方偷窺狀況。下一次吸氣時，我聞到一鼻子死青蛙臭氣，非得強壓住嘔吐的衝動不可。

就在洞穴入口內側，細枝和乾枯葉子承受某種龐然大物的重量而劈啪作響。

我頸背的毛髮爲之顫抖。眞希望我已召喚出傑克，那麼只要有需求就能隨時準備戰鬥，但傑克並不適合參與監視，因爲他一天到晚發光又唱歌。

接著，洞穴的入口處出現了……噢，阿斯嘉眾神哪。

我一直抱持著希望，覺得阿德曼不會變成很糟糕的東西。也許詛咒只會讓他變成威瑪犬的小狗狗，或者是「黑叩壁蜥」這類的美洲大鬣蜥。其實在內心深處，我當然從頭到尾都知道實際上會是如何，只是一點也不想承認。

希爾斯曾對我說過一些恐怖的故事，關於以前的盜賊膽敢偷走安德瓦利的戒指會有什麼下場。而現在，我看出他絕對沒有吹牛。

從洞穴冒出來的野獸實在太駭人了，我根本無法一下子就理解。

首先，我注意到牠右前腳的中間腳趾有個戒指好閃亮，那是小小的金色戒指，深深嵌入鱗片內。那一定很痛，像是綁緊止血帶那樣的陣陣刺痛，因爲腳趾末端已經變黑又乾癟。

怪物的四條腿都像垃圾桶蓋的直徑那麼粗大，而且腿很短，拖著宛如蜥蜴般的身體，從鼻尖到尾巴也許有十五公尺長，脊椎突出的脊刺比我的劍更加巨大。

我曾在夢中見過那張臉：熒熒發亮的綠眼睛，獅子鼻配上黏答答的鼻孔，駭人的咽喉搭配好幾排三角形的利牙。牠的頭生出綠色長刺，嘴巴令我聯想到芬里爾巨狼，那嘴巴就野獸來說實在太巨大、太有表情，嘴唇也太像人類了。最糟的是：幾束白髮緊附在額頭上，那是阿德曼先生僅存的痕跡，他的白髮曾令人印象深刻。

凶猛的全新阿德曼拖著自己走出巢穴，嘟噥幾聲，齜牙咧嘴，咆哮一陣，接著歇斯底里地咯咯叫，看不出有什麼顯而易見的理由要做這些動作。

「不，阿德曼先生，」他斷聲說：「先生，你沒必要離開！」

他滿心挫折，怒吼一聲，然後噴出一道火柱橫掃森林地面，把最近的樹幹烤焦了。熱度讓我的眉毛像米紙一樣皺縮捲曲。

我不敢動，甚至無法看看我的朋友們，好了解一下他們對此有何看法。

這時，你可能會想：「馬格努斯，你以前看過巨龍啊，這有什麼大不了的？」

好吧，也對。我偶爾會看到巨龍，甚至有一次與年紀頗大的鱗蟲打起來。

然而，我從沒面對過這種巨龍，他以前曾是我認識的某個人。我從沒見過哪個人變形成如此可怕的東西，如此惡臭、如此惡意，而且還……變得如此「正確」。這正是阿德曼先生的眞實自我，他最惡劣的本質化爲肉身。

這嚇壞我了，不只因爲這生物有可能把我們活生生烤熟，而是想到竟然有人的內心住著這麼駭人的怪物。我實在忍不住好奇心想……要是我戴上那枚戒指，要是馬格努斯．雀斯最醜惡的想法和缺點幻化成形，我會變成何種模樣呢？

巨龍又踏出一步，只剩下尾巴尖端留在洞穴裡。我屏住呼吸。如果巨龍出外狩獵，也許我們可以趁他出去時衝進洞穴，找到我們需要的磨刀石，然後不動一兵一卒便離開亞爾夫海姆。我眞的很希望像那樣輕鬆取勝。

巨龍呻吟一聲。「好渴啊！阿德曼先生，河流沒有很遠。也許很快去喝一口，如何？」他自己笑起來。「喔，阿德曼先生，不行。你的鄰居很狡猾。那些裝模作樣的人！肖想出名的傢伙！他們巴不得你拋下寶藏無人看守！你盡了一切的努力，都是爲了……你的財富！全都是你一個人的！不，先生。你回去！快回去！」

巨龍斷聲威嚇、亂吐口水，然後撤退回洞穴裡，只留下死青蛙的臭味和幾棵悶燒的樹木。我依然無法動彈。我數到五十，想等等看巨龍會不會重新現身，但是今晚的大秀似乎已經結束了。

最後，我全身的肌肉開始解凍，頹坐在我們躲藏的倒木後面，雙腳無法控制地抖個不停，想要尿尿的衝動難以克制。

「眾神哪……」我含糊地說：「希爾斯東，我……」

我說不出話，也比不出手語。對於希爾斯東內心的感受，我應該怎麼安慰他，或甚至如何試圖理解？

他的嘴巴緊抿成一直線，雙眼閃爍著鋼鐵般的堅毅目光，而那種眼神簡直令我聯想起他的父親。

他打開一隻手，用拇指輕觸胸口。「我很好。」

有時候你撒謊是要欺騙別人；有時候你撒謊，則是需要謊言成眞。我猜，希爾斯是在嘗試後者。

「嘿，兄弟。」貝利茲恩輕聲說著，同時比手語。他的聲音聽起來像是被巨龍的重量壓扁了。「我和馬格努斯可以搞定這件事。由我們接下挑戰。」

想到只有我和貝利茲恩面對那怪物，對我的膀胱問題完全沒幫助，但我依然點點頭。「對呀。對呀，當然。也許我們可以把巨龍引誘出來，然後偷溜進去……」

「你們都錯了，」希爾斯東以手語說：「我們得殺了他。而且我得幫忙。」

25 我們策畫出超可怕的計畫

要商討戰術，最糟糕的地方是哪裡呢？

在希爾斯東的弟弟死掉的頹圮深井好嗎？那地方座落在令人發毛的森林中央，位於九個世界裡我最不喜歡的一個世界，而且絕對不必期待有救兵。

是的，我們就是去那裡。

我找出傑克，幫他惡補最新情況。就這麼一次，他沒有興奮尖叫，或者突然唱起歌來。

「戒指龍？」他的盧恩文字發出黯淡的灰光。「喔，那很不妙。詛咒戒指永遠都製造出最糟糕的龍。」

我不禁爲希爾斯嘆了口氣。

希爾斯東嘀咕一聲，用手語說：「巨龍有個弱點。腹部。」

「他說什麼？」傑克問。

在希爾斯東的朋友中，傑克堅決抵抗學習閱讀手語。他宣稱那些手勢對他來說沒意義，因爲他沒有手。就我看來，傑克只是針對希爾斯沒辦法閱讀他的唇語而嘔氣，畢竟，你也知道，傑克沒有嘴唇。魔法劍會有這種反應也是剛好而已。

「他說，腹部是巨龍的弱點。」我覆述一次。

「喔，嗯，對啦。」傑克聽起來不太熱衷。「他們的獸皮幾乎不可能刺穿，不過腹部確實有弱點。如果你能想辦法讓巨龍翻身，而且有這麼好運的話，也許你就能把我刺進去，直抵他的心臟。不過即使辦得到，你刺過戒指龍的腹部嗎？我刺過。超噁的。他們的血是酸的！」

我把這番話全部翻譯給希爾斯聽。

「傑克，他們的血會傷害你嗎？」我問。

「當然不會！我可是『夏日之劍』耶！我打造的時候上了一層魔法漆，可以抵抗所有的磨損和割裂！」

貝利茲恩點點頭。「那是眞的。傑克的最後一道漆眞的很棒。」

「謝謝你喔，」傑克說：「這裡有人懂得欣賞優秀的手藝！刺入龍腹傷不了我，但是先生，我想到的是你。你把我刺進巨龍體內時，只要沾到一滴血，你就完蛋了。那種東西會腐蝕你。無論如何都阻止不了。」

我得承認，這聽起來實在不好玩。「傑克，你不能自己刺進去嗎？你大可飛到巨龍上方，然後……」

「好聲好氣問他可不可以翻身嗎？」傑克哼了一聲，聽起來很像榔頭敲打金屬浪板屋頂的聲音。「各位，戒指龍爬行的時候腹部朝下是有道理的。他們聰明得很，不會把自己的弱點暴露出來。況且，殺掉戒指龍是非常個人的事，你必須自己握著我這把劍。像那樣的舉動會影響你的『命』。」

我皺起眉頭。「你是說，那會讓你命苦？」

「不是啦，是你的『命』。」

「你眞的很命苦。」我嘀咕說。

「他指的是『命運』。」貝利茲恩插嘴說，同時比劃手語給希爾斯看。「命運」的手語是一隻手推向前，很像表示一切都會很順利，模樣有點做作，接著貝利茲的兩隻手突然都掉到大腿上，感覺像是撞上一道牆而死掉。我之前可能提過，美式手語有點太寫實了。

「你要殺戒指龍，」貝利茲說：「尤其那如果是你原本認識的人，等於把很重要的魔法搞亂了。巨龍自身的詛咒會反射到你的未來，改變你的命運之路。那會……玷汙你。」

他說到「玷汙」這個詞，感覺好像比番茄醬或油脂更難去除，彷彿即使經過事先浸泡，殺死巨龍這件事也不會脫離你的命運。

希爾斯東的手語動作很短促，他煩躁時就會這樣：「一定要完成。我會動手。」

「兄弟……」貝利茲不安地扭動身子。「這是你爸。」

「再也不是了。」

「希爾斯，」我以手語說：「有沒有方法可以不必殺死巨龍就拿到磨刀石？」

他堅決搖頭。「那不是重點。巨龍可以活好幾個世紀。我不能讓他像這樣。」

他蒼白的眼睛溼溼的，我嚇一跳，發現他哭了。聽起來好像很麻木，不過精靈通常非常克制與壓抑自己的情緒，所以知道他們會流淚真的讓我吃了一驚。

希爾斯不只是憤怒而已。他並不想報仇。儘管阿德曼對他做了那一切，希爾斯東還是不希望他爸變成扭曲的怪物。希芙曾對希爾斯提出警告，他終究必須回到這裡，取回他缺少的那個「繼承」盧恩石。那表示要終結他家族的悲傷故事，讓阿德曼先生飽受折磨的靈魂能夠安息。

「我懂了，」我說：「眞的。不過讓我負責去擊殺。你的良心，或者你的命運等等之類，都不該承受那樣的事。」

「小子說得對，」貝利茲說：「那對他的命運不會玷汙得那麼厲害。可是你呢……殺了你自己的爸爸，即使是基於仁慈之心？所有人都不該面對那樣的選擇。」

我想到莎米拉和亞利思可能不會同意。如果有機會把洛基屛除在我們所有人的悲慘命運之外，他們可能很樂意。不過一般來說，我知道貝利茲說得對。

「更何況，」傑克插嘴說：「我是唯一能達成那項任務的劍，而我不會讓精靈握住我！」

我決定不要翻譯這番話。「希爾斯東，你覺得如何？你願意讓我動手嗎？」

希爾斯東的雙手懸盪在自己前方，彷彿準備要彈空中的鋼琴。最後，他以手語說：「馬格努斯，謝謝你……」先比個很像飛吻的手勢，接著用三根手指壓住拇指握拳，意思是我名字字首的「M」。

通常他不會特意比出我的名字。他以手語與別人交談時，談話對象都很明確，他一定會看著或指著他們。希爾斯比出我名字的手語，目的是表達敬意與愛意。

「老兄，交給我。」我保證。一想到要殺死巨龍，我激動得心慌意亂，但我絕不可能讓希爾斯東因爲那樣的舉動而受罰。多虧有阿德曼先生，希爾斯的命運已經承受夠多的苦難了。

「那麼，我們該怎麼進行呢？最好別讓酸液把我溶解成一堆馬格努斯泡沫啊。」

希爾斯盯著石堆。他的肩膀垮垮的，活像有人在他的肩膀堆了看不見的岩石。「有個方法。安狄容……」他比劃弟弟名字的手語時停頓一下。「你知道我們以前在這附近玩。有一些地道，建造者是野外的……」他比了一個我以前沒看過的手語。

「他是指『尼瑟』[61]，」貝利茲恩解釋說：「他們就像……」他的手在距離地面六十公分處比劃一下，「小不點。他們也叫小妖精或棕精靈[62]。」

我猜他指的不是穿棕色制服的幼女童軍，或者棕色的巧克力布朗尼蛋糕。

「以前有數百個住在森林裡，」希爾斯以手語說：「後來我爸打電話叫人來撲滅他們。」我的喉嚨好像哽了一團麵包。一分鐘前，我甚至不知道有「棕精靈」的存在，而現在，我替他們感到難過。我能想像阿德曼打電話的樣子。「哈囉，驅蟲公司嗎？我的後院有個文明世界，我想撲滅他們。」

「那麼……棕精靈的地道還在？」我問。

希爾斯點頭。「地道很窄，不過你可以從某一條地道爬到洞穴附近。如果我們可以引誘巨龍爬到你躲藏的地方……」

「我就可以從下面發動攻擊，」我說：「正中他的心臟。」

傑克的盧恩文字散發出憤怒的黃綠色光芒。「那點子很爛！你會淋得全身都是龍血！」

我對這個點子也沒有很熱衷。躲藏的地道是由已遭撲滅的棕精靈所建造，然後一隻五噸重的巨龍拖著身子走過頭頂上，這根本提供了各式各樣痛苦死亡的可能性。但另一方面，我才不要讓希爾斯去那下面。此時此刻，取得磨刀石看來幾乎無關緊要了。我必須幫助朋友徹底脫離他那些恐怖的往事，即使要冒著酸液淋浴的風險也在所不惜。

「我們試著排練看看，」我說：「如果可以找到一條好地道，也許我能夠很快刺中巨龍，然後趁著淋到酸液之前爬到出口。」

「唔。」傑克的聲音聽起來很暴躁。但是轉念一想，我請求他做的事是屠宰一隻巨龍啊。

「我想，那表示你要讓我一直戳在巨龍的心臟裡囉？」

「等到巨龍一死，我就回來找你……呃，假設我能找到方法，既能救你，又不會讓酸液毀掉我。」

傑克嘆口氣。「好吧，我想，這個點子值得冒險。只不過，如果你真的活下來，你得答應事後要好好把我清理乾淨。」

貝利茲恩點頭，彷彿傑克的優先事項對他來說再合理不過了。「我們還需要想出一個辦法，把巨龍引出他的洞穴，」他說：「要確定他爬到正確的地點。」

希爾斯站起來。他走向死去弟弟的石堆，盯著它凝視良久，彷彿希望它消失。接著，他以顫抖的手指取回歐特哈拉盧恩石，把它拿給我們看。他沒有比劃手語，但意思顯而易見：

「把那件事交給我。」

---

61 尼瑟（nisser）是北歐神話的一種生物，身高只有幾十公分，是戴著紅色尖帽子、留著白鬍子的小妖精，與傳說中的地精（gnome）很類似。

62 棕精靈（brownie）是蘇格蘭和英格蘭北部傳說中的小精靈。Brownie 這個字也指七、八歲的幼女童軍，以及巧克力布朗尼蛋糕。

26 一切都是命

在瓦爾哈拉，我們花很多時間等待。

我們等待每日的戰鬥召喚。我們等待諸神黃昏的最終死亡。我們在美食街排隊等待墨西哥塔可餅，因爲維京人的來世只有一間墨西哥餐廳，奧丁眞該改善這種狀況。

很多英靈戰士都說，等待是我們生活中最難熬的部分。

通常我並不認同。說到諸神的黃昏，我很樂意等待得愈久愈好，即使那表示我得排著長長的隊伍才能吃到墨西哥烤雞。

不過等待屠龍？這不是我最愛做的事啊。

我們輕而易舉便找到一條棕精靈的地道。事實上，森林地面到處都有好多尼瑟的洞口，我到現在還沒摔斷腿眞是太不可思議了。我們勘察的地道出口位於空地外面的森林裡，距離洞穴入口只有十公尺。這條地道很剛好，唯一的問題是通道會導致幽閉恐懼症，而且很泥濘，又有……呃，這不是我掰的喔，有布朗尼蛋糕的氣味。我眞想知道，當時驅蟲公司的人是不是拿火焰槍撲滅了那些可憐的小傢伙。

我們在最靠近洞穴的洞口鋪了一些枝葉，動作小心翼翼、保持安靜。我就是要拿著劍躲在那裡，等待巨龍從我上方爬過去。接著我們乾乾地簡單排練幾次（雖然在這個溼溼的地方爬來爬去一點都不乾），我練習拿劍向上刺去，然後爬出地道。

第三次嘗試時，我才剛氣喘吁吁、汗流浹背地爬出來，傑克就大聲嚷嚷：「二十一秒。成績比上一次更差！你一定會變成酸辣湯！」

貝利茲恩建議我再試一次。他向我保證還有時間，畢竟戒指龍是夜行性，不過排練的地方距巨龍巢穴那麼近，我實在不想測試自己的運氣。而且我只是不想再回到那個小洞裡。

我們撤退到石堆，希爾斯東一直在那裡私下練習魔法。他不願告訴我們到底在做什麼，也不說他有什麼盤算。在我看來，要不是我不斷逼問他，這傢伙早就飽受精神創傷了。我只希望他能成功引誘巨龍，而且不會拿自己當誘餌。

我們等待夜幕降臨，輪流小睡一番。我不能睡太多，每次睡太久，惡夢就很可怕。我發現自己回到幽冥之船，不過這次甲板上空蕩蕩，感覺很怪異。洛基穿著他的海軍上將制服在我面前來回踱步，嘴裡發出嘖嘖聲，彷彿我沒有好好檢查制服。「太遜了，馬格努斯。剩下的時間這麼少，卻去追那個愚蠢的磨刀石？」他湊到我面前，眼睛靠得那麼近，我都可以看到他的虹膜含有點點火焰。他呼出的口氣有毒液的氣味，連薄荷糖都難以掩蓋。「就算你找到磨刀石，那又如何？你舅舅的點子蠢斃了。你明知道自己絕對無法打敗我。」他輕拍我的鼻子。「希望你擬定了B計畫！」

他的笑聲像雪崩一樣壓垮了我，把我擊倒在甲板上，也把肺裡的空氣全部擠出去。突然間我回到尼瑟的地道裡，一群小小的棕精靈瘋狂推擠我的頭和腳，尖叫著要我讓路。地道的泥牆坍垮下來，煙霧刺痛我的眼睛，火焰在我腳邊大聲轟鳴，燒炙著我的鞋。頭頂上的滴滴酸液侵蝕著泥土，在我的臉四周滋滋作響。

我大口喘氣醒來，止不住顫抖，真想抓著我的朋友逃出亞爾夫海姆，忘掉愚蠢的巴爾弗克磨刀石，也忘掉克瓦希爾的蜜酒。我們一定能找到B計畫。隨便什麼B計畫都好。

然而，我內心理性的一面其實很清楚，答案不會是那樣。我們正逐步進行自己所能想像最瘋狂、最可怕的A計畫，那表示它可能就是正確的答案。我眞的好希望自己的任務內容是走過大廳、按下「拯救世界」按鈕，然後回到我的房間，再多睡個好幾小時。

接近日落時分，我們走向巨龍的巢穴。這時，我們已經花了一整天待在森林裡，身上的氣味不怎麼好聞。這又讓我回想起以前無家可歸的日子，我們三人一起擠在髒兮兮的睡袋裡，躺在波士頓市中心十字區的巷子裡。喔，是啊，那段美好的舊日難熬時光！

我的皮膚爬滿了汙垢與汗水，於是能夠想像貝利茲穿著他那身厚重防曬裝備的感受。希爾斯東看起來像平常一樣乾淨無瑕，不過亞爾夫海姆的傍晚光線將他的頭髮染成提瑟汽水的色澤。一如往常，身爲精靈，他身上最刺激的體味不會比松木清潔劑的氣味難聞到哪裡去。

傑克在我手中感覺很沉重。「先生，記住喔，心臟位在牠身上厚甲的第三條裂縫處。巨龍拖著身子走過你頭頂上時，你得好好計算裂縫的數目。」

「意思是我看得見嗎？」我問。

「我會幫你照亮啦！只要記住：快快刺進去，然後立刻離開那裡。龍血會像消防水管裡的水一樣狂噴出來……」

「了解，」我說著，覺得好噁心，「謝啦。」

貝利茲恩拍拍我的肩膀。「小子，祝好運。我會等在出口的地方拉你出來。除非希爾斯需要救兵……」

他瞥了精靈一眼，似乎希望得知更多細節，而不只是「我都搞定了」。

希爾斯東以手語說：「我都搞定了。」

我顫抖著吸一口氣。「如果你們得逃走，那就快逃。不要等我。而且如果……如果我沒成功，告訴其他人……」

「我們會告訴他們。」貝利茲恩保證說，語氣像是知道我想對其他人說什麼。那也好，因爲我不知道要說什麼。「不過呢，你一定會完成任務回來。」

我擁抱希爾斯和貝利茲，他們兩人努力忍耐我的體味。

接著，我宛如古代的偉大英雄，爬進洞口。

我在尼瑟的地道裡扭動前進，鼻子裡滿是土壤和燒焦巧克力的氣味。等到終於抵達靠近巨龍巢穴的開口處，我讓自己身子縮成一團，一邊嘀咕一邊推擠，努力轉動雙腿，直到全身轉了一百八十度，頭朝向剛才進來的地方。（要爬出這條地道已經夠糟了，如果是雙腳在前面倒退爬，那樣只會更糟。）

我仰躺著，視線越過交錯的枝葉凝望夜空。我召喚出傑克，動作很小心，免得殺到自己。我把他放在左側，劍柄在腰際，劍尖則貼著我的鎖骨。我要向上刺去時，角度會很難調整。我得用右手握劍，將劍尖斜斜對準巨龍腹部保護層的裂隙，然後刺穿進去，用盡我英靈戰士的全部力氣刺入巨龍的心臟。刺完之後，我得趕快爬出地道，免得在酸液中煎熟。

這簡直是不可能的任務。可能因爲本來就是。

時間在泥土地道裡流逝得好慢，唯一陪伴我的只有傑克，以及幾隻蚯蚓，牠們正爬過我的小腿檢查襪子。

我開始想到巨龍可能不會出來吃晚餐。也許他改叫外送披薩，結果有個達美樂披薩的外送精靈掉到我臉上。我都快要不抱希望了，這時阿德曼的腐臭氣味朝我襲來，活像一千隻燃燒的青蛙以神風特攻隊之姿鑽進我的鼻孔。

上方交錯的枝葉發出喀嚓聲，巨龍從他的洞穴現身了。

「阿德曼先生，我好渴，」他對自己咆哮說：「也很餓。英格沒有端給我適當的晚餐，已經有多久？好幾天、幾週、幾個月？那個沒用的女孩到底在哪裡？」

他拖著身子更靠近我的藏身處一點。泥土宛如雨點般灑在我胸口。我的肺擠壓成一團，等待整個地道坍垮在我身上。

巨龍的口鼻遮蔽我的洞口。他只要向下一看就會發現我，然後我會像尼瑟一樣被烤熟。

「我不能離開，」阿德曼先生嘀咕說：「寶藏需要守護！那些鄰居，不能信任他們！」

他挫折地大聲咆哮。「那麼，阿德曼先生，回去吧。回去盡你的責任！」

他撤退之前，森林裡的某處射出燦亮的閃光，把巨龍的口鼻照耀成琥珀色……那是希爾斯東的盧恩魔法色彩。

巨龍嘶嘶出聲，煙霧從他的牙齒之間裊裊冒出。「那是什麼？誰在那裡？」

「父親。」那聲音害我的骨髓凍結成冰。聲音悠悠迴盪，虛弱且哀愁，很像一個孩子從井底發出呼喊。

「不！」巨龍蹬踏地面，把我襪子上的蚯蚓都震掉了。「不可能！你不在這裡！」

「父親，來找我啊。」那聲音再次懇求。

我從沒見過安狄容，希爾斯死去的弟弟，但我猜現在聽到的是他的聲音。難道希爾斯東用歐特哈拉召喚出一種幻覺？或者他進行的是某種更恐怖的事？我眞想知道精靈死後去了哪裡，如果可以把他們的靈魂牽引回來纏住活著的人……

「我一直好想念你。」那個孩子說。

巨龍憤怒狂吼。他噴出火焰越過我的藏身處，目標對準聲音的來處，也把我肺裡所有的氧氣全都吸了出去。我奮力抵抗想要喘氣的衝動。傑克在我身旁輕柔地嗡嗡響，提供精神上的支援。

「父親，我在這裡，」那聲音堅持說道：「我想要拯救你。」

「拯救我？」巨龍向前挺進。

他的綠色喉嚨布滿鱗片，下側的血管陣陣跳動。不曉得能不能用劍刺他的咽喉，那裡看起來是柔軟的目標。不過那在我上方實在太遠了，遠超過我的劍刃所能觸及。況且，傑克和希爾斯東都表達得非常明確：我必須瞄準心臟。

「我心愛的男孩，拯救我什麼呢？」巨龍的語氣顯得痛苦且刺耳，幾乎像人類的聲音……倒不如說幾乎像精靈的聲音。「你怎麼可能在這裡？他殺了你啊！」

「不，」孩子說：「他派我來警告你。」

巨龍的口鼻顫抖起來。他壓低頭部，很像受到威脅的狗。「他……他派你來？他是你的敵人，更是我的敵人！」

「不，父親，」安狄容說：「拜託，聽我說。他給我一個機會說服你。我們可以到來世再相聚。你可以恢復成原本的自己、拯救自己，如果你願意放棄那枚戒指……」

「戒指！我就知道！騙子，你自己現身吧！」

巨龍的頸部現在好靠近，我可以把傑克的劍刃舉高到他的頸動脈旁邊，然後……傑克嗡嗡作響，在我心裡提出警告：「不，還不行。」

我好想看看空地邊緣的狀況。我終於明白了，希爾斯不只以魔法分散注意力，更召喚出安狄容的靈魂；他懷抱一絲希望，期盼弟弟能拯救父親脫離悲慘命運。儘管阿德曼對希爾斯百般折磨，他仍願意爲爸爸提供贖罪的機會，即使這表示要最後一次站在弟弟的陰影下。

空地變得靜止且沉默。遠處的荊棘發出窸窣聲。

阿德曼嘶聲說：「就是你。」

阿德曼用那麼熟悉的輕蔑語氣說話，我想得出來的對象只有一個人。希爾斯東一定是自己挺身而出。

「父親，」安狄容的鬼魂懇求道：「別這樣……」

「沒用的希爾斯東！」巨龍大叫。「你竟敢用魔法玷汙你弟弟的記憶？」

一陣靜默。希爾斯東一定是用手語比劃，因爲阿德曼怒吼回應：「用你的寫字板！」

我咬緊牙關。以前阿德曼都叫希爾斯寫在板子上，難道希爾斯會帶著討厭的小板子跑來跑去？這並不是因爲阿德曼不能讀手語，而是他喜歡讓自己的兒子看起來像怪咖。

「我會殺了你，」巨龍說：「你居然敢用這種怪異的比手畫腳來戲弄我？」

他急急往前走。走得太快了，我根本來不及反應。他的腹部擋在尼瑟的洞口上方，害我陷入一片黑暗。傑克亮起他的盧恩文字，照亮地道，但我早就因爲恐懼和震驚而暈頭轉向。巨龍的腹部保護層有個開口剛好在我上方，但我完全不知道他的身體往前移動了多遠。如果我現在發動攻擊，能不能刺中他的心臟？還是刺中膽囊？或者是下消化道？

傑克在我心裡嗡嗡說：「不妙！那是第六條縫隙！巨龍得後退才行！」

如果用有禮貌的措辭提出請求，我眞想知道阿德曼會不會回應。我想是不會。

巨龍停止前進了。爲什麼？我能想到的唯一理由是：阿德曼正在嚼食希爾斯東的臉。我嚇壞了，差點舉劍刺向野獸的第六道縫隙，不顧一切想把巨龍從我的朋友身邊趕走。就在這時，雖然遭到怪物龐大身軀的遮擋，我還是聽見一個強有力的聲音大喊：

「後退！」

我的第一個念頭是：奧丁本人出現在巨龍面前。他終於插手干預，拯救希爾斯東的性命，那麼他傳授的盧恩魔法訓練課程才不會浪費掉。剛才發號施令的怒吼聲實在太響亮了，一定是奧丁吼的。我聽過的巨人戰鬥號角聲都沒這麼強而有力。

那聲音再次隆隆作響：「走開，你這又笨又臭的父親！」

這時我認出口音了……有點像波士頓南區，帶有一點黑精靈的口音。

噢，不。不，不，不。那不是奧丁。

「不准靠近我朋友，所以你那臭兮兮的死青蛙屍體趕快往回走！」

我像是透過水晶清晰想像眼前的場景：巨龍面對新的對手，既震驚又困惑，徹底釘在原地不動。那麼小的肺活量怎麼可能製造出這麼大的音量呢？我實在想不通。不過我很確定，唯一能站在希爾斯東和火熱死神之間的人，就是衣著入時、頭戴探險帽的侏儒。

我應該要大感驚奇、刮目相看、深受啓發才對，然而我卻想大叫。等到巨龍回過神來，我知道他會殺死我的兩位朋友。他會向貝利茲恩和希爾斯東猛烈噴火，什麼都不會留下，我只能幫他們收拾一堆時尚灰燼。

「快後退！」貝利茲大吼。

令人驚奇的是，阿德曼往後滑行，顯示出保護層的第五條細縫。

也許他不習慣有人用這種態度跟他講話吧。也許他擔心有某種可怕的惡魔躲在貝利茲的黑色驅蚊網底下。

「回去你那個臭兮兮的洞穴！」貝利茲大喊：「嘿呀！」

巨龍怒吼一聲，但又多撤退一條細縫。傑克在我的手中嗡嗡作響，準備要發動我們的攻勢。只要腹部的保護層再退一格……

「阿德曼先生，他只是愚蠢的侏儒，」巨龍對自己嘀咕說：「他想要你的戒指。」

「我才不在乎你的蠢戒指！」貝利茲吼道：「退散！」

也許貝利茲恩的認真態度嚇到巨龍了。也說不定阿德曼看到貝利茲恩站在希爾斯東和安狄容鬼魂的前面，很像一位父親出面保護孩子，讓他感到有點困惑。阿德曼看到某個人的本能不是受到貪婪的驅動，可能覺得匪夷所思吧。

他又往後急走幾公分。就快到了……

「先生，侏儒根本不會造成威脅，」巨龍向自己保證，「他會是美味的晚餐。」

「你眞的這樣想？」貝利茲狂吼道：「試試看啊！」

嘶嘶。

阿德曼又退後幾公分。第三條細縫映入眼簾。

我動作笨拙、滿心惶恐，把傑克的劍尖對準獸皮的弱點。

接著，我用盡全身的力氣，把劍刺入巨龍的胸口。

27 我們贏得一塊小石頭

我很想告訴你，由於讓傑克深埋在巨龍的血肉裡，只有劍柄露出來，我感到很內疚。

但我沒有。手一離開劍柄，我立刻逃離那裡，就像著火的棕精靈沿著地道拚命爬。巨龍憤怒狂吼，在我上方用力蹬踏，地面爲之搖晃。我後方的地道垮下來了，不但拉扯著我的腳，也讓空氣充滿酸霧。

「哎喲！」我心想：「哎喲，哎喲，哎喲喂呀！」

在這危險的時刻，我的口才還眞好。

爬行的時間似乎比二十一秒久多了。我不敢呼吸，想像自己的腳正在燃燒。要是眞的爬出去，我低頭看，可能會發現自己是短了一截的馬格努斯。

到最後，我的眼睛開始有黑點跳來跳去。我爬出地道了。我喘著氣，瘋狂掙扎亂踢，把鞋子和牛仔褲都脫掉，彷彿它們有毒。因爲事實上也是。如同我擔心的狀況，巨龍的酸血灑在褲子上，滋滋燒穿了丹寧布料，此外鞋子也在冒煙。我拖著兩隻光腳丫走過森林地面，希望能抹掉剩餘的任何血液。等到查看雙腳和小腿背面時，發現沒什麼不對勁。皮膚沒有新的傷疤，沒有冒煙，也沒有燒烤英靈戰士的氣味。

我只能猜測，垮下來的地道救了我，因爲泥土與酸液混合在一起，減緩了侵蝕的速度。也說不定我只是先預支了下個世紀的好運。

我的心臟比較沒有那麼瘋狂跳動了。我跌跌撞撞地走進空地，發現綠色巨龍阿德曼側躺在地上。他的尾巴噗噗拍動，四條腿不斷抽搐。他虛弱地噴嘔出膠狀物，點燃了一堆枯葉和松鼠骨骼。

傑克的劍柄從巨龍的胸口伸出來。我原本躲藏的地方已經變成冒煙的洩水口，慢慢朝亞爾夫海姆的核心侵蝕而去。

希爾斯東和貝利茲恩站在巨龍的口鼻處，兩人都毫髮無傷。在他們旁邊，有個像燭火一樣閃爍的微弱火焰，那是安狄容的幽靈。我以前只看過希爾斯的弟弟一次，是在他們父親壁爐上方的肖像畫裡。那幅畫讓他看起來像是青春洋溢的天神，既完美又有自信，美麗得像一場悲劇。然而，我眼前所見只是個普通男孩，一頭金髮，身材瘦削，膝蓋骨很突出。如果身在一排小學生之間，我絕不會特別挑選他，除非要指認的是可能遭到霸凌的孩子。

貝利茲儘管面臨變成石頭的風險，仍把面前的防曬黑網拉起來。他眼睛周圍的皮膚已開始變灰，表情十分嚴峻。

巨龍奮力呼吸，發出粗嘎的聲音。「叛徒。兇手。」

貝利茲恩握緊拳頭。「你眞是厚顏無恥……」

希爾斯東碰碰他的袖子，意思是：「別這樣。」他跪在巨龍的臉旁邊，讓阿德曼能夠看見他的手語。

「我不想要這樣，」希爾斯東以手語說：「我很抱歉。」

巨龍噘起嘴唇露出尖牙。「用。你的。板子。叛徒。」

阿德曼的內側眼皮閉起來，在綠色虹膜上覆蓋一層薄膜。最後一縷煙從他的鼻孔冒出來。接著，阿德曼的巨大身體不再有動靜了。

我等待他變成精靈的形體。但他沒有。

他的屍體似乎對於保留龍形感到很滿足。

希爾斯東站起來，神情既疏遠又困惑，彷彿剛才看完的電影是由外星文明所拍攝，而他努力想弄懂電影所要表達的含義。

貝利茲恩轉身看我。「小子，你表現得很好。結果非如此不可。」

我驚愕萬分地看著他。「你的氣勢壓倒巨龍。你讓他後退耶。」

貝利茲恩聳聳肩。「我不喜歡惡霸。」他指著我的雙腿。「小子，我們可能得幫你找件新褲子。深色的卡其褲可以搭配那件襯衫。或者灰色的丹寧褲也可以。」

我了解他為什麼想要改變話題。他不想談論剛才的英勇舉動。他覺得自己的行動不值得稱讚。事實很簡單：你別想惹貝利茲恩最要好的朋友。

希爾斯東面對他弟弟的鬼魂。

安狄容嘆口氣。「希爾斯，我們試過了。不要自責。」他的形體很朦朧，不過表情清晰無誤。安狄容與阿德曼先生不一樣，他顯然深愛自己的哥哥。

希爾斯東抹掉眼淚。他凝視著森林深處，彷彿努力想要找回應有的姿態。接著他對安狄容比手語：「我不想再失去你。」

「我知道，」鬼魂以手語說：「我也不想走。」

「父親……」

安狄容做出切手掌的手勢，表示「別說了」。

「別在他的身上浪費一丁點時間，」安狄容說：「他奪走了你那麼多的人生。你會吃他的心臟嗎？」

這句話實在沒道理，所以我當作自己一定是看錯手語。

希爾斯臉色一沉。他以手語說：「我不知道。」

安狄容作勢說：「來這裡。」

希爾斯東遲疑一下，然後更靠近鬼魂一點。

「我要告訴你一個祕密，」安狄容說：「我對著那口井說悄悄話時，我許了一個願。哥哥，我希望像你一樣善良又優秀。你好完美。」

小男孩張開他那幻影一般的雙臂。希爾斯東低下身子擁抱他，然後鬼魂幻化成白色蒸汽。歐特哈拉盧恩石掉入希爾斯的掌心。希爾斯仔細端詳了一會兒，彷彿以前從沒見過那東西，像是撿到一顆寶石，主人肯定會把它要回去。他彎曲手指握住石頭，將它緊緊地壓在額頭。這一次輪到我閱讀他的唇語。我相當確定他輕聲說著：「謝謝你。」

巨龍的胸口有某種東西咯咯作響。我很怕阿德曼又要開始呼吸，但隨即發現是傑克氣得發抖，努力想要掙脫出來。

「卡住了！」他以模糊的聲音大喊：「把……把我弄……出去！」

我光著雙腳，小心翼翼走向酸液汙水坑。鮮血依然從巨龍的胸口汩汩流出，形成冒著蒸汽的泥濘湖泊。我靠近的程度實在不足以拔出傑克的劍柄。「傑克，我碰不到你！你不能拉自己出來嗎？」

「拉什麼拉！」他大喊：「我才說我卡住了！」

我對貝利茲皺眉頭。「我們要怎麼把他從那裡弄出來？」

貝利茲彎曲兩隻手掌，放在嘴邊對傑克大喊，活像是站在大峽谷的另一邊。「傑克，你只好等一下！大概一小時後，龍血就會失去威力。然後我們就可以把你拔出來！」

「一小時你……你是在開玩笑嗎？」他的劍柄震動著，不過仍然深埋在阿德曼的胸腔裡。

「他不會有事啦。」貝利茲向我保證。

說得眞簡單，他又不必跟那把劍一起生活。

貝利茲碰觸希爾斯的肩膀要他注意。「需要查看洞穴找磨刀石，」他以手語說：「你要一起去嗎？」

希爾斯緊緊握住歐特哈拉盧恩石。他仔細端詳著巨龍的臉孔，似乎想從中看出熟悉的部分。接著，他把盧恩石放回袋子裡，讓他的那組盧恩石變得完整無缺。

「你們兩個去吧，」他以手語說：「我需要一點時間。」

貝利茲做個鬼臉。「好啊，兄弟，沒問題。你得做出重大的決定。」

「什麼決定？」我問。

貝利茲對我使了個眼色，意思像是「可憐又天眞的孩子」。「馬格努斯，走吧，咱們去查看那怪物的寶藏。」

寶藏很容易找到，根本占據洞穴的大半部分。祕密寶藏的正中央有個龍形的壓痕，那裡便是阿德曼睡覺的地方。難怪他一直那麼暴躁不安，大批的錢幣、刀劍和鑲嵌寶石的酒杯無法提供良好的背部支撐啊。

我繞行大堆寶藏的周圍，用力捏緊鼻子，免得吸到鋪天蓋地而來的臭味。我覺得嘴巴還有生物課水族箱的味道。

「石頭在哪裡？」我問。「我沒看到阿德曼以前收藏的手工藝品。」

貝利茲搔搔鬍子。「嗯，巨龍很虛榮，他可能不會把自己那些黯淡的地質學樣本放在最上面。他會把那些東西埋起來，炫耀閃亮的寶物。我在想……」

他在寶藏旁邊蹲下。「哈！跟我想的一樣。你看。」

在黃金堆的斜坡邊緣，露出一條編織粗繩的末端。

我看了一會兒才認出來。「這是……我們從安德瓦利那裡拿來的魔法袋？」

「對！」貝利茲咧嘴笑開。「整堆黃金壓在它頂上。阿德曼可能很貪婪、殘酷又可怕，不過他並不笨。萬一有必要尋找新巢穴，他希望自己的寶藏很容易搬運。」

在我看來，這樣似乎也讓寶藏很容易遭竊，但我不打算拿一隻死龍的邏輯來辯論。

貝利茲拉動粗繩。一陣帆布海嘯吞沒了寶藏，然後震動、縮小，最後躺在我們腳邊的地上，只剩一個簡單的托特包，很適合用來購買生活用品，或者藏匿價值數十億元的貴重物品。貝利茲光用兩根手指頭就拎起袋子。

靠著洞穴的後側牆邊，在原本的寶藏堆底下，躺著阿德曼的數十件工藝品，很多都遭到黃金的重量壓壞了。我們還算幸運，石頭相當耐壓。我撿起之前在夢中見過的圓形灰色磨刀石。拿著它並沒有讓我充滿狂喜之情，天使沒有歌唱，我也沒有覺得自己變得超強大，強到足以打敗克瓦希爾蜜酒那些神祕且無敵的守衛。

「爲什麼是這個？」我問。「爲什麼它值得……」我無法把我們所做的犧牲說出口，特別是希爾斯東的犧牲。

貝利茲恩脫下他的探險帽，以手指梳順他的黏膩頭髮。儘管洞穴充滿死亡和腐敗的氣息，一旦沒有陽光，他看起來輕鬆多了。

「小子，我不知道，」他說：「我只能這樣猜，我們需要用這塊石頭磨利一些刀刃。」

我環顧阿德曼的其他工藝品。「趁我們還在這裡，有沒有其他東西該拿？因爲我眞的很不想再回來啊。」

「希望不用，因爲我完全同意。」他戴回帽子，顯然很不情願的樣子。「走吧。我不想讓希爾斯東一個人獨處太久。」

結果希爾斯不是獨處。

他不知用什麼方法讓傑克脫離巨龍的胸口。這時，那把劍好像變身成另一種武器，又鑽回龍屍裡面，從一條細縫努力撬開胸口，簡直像是進行驗屍。希爾斯東似乎正在指揮他。

「哇，哇，哇！」我說：「你們兩個在幹嘛？」

「喔，嘿，先生！」傑克飄飛過來。以一把全身都是血塊的劍來說，他的聲音聽起來興高采烈。「精靈要求我打開胸腔。至少我相當確定他要求這件事。我想，既然他用魔法把我拉出來，這是我最起碼的回報！喔，而且我已經把戒指砍下來了。就在那裡，準備好了！」

我低頭看。果不其然，距離我的光腳大概十公分的地方，安德瓦利的戒指在砍斷的腫脹龍趾上閃閃發亮。膽汁一湧而上，我連忙嚥下。「準備好了？我們要拿它幹嘛？」

希爾斯以手語說：「把它與寶藏放在一起，拿回河流那邊，還給安德瓦利。」

貝利茲撈起龍趾，扔進他的魔法托特包。「小子，我們最好動作快一點，免得戒指開始誘惑我們戴上它。」

「好，可是……」我指著半剖開的巨龍。我從來不曾打獵，不過有一次我媽跟一個會打獵的人約會。他曾帶我們去森林裡，試著教我取出動物屍體的內臟，想讓我媽刮目相看。（那次進行得不太順利。他們的關係也是。）

總之，看著巨龍，我很確定傑克嘗試把阿德曼先生再也沒有生機的器官取出來。

「爲什麼要那樣？」我試著問。

傑克笑起來。「喔，先生，拜託，我以爲你知道！殺了戒指龍以後，你得把牠的心臟挖出來，烤一烤，吃掉！」

這時我失去了先前吃下去的午餐。

28 千萬別要求我烹煮敵人的心臟

我們的任務進行至今，我一直很順利忍住不吐。我逐漸邁向不嘔吐專業人士之路。但是想到要吃龍心，充滿阿德曼那些噁心邪惡藉口的心臟……不，那實在太超過了。

我跌跌撞撞走進森林嘔吐好久，差點昏過去。最後，貝利茲伸手抓住我的肩膀，強行帶我離開空地。「好啦，小子，我了解。來吧。」

等我稍微回過神，才發現貝利茲恩正帶我去河邊，就是遇到安德瓦利的地方。我很怕開口講話，只有光腳踩到石頭、樹枝或一窩亞爾夫海姆火蟻時才偶爾鬼叫幾聲：「哇！」

最後我們到達水邊。我站在那道小瀑布邊緣，低頭窺探安德瓦利的水池。自從上次至今，這裡沒有太大變化。那個滑溜的老侏儒是否還假扮成滑溜的老魚住在下面？其實不可能看得出來；也許我們搶劫他之後，他放棄這裡，搬到美國佛羅里達州最南端的基韋斯特，在那裡爽爽過著退休生活。果真如此，我也好想加入他的行列。

「你準備好了？」貝利茲的聲音很緊繃。「我會需要你幫忙。」

我用泛黃的眼角斜眼看他。貝利茲把托特包拿到水池邊緣上方，準備扔進池子裡，但手臂不斷顫抖。他把袋子拉回來，彷彿要挽救那些寶藏，不讓它們落入那樣的命運；接著他再次伸出手臂，動作看起來很艱難，像是全部的黃金重量把他壓在舉重練習凳上。

「逼……迫……我，」貝利茲咕噥著說：「侏儒……扔掉……寶藏。不……容易。」

我努力讓自己的腦袋脫離「吃龍心？什麼鬼赫爾海姆啊？」模式。我抓住袋子的另一條背帶，結果立刻感受到貝利茲所說的感覺。我的內心充斥著各種引人入勝的想法，想著我可以拿這所有的寶藏去做什麼：買一棟豪宅！（可是且慢……我已經有蘭道夫舅舅的大宅了，我甚至不想要。）弄一艘遊艇！（我已經有一艘大黃船了。不，謝了。）存錢過退休生活！（我已經死了。）送我的孩子上大學！（英靈戰士不能生孩子。我們掛掉了。）

袋子震動掙扎，似乎正在重新思考策略。「好吧，」它在我的心裡輕聲說著：「拿去幫助無家可歸的人如何？想想看你可以拿黃金做多少好事，而這一袋還只是頭期款而已！戴上那個可愛的戒指，你就能得到無限的財富！你可以建造房屋！提供餐點！還有職業訓練！」

這些可能性更加吸引人……不過我知道那是詭計。這份寶藏絕對不會對任何人產生任何好處。我低頭看自己的光腳，一雙腳滿是擦傷又泥濘。我想起巨龍的腹部那種令人窒息的惡臭。我回憶起希爾斯東向他父親告別的悲慘表情。

我嘀咕著說：「超蠢的寶藏。」

「是啊，」貝利茲說：「數到三？一，二……」

我們把袋子扔進水池。我得奮力抵抗跟著跳進去的衝動。

「安德瓦利，交給你了，」我說：「好好享受吧。」

說不定安德瓦利早就走了。無論如何，我們都讓一群鱒魚變成億萬富翁。

貝利茲嘆了好大一口氣。「好了，消除一個重擔。現在呢……還有另一件事。」

我的胃又要開始造反了。「我可沒有眞的要……」

「吃掉龍心？你？」貝利茲搖頭。「嗯，你確實是殺了他的人……不過以這個例子來說，不。你不必吃龍心。」

「感謝眾神。」

「希爾斯得吃。」

「什麼?」

貝利茲垂著肩膀。「馬格努斯，巨龍是希爾斯的家人。一旦你殺了戒指龍，要讓牠的靈魂安息的方法，就是摧毀牠的心。如果不是燒了它……」

「好耶，就這麼辦。」

「……就是吃了它，無論哪種方法，你都會繼承巨龍所有的記憶和智慧。」

我試圖想像希爾斯東為什麼想要他父親的記憶，或者所謂的智慧。而且，他為何那麼在意阿德曼的邪惡靈魂有沒有安息呢?安狄容曾對他說，不要再為死去的老爸多浪費任何一點時間，那聽起來是親兄弟最棒的忠告啊。

「可是，如果希爾斯……我是說，沒有像那樣吃人，或者吃龍等等之類的呢?」

「我沒辦法回答那問題。」貝利茲的語氣似乎不想大聲回答「對，我知道那超噁的」。「無論他做什麼樣的決定……我們都去幫他吧。」

傑克和希爾斯東已經堆起營火。希爾斯東在火焰上面轉動一支烤肉叉，傑克則飄浮在他旁邊，扯著他不存在的喉嚨大唱〈滾動啤酒桶〉[63]。身為聽障人士，希爾斯東實在是個很理想

[63]〈滾動啤酒桶〉(Roll Out the Barrel)又名〈啤酒桶波卡舞曲〉(Beer Barrel Polka)，由捷克音樂家維佛達(Jaromír Vejvoda)所作，在二次大戰時代頗為風行。

的聽眾。

這番場景應該很迷人，只不過附近有六噸重的龍屍漸漸腐爛、希爾斯東的蒼白臉龐顯現病容，還有像籃球一樣大且黑得發亮的東西在烤肉叉上滋滋作響，空氣中充滿烤肉的氣味。阿德曼的心臟聞起來其實很像食物，這個事實讓我更想吐了。

希爾斯東以他空著的那隻手比劃手語。「完成了？」

「是啊，」貝利茲恩以手語回應，「寶藏和戒指都丟了。非常富有的魚。」

希爾斯東點點頭，顯然很滿意。他的金髮沾著點點泥巴和葉子；我知道很荒謬，但我仍聯想到遊行活動的五彩碎紙，彷彿是這座森林爲了他父親之死所撒的無情祝賀。

「希爾斯，老兄……」我指著那顆心臟。「你沒有一定要這樣吧。還有其他方法。」

「我就是這樣跟他說啊！」傑克說：「當然啦，他聽不到我說的話，反正就是這樣！」

希爾斯開始只用一隻手比劃手語，感覺有點像是沒用母音講話。他覺得很挫折，於是放棄了。他指著我，然後指著烤肉叉。「幫我拿這個。」

我一點都不想靠近那顆龍心，但我是唯一能夠一邊說話、一邊轉動烤肉叉的人。希爾斯至少能讀我的唇語；貝利茲恩可以比手語，但是黑網遮住他的臉。至於傑克……嗯，他實在幫不上什麼忙。

我接手燒烤器官的職責。烤肉叉的兩個架子用分叉樹枝臨時做成；以這支烤肉叉來說，龍心似乎有點太重而搖搖晃晃，要在火焰上保持平衡需要極大的專注力。

希爾斯東活動一下手指，爲一段漫長談話而暖身。他的喉結上下移動，彷彿他的喉嚨已經開始抗議今晚的特製晚餐。

「如果我吃了心臟，」希爾斯東以手語說：「那就表示父親知道的事情不會永遠流失。」

「是啦，」我說：「可是你為什麼會想要那樣呢？」

他的手在空中遲疑一下。「母親的記憶、安狄容、更久前的家族事蹟；得知我的……」

他伸出兩根指頭比出「H」，然後揮打另一隻手的手背。我猜那是「History」（歷史）的手語，不過看起來很像老師拿直尺打不乖的學生。

「不過呢，你只會從你父親的觀點得知那些事，」我說：「他像是毒藥。就像安狄容對你說的，你沒有欠你父親任何東西。他沒有智慧可以給予別人。」

傑克笑起來。「對吧？畢竟那個老兄只會收集石頭！」

我覺得希爾斯和我的劍無法溝通也只是剛好而已。

希爾斯緊抿著嘴。他完全了解我的意思，不過我看得出來，我說的話他早就知道了。他並不想吃那個噁心的東西，可是卻覺得……我不知道該用哪個字眼來描述。被迫？道義上應該如此？也許希爾斯抱著一線希望，如果得知父親內心深處的想法，他就能在那裡找到一絲絲的愛，找到能夠救贖他記憶的某種東西。

我很了解這種想法。我並不打算挖掘傷痛的往事。在某人可怕的外表背後，你通常會發現可怕的內在，由一段可怕的往事塑造而成。我不希望阿德曼的想法影響希爾斯東，不希望他眞眞實實消化那些想法。一定還有素食主義者可以選擇的方法吧。或者佛教徒的選項。我甚至勉強接受適合綠髮人的餐點。

貝利茲恩盤腿坐下，拍拍他朋友的膝蓋。「這是你的選擇。不過呢，如果你做了其他選擇，靈魂還是可以安息。」

「對啊！」我說：「毀掉心臟，隨它去吧……」

我就是這時候搞砸了。我太興奮，只把注意力放在希爾斯身上，沒注意自己身爲主廚的職責。我有點太用力轉動烤肉叉，結果心臟搖搖晃晃，支架向內倒下，整個掉進火裡。

噢，不過等一下，情況還更糟。我發揮閃電般的快速反應和超愚蠢的英靈戰士反射動作，伸手抓住那顆心臟。我差點用單手就抓住，但它滾出我的指尖，掉進火焰裡，燃燒的模樣活像它的心室全部裝滿汽油。只見一道紅色閃光，心臟就不見了。

噢，不過等一下，沒有更糟只有最糟。滋滋作響的心臟在我的指尖留下滾燙的黏液。而愚蠢的馬格努斯，超噁的馬格努斯啊……我做了大多數人摸到滾燙東西的反應：出於直覺，我把手指放進嘴巴裡。

那滋味像是全世界最辣的斷魂椒混合了濃縮夏威夷綜合果汁糖漿。我拔出手指，拚命想把血液吐掉，一邊作嘔一邊抹著舌頭。我在地上亂爬，瘋狂吐著口水：「不！呸呸呸，不！呸呸呸。不！」

不過爲時已晚。即使只吃到那麼一點點，龍心的血液已經滲入我體內。我可以感受到它滲入我的舌頭，嗡嗡穿透我的微血管。

「先生！」傑克飛向我，他的盧恩文字閃著橘光。「你不該那樣啊！」

聽了我的劍像天神一樣發表這番「後見之明」，我硬是吞下一句咒罵的粗話。

貝利茲恩的臉孔在黑網後面看不清楚，但他的姿勢遠比眞正變成石頭更加僵硬。「小子！啊，眾神哪，你覺得還好嗎？龍血……嗯，它會讓你的DNA產生某種奇怪的現象。人類有DNA，對吧？」

眞希望沒有。我捧著肚子，很擔心自己已經變成一隻龍。或更糟的是，變成邪惡的精靈父親。

我強迫自己迎上希爾斯東的目光。「希爾斯，我……我很抱歉。我發誓這是意外。我不是有意要……」

我的聲音縮回去，不確定是否相信自己說的話，也不知道希爾斯爲何要相信。我曾建議要摧毀心臟，然後我毀了它。更糟的是，我還吃到它。

希爾斯的臉像是戴了震驚的面具。

「告訴我該怎麼辦，」我懇求說：「我一定會找到方法加以修正……」

希爾斯東舉起一隻手。我見過他彷彿豎立起冰凍的高牆，那種情形很罕見，通常是他極度憤怒的時候，但現在看到的不是那樣。他全身的肌肉反而好像逐漸鬆弛，緊繃的感覺消退了。他看起來……鬆了一口氣。

「那是命，」希爾斯以手語說：「你殺了巨龍。命運決定由你來品嘗他的血。」

「可是……」我阻止自己再度向他道歉。希爾斯的表情清楚顯示他不想聽。

「你讓我父親的靈魂安息了，」希爾斯以手語說：「就這件事來說，你救了我。不過你可能要付出代價。該道歉的人是我。」

看到他沒有生我的氣，我也鬆了一口氣。然而，我不喜歡他眼中所顯示新的憂慮，彷彿等著看龍血會對我造成何種影響。

接著，從上方某處，有個吱吱喳喳的聲音說：「眞是大笨蛋。」

我畏縮身子。

「先生，你還好嗎？」傑克問。

我掃視整片樹冠層，沒有看到半個人。

另一個微小的聲音說：「他根本不知道自己做了什麼好事，對吧？」

「一點概念也沒有。」第一個聲音附和說。

我看到聲音來源了。大約六公尺上方的枝葉上，兩隻歐亞鴝正看著我。牠們以一連串的啁啾聲說話，跟普通的鳥沒兩樣，但不知爲何，我清楚知道牠們表達的意思。

「啊，該死的蛋殼。」第一隻歐亞鴝咒罵一聲。「他看見我們了。飛！快飛！」

兩隻鳥速速飛走。

「小子？」貝利茲問。

我的心跳速度好快。我到底怎麼了？那是幻覺嗎？

「我……我……嗯。」我幾乎說不出話。「對呀，我還好。也許吧。」

希爾斯東緊盯著我，顯然並不相信，但他決定不要深究。他站起來，接著對他的巨龍父親遺骸看了最後一眼。

「我們逗留太久，」他以手語說：「該拿磨刀石回到船上了。現在去阻止洛基可能已經太遲了。」

29 我們差點變成挪威觀光景點

我在亞爾夫海姆做的最不奇怪的事，是從懸崖上跳出去。

我、貝利茲和希爾斯走向一塊突出的岩石，位於阿德曼家土地的邊緣。利慾薰心的生意人最喜歡站在這種地方，他們俯瞰下方山谷其他鄰居的產業，心裡想著：「總有一天，這一切都會是我的！哇哈哈！」

如果跌下去，我們站的地方高到足以跌斷腿，所以希爾斯宣布這個地點很完美。我們跳下去時，他拋出「瑞多」，R，代表旅行的盧恩字母。我們周圍的空氣產生陣陣漣漪，結果沒有猛撞下方的地面，而是降落在「大香蕉」甲板的一堆東西上，剛好也是半生人·岡德森的頭頂。

「埃爾多斯非夫！」半生人大吼。

（這又是一句他很喜歡的罵人粗話。根據他的解釋，「埃爾多斯非夫」是指一個笨蛋整天坐在社區火堆旁邊，所以基本上，這是指「鄉下笨蛋」，只是聽起來像在罵人而已。）

我們從他身上爬開，連忙道歉。接著，我治療他骨折的手臂，他的手臂還掛在吊帶上，又因爲墜落侏儒的屁股重量而再次骨折。

「嗯哼，」他說：「我想我原諒你們，不過我才剛洗好頭髮耶，你們毀了我的髮型！」

他的頭髮看起來和平常沒兩樣，所以我無法分辨他是不是在開玩笑。不過呢，他沒有用手上的戰斧砍死我們，所以我猜他並沒有不高興。

夜幕已經降臨米德加爾特，在密密麻麻的星辰網絡底下，我們的船隻航行穿越開闊的大海。貝利茲脫下他的外套、手套和探險帽，好好地吸飽空氣。「終於！」

從甲板下面冒出來的第一個人是亞利思．菲耶羅，她的穿著活像是一九五〇年代的小混混，綠色與黑色相間的頭髮整齊往後梳，白色T恤塞進黃綠色的牛仔褲。

「感謝眾神！」她衝向我，讓我精神一振，不過只持續了一毫秒，因爲她把我臉上的粉紅色巴迪．霍利眼鏡拔掉。「沒有這副眼鏡，我的造型就不完整。眞希望你沒有弄出刮痕。」

她忙著擦亮眼鏡時，瑪洛莉、湯傑和莎米拉也爬到甲板上。

「哇！」莎米連忙避開目光。「馬格努斯，你的褲子跑哪去了？」

「呃，說來話長。」

「嗯，豆城，去穿點衣服！」瑪洛莉命令道。「然後再把說來話長的故事告訴我們。」

我去下面找褲子和鞋子。回到上面時，組員已經圍繞在希爾斯和貝利茲旁邊，他們正詳細敘述我們在魔法土地上的冒險奇遇，包括精靈、烈日，還有臭氣沖天的龍屍。

莎米搖搖頭。「噢，希爾斯東，你爸的事眞的很遺憾。」

其他人喃喃表示同意。

希爾斯聳聳肩。「一定要解決。馬格努斯承擔了最糟的部分。嘗到心臟。」

我瞇起眼睛。「對喔，關於那件事……我可能應該要告訴你們一件事。」

我說明之前無意中聽到兩隻歐亞鴝的對話。

亞利思．菲耶羅輕蔑地哼了一聲，接著摀住嘴巴。「眞抱歉。那不好玩。」她以手語說：

「希爾斯，你父親，心臟。糟透了。我無法想像。」她繼續大聲說：「其實呢，我有個東西要送給你。」

她從口袋拿出一條粉紅和綠色的輕薄絲質圍巾。「我注意到你的另一條不見了。」

希爾斯接過圍巾，彷彿那是一件聖物。他鄭重圍到脖子上。「謝謝你，」他以手語說：「很喜歡。」

「那還用說嗎？」亞利思面向我，嘴巴彎成惡作劇般的微笑。「不過啊，馬格努斯，坦白說，你亂搞那顆心臟，又嘗到血。而現在，你可以對動物說話……」

「我沒有說話，」我抗議說：「只是聽到。」

「……就像杜立德醫生？」

湯傑皺起眉頭。「杜立德醫生是誰？他住在瓦爾哈拉嗎？」

「他是一本書裡的角色。」莎米拉咬了一口她的小黃瓜三明治。既然現在是晚上，她正盡力以最快的速度吃掉船上所有的口糧。「馬格努斯，你有沒有注意到心臟的血造成其他效應？我很擔心你。」

「我……我想沒有。」

「效應可能只是暫時的，」湯傑建議說：「你還覺得自己很詭異嗎？」

「比平常更詭異？」亞利思特別說明。

「沒有，」我說：「不過很難確定。現在附近沒有動物可以聽。」

「我可以變成一隻雪貂，」亞利思提議，「我們可以來段對話。」

「還是謝啦。」

瑪洛莉．基恩已經用她的一把刀子試磨我們剛拿來的磨刀石。這時，她把剛磨利的刀子射向甲板，只見刀子陷入堅硬的木頭，只剩刀柄露在外面。「哇，哇。」

「女人，拜託別毀了我們的船，」半生人說：「我們還要搭著它航行耶。」

瑪洛莉對他做了個鬼臉。「小子們帶回來的磨刀石相當棒啊。」

湯傑咳嗽一聲。「是啊，可以拿我的刺刀試試看嗎？」

「絕對不行。」瑪洛莉把石頭放進她的外套口袋裡。「我不信任你們所有人用這個小美人。我想，我來負責保管，這樣你們所有人才不會傷到自己。至於龍血呢，馬格努斯，我不擔心。你可是弗雷之子，弗雷是力量最強大的大自然天神之一。也許龍血只是增強你的天賦能力，你能理解森林動物也是很合理的。」

「唔。」我點頭，稍微受到鼓舞。「也許你說得對。不過呢，如果因爲這樣拿走了希爾斯東繼承的一部分，我覺得不太好。我是說，萬一阿德曼先生可以理解動物的表達……？」

希爾斯搖搖頭。「父親不是杜立德醫生。不要覺得內疚。我拿回『歐特哈拉』盧恩石，對我來說這樣就夠了。」

他看起來筋疲力竭，不過很放鬆，好像剛完成整個學期超擔心的六小時考試。他可能不確定自己及格了沒，但至少最嚴峻的考驗已經結束了。

「嗯，」莎米拉說：「我們得到磨刀石了。現在，我們得趕去弗洛姆，找到克瓦希爾的蜜酒，然後搞清楚怎麼打敗守衛。」

「接著讓馬格努斯喝蜜酒，」亞利思附和說：「希望能賜與他『說出完整句子』的才能。」

瑪洛莉皺起眉頭，彷彿覺得那根本是不可能的事。「然後，我們要找到幽冥之船，祈禱馬格努斯能夠在吟詩對罵中擊敗洛基。」

「然後想辦法重新逮住那個臭爛屁，」半生人說：「阻止『納吉爾法』啟航，也就能避免諸神的黃昏。當然啦，假設我們還沒有太遲。」

那似乎是很大的假設。我們已經在亞爾夫海姆額外耗掉兩天，夏至距離現在大概只剩十天，而我相當確定洛基的船早在那天之前就能啟航。

而且，我的心思還卡在瑪洛莉剛才說的話：「馬格努斯能夠在吟詩對罵中擊敗洛基。」我沒有莎米進行禮拜時那樣的信念，特別是與我有關的禮拜。

貝利茲嘆口氣。「我要去梳洗一下。我聞起來像巨怪。然後，我打算要睡很久很久。」

「好主意，」半生人說：「馬格努斯和希爾斯，你們也該去。」

我可以晚一點再想那個計畫。傑克已經在我的項鍊上變回盧恩石形式，那就表示現在我的手臂和肩膀很痠痛，很像花了一整天鋸開龍皮的感覺。我全身的皮膚也好癢，彷彿我的抗酸塗漆遭受嚴厲考驗。

湯傑興奮地搓手。「明天早上，我們應該就進入挪威的峽灣了。我等不及想知道可以在那裡殺什麼東西！」

我睡覺時沒有作夢，這是很好的改變，直到最後莎米拉把我搖醒。以一個正在齋戒的人來說，她好像笑得有點過頭。「你眞該來看看這個。」

我掙扎著爬出睡袋。等我站起來，望向欄杆外面，立刻失去呼吸的能力。

往船身兩側望去，陡直的峭壁從水面拔向高處，距離近得我幾乎可以碰觸到，數百公尺高的岩壁搭配瀑布宛如大理石的花紋。融雪形成的白色小河沿著稜脊往下流，瀰漫著水霧，把陽光打斷成一道道彩虹。正上方的天空縮減成深藍色的鋸齒狀深谷，而船身周圍的水域變得好綠，簡直像是藻類濃湯。

在峭壁的陰影下，我覺得自己好渺小，唯一能想到的只有一個地方。「約頓海姆？」

湯傑笑起來。「不，這只是挪威。很漂亮吧？」

用「漂亮」描述這裡並不公平。感覺我們航行進入的世界屬於更偉大的生靈，是給眾神和怪物自由橫行的地方。當然啦，我知道眾神和怪物也可以在米德加爾特到處橫行，例如海姆達爾很喜歡芬威球場附近一個賣貝果的地方，巨人也經常大步穿越朗維尤市的沼澤，但挪威似乎很適合他們踏著沉重的步伐走來走去。

想到我媽會多麼喜歡這個地方，感覺有點心痛。真希望能與她同遊此地。我可以想像她沿著那些峭壁頂部開心健行，享受著陽光和清新涼爽的空氣。

亞利思和瑪洛莉站在船頭，兩人都驚嘆得沉默不語。希爾斯和貝利茲一定還在甲板底下睡覺。半生人坐在船舵旁，臉上的表情有點敵意。

「怎麼了？」我問他。

狂戰士盯著那些峭壁，彷彿他如果講了壞話，峭壁就有可能崩落到我們身上。「沒啦。那很漂亮。從我小時候到現在，基本上沒什麼改變。」

「弗洛姆是你的故鄉小鎮？」我猜測。

他發出苦澀的笑聲。「嗯，當時不算是小鎮，而且也不叫弗洛姆，只是峽灣末端的無名漁村。你很快就會看到那裡了。」

他握著船舵的指關節都泛白了。「小時候，我等不及要離開這裡。到了十二歲，我去投靠『無骨人』伊瓦爾，成爲維京海盜。我對我媽說……」他沉默一下。「我對她說，除非古代斯堪地納維亞半島的吟唱詩人傳唱我的英雄事蹟，否則我不會回來。我再也沒有見過她。」

船隻向前滑行，瀑布入水的聲音在峽灣內輕柔迴盪。我想起半生人以前對我說過，他不喜歡走回頭路，不想重返他的過往。我不禁感到好奇，他是否因爲離開媽媽而感到內疚？或者吟唱詩人沒有視他爲偉大的英雄而感到失望？說不定他們其實曾經歌頌他的事蹟啊。就我看來，名聲很少能夠延續好幾年，更別說好幾個世紀之久。瓦爾哈拉有些英靈戰士就發現，中世紀以後出生的人們對他們一無所知，害他們心情惡劣得不得了。

「你對我們來說很有名。」我試著說。

半生人咕噥一聲。

「我可以請傑克幫你寫一首歌。」

「但願不要啊！」他仍然緊皺眉頭，不過鬍髭抖動一下，很像努力憋住不笑。「那件事聊夠了。我們很快就會靠岸。基恩，菲耶羅，別再目瞪口呆看風景了，幫點忙好不好？整理船帆！準備繫纜繩！」

「岡德森，我們又不是你的海盜女僕。」瑪洛莉嘀咕著，不過她和亞利思聽命行事。

我們轉了一個彎，我再次屏住呼吸。在峽灣的末端，有一道狹窄的山谷劈開山脈，層疊的綠色山丘和森林蜿蜒到遠方，彷彿無窮無盡的映射影像。而在岩岸邊，在峭壁的陰影下，數十棟紅色、紅褐色和藍色的房屋聚集在一起，彷彿互相依護。碼頭停泊了一艘巨大的白色遊輪，它比整個城鎮更大，簡直像是二十層樓高的漂浮旅館。

「嗯，以前這裡沒有那種東西。」半生人咕噥說。

「是觀光客。」瑪洛莉說：「湯傑，你覺得如何？他們有沒有讓你覺得很興奮、很想要戰鬥呢？」

湯傑歪著頭，彷彿努力思考。

我覺得現在似乎是轉移話題的好時機。

「所以，回到約克，」我說：「赫朗格尼爾叫我們在弗洛姆搭火車，然後就會發現我們要找的東西。有人看到火車嗎？」

湯傑皺起眉頭。「怎麼可能有人鋪設鐵軌穿越那樣的地勢啊？」

確實好像不大可能。接著我望向左舷。一輛車在峭壁底部沿著之字形前進。它繞過一個髮夾彎，然後消失在隧道裡，隧道直直通往山的另一邊。如果挪威人瘋狂建設那樣的公路，也許他們也會瘋狂到以同樣的方式鋪設鐵軌。

「我們上岸去找找看吧，」亞利思提議說：「我建議停泊的地方距離那艘遊輪愈遠愈好。」

「你不喜歡觀光客？」莎米問。

「不是啦，」亞利思說：「我很怕他們會注意這艘亮黃色的維京人船隻，認爲我們是本地觀光景點。你想要一整天都在峽灣裡面載人觀光嗎？」

莎米全身抖了一下。「有道理。」

我們滑進距離遊輪最遠的碼頭，僅有的鄰船是兩艘漁船，還有一輛水上摩托車，它的側邊漆了「奧丁二世」，這個名字有點曖昧不明。我認爲有一個奧丁就很夠了，一點都不渴望看到續集。

瑪洛莉和亞利思忙著繫上泊繩時，我掃視整個弗洛姆鎮。沒錯，這個鎮很小，不過從近處看來比較錯綜複雜。街道沿著山丘起伏，穿過一區區的房屋和商店，沿著峽灣的岸邊延伸大約八百公尺。我原本以為很容易就能看到火車站，但是從碼頭完全沒看到。

「我們分頭進行，」瑪洛莉提議，「那樣可以涵蓋更多地方。」

我皺起眉頭。「在恐怖電影裡，那樣絕對行不通。」

「那麼，馬格努斯，你跟我一組，」瑪洛莉說：「我會保護你的安全。」她對半生人皺起眉頭。「不過我拒絕再和那個笨蛋送作堆。莎米拉，碰到緊急情況你很有用。如何？」

這樣的邀請似乎讓莎米很驚訝，雖然自從水馬事件之後，瑪洛莉對待她已經多了很多敬意。「呃，當然好。」

半生人沉下臉。「我都可以！我會帶亞利思和湯傑。」

瑪洛莉挑挑眉毛。「你要去岸上？我以為你不會涉足……」

「嗯，你想錯了！」他眨眼兩次，活像是自己也很驚訝。「這裡再也不是我的家鄉了，只是隨便一個觀光景點！有什麼大不了的？」

他的語氣不是很確定，我不禁覺得是不是提議重新編組比較好。瑪洛莉有種天賦能讓半生人分心。我願意用她來交換……不知道耶，也許是亞利思吧。然而我想，這樣的提議不會有任何人感激我。

「希爾斯東和貝利茲呢？」我說：「我不應該叫醒他們嗎？」

「祝你好運囉，」亞利思說：「他們睡死了。」

「你可以把船收起來，順便把他們收在裡面嗎？」湯傑問。

「聽起來不保險，」我說：「他們有可能醒過來，發現自己困在一條手帕裡。」

「啊，把他們留在這裡，」半生人說：「他們不會有事啦。這地方絕對不危險，除非你無聊到死。」

「我會留張紙條給他們，」莎米自告奮勇說：「我們大約偵察一個半小時如何？大家回到這裡碰面。然後，假如有人找到火車，我們可以全部一起過去。」

大家都同意，這計畫碰到暴力死亡的機率非常低。幾分鐘後，半生人、湯傑和亞利思前往一個方向，瑪洛莉、莎米和我則前往另一邊，在弗洛姆的街道上閒晃尋找火車，也找些有趣的敵人殺一殺。

30 弗洛姆，炸彈，謝謝你喔，媽

我沒想到會遇見一位老太太。

我們大約走了三個街口，穿過觀光客人群，經過賣巧克力、麋鹿香腸和小型木製巨怪紀念品的許多店家（你可能會想，維京人的後代應該很了解巨怪，不至於做出那麼多紀念品吧）。我們經過一間小雜貨店時，瑪洛莉用好大的力道抓住我的手臂，八成都瘀青了。

「那是『她』。」她吐出那個字，彷彿含了一整口的毒液。

「誰？」莎米問。「哪裡？」

瑪洛莉指著一間店，店名叫「勾線器」，櫥窗裡展示本地製作的毛線，觀光客從人行道經過時紛紛發出喔喔啊啊的讚嘆聲。（每個人在挪威都能找到各自的需求。）

「白衣女子。」瑪洛莉說。

我看著她指的那個人。人群之中站著一名老太太，她的肩膀很渾圓，而且駝背。她的頭伸向前，很像努力要脫離身體。白色的針織毛衣毛茸茸的，很像棉花糖，頭上也斜斜戴著相配的軟帽，因此很難看清她的臉。她側揹一個袋子，裡面裝了毛線和棒針。

我不懂到底是哪一點吸引瑪洛莉的注意。如果說看似來自遊輪的外地人，我很容易便能挑出其他十個人。接著，老太太往我們這邊瞥了一眼，她那混濁的白色眼睛似乎望穿了我，活像施展忍者的輕功，用她的棒針刺入我的胸口。

觀光人潮不斷移動，淹沒了她，然後那感覺消散了。

我嚥下口水。「她是……？」

「快點！」瑪洛莉說：「我們不能跟丟她！」

她衝向編織店。我和莎米拉以憂慮的眼神互看一眼，然後跟上去。

穿得像棉花糖的長輩應該沒辦法走得非常快，但我們到達「勾線器」門口時，老太太已經在兩條街口外。我們跟在她後面跑，隨時閃避旅行團、單車騎士，還有抱著獨木舟的傢伙。瑪洛莉沒有等我們。我和莎米跟上腳步時，她在一個小小的火車站外面，緊抓著掛鐵鍊的欄杆，一邊尋找跟丟的獵物，同時嘴裡不斷咒罵。

「你找到火車了。」我指出。

有六節老式車廂停靠在月台上，油漆得亮晶晶的。許多觀光客魚貫上車。鐵道由車站蜿蜒出去、爬上山丘，進入遠處的深谷。

「她在哪裡啊？」瑪洛莉嘀咕著。

「她到底是誰？」莎米問。

「那裡！」瑪洛莉指著最後一節車廂，棉花糖阿嬤正要登上火車。

「我們得買票，」瑪洛莉吼道：「快點。」

「我們應該要找其他人，」莎米說：「剛才說我們要集合……」

「沒時間！」

瑪洛莉幾乎像是搶劫莎米的挪威克朗現金（當然啦，那些貨幣是由資源超豐富的亞利思提供的）。透過一堆咒罵和比手畫腳，瑪洛莉想辦法向站務員買了三張票，接著我們衝過十字轉門，剛好趕在車門關閉前登上最後一節車廂。

車廂內很悶熱，擠滿觀光客。火車喀啦作響爬上山丘時，我覺得自從……嗯，先前在亞爾夫海姆烤龍心之後，還不曾這麼想吐。我偶爾聽到車外傳來鳥兒吱喳談話的片段，但這也沒什麼幫助。我仍然聽得懂那些對話，多半是關於哪裡可以找到最多汁的蠕蟲和昆蟲。

「好吧，瑪洛莉，解釋一下，」莎米質問她：「我們爲什麼要跟蹤那個老太太？」

瑪洛莉沿著走道慢慢擠過去，查看一個個乘客的臉孔。「她就是那個害我死掉的女人。她是洛基。」

莎米差點摔到一個老先生的大腿上。「什麼？」

瑪洛莉對莎米簡短說明，就是她前幾天告訴我的事：她如何裝設汽車炸彈，隨即覺得後悔，然後有個老太太來找她，說服她拿兩把超有用的匕首回去拆除炸彈，結果證明兩把匕首超沒用。接著就是「卡砰」。

「可是『洛基』？」莎米問：「你確定？」

我能理解莎米語氣中的焦慮。她一直練習對抗她爸，但是完全沒料到會在這裡發生，而且是今天。你不會希望「對抗洛基」的課堂上突然來個隨堂測驗。

「不然還會是誰？」瑪洛莉沉下臉。「她不在這裡。試試下一節車廂。」

「要是我們逮到他呢？」我問。「或者她？」

瑪洛莉從刀鞘拔出一把刀子。「我跟你說過了。那個太太害我死掉。我想把匕首還給她，刀尖先上。」

到了下一節車廂，觀光客貼著車窗拍攝深谷、瀑布和古色古香的村莊。谷地由一畝畝農田拼組而成，山脈投射的影子宛如日晷般銳利；每一次火車轉個彎，景色都似乎比剛才更加秀麗。我和莎米拉不斷停下腳步，目瞪口呆看著窗外的景色，但瑪洛莉對於漂亮的景物毫無興趣。老太太沒有在第二節車廂，所以我們繼續前進。

到了下一節車廂，沿著走道前進到一半，瑪洛莉突然定住不動。右邊的最後兩排座位設置成面對面的包廂形式，三個位置面對車尾，另外三個位置面向前方。車廂的其他部分擠滿了人，但那個小角落空蕩蕩，只坐了老太太。她坐在面對我們的方向，一邊哼唱一邊編織，完全無視於窗外景色或我們的存在。

瑪洛莉的喉嚨發出低沉怒吼。

「等一下。」莎米抓住她的手腕。「這列火車有太多凡人。我們大開殺戒之前，至少該確認那位女士是不是洛基吧？」

假如試著提出這項異議的人是我，我想瑪洛莉會用刀柄攻擊我的鼠蹊部。既然是莎米提出要求，瑪洛莉收起她的匕首。

「很好，」她厲聲說：「我們先試著找她談談。然後我一定會殺了她。高興了嗎？」

「超興奮。」莎米說。

那不能描述我的心情，提心吊膽和困惑不解還比較接近。不過兩個女孩走近那個白衣老太太時，我還是跟在她們後面。

只見她沒有抬頭，繼續編織，嘴裡說著：「哈囉，親愛的！請坐。」

她的聲音讓我嚇了一大跳，聽起來既年輕又悅耳，很像戰爭時期宣傳電台的廣播員，努力說服敵方士兵認定她真的站在他們那邊。也許是「挪威小妞」，或者「弗洛姆大媽」。

她的臉孔很難看清，不只因爲戴著軟帽。她的五官散發著白光，像她的毛衣一樣朦朧不清。她似乎同時呈現出所有的年紀，是小女孩、青少年、年輕女子，也是老奶奶，所有的臉同時存在，很像洋蔥的每一層都是透明的。也許她一直無法決定今天要穿戴何種僞裝，只好全部穿上。

我瞥了朋友們一眼。三人進行無聲的表決。

「坐？」我問。

「殺？」瑪洛莉問。

「坐。」莎米下令。

我們擠進老太太對面的三個座位。我緊盯她的毛線棒針，等待她突然使出某種二刀流的招式，不過她只是繼續織著毛茸茸的白色毛線，看起來很像一條棉花糖圍巾。

「嗯？」瑪洛莉厲聲說：「你想要怎樣？」

老太太嘖嘖出聲，顯得很不以爲然。「親愛的，你要這樣對待我嗎？」

「洛基，我對待你應該要更惡劣，」瑪洛莉怒吼道：「你害我死掉！」

「瑪洛莉，」莎米說：「這不是洛基。」

她的語氣顯然鬆了口氣。我不確定莎米怎麼知道，不過我希望她是對的。這列火車沒有空間可以施展燃燒的光矛或唱歌的寬劍啊。

瑪洛莉臉紅了。「你說『不是洛基』是什麼意思？」

「瑪洛莉．奧黛麗．基恩，」老太太責罵說：「這麼多年來，你眞的以爲我是洛基？眞可恥。九個世界裡很少有人像我這麼恨洛基。」

我思考著這個好消息，但是一迎上莎米的目光，我馬上就看出來，她也有同樣的疑問：奧黛麗？

瑪洛莉扭動身子，雙手各放在一把匕首的握把上，彷彿高山滑雪選手逐漸接近一次困難的跳躍。「你在貝爾法斯特那裡，」她堅持說：「一九七二年。你把這些沒用的刀子交給我，說我應該要跑回去拆除那輛校車的炸彈。」

莎米屏住呼吸。「校車？你的目標是一輛『校車』？」

瑪洛莉盡全力避開我們的目光。她的臉呈現櫻桃汁的顏色。

「不要太苛責她，」老太太說：「有人告訴她，那輛巴士會滿載士兵，而不是小孩子。那天是七月二十一日，愛爾蘭共和軍為了對抗英國，在貝爾法斯特到處裝設炸彈，像平常一樣，為了報復而報復。瑪洛莉的朋友想要加入行動。」

「前一個月，警察開槍打死我的兩個朋友，」瑪洛莉喃喃說著：「他們才十五歲和十六歲。我想報仇。」她抬起頭。「不過在那天，洛基是我們那幫人的其中一個小夥子。一定是。從那以後，我一直聽到他的聲音在夢中嘲笑我。我知道他的力量可以……」

「喔，對呀。」老太太繼續織毛線。「那麼你現在有沒有聽到他的聲音？」

瑪洛莉瞇起眼睛。「我……我想沒有。」

老太太面露微笑。「親愛的，你是對的。七月那個星期五，洛基確實在那裡，偽裝成你們其中一人、慫恿你們，看看他能製造出多大的危害。瑪洛莉，你是那群之中最憤怒的人，是行動派，不是嘴巴說說而已。他很清楚該怎麼操控你。」

瑪洛莉瞪著地板，隨著火車的喀答聲搖晃身子。在我們背後，每次一有新的美景映入眼簾，觀光客就高興得又喘又叫。

「呃，夫人？」談話對象是令人毛骨悚然的天神女士時，我通常不會插嘴，但我為瑪洛莉感到難過。無論過去做了什麼事，她似乎都因為這位女士說的話而變得畏怯。想起最近與洛基有關的夢境，我太了解這種感覺了。

「如果你不是洛基，」我說：「那很好，附帶一問，那麼你到底是誰？瑪洛莉死掉的那一天，她說你也在場。她設置炸彈後，你現身了，對她說……」

女子的強烈目光把我釘在椅子上。在她的白色虹膜內，瞳孔散發的金光宛如小太陽。

「我對瑪洛莉說的事，她早就猜到了，」女子說：「就是那輛巴士其實會滿載小孩子，而且她遭人利用。我鼓勵她聽從自己的良知。」

「你害我死掉！」瑪洛莉說。

「我鼓勵你去當英雄，」女子冷靜說道：「你也做到了。一九七二年七月二十一日，整個貝爾法斯特大約有二十顆炸彈轟然爆炸，成為有名的『血腥星期五』。如果你沒有行動，情況會變得多糟糕呢？」

瑪洛莉沉下臉。「可是那兩把刀子……」

「……是我送你的禮物，」女子說：「那麼，你會握著雙刀而死，前往瓦爾哈拉。我想，總有一天它們會對你很有用，但是……」

「總有一天？」瑪洛莉追問。「當時你好像也提過，後來我嘗試用那兩把刀子割斷炸彈的引線，結果害我自己被炸死！」

女子皺眉頭的動作彷彿激起一陣漣漪，向外穿透各個年紀層，從最裡面的小女孩、年輕女子傳遞到外層的老太婆。「瑪洛莉，我有短期的預言力量。我只能看到二十四小時之內會發生的事，或多或少如此。這也是我來這裡的原因。你會需要那些刀子。今天就需要。」

莎米往前坐。「你是說……幫我們取回克瓦希爾的蜜酒？」

女子點頭。「莎米拉．阿巴斯，你有很好的直覺。那兩把刀子……」

「爲什麼要聽你的？」瑪洛莉脫口說出。「無論你叫我們做什麼，都有可能害死我們！」

女子把她的毛線棒針橫放在膝頭。「親愛的，我是掌管遠見和不久未來的女神。我絕不會告訴你們該做什麼事。我來這裡，只是要提供所需的資訊，讓你們做出適當的決定。至於你們爲何該聽我的話，是因爲我愛你，所以希望你會照著做。」

「愛我？」瑪洛莉不可置信地看著我們，像是要說：「你們聽到了嗎？」

「老太太，我根本不知道你是誰！」

「親愛的，你當然知道。」

女子的形象變得閃爍。我們面前坐著一名莊嚴而美麗的中年女子，長髮的顏色與瑪洛莉一樣，編成辮子垂在兩邊肩膀上。她的帽子變成白色金屬製成的戰鬥頭盔，裡面像是灌了霓虹氣體而閃爍發亮。她的白衣似乎是用同樣材質製成，只不過稍微織了褶邊。在她的編織袋裡，原本毛茸茸的毛線球已經變成不斷旋轉的迷霧煙氣。我這才意識到，這位女神的編織材料是雲朵。

「我是弗麗嘉[64]，」她說：「阿薩神族的天后。而且，瑪洛莉．基恩，我是你的母親。」

[64] 弗麗嘉（Frigg）是北歐神話中地位最高的女神，她是奧丁的妻子、阿薩神族的天后，掌管婚姻和母性。

31 瑪洛莉得到核果都快瘋了

你了解這是怎麼回事。你專心想著自己的事，搭上一輛火車，沿著挪威內陸的深谷往上爬升，這時有個攜帶編織用品袋的老太太向你自我介紹，說她是你的天神母親。

要是每次發生這種事，我都能得到挪威克朗一元的話……

弗麗嘉透露這項消息時，火車發出尖銳的聲音停下來，彷彿火車頭本身也疑惑地問：「你說什麼？」

伴隨著劈啪聲，對講機傳送一段英文廣播，大意是說，現在是拍攝一道瀑布的好機會。不知道火車為何認定這裡值得一停，畢竟我們大概經過了一百道景觀瀑布，但所有觀光客都站起來，魚貫走出車廂，最後僅剩我們留下來，只有莎米、瑪洛莉、我，還有宇宙天后。

瑪洛莉足足呆愣了二十秒。等到走道全部淨空，她突然站起來，大步走到車廂末端，然後再走回來，接著對弗麗嘉大聲咆哮：「你不能像這樣憑空大聲宣告！」

對著女神大吼大叫通常不是好主意，這樣會冒著遭到刺穿、轟炸或被巨型家貓吃掉的風險。（這與弗蕾亞有關。很可怕，不要問。）然而，弗麗嘉似乎並不在意。看她這麼冷靜，讓我不禁質疑她怎麼可能與瑪洛莉有關係。

這時，弗麗嘉的樣貌已經變成清晰的單一影像，我看到她的淡金色眼睛下方有淡淡的疤痕，刻印在她的臉頰上很像淚痕。在那張神聖完美的臉龐上，一條條痕跡顯得有點刺眼，尤其讓我聯想到另一位有著類似疤痕的女神：西格恩[65]，洛基那位異常沉默的妻子。

「瑪洛莉，」弗麗嘉說：「女兒……」

「別那樣叫我。」

「你早就知道這是眞的。你已經懷疑很多年了。」

莎米拉用力嚥下口水，彷彿過去幾分鐘一直忘了如何吞嚥。「等一下。你是弗麗嘉，奧丁的妻子。奧丁太太。那一個弗麗嘉。」

女神輕笑起來。「親愛的，就我所知，我是唯一的弗麗嘉。這並不是很流行的名字。」

「可是……從來沒有人看過你。」莎米拍拍自己的衣服，好像要尋找某支簽名筆。「我的意思是……從來沒有喔。我不知道有哪一位女武神或英靈戰士曾經見過你。而瑪洛莉居然是你的女兒？」

瑪洛莉雙手一攤。「女武神，你別再當迷妹了好不好？」

「可是，你難道看不出來……」

「……她是另一個失職的母親嗎？是啊，我看得出來。」基恩怒目瞪著女神。「如果你是我媽，你沒有比我爸好到哪裡去。」

「喔，孩子。」弗麗嘉的語氣變得很沉重。「你認爲你父親很消沉，但他並非一直都是那樣。很遺憾，你從沒看過我以前看到他的樣子，就是他經常酗酒和暴怒之前。」

「那豈不是太好了。」瑪洛莉眨一眨有點泛紅的眼睛。「不過既然你道歉了，我就應該全部原諒囉！」

「瑪洛莉，」莎米斥責道：「你怎麼可以這麼無情？這是你媽啊。弗麗嘉是你媽！」

「對。我聽說了。」

「可是……」莎米搖搖頭。「可是那很好啊！」

「這一點由我來裁決。」瑪洛莉猛然坐回她的位置。她交叉雙臂，凝視著她母親編織袋裡的雲朵。

我努力想看出這對母女的相似處。除了紅髮以外，實在看不出來。弗麗嘉以輕柔的白雲裹住自己，散發著冷靜、沉著和憂鬱。瑪洛莉則比較像一團沙塵暴，整個人既激動又憤怒。儘管女神戴著戰鬥頭盔，我仍無法想像弗麗嘉執著雙刀的模樣，更遑論想像瑪洛莉靜靜坐著、編織著雲朵圍巾。

我能了解瑪洛莉爲何生氣。但我也能理解莎米拉語氣中的留戀與渴望。我和莎米都已經失去我們的媽媽，我們願意付出一切代價，只求媽媽能夠回來。能像這樣「得到」媽媽，即使她等了五十多年才貿然現身……這可不是能夠輕率拋開的事啊。

樂音從火車的左側開窗飄進來。有個女子不知在何處開口歌唱。

弗麗嘉將耳朵轉朝聲音的來向。「啊……那只是表演給觀光客看的凡人歌手。她想像自己是瀑布的精靈。她不是眞正的水妖。」

我抖了一下。「那很好。」

「確實是，」弗麗嘉說：「你們今天要耗費力氣對付巨人的奴僕，已經有得受的了。」

莎米傾身向前。「巨人的奴僕？像奴隸？」

65 西格恩（Sigyn）是邪神洛基的妻子，北歐神話中提及她的故事很少。

「恐怕是，」弗麗嘉說：「巨人巴烏吉的奴僕守護蜜酒。為了打敗他們，你們需要我女兒口袋裡的石頭。」

瑪洛莉的手移到外套側邊。我都忘了她帶著磨刀石。她自己顯然也忘了。

「我不喜歡對付奴隸這種點子，」瑪洛莉說：「我也不喜歡你叫我『女兒』。你沒有權利這樣叫。還沒有。也許永遠不會有。」

弗麗嘉臉頰的淚痕閃閃發亮，宛如銀色的血管。「瑪洛莉……『永遠』是非常久的時間。我學會不要嘗試望向那麼久遠的未來。每次只要嘗試……」她嘆口氣。「總是很悲劇，如同發生在我可憐的兒子巴德爾身上的事。」

巴德爾，我心裡想著，哪一個是巴德爾？要應付這些北歐天神，我眞的很需要一份說明書，裡面有全部球員的光亮彩色圖片，同時附上他們的球季統計數據。

「他死了？」我猜測說。

莎米用手肘頂我，不過我覺得這是非常合理的問題啊。「他是最英俊的天神，」莎米解釋說：「弗麗嘉夢見他會死。」

「於是我嘗試阻止那件事。」弗麗嘉拿起她的棒針，織出一團雲氣。「九個世界的萬事萬物確實都保證不會傷害我兒子。每一種石頭。每一種金屬。海水。淡水。空氣。甚至火焰。火焰很難說服。但九個世界還有無數的事物。到最後……我得承認，我實在累了，心不在焉。我忽略一種微小的植物，槲寄生。等我發現自己疏忽了，我心想，喔，嗯，沒關係吧。槲寄生實在太微小，無足輕重，傷不了巴德爾。然後，洛基當然發現了……」

「我記得這部分，」瑪洛莉說，她仍盯著那袋雲。「洛基拿了槲寄生飛鏢，哄騙一個瞎眼的天神殺了巴德爾。那就表示洛基殺了……我哥哥。」

她咀嚼著這番話，努力想釐清頭緒。從表情看來，我猜她不喜歡這件事。「所以，『媽』，你讓所有孩子失望的方式都這麼驚人嗎？對你來說有什麼大不了的？」

弗麗嘉皺起眉頭，一抹風暴讓她的雲白色虹膜變暗了。眞希望座位寬一點，我才能從瑪洛莉身邊逃走。

「巴德爾之死是很艱難的課題，」女神說：「我學到一個教訓，即使是我，阿薩神族的王后，都有極限。如果集中心志，我大可蒐集到所有生命的命運，甚至可以操控他們的命運到某種程度，可是只能影響短期，二十四小時，有時候更短。假如我嘗試窺探更久之後的事，嘗試改變某人的長期命運……」她把兩根棒針分開，於是正在編織的東西消散成兩縷輕煙。

「瑪洛莉，你也許很恨我，」弗麗嘉說：「可是呢，探訪自己的孩子，眼睜睜看著即將降臨在他們身上的事，卻無法改變一分一毫，對我來說太痛苦了。正因如此，我的少數幾次現身，都是因爲很確定自己能夠造成改變。今天，爲了你，就是那少數幾次之一。」

瑪洛莉的內心似乎非常掙扎，她的憤怒與她的好奇心不斷搏鬥。

「好吧，我上鉤了，」她的態度軟化了，「我的未來怎樣？」

弗麗嘉指著我們右邊的窗外。我的視線望向遠方，跨越山谷。要不是還坐著，我一定會摔倒在地。我猜弗麗嘉增強了我的視力，讓我暫時達到海姆達爾等級的視覺清晰度。

在一座山腳下，有塊凸起的花崗岩很像一艘船的船頭，讓瀑布往兩旁分流。在岩石的中央，在兩道白色水幕之間，豎立著巨大的雙扇鐵門。而從那道門的前方延伸出去，在兩條河流之間的長條土地上，有一片成熟的麥田。九個強壯魁梧的男人在田裡工作，身上只穿戴了鐵甲項圈和腰布，他們賣力揮舞鐮刀，像是一群堅定不移的收割工人。

我的視線猛然恢復正常。現在遙望著山谷，我只能辨認出瀑布在岩石上分裂成兩道的地方……也許距離十五公里遠吧。

「就是那個地方，」弗麗嘉說：「而你們必須利用這條小徑抵達那裡。」

她指著鐵軌的末端。就在窗外，一條石子路沿著峭壁的側邊蜿蜒向下。稱之為「小徑」也太好心了吧。我會稱之為「崩壁」。

「瑪洛莉，今天，」女神朗聲說道：「你會需要那兩把匕首，以及你的智慧。你是取回克瓦希爾蜜酒的關鍵。」

瑪洛莉和莎米兩人看來都很一副想嘔吐的樣子。我猜想，她們剛才也免費試用過「海姆達爾鏡片」。

「你一定要講得這麼不清不楚嗎？」瑪洛莉問。

弗麗嘉對她露出悲傷的微笑。「親愛的，你遺傳到你父親的激烈性格。我希望你能好好控制運用，別像他一樣無法掌控。要取回蜜酒，你已經擁有所需的一切，不過我可以給你最後一項贈禮，等到你最後面對洛基時可以派上用場。我低估槲寄生時學到一個教訓……即使是最微不足道的事物也能造成很大的差異。」

她伸手到編織袋裡，拿出一個皺皺的棕色小球……是栗子？還是核桃？反正是那類大型核果之一。她把核果剝成兩半，顯示殼裡是空的，然後又將兩半合在一起。「如果馬格努斯在吟詩對罵時打敗洛基，你得把那個騙子囚禁在這個殼裡。」

「等一下，『如果』？」我問。「你沒辦法看到我的未來嗎？」

女神以她奇特的白色眼睛盯著我。「馬格努斯・雀斯，未來是很脆弱的。有時候，只顯示某個人的命運會讓那個命運爲之破滅。」

我吞嚥口水，感覺有某個很高的音調震透我的骨頭，準備把骨頭像玻璃一樣震成碎片。

「好吧。那就別讓任何東西爲之破滅。」

「如果你打敗洛基，」弗麗嘉繼續說：「把他帶回來交給阿薩神族，我們會處置他。」從弗麗嘉的語氣聽來，我想阿薩神族沒有打算幫洛基辦個「歡迎回來」的派對。

她拋出那個核果。

瑪洛莉用手指尖捏住。「對天神來說有點小，對吧？」

「如果馬格努斯成功了，它就不會太小，」弗麗嘉說：「『納吉爾法』那艘船尚未啓航。你們至少有二十四小時的時間。也許甚至有四十八小時。到那之後……」

血液在我的耳朵裡轟隆作響。我不懂，只有一天……就算有兩天，我們怎麼可能把需要做的事情全部做完？更不懂的是，我怎麼可能把洛基羞辱成核桃這麼小？

火車響起汽笛聲，聲音很哀愁，簡直像鳥兒叫喚著死去的伴侶。（這一點你大可相信我，因爲我聽得懂鳥叫聲。）觀光客開始魚貫回到火車上。

「我得走了，」弗麗嘉說：「你們也一樣。」

「你才剛到這裡耶。」瑪洛莉的怒容更加深了，表情也變得僵硬。「不過好啦。隨便。走就走吧。」

「噢，親愛的。」弗麗嘉的眼神變得迷濛，金色瞳孔的光芒漸漸黯淡。「即使你看不見我，我也永遠不會距離太遠。我們會再相見……」一滴新的淚珠沿著她左邊臉頰的疤痕往下流。「在那之前，信任你的朋友。你說得對，他們比任何魔法物品更加重要。而且無論發生什麼事，無論你是否選擇相信我，我愛你。」

女神消失了，包括編織袋與所有的一切，座位上只留下一片發亮的凝結物。

觀光客又擠滿了火車車廂。瑪洛莉盯著她的天神母親留下的溼漉印記，彷彿很希望那些水滴能夠重新構成有意義的東西，例如靶子、敵人，甚至是炸彈。一位母親憑空冒出來宣稱「我愛你」……沒有一種刀子、智慧或核桃殼能夠幫助她克服這種事。

我好想知道能不能說什麼話來安慰她。我想沒有。瑪洛莉是行動派，空談對她沒用。

莎米顯然也得到同樣的結論。「我們該走了，」她說：「趁著……」

火車搖晃一下開動了。糟的是，觀光客依然塞滿座位，連走道都擠滿人。我們絕不可能擠到門口，趁著火車恢復全速行駛、把陡坡小徑遠遠拋到後方之前跳下車。

莎米看著我們右邊打開的窗戶。「有其他出口嗎？」

「那是自殺。」我說。

「那是專用出口。」瑪洛莉更正說。

她帶頭跳出移動火車的窗戶。

32 瑪洛莉也得到水果

別誤會我的意思。

如果你打算從山坡摔下去，選在挪威至少是美麗的地方。我們滑過漂亮的小溪、彈跳越過雄偉的大樹、從壯觀的峭壁摔出去，再滾過芳香的野花原野。在我左邊某處，瑪洛莉．基恩用蓋爾語大罵粗話。而在我背後某處，莎米拉不斷地大叫：「馬格努斯，抓住我的手！馬格努斯！」

我看不到她，因此無法遵命。而我們都要墜向死亡了，她幹嘛想要我抓住她的手？這點我也不懂。

我從一道稜脊的山坡往下衝，像在玩彈珠台一樣撞到一棵雲杉然後彈開，最後滾到一處比較平坦的山坡停了下來。我的頭靠著某種毛茸溫暖的東西，透過疼痛而模糊的視線，我發現自己盯著一隻淡棕色山羊的臉。

「奧提斯？」我喃喃說著。

「咩咩咩咩咩！」山羊說。

我聽得懂他的意思，並非因爲他是索爾那隻會說話的山羊奧提斯，而是因爲現在對我來說，普通山羊的咩咩叫等於鳥類的啁啾聲。他是說：「不，蠢蛋。我是西奧多。而且我的肚子不是枕頭。」

「抱歉。」我喃喃說。

山羊站起來，蹣蹣跳跳離開，害我失去舒適的頭枕。

我坐起來，疼痛呻吟。我自己檢查一番，發現沒有骨折。真不可思議。以這種致命的高速往下衝，弗麗嘉確實很懂得建議最安全的路徑啊。

莎米拉從空中飛撲而下，她的綠色穆斯林頭巾在臉旁翻飛。「馬格努斯，你沒聽到我大叫嗎？你不必往下摔啊！我打算拎著你們兩個飛到下面這裡。」

「啊。」眞是太糗了。你從窗戶跳出去，是因爲你的朋友從窗戶跳出去，然後才想起你的另一個朋友擁有飛行能力。「你那樣說，聽起來還有其他意思啊。瑪洛莉在哪裡？」

「*Cailleach!*」她在附近某處大喊。

我聽得懂這個詞：蓋爾語的「女巫」或「醜老太婆」。我猜瑪洛莉用這個詞，是要對自己剛發現的母系親屬表達愛意。如果你對這個字的發音感到好奇，來試試看：先發出「Ki」，然後是一連串把喉嚨裡的痰咳掉的聲音。同學們，在家試試看！超好玩！

最後，我終於看到瑪洛莉了。她卡在一叢黑莓灌木裡，頭緊緊塞在兩根最大的樹枝間，有刺的分枝纏住她的衣服。她頭上腳下倒掛在那裡，左手臂還彎成奇怪的角度。

「不要動！」我大喊，但回想起來還眞蠢，畢竟她顯然哪裡都去不了啊。

我和莎米想盡辦法把她從生產水果的新朋友手中拉出來。接著，我召喚弗雷的力量，治好了一千個小割傷和一根斷裂的骨頭，然而我對她那受傷的自尊和惡劣的心情，無法提供太多幫助。

「好點沒？」我問。

她吐掉嘴裡的一片葉子。「比起五分鐘前嗎？有啦。比起今天早上我不知道那個醜老太婆是我媽的時候？沒有比較好。」

她從口袋拿出那個核桃。瑪洛莉滾下山坡的過程中，核桃在她的臀部留下嚴重的瘀青，但它本身倒是毫髮無傷。瑪洛莉似乎把這個狀況視爲對她個人的羞辱。她把核果塞進外套口袋，與磨刀石放在一起，嘴裡喃喃說了好幾句粗話，問候那顆核桃的列祖列宗。

莎米伸手想要拍拍瑪洛莉的肩膀，接著顯然改變了主意。「我……我知道你很生氣。」

「是嗎？」瑪洛莉厲聲說：「從哪裡看得出來？」

「不過……弗麗嘉，」莎米說，彷彿光是那個名字就是一篇完整的論說文，每一段都包含三個範例和一個結論，「你看出相似處了，對吧？」

瑪洛莉彎一彎她治好的手臂。「女武神，到底會有什麼樣的相似處？小心你的用語。」

莎米沒理會這番威脅。她說話時，語氣充滿敬畏。「弗麗嘉是王位背後的力量啊！奧丁是眾神之王，但他老是在外面旅行。弗麗嘉掌控了阿斯嘉，以不著痕跡的方式。你聽過奧丁遭到放逐那時候的故事，對吧？」

莎米看著我，尋求支持。

我對於她說的事情毫無頭緒，於是我說：「對，當然。」

莎米指著我，意思像是：「看見沒？連馬格努斯都知道是怎麼回事！」

「奧丁的兄弟威利和菲，趁他不在的時候接管王位，」她說：「但是如果要這樣做，他們必須與弗麗嘉結婚。不同的國王，同一個王后。阿斯嘉運作得很順暢，因爲弗麗嘉才是眞正管事的人。」

瑪洛莉皺起眉頭。「你是說，我像我媽，因爲我會爲了得到權力而勾搭別人？」

「不！」莎米臉紅了。「我是說，弗麗嘉行事一直很低調，沒人見過她，但她就像水泥，讓阿薩神族凝聚起來。」

瑪洛莉的腳啪啪點地。「現在你比喻我是很容易忽略的水泥。」

「我是說，你很像你母親，因爲你是十九樓的弗麗嘉。如果沒有你把湯傑和半生人湊在一起，他們絕不可能變成朋友。他們本來彼此憎恨對方。」

我瞇起眼睛。「眞的嗎？」

「完全正確，」瑪洛莉嘀咕說：「我剛到的時候……呃，他們超討人厭。我的意思是，比現在更討人厭。」

「就說吧，」莎米說：「你讓他們變成一個小組。接著，奧丁假扮成英靈戰士時，他住在你們的樓層，你以爲是偶然的選擇嗎？你是弗麗嘉欽定的瓦爾哈拉代理人。眾神之父想要看看你有什麼樣的能耐。」

我已經有一陣子沒想起那件事了。我剛到瓦爾哈拉的時候，奧丁曾經假扮成半人半巨怪「X」，屈身與我們一起住在十九樓。X很喜歡狗，善於戰鬥，而且絕不囉唆。奧丁以那種形式現身時比較討人喜歡。

「唔，」瑪洛莉咕噥說：「你眞的相信是那樣？」

「眞的，」莎米說：「而等到馬格努斯來了，他最後跑去哪裡？參加你們的小組啊。亞利思也一樣。我也是。」莎米伸出兩隻手。「所以，我見到弗麗嘉的時候，如果有點太像迷妹，請原諒我，不過她眞的一直是我最喜歡的阿薩天神。她還滿反洛基的。洛基想辦法要讓大家四分五裂時，她一直努力凝聚人心。而知道你是她女兒……嗯，對我來說就完全說得通了。能夠跟你並肩戰鬥，我甚至覺得更光榮。」

瑪洛莉的臉上出現更多紅點，但這一次，我認爲原因不是出於憤怒。「嗯，女武神，你遺傳到你父親的油嘴滑舌喔。從你剛才說的話，我找不出能夠殺你的半點理由。」

這是瑪洛莉表達「謝謝你」的方式。

莎米微微點頭。「那麼，咱們去找克瓦希爾的蜜酒，好嗎？」

「還有一件事，」我說，因爲實在忍不住，「瑪洛莉，你的中間名是奧黛麗，而你名字的簡稱是『瑪—奧—基』……」

她舉起一根食指。「豆城，別說了。」

「我們可以直接叫她『麻吉』耶。」

瑪洛莉怒氣沖天。「貝爾法斯特的朋友也是這樣叫我。又來了。」

她不是說「不行」，所以我認爲得到允許了。

接下來的一小時，我們跋涉穿越谷底。莎米試著發簡訊給亞利思，讓她知道我們還好，但這裡沒有訊號。掌管手機服務的北歐天神無疑已經下令：「你們連半格都不該有！」此刻正在嘲笑我們白花錢吧。

我們走過一座吱嘎作響的木橋，越過一條白浪滔滔的急流，走到一片滿是山羊的牧草地，牠們都不是奧提斯。我們穿越一片片樹林，在寒冷陰影和酷烈陽光之間進進出出。一路上，我盡力對鳥類、松鼠和山羊的聲音充耳不聞，那些動物看到我們穿越牠們的領域，全都說不出什麼好話。慢慢地，我們逐漸接近從火車上看到的分裂瀑布。即使在這麼廣大的鄉間，它都是很容易看到的地標。

我們一度停下來吃午餐……只有瑪洛莉剛好帶在身上的乾糧，配上我們一路摘採的少許野生黑莓，飲水則來自小溪。溪水太冰了，害我牙齒好痛。莎米當然沒有跟我們一起吃。她只在鬆軟的綠草地上鋪好毯子，進行午間禮拜。

我會這樣看待齋戒月：遏止我發牢騷的衝動。每次又開始覺得好辛苦時，我就想到莎米拉做的事一件也沒少，她卻不能吃東西也不能喝水。

我們走到山谷另一側，由來自瀑布的兩條河流幫忙指路。最後瀑布近到隱約可見，也聽到粗厲刺耳的聲響從面前的山脊上方傳來……咻，咻，咻，很像金屬銼刀刮過磚頭的聲音。

我回想起弗麗嘉讓我們看到的景象，有九個魁梧的男人揮舞鐮刀。我心想：「馬格努斯，如果那些傢伙在山丘上，你可能需要擬定一個計畫。」

「那麼，奴僕到底是什麼？」我問兩位朋友。

瑪洛莉抹抹眉毛。這趟穿越山谷的路程對她的白皙膚色沒什麼好處。如果我們過完這一天還活著，她一定會嚴重曬傷。「就像我之前說的，奴僕等於奴隸。我們要面對的那些……我很確定他們是巨人。」

我嘗試把自己對巨人的認知拿來比對一番，但是，當然啦，沒什麼收穫。「那麼……有些巨人會奴役其他巨人？」

莎米一臉厭惡地皺眉頭。「一直都這樣啊。人類直到幾個世紀前才放棄蓄奴……」

「有人可能會質疑這點喔。」瑪洛莉嘀咕說。

「說得有道理，」莎米表示同意，「我的意思是說，巨人在這方面就像以前的維京人一樣。部族之間彼此戰鬥，把抓到的俘虜納爲個人的財產。奴僕有時候可以掙得自由，有時候不行，要看主人的態度而定。」

「那麼，說不定我們可以解放這些傢伙，」我建議說：「讓他們站在我們這邊。」

瑪洛莉哼了一聲。「無法戰勝的蜜酒守衛，除非你讓他們得到自由。如果眞的是這樣，要打敗他們應該很容易啦！」

「我只是要說……」

「豆城，不會那麼簡單。別再作夢了，開始戰鬥吧。」

她帶頭爬上山丘。對我來說，這樣不顧後果的程度，只比跳出移動的火車少一點點而已。

33 我們策畫出極可怕的計畫

策略就別提了。

我們努力翻過稜線，發現自己身在一片麥田邊緣，面積廣達好幾公頃。麥子長得比我們還高，因此很適合偷溜前進，只不過在田裡工作的那些傢伙長得更高……他們是九個巨人，全都揮舞著鐮刀。這樣的設定讓我回想起以前與湯傑一起打的電玩，但我一點都不想用眞實的肉體親身試驗一番。

每一名奴僕的脖子上都戴著鐵項圈，除此之外，他們全身只有腰布和碩大的肌肉，古銅色的皮膚、蓬亂的頭髮和鬍子全都滴著汗水。儘管有那樣的體型和力氣，他們收割麥子似乎割得很辛苦。麥稈彎曲抵抗他們的鐮刀刀刃，發出的嗖嗖聲很像笑聲，然後再次彈回原狀。正因如此，那些奴僕的模樣幾乎像他們身上的氣味一樣悲慘……而他們的氣味聞起來很像半生人．岡德森的涼鞋。

在田野後方，形狀像叉骨的瀑布隱約可見。而在峭壁面上，一組巨大的雙扇鐵門突出於正中央。

你還來不及說「瑪洛莉，眞該死」，這時距離最近的奴僕（他有一團蓬亂的紅髮，甚至比基恩小姐更誇張）嗅聞空氣，挺直身子，然後轉向我們。「呵，呵！」

其他八人也停止工作，同樣轉過來看我們，附和著說：「呵，呵！呵，呵！呵，呵！」

很像一群奇怪的鳥。

「我們這裡有什麼?」紅髮奴僕問。

「到底是什麼?」臉上有驚人刺青的另一人問。

「到底是什麼?」第三人問,也許只是怕我們沒聽到刺青男說的話。

「殺他們?」紅髮男請求兄弟們表決。

「好,可能要殺他們。」刺青男表示同意。

「等一下!」我趁他們投票前大喊,我有預感全體會無異議通過。「我們來這裡有非常重要的理由……」

「……因爲那個理由,我們不能死。」莎米補充說。

「莎米,說得好!」我點頭如搗蒜,而奴僕也全都跟著點頭,顯然對我的誠懇態度印象深刻。「麻吉,把我們來這裡的原因告訴他們!」

瑪洛莉對我露出標準的「等一下我會用雙刀殺了你」的表情。「嗯,豆城,我們來這裡是要……幫助這些好人紳士!」

距離最近的奴僕,即紅髮男,對著自己的鐮刀皺起眉頭。彎曲的鐵刃鏽蝕斑斑;我剛把傑克從查爾斯河撈起來時,他幾乎就像這樣。

「不知道你們要怎麼幫忙,」紅髮男說:「除非你們可以幫我們收割麥田?主人只給我們這些很鈍的刀刃。」

其他人咕噥著表示同意。

「而且麥稈簡直像打火石一樣硬!」刺青男說。

「更硬！」另一名奴僕說。「而且我們才剛割掉，麥子又一直長出來！我們必須等到麥子全部割完才能休息，可是……我們永遠割不完！」

紅髮男點頭。「幾乎就像……」他的神情因爲努力思考而變得黯淡。「就像主人根本不希望我們休息。」

其他人紛紛點頭，默默思考這個理論。

「啊，對了，你們的主人！」瑪洛莉說：「再說一次，你們的主人是誰？」

「巴烏吉！」紅髮男說：「偉大的石巨人領主！他離開這裡去了北方，爲世界末日預作準備。」他說著這些話，感覺好像巴烏吉只是去附近商店買牛奶。

「他是很嚴苛的主人。」瑪洛莉指出。

「對！」刺青男表示同意。

「不。」紅髮男說。

其他人紛紛插嘴：「不。不，完全不會！他善良又好心！」

他們以懷疑的眼神左右查看，彷彿他們的主人可能會躲在麥田裡。

莎米清清喉嚨。「巴烏吉有沒有賦予你們其他職責？」

「喔，有！」後面有個奴僕說：「我們守護那道門！所以沒有人能拿走蘇圖恩的蜜酒，或者釋放蘇圖恩的囚犯！」

「囚犯？」我問。「蘇圖恩？」

九名奴僕鄭重點頭。他們一定能組成超棒的幼兒園班級，如果老師能找到夠大的著色本和蠟筆的話。

「蘇圖恩是主人的哥哥，」紅髮男說：「他擁有洞穴裡的蜜酒和囚犯。」

另一名奴僕尖叫說：「你不該說出洞穴裡的狀況！」

「對喔！」紅髮男變得更紅了。「蘇圖恩擁有蜜酒和囚犯……那人可能在洞穴裡，也可能不在。」

其他奴僕紛紛點頭，顯然很滿意紅髮男模糊我們的線索。

「如果有人企圖通過我們這關，」刺青男說：「我們就可以從割麥田的工作休息一下，只能休息到殺死入侵者爲止。」

「所以，」紅髮男說：「如果你們不是來這裡割麥田，我們就可以動手殺你們囉？那樣會很有幫助！我們可以好好運用殺人休息！」

「殺人休息？」後排有個傢伙問道。

「殺人休息！」另一個人說。

其他人都接收到召喚了。

九名巨人大喊著「殺人休息」，我聽了實在有點心驚膽跳。我考慮要拔出傑克，請他幫這些奴僕收割麥田，但我們還是要面對九名巨漢，他們奉命殺死入侵者。傑克有可能趕在九名巨人屠殺我們之前把他們全都殺了，但如果有機會砍倒他們的主人，我就不想砍倒這些奴僕。

「如果我們解放你們呢？」我問。「只是討論一下喔。你們會反抗自己的主人嗎？你們會逃離自己的家園嗎？」

那些奴僕的眼中出現迷惘的眼神。

「可能會吧。」刺青男表示同意。

「那你們會幫我們嗎？」莎米問：「或甚至不要管我們就好？」

「喔，不行！」紅髮男說：「不行，我們會先殺了你們。我們很愛殺人類。」

其他八人熱切點頭。

瑪洛莉瞥了我一眼，意思像是「我早就對你們說過了」。「高貴的奴僕，也是先討論一下喔，萬一我們與你們打起來呢？我們可以殺了你們嗎？」

紅髮男大笑。「那太好笑了！不行，我們身上有強大的魔咒。巴烏吉是偉大的巫師！除了我們彼此以外，沒有人能殺死我們。」

「而我們彼此友愛！」另一名奴僕說。

「對！」第三人說。

那些巨人開始擁抱成一團，接著似乎想起每個人都握著鐮刀。

「那好吧！」瑪洛莉眼神發亮，似乎想出我會很討厭的好點子。「我完全知道應該怎麼幫你們了！」

她在外套口袋裡摸索一番，拿出磨刀石。「登愣！」

那些奴僕沒有顯得很興奮的樣子。

「那是一塊石頭。」紅髮男說。

「喔，不，我的朋友，」瑪洛莉說：「這塊磨刀石擁有魔法，可以把所有刀刃都磨得很銳利，讓你們工作起來比較輕鬆。我可以示範給你們看嗎？」

她伸出空著的那隻手。深思一會兒之後，紅髮男畏縮一下。「喔，你要我的鐮刀？」

「把它磨利。」莎米解釋說。

「那麼……我可以工作得快一點？」

「完全正確。」

「唔。」紅髮男把他的武器遞過來。

鐮刀非常巨大，所以我們三人得分工合作才行。我握住刀柄，莎米把刀刃壓在地上，瑪洛莉則拿磨刀石刮過刀刃。火花四濺，鐵鏽消失，才不過磨了兩三下，鐮刀的兩側刀刃都像新的一樣，在陽光下閃閃發亮。

「下一把鐮刀請過來！」瑪洛莉說。

很快的，九名奴僕全都擁有閃亮銳利的武器了。

「好了，」瑪洛莉說：「在你們的田裡試用看看吧！」

那些奴僕回去工作，割斷麥子的模樣彷彿是割開包裝紙。過沒幾分鐘，他們就把整片麥田割完了。

「超驚人！」紅髮男說。

「萬歲！」刺青男說。

其他奴僕也歡呼叫喊。

「我們終於可以喝水了！」有個人說。

「我可以吃午餐了！」另一人說。

「我憋尿已經憋了五百年！」第三人說。

「我們現在可以殺了這些入侵者！」第四人說。

我討厭那個傢伙。

「啊，對喔。」紅髮男對我們皺眉頭。「抱歉，我的新朋友，爲了幫助我們，你們顯然擅自進入我們主人的麥田，所以你們不是我們的朋友，我們必須殺了你們。」

我並不欣賞這種巨人式邏輯。然而，我們才剛幫這九位巨大敵人磨利武器用來殺我們，所以我沒有立場批評他們的邏輯。

「男孩們，等等！」瑪洛莉大喊。她以指尖轉動著磨刀石。「殺我們之前，你們應該要決定誰能得到這塊石頭！」

紅髮男皺起眉頭。「誰能得到……那塊石頭？」

「嗯，對，」瑪洛莉說：「你們瞧，麥田已經漸漸長回來了！」

果不其然，麥稈已經長到巨人的腳踝高度。

「你們需要這塊磨刀石，讓你們的刀刃維持鋒利，」瑪洛莉繼續說：「否則鐮刀又會變鈍。麥子最後會長到像以前那麼高，你們再也沒機會休息了。」

「而那樣會很慘。」紅髮男總結說。

「沒錯，」瑪洛莉附和說：「你們也不能共同保管這塊石頭，只能其中一人擁有。」

「眞的？」刺青男說：「可是爲什麼呢？」

瑪洛莉聳聳肩。「規定就是這樣。」

紅髮男睿智地點頭。「我想，我們可以信任她。她有紅頭髮。」

「那好吧！」瑪洛莉說：「誰要拿？」

九名奴僕全都大喊：「選我！」

「告訴你們喔，」瑪洛莉說：「往上丟如何？接到的人就贏了。」

「聽起來很公平。」紅髮男表示同意。

等我看懂這樣會有什麼結果時，已經有點太遲了。莎米憂心忡忡地說：「瑪洛莉……」

瑪洛莉把石頭拋向那群奴僕的頭頂上方。九個人全部衝過去想要接住，他們彼此推擠，手上還握著銳利又難控制的長鐮刀。在這種情況下，最後的結果就是死去的奴僕堆得像山一樣高。

莎米瞪大雙眼看著這副景象。「哇。瑪洛莉，這實在是……」

「你有更好的主意嗎？」瑪洛莉厲聲說道。

「不是要批評。我只是……」

「我用一顆石頭殺了九個巨人。」瑪洛莉的聲音聽起來很粗啞。她瞇起眼睛，彷彿磨刀石濺出的火花依然在眼裡飛舞跳動。「我想，這天的工作進行得相當順利。那就走吧，咱們去打開那道門。」

34 頭獎：一名巨人！貳獎：兩名巨人！

我想，殺死那些奴僕，瑪洛莉並不如她所表現的那麼無所謂。等到我們無法打開那道門，無論用傑克、蠻力或無數次大喊「芝麻開門」都無效，瑪洛莉氣得尖叫。她用力踹門，結果踢斷腿，接著跳開咒罵大吼。

莎米拉皺起眉頭。「馬格努斯，去找她談談。」

「為什麼是我？」我不喜歡看到瑪洛莉拿著她的雙刀揮砍空氣。

「因為你可以治好她的腳。」莎米像平常一樣講得合情合理，眞是超煩的。「而我需要一點時間好好思考這道門的問題。」

我覺得這種交易條件並不是很好，但我還是去了，傑克飄浮在我旁邊，嘴裡嚷嚷：「啊，挪威！美好的回憶！啊，一堆死奴僕！美好的回憶！」

我在瑪洛莉的雙刀揮不到的地方停下腳步。「嗨，麻吉，我可以治療你的腳嗎？」

她惡狠狠看著我。「好啦。這一天似乎是『治療瑪洛莉的愚蠢傷勢日』。」

我跪下來，把雙手放在她的鞋子上。聽著她的咒罵，我讓骨頭癒合，再運用一陣夏日魔法，讓那些骨頭移回原位。

我小心翼翼站起來。「你怎麼樣？」

「嗯，你剛把我治好了，不是嗎？」

「我說的不是你的腳。」我作勢指指那些死掉的奴僕。

她沉下臉。「我看不出有其他方法。對吧？」

說實在的，我也想不出來。瑪洛莉的解決方案，正是我們註定要使用磨刀石的方式，這點我很確定。眾神，或者我們的宿命，或者北歐人某些古怪的幽默感，這些全都指定我們航行穿越大半個地球、歷經許多磨難，最終贏得一塊灰色石頭，然後用石頭誘使九名悲慘的奴僕彼此殺戮。

「我和莎米絕對辦不到，」我坦白說：「你是行動派，正如弗麗嘉所說。」

傑克飄過來，他的劍刃抖動著，像鋸子一樣嗚嗚作響。「弗麗嘉？噢，老兄，我不喜歡弗麗嘉。她太安靜了。太迂迴。太……」

「她是我媽。」瑪洛莉嘀咕說。

「喔，那個弗麗嘉！」傑克說：「是啊，她很棒。」

「我討厭她。」瑪洛莉說。

「眾神哪，我也是！」傑克滿心同情地說。

「傑克，」我說：「你何不去看看莎米的狀況？也許你可以給她一點建議，看看能不能突破那道門。不然也可以唱歌給她聽。我知道她很愛聽。」

「真的？酷喔！」傑克嗡嗡飛開，跑去唱小夜曲給莎米聽，那表示莎米等一下會想揍我，只不過現在是齋戒月，她得對我好一點。哇，我是壞人。

瑪洛莉試著對腳施加一點力量。狀況似乎不錯。就一個壞人來說，我的治療技術很不賴。

「我不會有事，」她說，語氣聽起來不大有自信，「只是一整天經歷太多事。得知弗麗嘉……那是最重要的一件事。」

我想起瑪洛莉和半生人在船上不斷吵架。我無法理解他們的關係，但我知道他們很需要彼此，就像希爾斯東需要貝利茲恩，或者我們的維京戰船需要黃色一樣。或許沒什麼道理可言，也很難說得清楚，不過世事皆是如此。

「他心裡擔心得不得了，」我對她說：「你們兩個吵架。」

「嗯，他是笨蛋。」她猶豫一下。「我是說……假設你說的是岡德森的話。」

「麻吉，接得很順喔。」我說。

「閉嘴啦，豆城。」她大步走開，前去查看莎米的狀況。

在門邊，傑克正努力想幫上忙，建議一些他可以唱的歌，也許能啓發一些破門而入的新點子，像是〈敲響天堂之門〉、〈我得到鑰匙〉，或者〈突破一切（到另一邊去）〉。

「如果以上都不要呢？」莎米說。

「『以上都不要』啊……」傑克沉吟著：「那是史提夫汪達的歌嗎？」

「兩位，情況如何？」我問。我不知道實際上有沒有可能掐死一把魔法劍，但我不想看到莎米嘗試這種事。

「不好，」她坦承說：「沒有鎖。沒有鉸鏈。沒有鑰匙孔。傑克拒絕嘗試切穿鐵板……」

「喂，」傑克說：「這道門是傑作耶，仔細看看它的做工！更何況，我相當確定這道門上施了魔法。」

莎米翻個白眼。「如果我們有鑽子，也許可以在鐵板上鑽孔，我就可以變成蛇溜過去。可是既然沒有鑽子……」

有個女子的聲音從門的另一邊叫道：「你們有沒有試過撬開門縫？」

我們全都向後跳開。那個聲音聽起來非常靠近門邊，感覺那女子把耳朵貼著金屬門板仔細聆聽。

傑克渾身發抖且發亮。「她會說話！喔，美麗的門，再說一次！」

「我不是門，」那聲音說：「我是格蘿德，蘇圖恩的女兒。」

「喔，」傑克說：「真令人失望。」

瑪洛莉將嘴巴貼近門邊。「你是蘇圖恩的女兒？你負責看守囚犯嗎？」

「不，」格蘿德說：「我就是囚犯。我自己一個人被鎖在這裡，已經有……其實呢，我早就失去時間感了。好幾個世紀？好幾年？哪一種比較久？」

我轉身看著朋友們，用手語溝通：這還滿有用的，即使希爾斯東不在附近。「陷阱？」

瑪洛莉比了個V字形，然後用手背拍打額頭，表示「蠢」，或者「這還用說」。

「沒有太多選擇。」莎米用手語說。接著她對門的那邊喊道：「格蘿德小姐，我想，門裡面該不會有門閂吧？或是你可以轉開的內鎖？」

「嗯，如果我父親在我碰得到的地方裝了門閂或內鎖，這就不會是很好的牢房了。他和我叔叔巴烏吉通常只要用力猛拉就可以開門，需要他們兩人同時用上超大的巨人力氣。你們那邊該不會剛好有兩個人擁有超大的巨人力氣吧？」

莎米看了我一眼。「恐怕是沒有。」

我對她吐舌頭。「格蘿德小姐，克瓦希爾的蜜酒該不會剛好就在你那裡吧？」

「一點點，」她說：「很久以前，奧丁偷走了大部分。」她嘆口氣。「他好有魅力啊！我讓他帶走，而那當然就是我父親把我關起來的原因。不過最後一桶的底部還留下一些。這是我父親最有價值的財產。我猜你們想要囉？」

「能給我們就太好了。」我坦白說。

瑪洛莉用手肘頂我的肋骨。「格蘿德小姐，如果你能幫我們，我們也很樂意放你出來。」

「多麼貼心啊！」格蘿德說：「不過我的自由恐怕不可能實現。父親和叔叔把我的生命力連結到這個洞穴，這是懲罰的一部分。我只要企圖離開就會死掉。」

莎米皺眉頭。「好像有點惡劣。」

「是啊。」格蘿德嘆氣。「不過呢，我確實把九個世界最有價值的靈丹妙藥交給我們最大的敵人，所以……那就這樣吧。我兒子企圖解除這個洞穴的咒語，可是連他都失敗了。而他是天神布拉基[66]！」

瑪洛莉瞪大雙眼。「你兒子是布拉基，掌管詩歌的天神？」

「就是他。」格蘿德的語氣充滿驕傲。「他在這裡出生，在奧丁拜訪我的九個月後。我剛才可能提過吧，奧丁是很有魅力的人。」

「布拉基，」我說：「他很會嘰哩布啦嗎？」

瑪洛莉比劃著手語：「白痴，別把事情搞砸了。」然後她說：「馬格努斯只是在開玩笑。他當然知道『嘰哩布啦』的意思是吟誦詩歌。所以布拉基眞是個好名字。嘰哩布啦是個很驚人的技巧。」

我瞇起眼睛。「好，我知道啦。所以總之，格蘿德小姐，你剛才提到撬開門縫？」

「對，我認爲那有可能辦到，」她說：「運用兩把刀，你們可能有辦法把兩扇門撬開一點，足以讓我看到你們的臉、吸一口新鮮空氣，說不定再度看見陽光。對我來說，那樣就夠了。你們還有陽光嗎？」

「現在嗎？有喔，」我說：「不過諸神的黃昏很快就要降臨。我們希望能用蜜酒阻止諸神的黃昏。」

「我懂了，」格蘿德說：「我想，我兒子布拉基會贊成這樣做。」

「那麼，如果我們想辦法把門撬開，」我說：「你覺得可以把蜜酒從門縫遞給我們嗎？」

「唔，可以喔。我這裡有一條舊的花園澆水管。我可以從桶子裡吸出蜜酒，只要你們有容器裝起來就行。」

格蘿德爲什麼會有一條舊的澆水管放在洞穴裡呢？我實在不清楚。也許她在裡面種植蕈菇，或者水管是要用來玩她的兒童滑水道。

莎米從腰帶上取下水壺。當然啦，齋戒女孩是唯一記得帶水的人。「格蘿德，我這邊有容器可以裝。」

「太棒了！」格蘿德說：「那麼，你們還需要兩把刀……刀刃要很薄，而且非常堅固，不然會斷掉。」

「不要打我的主意！」傑克說：「我只有一片很厚的劍刃，而且我太年輕了，不能斷掉！」

瑪洛莉嘆口氣。她從刀鞘拔出自己的兩把刀。「格蘿德小姐，我剛好有兩把很薄的匕首，

---

66 布拉基（Bragi），北歐神話中掌管詩詞與音樂的詩歌之神，充滿智慧與創造力。他與妻子青春女神伊登（Idun）居住在阿斯嘉神域。

理論上不會斷掉。現在呢，你最好從門邊往後退。」瑪洛莉將她的兩把刀尖塞進門縫，刀面剛好夠薄，可以塞進裡面，幾乎可以推到刀柄處。接著，瑪洛莉把兩個刀柄分別往外推，撬開一道門縫。

伴著巨大的吱嘎聲響，兩扇門分開了，形成V字形的開口，寬度沒有超過二點五公分。瑪洛莉的手臂簌簌抖動。她一定用盡了英靈戰士的全力，讓縫隙持續打開。她的額頭滿是斗大的汗珠。

「快點。」她咕噥著說。

格蘿德的臉出現在門的另一邊，她的眼神蒼白，不過是漂亮的冰藍色，搭配了一綹綹金髮。她深深吸氣。「喔，新鮮空氣！還有陽光！太感謝你們了。」

「不客氣，」我說：「那麼，關於舊水管……」

「有！我準備好了。」格蘿德把一條老舊黑色橡膠水管的末端從裂縫遞過來。莎米把它套上她的水壺口，液體便開始咕嚕咕嚕流進金屬容器。爲了贏得克瓦希爾的蜜酒，經歷過那麼多挑戰之後，我從沒想到這勝利的聲音讓我這麼想找男廁。

「好了，就這樣。」格蘿德說。水管收了回去。她的臉又重新出現。「祝你們順利阻止諸神的黃昏。希望你們有很棒的題材可以嘰哩布啦！」

「謝啦，」我說：「你確定我們不能嘗試放你出來嗎？我們船上有個朋友很會施魔法。」

「喔，你們絕對沒時間，」格蘿德說：「巴烏吉和蘇圖恩隨時都會到達這裡。」

莎米尖聲說：「什麼？」

「我沒提過無聲的警報嗎？」格蘿德問。「在你們一開始暴力敲打這兩扇門的時候就啓動了。我想，你們還有兩分鐘，也許三分鐘吧，我父親和叔叔就會過來把你們撲倒。你們得快一點。很高興認識你們！」

瑪洛莉抽回門縫裡的兩把刀，兩扇門咚的一聲再度閉合。

「就是因爲這樣，」她說著，同時抹抹眉頭，「我不相信好人。」

「兩位。」我指著北方的山頂。在挪威陽光中微微閃動、瞬間變得愈來愈大的，是兩隻巨鷹的形影。

35 我從烏鴉嘴得到一點助力

「唉呀。」我用這樣的發語詞，通常是要討論一些策略，好讓我們的屁股免於爆炸開花。「有什麼點子嗎？」

「喝蜜酒？」瑪洛莉建議。

莎米搖搖她的水壺。「聽起來這裡只有一大口。它發揮作用的速度如果不夠快，或者馬格努斯還沒有面對洛基就喝完了……」

感覺好像有一群小湯傑開始拿刺槍戳我的肚子。現在我們得到蜜酒了，我對洛基的挑戰也從模糊變得太眞實又太逼近。我迫使這份恐懼退回次要的位置，眼前還有更多立刻要解決的問題。

「要對付這些傢伙，我認爲吟詩沒幫助，」我說：「傑克，我們在戰鬥方面的成功機會有多少？」

「唔，」傑克說：「巴烏吉和蘇圖恩啊。我聽過他們的名聲。強壯。惡劣。我可以撂倒其中一人，很有可能辦到，但是兩人同時一起上，趁他們還沒把你們全部打扁之前……？」

「我們可以跑得比他們快嗎？」我問：「飛得比他們快？回到船上找救兵？」

可惜我已經知道答案了。兩隻巨鷹飛近，眼看著過去一分鐘以來他們的形體變得有多大，我知道他們很快就會逮到我們。那兩個傢伙超快的。

莎米把水壺掛在肩上。「我有可能飛得比他們快，至少飛到船上那樣的距離還可以，但是拖著兩個人？不可能。即使只帶一個人都會拖慢我的速度。」

「那我們分頭進行、各個擊破，」瑪洛莉說：「莎米，帶著蜜酒飛回船上。也許有個巨人會跟著你。如果沒有，那好，我和馬格努斯會盡力對付他們兩人。至少你會帶著蜜酒回去給其他人。」

從我的左方某處，有個小小的聲音啁啾說：「紅頭很聰明。我們可以幫忙。」

附近一棵樹上有群烏鴉。（烏鴉有烏鴉嘴。你在瓦爾哈拉會學到這種冷知識。）「呃，兩位，」我對我的朋友說：「那些烏鴉宣稱牠們會幫忙。」

「宣稱？」另一隻烏鴉呱呱說道：「你不相信？送你的兩個朋友帶著蜜酒回到船上。我們會在這裡助你一臂之力。我們要求的回報只有亮晶晶的東西。不管什麼都可以。」

我轉述給我的朋友聽。

瑪洛莉朝地平線瞥了一眼。巨鷹變得超近。「不過，假如莎米要帶著我飛，我會拖慢她的速度。」

「核桃殼！」莎米說：「也許你可以藏在裡面……」

「喔，不要。」

「我們浪費太多時間了！」莎米說。

「哎！」瑪洛莉拿出那個殼，打開變成兩半。「我要怎麼……？」

請想像真空吸塵器的吸嘴將一條絲巾吸進去，發出「呼嚕」一聲就消失不見。瑪洛莉的狀況很像那樣。核桃殼閉合起來，掉到地上，裡面傳來微小的聲音大罵蓋爾語的粗話。

莎米捏起核果。「馬格努斯，你確定要這樣？」

「我很好。我有傑克。」

「你有傑克喔！」傑克吟唱道。

莎米射向空中，留下我只有一把劍和一群鳥相伴兩側。

我望著那群烏鴉。「好吧，各位，有什麼計畫？」

「計畫？」最近的烏鴉呱呱說：「我們只說會幫忙。我們自身才不會有計畫。」

蠢烏鴉誤導我。還有，有哪種鳥類會用「自身」這種詞啊？

既然沒有時間糾正烏鴉的烏鴉嘴，我苦思自己有限的一些選項。「好。我打暗號的時候，你們飛到最近的巨人臉上，努力分散他的注意力。」

「當然好，」另一隻烏鴉啁啾說：「暗號是什麼？」

我還來不及想，一隻巨大的鷹突然從天而降，降落在我面前。

唯一的好消息（如果你稱之為好消息）：另一隻鷹繼續飛去追莎米。我們分頭進行了，現在需要各個擊破。

希望我面前的鷹會變身成容易擊敗的嬌小巨人，而且用的武器最好是海綿玩具槍。然而，他站起來有九公尺高，皮膚像坑坑疤疤的黑曜石。他有格蘿德的金髮和淡藍色眼睛，搭配火山岩般的皮膚看起來非常奇怪。他的鬍鬚布滿了斑斑冰雪，活像曾把整顆頭塞進一盒香甜玉米片。他的盔甲是用各種獸皮拼縫而成，包括一些看似瀕危的物種，像是斑馬、大象和英靈戰士。巨人的手上有一把漆黑的雙刃斧頭閃閃發亮。

「有誰膽敢搶劫強大的蘇圖恩？」他怒吼著：「我剛從尼福爾海姆飛過來，小子你瞧，我的手臂會累嗎？」

我完全想不出該怎麼回應才不會伴隨音調超高的尖叫聲。

傑克直直飛到巨人的頭頂上。「不知道耶，老兄，」他自告奮勇說：「有某個傢伙偷了你的蜜酒就跑。我想，他說他的名字叫赫朗格尼爾。」傑克大略指著英國約克的方向。

我心想，這招騙人的伎倆還眞厲害，不過蘇圖恩只是皺起眉頭。

「很敢嘗試喔，」他以低沉的聲音說：「赫朗格尼爾絕對不敢來招惹我。你們兩個才是竊賊，害我中斷了重要的工作！我們正準備讓偉大的船隻『納吉爾法』揚帆出航！我不能每次聽到警報響起就飛回家！」

「那麼，納吉爾法距離這裡很近囉？」我問。

「喔，不太遠，」蘇圖恩坦承說：「等你千里跋涉進入約頓海姆，沿著海岸前往尼福爾海姆的邊界，然後……」他突然沉下臉。「別想再耍我了！你們是竊賊，一定得死！」

他舉起手中的斧頭。

「等等！」我大喊。

「爲什麼？」巨人質問道。

「對呀，爲什麼？」傑克追問。

我的劍站在巨人那邊眞令人火大。傑克準備投身戰鬥，但我對赫朗格尼爾的印象很糟，他是我們之前面對過的石巨人，把他大卸八塊並不是容易的事，況且他是爆炸而死。而要對付蘇圖恩，我希望掌握每一個可能得到的優勢，包括用上我那群沒啥用的烏鴉，我還沒想好要怎麼對牠們傳遞暗號。

「你說我們是竊賊，」我說：「可是呢，你這小偷又是怎麼得到那些蜜酒的？」

蘇圖恩的斧頭舉在頭頂上不動，害我們被迫看著他的漆黑胳肢窩裡的金色腋毛。「我不是小偷！兩個邪惡的小侏儒殺死我的父母，那兩人是法拉亞和吉拉亞。」

「啊，我恨那兩個傢伙。」我說。

「對吧？」蘇圖恩附和說：「我本來要殺了他們報仇，但他們提供克瓦希爾的蜜酒作爲交換條件。我是透過贖罪賠償金的權利而取得蜜酒！」

「喔。」我的主張頓失立論基礎。「可是，那種蜜酒是用克瓦希爾的鮮血製成，他是掌管謀殺的天神。那屬於眾神所有！」

「所以，你要進行修正，」巨人總結說：「方法是由你自己再次偷走蜜酒？而且在過程中殺死我弟弟的奴僕？」

我可能早就提過吧，我不喜歡巨人的邏輯。

「也許吧？」我說。接著，我突然冒出一個靈感，對我的鳥類盟友發出暗號：「吃烏鴉[67]！」

可惜烏鴉很慢才意識到我的睿智之言。

蘇圖恩大喊：「去死吧！」

傑克試圖擋住斧頭，但斧頭綜合了重力、動量和巨人施加的力道，傑克則什麼都沒有。

我躲到旁邊，只見斧頭劈裂了我原本站立處的地面。

同時，那群烏鴉悠閒地對話。

「他爲什麼說『吃烏鴉』啊？」一隻烏鴉呱呱說。

「那是慣用語，」另一隻解釋：「意思是認錯謝罪。」
「對啦，可是他爲什麼要那樣說？」第三隻問。
「嗚啊啊啊！」蘇圖恩用力從地面拔起斧頭。
傑克飛進我手裡。「先生，我們可以同心協力撂倒他！」
我眞希望這不會是我人生聽到的最後一句話。
「烏鴉，」其中一隻烏鴉說：「嘿，等一下。我們就是烏鴉。我敢說，那就是暗號！」
「對啦！」我喊道：「拿下他！」
「好的！」傑克開心大喊：「我們會的！」
蘇圖恩再一次將斧頭高舉到頭頂上。傑克拉著我衝進戰場，同時那群烏鴉也從樹上起飛，群聚在蘇圖恩的臉龐周圍，猛啄他的眼睛、鼻子和香甜玉米片鬍子。
巨人憤怒吼叫，跌跌撞撞且看不見東西。
「哈，哈！」傑克大喊：「我們逮到你了！」
他扯著我向前衝。我們一起把傑克刺入巨人的左腳。
蘇圖恩放聲嚎叫。他的斧頭從手中滑落，沉重的斧刃自己砍進主人的頭骨。各位同學，就是因爲這樣，如果沒戴安全頭盔，你絕對不應該使用戰斧。
巨人倒在地上，發出雷鳴般的「咚」一聲，剛好倒在那堆奴僕上面。

---

67 原文是「Eat crow」，字面上意思是「吃烏鴉」，用以比喻一個人堅持己見但後來證明是錯的，當他道歉認錯就稱為「吃烏鴉」。

成群的烏鴉降落在我周圍的草地上。

「這樣做不是很有騎士精神，」一隻烏鴉指出：「不過你是維京人，所以我猜騎士精神不適用於你身上。」

「戈弗雷，你說得對，」另一隻附和說：「騎士精神比較是中世紀晚期的概念。」

第三隻烏鴉呱呱說：「你們都忘了諾曼人……」

「比爾，閉嘴啦，」戈弗雷說：「沒人在乎你研究諾曼人入侵的博士論文。」

「亮晶晶的東西？」第二隻烏鴉問：「我們現在得到亮晶晶的東西了嗎？」

整群烏鴉以晶亮、貪婪的黑眼珠瞅著我。

「呃……」我只有一件亮晶晶的東西，就是傑克，他目前正在巨人的屍體周圍跳著勝利舞蹈，同時大唱：「誰殺了巨人？我殺了巨人！誰是巨人殺手？我就是巨人殺手！」

把他留給烏鴉的想法很吸引人，不過我想，下一次再碰到巨人，我可能還是需要用這把劍刺進巨人的腳。

接著，我瞥了那堆奴僕一眼。

「就在那裡！」我對烏鴉說：「九把超閃亮的鐮刀！那些可以嗎？」

「唔，」比爾說：「我不確定要把它們放在哪裡。」

「我們可以租一間倉庫。」戈弗雷提議說。

「好主意！」比爾說：「凡人死小子，非常好。跟你合作生意很愉快。」

「只是要小心一點，」我警告說：「那些鐮刀非常鋒利。」

「噢，不用擔心我們，」戈弗雷呱呱說：「你的面前還有最危險的路要走。從這裡到『幽冥之船』之間，你只能找到一個友善的港口停泊，如果你覺得絲卡蒂的堡壘稱得上是友善的地方的話。」

我打了個寒顫，回想起尼奧爾德提過他那位分居的妻子。

「那是個悲慘的地方，」比爾呱呱叫說：「寒冷，寒冷，寒冷，而且沒有亮晶晶的東西，可以說完全沒有。好啦，如果你不介意，我們得開始想辦法避開這所有的腐屍，取得那些亮晶晶的鐮刀。」

「我好愛我們的工作。」戈弗雷說。

「同意！」所有的烏鴉異口同呱。

牠們拍翅飛向那堆屍體開始工作，那番情景我一點都不想看。

趁著那群烏鴉被鐮刀割到自己的烏鴉嘴而怪罪到我身上之前，我和傑克展開了漫長的跋涉，返回「大香蕉」。

36 半生人之歌〈茅屋英雄〉

我們組員也解決掉另一個巨人。

我看得出來，因為有一具巨人屍體遭到大卸八塊且斬首，攤開四肢躺在我們碼頭旁邊的海灘上。到處都沒看見他的頭。幾名漁夫捏著鼻子，繞過屍體旁邊。他們也許以為巨人是死去的鯨魚吧。

莎米拉笑嘻嘻站在碼頭上。「馬格努斯，歡迎回來！我們愈來愈擔心了。」

我勉強回應她的微笑。「不會啦，我很好。」

我向她說明那群烏鴉和蘇圖恩的狀況。

跋涉回到這艘船的路途其實非常愉快。我和傑克非常享受挪威的草原和鄉村道路。一路上，山羊和鳥兒一直批評我的個人衛生，但實在不能怪他們，我看起來像是跋涉穿越過大半個國家，剩下一半路途則是一路滾下去。

「小子！」貝利茲恩從梯板跑下來，希爾斯東也跟在他後面。「眞高興你好好的……喔，哎喲！」貝利茲匆忙向後退。「你聞起來像是公園街上的垃圾箱！」

「多謝喔，」我說：「那是我求之不得的氣味。」

我不太能判斷貝利茲的狀況，畢竟他穿戴整套的抗曬黑網，不過語氣聽起來很開心。

希爾斯東看起來好多了，看來好好睡一整天淡化了我們在亞爾夫海姆的體驗。亞利思給他的粉紅綠色圍巾輕鬆地套在他的黑色翻領皮衣外面。

「石頭有用嗎？」他以手語說。

我想起遺留在山谷裡的那堆屍體。「我們拿到了蜜酒，」我以手語說：「但沒有磨刀石就辦不到。」

希爾斯點點頭，顯然很滿意。「不過你眞的很臭。」

「有人說過了啦。」我作勢指著巨人屍體。「這裡怎麼了？」

「那個啊，」莎米說著，眼神閃爍，「全要歸功於半生人．岡德森。」她對著船上甲板大喊：「半生人！」

狂戰士正與湯傑、亞利思和瑪洛莉激烈對話。能夠走到欄杆邊，他看似鬆了口氣。

「啊，他來了！」半生人說：「馬格努斯，拜託你跟湯傑解釋一下好不好，那些奴僕爲什麼非死不可？他一直在質疑麻吉。」

這番話包含三件事令我大感震驚：

「麻吉」這個綽號已經獲得正式採用。

半生人居然幫瑪洛莉．基恩求情。

而且，嗯，對喔。由於湯傑是解放奴隸之子，他聽到我們殺了九名奴僕有一點點的質疑。

「他們是奴隸耶，」湯傑說，他的語氣憤怒且沉重，「我了解事情發生的經過，我也了解原因，可是……你們幾個人殺了他們。你們不能期待我當作沒事一樣。」

「他們是巨人啊！」半生人說：「他們又不是人類！」

貝利茲清清喉嚨。「狂戰士，善意提醒一下。我和希爾斯也不是人類喔。」

「啊，你了解我的意思啦。我不敢相信自己說這種話，不過麻吉做得很正確。」

「不必幫我說話，」瑪洛莉厲聲說道：「簡直愈描愈黑。」她面對湯瑪斯．小傑佛遜。「湯傑，很抱歉結果是那樣。我眞的很抱歉。血淋淋的場面糟透了。」

湯傑遲疑一下。瑪洛莉爲了自己做的事情而道歉實在非常罕見，因此影響力十分強大。湯傑勉強向她點個頭，看來不算是一切都沒事了，但至少願意考慮她的這番話。湯傑望著半生人，不過瑪洛莉伸手放在這位步兵的肩膀上。我想起莎米先前說的話，湯傑和半生人本來彼此敵視。現在我眞的懂了，他們有多需要瑪洛莉才能組成團隊。

「我要去下面。」湯傑瞥了巨人屍體一眼。「下面的空氣比較清新。」他大步走開。

亞利思鼓起腮幫子。「坦白說，我實在看不出你們還有其他選擇。不過你們也得給湯傑一點時間好好沉澱。畢竟我們花了一整個早上搜索弗洛姆，除了觀光客和巨怪紀念品以外一無所獲，他已經有點不高興了。」

貝利茲恩嘀咕一聲。「至少我們現在拿到蜜酒了，所以不是一無所獲啊。」

眞希望他說得對。無論我能不能透過吟詩對罵打敗洛基……那還有待觀察，不過我有種預感，無論蜜酒的魔法力量有多大，我的成功都要仰賴我自己。唉，我自己是我最不想要仰賴的人啊。

「不過這個巨人呢？」我問，其實是因爲很焦慮，想要改變話題。「他是巴烏吉，對吧？你們用什麼方法殺了他？」

每個人都看著半生人。

「喔，拜託！」半生人抗議說：「你們大家也幫了很多忙啊。」

希爾斯東以手語說：「我和貝利茲全程睡死。」

「我和湯傑努力想打敗他，」亞利思坦承說：「可是巴烏吉拿一棟房子丟我們。」她指著下方的海岸線。之前我沒注意到，確實有一棟弗洛姆的可愛藍色小屋，從原本位於主街的地點遭到鏟起……如今那裡有個大洞，很像拔掉一顆牙齒；那棟小屋摔落在海灘上碎落一地，很像洩了氣的玩具充氣房屋。我不曉得本地人作何感想，但鎮上似乎沒有人驚慌奔逃。

「我回到船隻這裡的時候，」莎米說：「巨人在我後面只差三十秒的路程。幸好我還剩下足夠的力氣解釋發生什麼事。然後半生人就掌控全局。」

狂戰士怒目瞪視。「沒那麼誇張啦。」

「沒那麼誇張？」莎米轉過來看著我。「巴烏吉降落在鎮中央，變身成巨人的形體，然後開始到處用力踩踏，大聲威嚇。」

「他說弗洛姆只有骯髒的小茅屋，」半生人埋怨說：「沒有人可以這樣嫌棄我的故鄉。」

「半生人攻擊他，」莎米繼續說：「巴烏吉大概有十二公尺高喔……」

「十三點五公尺。」亞利思更正說。

「而且他身上有變裝魔法，所以看起來更加可怕。」

「很像哥吉拉。」亞利思若有所思地說：「也說不定像我爸。我很難把他們區分開來。」

「不過半生人二話不說就發動攻擊，」莎米繼續說：「嘴裡大喊『爲了弗洛姆而戰』！」

「不是最棒的戰鬥吶喊聲，」岡德森坦承說：「算我運氣好，那個巨人沒有表面上看起來那麼強壯。」

亞利思哼了一聲。「他很強壯好不好。只是因爲你變得……嗯，大抓狂。」亞利思把手掌彎成杯狀，像是要說個祕密給我聽。「這傢伙的狂戰士模式全開眞是嚇死人。他眞的把巨人的雙腳砍掉耶。然後，等到巴烏吉跪倒在地，半生人接著猛砍他身體的其他部分。」

岡德森哼了一聲。「喔，菲耶羅，得了吧，你用勒繩割斷他的頭。它飛出去……」他指向峽灣，「飛到那邊不知道什麼地方。」

「那個時候巴烏吉快死了，」亞利思堅持說：「剛好倒下到一半。他的頭會甩那麼遠，那是唯一的原因。」

「嗯，」半生人說：「他死了。重點是這個。」

瑪洛莉往船邊吐口水。「而我錯過整件事，因爲我困在核桃裡面。」

「對，」半生人嘀咕說：「對，你眞的是。」

那是我的想像嗎？半生人的語氣聽起來很失望，因爲瑪洛莉錯過他的榮耀時刻？

「一旦進入核桃裡面，」瑪洛莉說：「除非有人放你出來，否則你出不來。大概有二十分鐘吧，莎米忘了我在那裡面……」

「喔，拜託，」莎米說：「頂多五分鐘吧。」

「感覺更久。」

「唔。」半生人點點頭。「你在一顆核果裡面，我覺得時間會走得比較慢。」

「閉嘴啦，笨蛋。」瑪洛莉咆哮說。

半生人咧著嘴笑。「那麼我們要啓航了，還是怎樣？浪費很多時間囉！」

我們航行到日落時分，氣溫陡降。莎米在船身中央進行她的傍晚禮拜。希爾斯東和貝利茲恩坐在船頭，懷著安靜的敬畏之情凝視著峽灣峭壁。瑪洛莉則是去甲板下面確認湯傑的狀況，並煮點晚餐。

我站在船舵處，與半生人．岡德森並肩而立，聆聽著船帆在風中劈啪翻飛，以及魔法船槳在恰當的時機嘩嘩划過水域。

「我很好。」半生人說。

「唔？」我望著他。在傍晚的陰影下，他的臉看起來藍藍的，很像為了戰鬥而塗上油彩；他有時候會那樣。

「你是要問我好不好，」他說：「所以你才會站在這裡，對吧？我很好。」

「啊。很好啊。」

「我得承認，走路穿越弗洛姆的街道，想到我如何在那邊的一間小屋裡長大，與我媽相依爲命，感覺眞的很奇怪。這地方比我印象中漂亮多了。我不免會想，如果留在這裡成家立業不知會怎樣？」

「對啊。」

「所以，巴烏吉汙巇這個地方的時候，我失控了。我完全沒想到會……你也知道，有種回到家的感覺。」

「當然啦。」

「跟我想的完全不一樣，沒有人寫一首民謠來歌頌我拯救自己的家鄉。」他歪著頭，彷彿幾乎能聽見那首歌的旋律。「再次離開那個地方，我覺得很高興。我活著的時候所做的選擇，現在想起來並不後悔，即使得把我媽留在這裡，再也見不到她。」

「好吧。」

「而瑪洛莉見到她自己的母親……沒有讓我激起任何特別的情緒。我只覺得很高興，麻吉終於找到眞相，雖然她搭上景觀火車跑掉的時候沒有跟我們說，那樣有可能害她送命，而我可能永遠都不知道她怎麼了。喔，當然啦，還有你和莎米。」

「當然。」

半生人猛敲船舵的把手。「可是我要臭罵那個壞女人！她到底在想什麼啊？」

「呃……」

「弗麗嘉的女兒？」半生人的笑聲聽起來有點歇斯底里。「難怪她那麼……」他揮揮手，做著某種手勢，看起來好像怎麼解讀都可以：狂暴？怪異？憤怒？食物處理機？

「唔。」我說。

半生人拍拍我的肩膀。「謝啦，馬格努斯。很高興我們這樣聊一下。身爲治療師，你眞的很棒。」

「感激啊。」

「幫忙掌舵一下好嗎？只要保持在峽灣中間就好，另外注意挪威海怪。」

「挪威海怪？」我追問。

半生人心不在焉地點點頭，然後就跑去甲板下面，也許要查看晚餐的狀況，或者去找瑪洛莉和湯傑，或者只是因爲我聞起來很臭。

在全然漆黑的夜幕中，我們已經到達開闊的海域。我沒有撞毀船隻，也沒有引來海怪，這樣還不錯。我可不想變成眾矢之的。

莎米拉來到船尾，從我手中接過掌舵的職務。她嚼著椰棗，帶著開齋後的狂喜神情，與平常沒什麼兩樣。「你還好嗎？」

我聳聳肩。「考慮到我們經歷的這一天嗎？很好吧，我想。」

她舉起水壺，搖搖裡面的克瓦希爾蜜酒。「你想要保管這個嗎？聞聞看或喝一口之類的，只是測試一下？」

這想法令我作嘔。「拜託，暫時由你保管吧。我會等到非喝不可的時候再說。」

「有道理。效果可能不會持續到永久。」

「不只因爲那樣，」我說：「我很怕喝了以後……結果發現不夠。我還是不能打敗洛基。」

莎米看似想要擁抱我一下，然而擁抱男生並非穆斯林好女孩會做的事。「馬格努斯，我也擔心同樣的事。跟你無關，而是跟我有關。誰知道我有沒有辦法再度面對我父親？誰知道我們所有人能不能面對？」

「這樣說應該會激發我的鬥志囉？」

莎米笑起來。「馬格努斯，我們只能盡力嘗試了。我選擇相信這些艱難的處境會讓我們更強大。這趟旅程所經歷的每一件事，全都非常重要。每一件事都會增加我們的勝利機會。」

我看了船頭一眼。貝利茲恩和希爾斯東並肩躺在龍形雕像底下的睡袋裡，兩人都睡著了。睡在那個地方似乎很怪，畢竟我們在亞爾夫海姆與巨龍交手過，不過他們都顯得很平和。

「莎米，我希望你說得對，」我說：「因爲有些經歷眞的相當難熬啊。」

莎米嘆口氣，彷彿把所有的飢餓、口渴，以及禁食期間累積在內心的咒罵話語，全部釋放出去。「我了解。我想，我們能夠做的最困難的事，其實是看出某人究竟是什麼樣的人；我們的父母，我們的朋友，還有我們自己。」

我很想知道她是否想著洛基，或是想著她自己。她講的也可能是我們船上的每一個人。我們全都無法擺脫自己的過往。而在這趟旅程中，每一個人都透過非常嚴酷的鏡子映照出我們自己。

我面對鏡子的時刻尚未到來。等到面對洛基，我確信他會很樂於把我所犯的每一個過錯加以放大，也會赤裸裸揭開我所有的恐懼和軟弱。假如他這樣做，可能會讓我淪爲哭哭啼啼的遜咖。

弗麗嘉曾說，我們要到明天才能抵達納吉爾法……或者最晚是後天到。我發現的自己內心在動搖，幾乎希望我們會錯過最後期限，那麼我就不必與洛基面對面單挑了。可是不行。我的朋友們都靠我了。爲了我所認識的每一個人，爲了我不認識的每一個人……我必須盡可能延後諸神黃昏的到來。我必須讓莎米拉和阿米爾有機會過著正常的生活，還有安娜貝斯和波西，以及波西的小嬰兒妹妹艾絲黛兒。他們全都不該迎接地球的毀滅。

我向莎米拉道晚安，接著在甲板上攤開自己的睡袋。

我睡得斷斷續續，夢見巨龍和奴僕，夢見滾下山坡和對抗陶土巨人。洛基的笑聲在我耳裡迴盪。一次又一次，甲板變成死人的角質蛋白所拼綴的陰森之物，把我包裹成噁心的腳趾甲厚繭。

「早安。」貝利茲恩說著，把我搖醒。

早晨寒風刺骨，四周一片鐵灰色。我坐起來，弄破了睡袋上形成的一層薄冰。往右舷那側望去，覆雪的山頭忽隱忽現，甚至比挪威的峽灣更加高聳。我們周圍的海洋像是散落開來的冰塊拼圖。整個甲板凝結了光滑的冰霜，把我們的亮黃色戰船變成淡檸檬色。

除了我以外，甲板上只有貝利茲恩，他整個人裹得緊緊的，但是沒有穿戴抗曬裝備，儘管現在顯然是白天。這只可能代表一個意思。

「這裡再也不是米德加爾特了。」我猜測說。

貝利茲恩微微笑著，但眼神毫無笑意。「小子，我們到達約頓海姆已經好幾個小時了。其他人都在甲板下面，想辦法保暖。你呢……嗯，身爲夏日天神之子，你比較能對抗寒冷，不過即使是你，很快也會遭遇麻煩。從溫度狂掉的速度來看，我們很快就要接近尼福爾海姆的邊界了。」

出於本能，我打了個寒顫。尼福爾海姆，冰雪的原初領域，是我尚未造訪過的少數世界之一，也是我一點都不急著探訪的地方。

「我們怎麼知道何時到達？」我問。

這時船身突然傾斜搖晃，發出震動的怪聲，害我的關節都快散掉了。我跌跌撞撞地站起來。「大香蕉」卡在水裡動彈不得，四面八方的海面全部變成堅固的硬冰。

「我會說我們到了。」貝利茲嘆氣說：「希望希爾斯東能召喚一點魔法火焰，否則過不了一小時我們就會全部凍死。」

37 亞利思咬掉我的臉

我經歷過很多種痛苦的死法。我曾遭到刺穿、斬首、焚燒、溺水、壓扁，以及有人把我從一百零三樓的陽台扔出去。

我寧可經歷那種種死法，也不想因失溫而死。

區區幾分鐘之後，我就覺得自己的肺好像吸進玻璃粉末。我們全體動員到甲板上（我終於明白這是另一個航海名詞），著手處理結冰問題，但是成果有限。我派傑克去打破前方的浮冰，半生人和湯傑則拿著長柄戰斧，把左右舷兩側的浮冰敲成比較小塊。莎米拖著一條繩索飛到前方，嘗試拉動我們前進。亞利思則變成一隻海象，從後面用力猛推。我實在太冷了，沒辦法取笑她的象牙、觸鬚和鰭肢看起來有多棒。

希爾斯東召喚出新的盧恩字母：

ᚲ

他解釋這是「肯納茲」，意思是火炬、生命之火。肯納茲不像大多數盧恩字母那樣一閃而逝，而是在前甲板的上方繼續燃燒，在一點五公尺高處形成一抹飄浮的火焰，融化了甲板和欄杆上的冰霜。肯納茲也讓我們夠暖而不會立刻凍死，但貝利茲很苦惱，因爲長時間維持這個盧恩字母也會耗盡希爾斯東的能量。幾個月前，消耗這麼多能量會讓希爾斯東喪命；現在他強壯多了，不過我還是很擔心。

我在裝備裡找到一把雙筒望遠鏡，連忙查看周圍山區是否有預期中的避難所或港口。除了陡峭的岩石以外，我什麼都沒看到。

我沒意識到自己的手指頭變成藍色，直到貝利茲指出來才發現。我召喚一點弗雷的暖意進入雙手，但是費力這樣做讓我暈頭轉向。在這裡使用夏日的力量，有點像是努力回想進入小學第一天發生的每一件事。我知道夏天依然存在於某處，但感覺如此遙遠、如此模糊，我幾乎無法回想起相關的半點記憶。

「貝……貝利茲，你……你看起來不受影響。」我指出。

他撥掉鬍子上的冰霜。「侏儒很能適應寒冷。我們兩人會到最後才凍死，但不會太舒服就是了。」

半生人和湯傑努力破冰，我、瑪洛莉和貝利茲則試著用船槳把冰塊推開來。我們輪流執勤，一次換兩、三個人去甲板下面取暖，不過下面也沒有溫暖到哪裡去。其實下船用走的說不定速度更快，不過「海象」亞利思指出，有些地方冰面很薄，可能有危險。更何況冰面上無處躲避，至少船上提供各式裝備，還有地方可以擋風。

我的手臂愈來愈麻木了。我變得很習慣發抖，因此無法分辨眼前究竟是開始下雪，抑或是我的視線變得模糊。我們還活著的唯一原因是燃燒的盧恩字母，但它的亮度和熱度都慢慢衰減。希爾斯東盤腿坐在肯納茲下方，雙眼緊閉、極度專注，斗大的汗珠從他眉頭滴落，一落到甲板上就立刻凍結。

過了一會兒，連傑克也開始顯得悶悶不樂。無論是唱歌給我們聽，或者講些破冰行動的笑話，他都好像再也不感興趣了。

「而這裡還算是尼福爾海姆最舒適的地方呢，」傑克咕噥說：「你們真該瞧瞧徹底寒冷的區域！」

我不確定究竟過了多久的時間。經歷過破冰、推冰、顫抖和垂死，似乎不太可能還有任何生命跡象。

就在這時，瑪洛莉在船頭啞著嗓子喊著：「嘿！你們看！」

在我們前方，飛旋的風雪似乎變薄了。約莫幾百公尺前方，有個凹凸不平的半島地形從峭壁的主線向外伸出，很像一把生鏽斧頭的斧刃。它的底部包圍著窄窄的黑色礫石海灘。而抬頭望向峭壁頂部……那裡是不是有些搖曳的火光？

我們讓船隻轉朝那個方向，但無法前進到那麼遠的地方。冰層變厚了，把我們的船身卡在原地動彈不得。而在希爾斯頭頂上，盧恩字母肯納茲虛弱搖曳。我們全部聚集在甲板上，嚴肅且沉默。我們把每一件毛毯和多帶的衣物全都裹在身上。

「我們……走過去。」貝利茲建議。連他講話都開始結巴了。「兩人一組互相取暖。越……越過冰面去岸上。也許能找到避難所。」

這稱不上是「生存計畫」，畢竟這計畫是要死在另一個地方，不過大家堅強地著手進行。我們把生存所需的全部裝備揹上肩，包括一些食物、飲水、克瓦希爾蜜酒水壺，還有各自的武器。大夥兒爬上冰面後，我把「大香蕉」收起來折疊成手帕，因爲我們後面如果拖著船一定是……嗯，一種拖累。

傑克自願飄浮在我們前方，用他的劍刃測試冰面。我不確定那樣做是讓我們比較安全還是更加危險，但他拒絕回到墜子形式，因爲他額外施力的後座力一定會害我沒命。（他這方面的思慮還滿周密的。）

大夥兒配對時，有個人的手臂環抱我的腰。亞利思．菲耶羅擠到我身邊，拿了一張毯子裹住我們兩人的頭和肩膀。我驚愕萬分地看著她。一條粉紅色毛線圍巾包住她的頭和嘴巴，於是只能看到她的兩色眼睛和幾綹綠髮。

「閉……閉嘴，」她結結巴巴地說：「你很溫……溫暖，又很夏……夏天。」

傑克帶路越過冰面。在他後面，貝利茲恩盡力扶著希爾斯東蹣跚前行，盧恩字母肯納茲漂浮在希爾斯的上方，不過現在它的熱度只像蠟燭而不像火堆了。

莎米和瑪洛莉跟著走，接著是湯傑和半生人，我和亞利思殿後。我們步履艱難地穿越冰凍海洋，努力走向岩壁露頭，但是每踏出一步，目的地似乎又變得更遠。難道峭壁只是海市蜃樓？說不定在尼福爾海姆和約頓海姆的邊界處，距離是浮動的。上一次在厄特加爾的洛基那座大廳裡，我和亞利思曾經把一顆保齡球一路滾向美國新罕布夏州的白山山脈，所以我想任何情況都有可能發生。

我再也感覺不到自己的臉，兩隻腳也變得好像兩盒一加侖裝的黏糊冰淇淋。想到我們已經走了這麼遠，面對過那麼多的天神、巨人和怪物，卻只能跪倒在無名之地的正中央急凍而死，感覺眞的好悲哀。

我緊緊抱住亞利思，她也緊抱著我。她的呼吸很不平順，眞希望她身上還有剛才的海象油脂，因爲現在看來只剩皮包骨，像她的勒繩一樣硬梆梆。我好想責罵她：「吃東西，多吃一點啊！你愈來愈瘦了！」

然而我很感激她的溫暖。換成其他情境，如果靠得這麼近，她一定會殺了我，而且這麼多的身體接觸也會讓我大抓狂。我想，這算是一種個人的勝利吧，我終於學會偶爾擁抱自己的朋友，但我經常無法習慣親密感。出於溫暖的需求，也或許因爲是亞利思，我才會覺得還好。我專注於她的氣息，某種柑橘類的香氣，令我聯想到墨西哥陽光普照山谷的柑橘樹叢；其實我從未去過那樣的地方，不過聞起來感覺很好。

「芭樂汁。」亞利思啞著嗓子說。

「什……什麼？」我問。

「屋頂的露……露台。後……後灣。那裡很棒。」

她拚命想著美好的記憶，我領悟到這點。努力讓自己活著。

「對……對呀。」我附和說。

「約克，」她說：「炸魚……炸魚薯條先生。你不……不懂打……打包的意思。」

「我討厭你，」我說：「繼續說……說話。」

她的笑聲比較像是老菸槍的咳嗽聲。「你從亞爾夫海姆回來的時……時候。我拿……拿回我……我的粉紅眼鏡，你臉……臉上的表……表情。」

「可……可是你眞的很高興看到我吧？」

「嗯。你……你有一點娛樂價……價值。」

我們在冰面上掙扎前進，兩人的頭靠得好緊，我幾乎把我和亞利思的頭想像成陶土戰士的兩張臉，像是一對雙胞胎。這樣一想，感覺好安慰。

走到距離峭壁大約五十公尺處，盧恩字母肯納茲「噗」的一聲熄滅了。希爾斯倚著貝利茲蹣跚而行。氣溫更加筆直急墜，我覺得這根本不可能的啊。我的肺吐出最後一絲暖意，等到嘗試吸氣，肺部像是要尖叫起來。

「繼續前進！」貝利茲啞著嗓子回頭對我們喊：「我才不要穿成這樣死掉！」

我們應和著，一步接著一步走向那條狹窄的礫石海灘，到了那裡，我們至少可以死在堅實的地面上。

貝利茲和希爾斯幾乎走到岸邊時，亞利思猛然停下腳步。

我也幾乎沒有力氣了，不過心想應該要說點鼓勵的話。「我們……我們得繼……繼續走。」我望向她。在毯子底下，我們鼻尖對著鼻尖。她的雙眼閃閃發亮，一邊琥珀色一邊棕色。她的圍巾落到下巴處。她的氣息宛如萊姆的香氣。

接著，我還來不及意識到發生什麼事，她吻了我。她大可咬掉我的嘴，那樣我還比較不驚訝。由於寒冷的關係，她的嘴唇既龜裂又粗糙。她的鼻子剛剛好貼在我的鼻子旁邊。我們的臉龐彼此交疊，我們的呼吸融合在一起。接著她移開了。

「我才不要沒有這樣就死掉。」她說。

原始的冰雪世界一定還沒有把我完全凍住，因為我的胸口簡直像煤爐一樣猛烈燃燒。

「怎樣？」她皺起眉頭。「別再張口結舌了，快走吧。」

我們蹣跚走向岸邊。我的心智無法正常運作。我心想，亞利思之所以吻我，會不會只是要激勵我繼續往前走？或者要讓我分心，不去思索即將逼近的死亡？她似乎不可能真的想要吻我啊。無論實情如何，我能夠走到岸邊，唯一的原因就是那個吻。

我們的朋友都到了，大家在岩石邊擠成一團。他們似乎沒注意到我和亞利思彼此親吻。

他們怎麼會注意到呢？每個人都忙著凍死啊。

「我……我有火……火藥，」湯傑結巴說著：「可……可以生……生火？」

不幸的是，除了衣物以外，我們沒有東西可以燒，但我們很需要衣物。

貝利茲以痛苦的眼神凝視峭壁面，那看起來既陡峭又無情。

「我……我會試著改變岩石的形狀，」他說：「也許我可以挖出一個洞穴。」

我以前看過貝利茲重新塑造堅硬的岩石，但是那要耗費大量的能量和專注力。就算是當時，他也只能製造出簡單的抓握點。我不懂，他現在怎麼可能有力氣挖出一整個洞穴，更遑論容納我們所有人？不過我很感激他有這麼堅定的樂觀態度。

他只不過用手指挖進石頭，整個峭壁就隆隆作響。一條燦亮的光線顯現出門的形狀，是六公尺的正方形，只見它向內開啓，同時發出低沉刺耳的吱嘎聲響。

門打開的地方站著一名女巨人，完全如同尼福爾海姆的景觀一樣駭人又美麗。她有三公尺高，身穿白色和灰色的毛皮，棕色雙眼冰冷又憤怒，深色頭髮編成好幾條髮辮，很像英國軍人用的九尾鞭。

「有誰敢改變我大門的岩石形狀？」她問。

貝利茲呑嚥口水。「呃，我……」

「難道我不該殺死你們所有人？」女巨人質問著。「或者說不定，既然你們看起來已經半死不活，我只要關上大門，讓你們凍死就行了！」

「等……等一下！」我啞著嗓子說：「絲……絲卡蒂……你是絲卡蒂，對吧？」

阿斯嘉天神啊，我心想，拜託這就是絲卡蒂，而不是隨便某個名叫「冷漠葛楚德」之類的女巨人。

「我……我是馬……馬格努斯．雀斯，」我繼續說：「尼奧爾德是我的祖父。他……他派我來找……找你。」

絲卡蒂的臉上浮現各式各樣的情緒，包括惱怒、憤恨，也許只有一丁點的好奇。

「好吧，冰凍小子，」她咆哮著說：「那個理由讓你能進門。等到你們全都解凍，也好好說明來意，我再決定是否拿你們當作箭靶。」

38 絲卡蒂得知一切，射擊一切

我不想放開亞利思。也說不定只是黏得很緊放不開。

絲卡蒂的兩名巨人僕役確實得出手拉開我們兩人。他們其中一人抱起我，爬上一道螺旋梯，進入堡壘內部；我依舊拱著背，保持蹣跚老爺爺的姿勢。

與外面相較，絲卡蒂的大廳感覺好像三溫暖浴室，雖然恆溫器的設定值可能沒有比冰點高多少。巨人抱著我穿越高聳的石砌走廊，圓拱形的天花板讓我聯想到波士頓後灣區的巨大古老教堂（冬天無家可歸時，那裡是取暖的好地方）。偶爾有隆隆聲在堡壘裡迴盪，很像某人在遠處射擊大砲。絲卡蒂對她的僕人吼叫下達命令，把我們全部帶到不同房間好好梳洗。

有個巨人男僕（巨僕？）把我放進浴缸，水實在太熱了，我自從小學四年級變聲以後再也沒叫過這麼高亢的聲音。泡澡時，他給我喝某種東西……很難喝的草藥混合物，我的喉嚨好像燒了起來，手指和腳趾也開始抽筋。他把我拖出浴缸，讓我穿上白色的毛料束腰上衣和馬褲，我得承認幾乎覺得完全恢復了，甚至傑克也變回盧恩石，回到我頸間的項鍊上。我的腳趾和手指又恢復成粉紅色，也能感覺到自己的臉了。我的鼻子沒有因爲凍傷而掉落，嘴唇也仍在亞利思離開它們時的原處。

「你會活下來。」巨人咕噥說，活像這是他個人造成的失敗。他給我一雙舒適的毛皮鞋，外加一件溫暖的厚斗篷，接著帶我前往外面的大廳，我的朋友們都在那裡等待。

整個大廳主要採取標準的維京人樣式：粗獷的石砌地板鋪著稻草，以長矛和盾牌構成天花板，三張桌子圍繞著中央火堆排列成U字形，不過絲卡蒂的火焰燃燒成藍白色，似乎沒有散發熱度。

大廳的一側有一整排大教堂尺度的窗戶，望出去是模糊不清的暴風雪景象。我覺得窗戶看起來沒有玻璃，但風雪並沒有吹襲進入室內。

絲卡蒂坐在中間桌子的寶座上，寶座以紫杉雕刻而成，並鋪著毛皮。她的僕人忙得團團轉，放上一盤盤新鮮麵包和烤肉，外加熱氣蒸騰的馬克杯，聞起來很像……熱巧克力？突然間我對絲卡蒂的好感度大增。

朋友們全都像我一樣穿著白色毛料衣裳，於是大夥兒看起來很像全身滌淨的僧侶所組成的祕密社團——「漂白會社」。我得承認，我最先望向亞利思，希望能坐在她旁邊，但她在遠端的椅凳上，擠在瑪洛莉和半生人之間，末端則是湯傑。

亞利思看見我了。她模仿我張口結舌的表情，意思像是：「你看什麼看？」

因此，一切都恢復正常了。經歷一個生死攸關的吻，然後我們回到了原本習慣的毒舌互虧。也太好。

我坐在貝利茲恩、希爾斯東和莎米旁邊，這樣很好啦。

大家狼吞虎嚥吃晚餐，只有莎米除外。她還沒有沐浴，畢竟那也違反齋戒月的戒律；不過她換了衣服。她的穆斯林頭巾已經改變顏色，以便搭配白色衣裳。她很努力不以渴望的眼神看著其他人的食物，這點讓我由衷相信她擁有超人般的忍耐力。

絲卡蒂懶洋洋地倚著她的寶座，宛如九尾鞭的頭髮垂在肩膀上，身上的毛皮斗篷讓她看起來比本人更加高大。她在膝上轉動一支箭，而背後牆上的架子排列了各種裝備，包括滑雪屐、彎弓和一筒筒的箭，我猜她很熱衷於越野滑雪射箭。

「各位旅客，」我們的主人說：「歡迎來到『索列姆海姆』，用你們的語言來說是『雷鳴之家』。」

彷彿接到指令似的，一陣隆隆的聲音響徹整個空間，與剛才在堡壘深處聽到的隆隆聲是一樣的。現在我知道那是什麼了：雪雷。有時候碰到暴風雪混合雷雨，你也會在波士頓聽到這種聲音。聽起來很像鞭炮在棉質枕頭內炸開的聲音，再將它放大一百萬倍。

「雷鳴之家。」半生人嚴肅地點頭。「好名字，考慮到，你也知道，持續不斷的……」

雷鳴聲再度響起，桌上的盤子喀啦作響。

瑪洛莉靠向亞利思。「我碰不到岡德森。幫我揍他，好嗎？」

儘管大廳的尺寸驚人，但音響效果絕佳，我可以聽到每一個人的低語聲。我不禁感到好奇，絲卡蒂設計這個地方時是否也把這一點考慮在內。

女巨人並沒有吃面前盤子裡的東西。最好的情況：她正在為齋戒月禁食。最壞的情況呢：她正在等待我們全部吃到很撐，於是可以好好享用我們當作主菜。

她輕敲膝頭的那支箭，同時仔細端詳我。

「那麼，你是尼奧爾德的後代之一，嗯？」她若有所思地說：「弗雷的孩子，我猜。」

「是的，呃，夫人。」我不確定「女士」或「小姐」或「超可怕的人」是不是個合適的稱謂，但絲卡蒂沒有殺我，所以我想這樣沒有觸怒她。還沒有。

「我看得出相似點。」她緊皺鼻頭，彷彿那個相似點對我很不利。「尼奧爾德不是最糟的丈夫。他是好人。他有一雙漂亮的腳。」

「傑出的腳。」貝利茲附和說，同時搖動一根豬肋排特別強調。

「不過我們實在無法相處，」絲卡蒂繼續說：「難以彌補的歧見。他不喜歡我的大廳。你相信有這種事嗎？」

希爾斯東以手語說：「你的大廳很漂亮。」

「漂亮」的手語是用一隻手在臉的前面繞一圈，接著把手指尖展開，像是做出消散掉的動作。我頭幾次看到這個手勢時，還以為希爾斯東是要說「這東西炸掉我的臉」。

「精靈，謝謝你，」絲卡蒂說（因為最棒的巨人都懂手語）：「確實沒錯，『雷鳴之家』比尼奧爾德的海濱宮殿好多了。那些海鷗一天到晚呱呱尖叫，我受不了那些吵雜的聲音！」

雪雷再次搖撼整個空間。

「對啦，」亞利思說：「一刻都不得安寧，像這裡一樣。」

「完全正確，」絲卡蒂說：「我父親建造這座堡壘，願他的魂魄與最早的巨人尤彌爾一同安息。現在索列姆海姆歸我所有，我不打算離開。我已經受夠了阿薩神族！」她傾身向前，手裡依然握著那支邪惡的有刺飛箭。「好，馬格努斯．雀斯，告訴我，尼奧爾德為何派你來找我？拜託告訴我，他沒有懷著痴心妄想，覺得我們還可以復合。」

這為什麼要問我啊？我心裡暗想。

絲卡蒂似乎人還好。我遇過很多巨人，知道他們不是全都很壞，就像天神也不是全都很好。可是，如果絲卡蒂已經受夠了阿薩神族，我不太確定她會很歡迎我們去追捕洛基，畢竟洛基是阿薩神族的頭號敵人。我也絕對不想告訴她，我那位掌管海邊美甲的天神祖父依然思念著她。

另一方面，內心深處的直覺告訴我，絲卡蒂會看穿所有的謊言或遺漏，就像她能聽見這座大廳的每一聲低語一樣容易。索列姆海姆不是隱藏祕密的好地方。

「尼奧爾德要我來了解一下，你對他有什麼樣的感覺。」我坦白說。

她嘆口氣。「真不敢相信。他沒有派你帶花來吧？我跟他說過，不要再送花了。」

「沒有帶花。」我保證說，也突然對尼福爾海姆所有無辜的快遞員寄予無限同情，她可能把他們全部射死了吧。「而且，尼奧爾德的情感並不是我們來這裡的主要原因。我們來這裡是要阻止洛基。」

所有的僕人都停下手邊的工作，抬眼看著我，然後看看他們的女主人，似乎想著：「嗯，這應該很有趣喔。」我的朋友看著我的表情，則是從「你說出口了！」（貝利茲恩）到「拜託別像平常一樣搞砸了」（亞利思）都有。

絲卡蒂的黑眼睛閃閃發亮。「繼續說。」

「洛基的船隻『納吉爾法』準備要啓航了，」我說：「我們來這裡是爲了要阻止他、重新逮捕他，把他帶回去交給阿薩神族，那麼我們才不必……例如，明天就得爲了諸神的黃昏而戰鬥。」

又是一連串隆隆的雷聲搖撼整個山區。

女巨人的表情根本不可能解讀。我想，她可能會讓手上的箭飛越房間、插入我的胸口，就像槲寄生做的飛鏢一樣。

然而，她卻仰頭大笑。「所以那就是你帶著克瓦希爾蜜酒的原因？你想要透過吟詩對罵挑戰洛基？」

我吞了一下口水。「呃……對呀。你怎麼知道我們有克瓦希爾的蜜酒？」

我沒有說出口的第二個問題則是：「而你打算從我們手中奪走嗎？」

女巨人傾身向前。「馬格努斯．雀斯，我完全了解這個大廳發生的每一件事，以及經過這裡的每一個人。我擁有你們武器、裝備、力量和傷疤的清單。」她環顧整個空間，視線停留在我們每一個人身上；她的眼神不是帶著同情，比較像是在挑選目標。「我也會知道你有沒有欺騙我。很高興你沒有。那麼，告訴我，爲什麼我應該要讓你們繼續執行任務？快來說服我不要殺你們。」

半生人．岡德森擦擦鬍子。「嗯，絲卡蒂女士，就說一件事好了，殺了我們會惹上很大的麻煩。如果你了解我們的能力，就應該知道我們是很優秀的戰士。我們會帶給你相當大的挑戰……」

一支箭砰的一聲插入桌子，距離半生人的手只有兩、三公分。整個過程我根本沒看清楚。我回頭看著絲卡蒂。她的手中突然出現一把弓，第二支箭也已經搭上弓，隨時準備射出。

半生人沒有退縮。他放下手中的熱巧克力，打了個嗝。「這箭射得巧。」

「哈！」絲卡蒂放下手上的弓，我的心臟才又開始汲打血液。「所以你很有勇氣，或者至少有愚勇。你們還有什麼其他的事要告訴我？」

「我們不是洛基的朋友，」莎米拉自告奮勇說：「你也不是。」

絲卡蒂挑起一邊眉毛。「你爲什麼這樣說？」

「如果你是洛基的朋友，我們早就已經死了。」莎米作勢指著窗戶。「納吉爾法停泊的港口很近，對吧？我可以感覺到我父親就在附近。你不喜歡洛基在你家門口集結兵力。讓我們繼續執行任務，就可以把我父親從船上帶走。」

亞利思點點頭。「對，我們可以。」

「很有趣，」絲卡蒂沉思了一下說：「居然有兩個洛基的孩子坐在我的晚餐桌上，而你們兩人甚至比我更恨洛基。諸神的黃昏造就了奇怪的結盟。」

湯傑拍一下手，聲音超響亮，害我們全都畏縮身子（希爾斯除外）。「我就知道！」他對絲卡蒂咧嘴大笑並指著她。「我就知道這位女士的品味非常好！熱巧克力這麼好喝？大廳如此氣派？而且她的僕人沒有戴奴僕的項圈！」

絲卡蒂噘起嘴。「不，英靈戰士，我厭惡蓄奴。」

「看見沒？」湯傑對半生人做了個「早就告訴你」的表情。更多的雷聲搖撼杯盤，彷彿同意湯傑的感想。狂戰士只是翻了翻白眼。

「我就知道這位女士痛恨洛基，」湯傑總結說：「她天生就是聯邦的支持者！」

女巨人皺起眉頭。「這位非常熱情的客人，我不確定你指的是什麼意思，不過你說得對，我不是洛基的朋友。有一段時間他似乎沒有那麼壞。他讓我歡笑。他很有魅力。然後，在埃吉爾宴會廳的那場吟詩對罵期間，洛基含沙射影地說……他曾上了我的床。」

絲卡蒂想到那段記憶渾身發抖。「在所有眾神面前，他藐視我的名譽。他說了一些非常可怕的話。因此，等到眾神把他綁在那個洞穴裡，我正是找到那尾毒蛇的人，把牠安置在洛基的頭部上方。」她露出冷酷的微笑。「阿薩神族和華納神族只把他永遠綁住就滿足了，但是對我來說根本不夠。我要他的餘生一直體驗毒液滴呀、滴呀不斷滴到臉上，就像他的話語讓我體驗到的感受。」

我決定了，我絕對不會藐視絲卡蒂的名譽。

「嗯，夫人……」貝利茲拉拉他的毛料束腰上衣。在我們這些人當中，他是唯一穿著新衣看起來很不自在的人，可能因爲這身裝束讓他無法配戴領結吧。「聽起來，你讓那個惡棍得到應得的報應。那麼，你會幫我們嗎？」

絲卡蒂把她的弓放在桌上。「讓我弄懂這一點：你，馬格努斯・雀斯，打算透過一場舌戰，擊敗洛基那位油嘴滑舌的辱罵大師。」

「對。」

她好像等待我用動詞、形容詞等等之類的描述，對我的英勇無畏增添詩意。坦白說，我能夠回答的就只有區區那麼一個字。

「嗯，那麼，」絲卡蒂說：「你擁有克瓦希爾的蜜酒是非常好的事。」

我的朋友全都猛點頭。多謝啦，朋友們。

「你也很聰明，還沒有喝它，」絲卡蒂繼續說：「你只有那麼少量，效果能夠持續多久根本說不準。你應該要在即將離開的早晨喝下去，那麼面對洛基之前，應該有足夠的時間讓蜜酒發揮效果。」

「那麼，你知道他在哪裡囉？」我問：「他眞的那麼近？」

我不確定自己是鬆口氣還是驚呆了。

絲卡蒂點點頭。「越過我這座山，有個冰封的海灣，那裡就是納吉爾法停泊的地方。以巨人的用語來說，認眞走個幾步就到了。」

「那麼以人類的用語來說呢？」瑪洛莉問道。

「那不重要，」絲卡蒂向她保證，「我會給你們滑雪屐，讓你們加速前進。」

希爾斯以手語說：「滑雪屐？」

「我不是很擅長滑雪啊。」貝利茲嘀咕著說。

絲卡蒂笑起來。「貝利茲恩，弗蕾亞之子，別怕。我的滑雪屐在你身上看起來會很棒。你們必須在明天中午之前到達那艘船，到時候冰封的海灣會融化得夠完全，能讓洛基航行進入開闊的水域。萬一他達成了，那麼再也沒有任何方法能夠阻止諸神的黃昏。」

我隔著爐床的火焰迎上瑪洛莉的目光。她母親，弗麗嘉，完全說對了。我們踏上「納吉爾法」的時間，如果到得了的話，會是從弗洛姆出發的四十八小時後。

「如果你們想辦法登上那艘船，」絲卡蒂說：「必須挺過巨人和不死鬼魂軍團那一關。他們當然會企圖殺死你們。不過假如你們成功了，能與洛基面對面，向他宣告你的挑戰，他爲了名譽一定會接受。爲了進行吟詩對罵，戰鬥會暫停好一段時間。」

「所以，」亞利思說：「那是獎勵囉。」

絲卡蒂打量著亞利思，她的九尾鞭頭髮滑過肩頭。「你對『獎勵』的定義很有趣。假設馬格努斯透過吟詩對罵比賽打敗洛基，也把洛基的力量削弱得夠小……你要怎麼囚禁他？」

「呃，」瑪洛莉說：「我們有個核桃殼。」

絲卡蒂點點頭。「那很好。核桃殼可能辦得到。」

「所以，如果我透過吟詩對罵打敗洛基，」我說：「也用了核桃殼等等諸如此類……接著我們向洛基的組員揮揮手，他們每個人都說『比賽很精彩』，然後放我們離開，是這樣嗎？」

絲卡蒂哼了一聲。「很難喔。比賽一結束，停戰狀態就結束了。接著，船上的組員無論如何都會殺了你們。」

「嗯，那麼，」半生人說：「絲卡蒂，你何不跟我們一起去？我們這組人用得上弓箭手。」

絲卡蒂笑起來。「這個人很能逗我開心喔。」

「是喔，那種感覺很快就沒了啦。」瑪洛莉嘀咕說。

女巨人站起來。「小不點凡人，今天晚上你們就待在我的大廳裡。你們可以安穩睡覺，在『雷鳴之家』沒什麼好怕的。不過到了早上……」她指著窗外的白色深淵，「你們就得離開。我最不希望發生的事，就是縱容尼奧爾德的孫子，害他萌生希望。」

39 我變得很有詩意，就像……呃，很有詩意的人

儘管有絲卡蒂的保證，我還是睡不安穩。房間裡的寒冷和持續的隆隆聲沒有任何幫助，更別提一到早上，絲卡蒂顯然要幫我們套上滑雪屐，把所有人扔出窗外。

此外，我也一直想著亞利思．菲耶羅。你知道的，可能只有想一點點啦。亞利思很像大自然的力量，例如雪雷。她喜歡的時候就出招，完全看溫度差異和風暴模式而定，我不可能預測得到。她撼動我的根基，力量看似強大，但也異常輕柔與拘束，以暴風雪掩蓋住。我無法摸清她的任何動機，她想做什麼就做。至少我的感覺是這樣。

我對著天花板凝視良久，最後，爬下床盥洗一番，換上新的羊毛衣物；這些衣物都是灰白色，冰雪的顏色。我的盧恩石墜子掛在脖子上，感覺冰冷又沉重，彷彿傑克正在使眼色。我打包幾件裝備，然後在雷鳴之家的走廊上閒晃，希望不會有受到驚嚇的僕人或隨便一支箭把我殺了。

在大廳裡，我發現莎米正在禮拜。傑克貼著我的鎖骨嗡嗡作響，以昏昏欲睡的氣憤語氣提醒我，現在是尼福爾海姆標準時間的凌晨四點。莎米讓她的禮拜毯面向那些巨大的開放式窗戶。我猜想，你要對神或什麼的進行冥想時，窗外的白色模糊景象很適合當作放空凝視的背景。我等著她結束。我現在比較認得她的儀式了。結尾會有一段靜默，那是一種平靜的沉澱，連雷聲也無法打擾。接著她轉過身，面露微笑。

「早安。」她說。

「嗨。你起得很早喔。」

我突然意識到，對穆斯林說這種話實在很蠢。如果嚴格守規，你絕對不會睡太晚，因爲必須在第一道晨曦之前起床做禮拜。待在莎米身邊，我也開始更加注意晨昏的時間，即使身在其他世界也一樣。

「我睡得不多，」她說：「我想，我得好好吃個一、兩餐。」她拍拍自己的肚子。

「你在約頓海姆怎麼知道何時該做禮拜？」我問：「又怎麼知道聖地麥加在哪裡？」

「哈。盡可能猜測囉。那樣是可以的，最重要的是心意。」

我不禁納悶，我即將面臨的挑戰會不會也是這樣。也許洛基會說：「嗯，馬格努斯，你在吟詩對罵方面眞的很遜，不過你盡力了，而且心意最重要，所以你贏了！」

「喂。」莎米的聲音打斷我的思緒。「你會表現得很好。」

「你好冷靜喔，」我指出，「讓我想到……你也知道，今天就是那個日子。」

莎米調整她的穆斯林頭巾，它仍是白色的，配合她的服裝。「昨天晚上是齋戒月的第二十七個晚上。傳統上，那是『力量之夜』。」

我遲疑一下。「你在這一天會得到超能力嗎？」

她笑起來。「有一點。那是要紀念穆罕默德第一次從天使加百列接獲天啓。沒有人確切知道是哪一晚，但那是一整年最神聖的一晚……」

「等一下，那是你們最神聖的夜晚，你們卻不清楚到底是什麼時候？」

莎米聳聳肩。「大部分的人認定是第二十七天，不過對啦，它是齋戒月最後十天的其中一晚。不確定是哪一天會讓你保持積極。總之，昨天晚上感覺很對。我沒睡，一直祈禱、思考，就是覺得……很確定，感覺有某種力量比所有一切更加崇高，包括洛基、諸神的黃昏，還有幽冥之船。我爸的力量或許比我更加強大，因爲他是我爸，但他並不是最崇高的力量。眞主至大。」

我知道這個詞，但以前沒聽莎米說過。我得承認，它給我一種發自內心的激勵力量。新聞媒體很喜歡談論這個詞，談到恐怖份子做出可怕的事、把人們炸掉之前怎麼說這句話。

我不打算向莎米提起這點。我想，她很清楚，也很心痛。多數時候，她不能戴著穆斯林頭巾走在波士頓的街道上，否則會有人尖叫著要她回家去，而如果她那天心情不好，她也會高聲回應：「我家在波士頓南邊的多徹斯特！」

「嗯，」我說：「那句話的意思是『主很偉大』，對吧？」

莎米搖搖頭。「有點不太精確。意思是眞主『比較偉大』。」

「比什麼偉大？」

「萬事萬物。整句話的重點是要提醒你，眞主比你面對的萬事萬物更加偉大，包括你的恐懼、你的問題、你的飢渴、你的憤怒，甚至是像洛基這樣的父母問題。」她搖搖頭。「抱歉，對無神論者來說，這聽起來一定很虛假。」

我聳聳肩，覺得很尷尬。眞希望我的信念能夠達到莎米這樣的程度。我不行，但這顯然在她身上發揮作用，而我需要她很有自信，特別是今天。「嗯，你聽起來充飽了超能力。這很重要。準備去踹一些不死鬼魂的屁股了嗎？」

「是啊。」她嘻嘻笑著。「你呢？準備去面對亞利思了嗎？」

莎米彷彿朝我的肚子重擊一拳，眞想知道天主的重擊力道有沒有比這拳更大。「呃，你是指什麼？」

「喔，馬格努斯，」她說：「你在感情方面好像有近視看不清楚啊，也太可愛了吧。」

我還來不及想出某種聰明招式避開正面回應（也許大喊「你看那邊！」然後逃之夭夭），絲卡蒂的聲音突然響徹大廳。「有人這麼早起啊！」

女巨人穿著極為潔白的毛皮，感覺可以重建出一家子的北極熊。在她背後，一整排僕人踏著沉重步伐，搬來各式各樣的木製滑雪屐。「把你們的朋友全部叫醒，準備上路！」

我們的朋友一點都不期待起床。

我得拿冰水去淋半生人．岡德森的頭，還淋了兩次。貝利茲咕噥著什麼鴨子的，還叫我走開。我企圖搖醒希爾斯，只見他從被窩裡伸出一隻手，以手語說：「我不在這裡。」湯傑則是從床上彈起，尖聲叫著：「衝啊！」幸好他沒有配備武器，否則一定會刺穿我。

最後，所有人聚集在大廳，絲卡蒂的僕人幫我們準備了最後一餐……抱歉，是我們的早餐，包括麵包、乳酪和蘋果酒。

「這種蘋果酒是用永生不死的蘋果做的，」絲卡蒂說：「好幾個世紀之前，當時我父親綁架了女神伊登[68]，我們用她的一些蘋果釀成酒。相當淡，不會讓你們永生不死，不過有助於增強耐力，至少可以撐到通過尼福爾海姆的荒野。」

---

[68] 伊登（Idun）是北歐神話中的青春女神，負責分發永生不死的蘋果給眾神，使他們永保青春活力。

我一飲而盡。蘋果酒沒有讓我覺得特別變強，但確實感覺到微微的震顫，讓肚子裡的咕嚕騷動沉寂下來。

吃過早餐後，我們試著套上滑雪屐，每個人的成功狀況不一。希爾斯東以優雅的動作滑來滑去（誰知道精靈可以優雅滑行？），貝利茲則找不到滑雪屐能夠搭配他的鞋子。「有沒有比較小的？」他問：「而且，也許深褐色的更好？像是桃花心木的色澤？」

絲卡蒂拍拍他的頭，侏儒一點都不喜歡那種動作。

瑪洛莉和半生人輕鬆地滑來滑去，但他們兩人得扶著湯傑，幫忙他站起來。

「傑佛遜，我以爲你是在新英格蘭地區長大的，」半生人說：「你從沒滑過雪？」

「我住在城市啦，」湯傑嘀咕說：「而且，我是黑人。在一八六一年，沒有很多黑人男孩會沿著波士頓河岸滑雪吧。」

莎米在她的滑雪屐上看起來有點窘，不過畢竟她會飛，我不太擔心她的狀況。

至於亞利思，她坐在一扇開放式窗戶前面，套上一雙很豔麗的粉紅色雪靴。那是她帶來的嗎？難道她賞了一點瑞典克朗小費給某位僕人，幫她從絲卡蒂的裝備室裡找來一雙雪靴？我不知道，但既然要滑雪滑到死，她絕對不願意穿上一身枯燥的灰白色裝扮。她穿著綠色的毛皮斗篷（絲卡蒂一定是剝了幾隻「鬼靈精[69]」的外皮來做這件），裡面穿著她的淡紫色牛仔褲和綠色與粉紅色運動背心。除了這身勁裝，她還戴了愛蜜莉亞．埃爾哈特[70]風格的飛行員帽子，搭配她的粉紅色太陽眼鏡。正當我心想，我已經看過除了亞利思之外沒人敢穿的所有服裝時，她就穿上全新的一套。

她調整自己的滑雪屐時，完全沒注意到我們其他人（所謂「我們其他人」，其實是指我啦）。她似乎沉浸於自己的思緒，也許正想著要先對母親洛基說什麼，然後再嘗試以勒繩絞掉母親的頭。

最後，我們都套上滑雪屐，兩兩站在開放式窗戶旁，很像一群奧運會高台跳遠選手。

「嗯，馬格努斯．雀斯，」絲卡蒂說：「萬事俱備，只欠喝蜜酒了。」

莎米站在我左邊，把水壺遞給我。

「喔。」我不禁納悶，在滑雪之前喝下蜜酒，這樣安全嗎？也許偏遠地區的酒測執法比較鬆散吧。「你是指現在？」

「對，」絲卡蒂說：「現在。」

我打開水壺蓋。這是關鍵時刻。我們曾經冒險穿越各個世界，差點死掉的次數多到數不清。我們曾與埃吉爾吃大餐、讓陶器互相打架、上演屠龍秀，甚至用老舊的橡膠水管吸取蜜酒，於是我才有這些蜂蜜血飲料可以喝，希望它能讓我變得充滿詩意，能對洛基賞以嘴砲。

我看沒有必要試味道了。我分成三大口，咕嚕吞下蜜酒。我以爲會嘗到鮮血的滋味，但克瓦希爾的蜜酒喝起來比較像……嗯，蜜酒。絕對不像龍血那樣燒灼喉嚨，甚至不像絲卡蒂的「不太永生不死」蘋果酒令人微微震顫。

---

69 鬼靈精（Grinch）是美國兒童文學作家蘇斯博士（Theodor Seuss Geisel）創造的角色，他渾身綠色，很討厭耶誕節。

70 愛蜜莉亞．埃爾哈特（Amelia Earhart）是美國飛航先鋒，一九三二年成為第一位飛越太平洋的女性駕駛員，鼓舞了當時的女性勇於追求夢想。她在一九三七年嘗試環球飛行途中失蹤。

「你感覺怎樣？」貝利茲滿懷希望地問：「很有詩意？」

我打個嗝。「我覺得還好。」

「就這樣？」亞利思追問。「說點令人刮目相看的話。描述一下暴風雪。」

我望向窗外的暴風雪。「暴風雪看起來……很白，也很冷。」

半生人嘆口氣。「我們全部死定了。」

「英雄們，祝好運！」絲卡蒂大叫。

接著，她的僕人把我們推進窗外的虛空之中。

40 我接到赫爾打來的對方付費電話

我們呼嘯穿越天空，就像任何呼嘯穿越天空的東西那樣。

狂風拍打我的臉，白雪令我什麼都看不見。寒冷實在好糟，害我覺得好寒冷。好吧，對，詩意的蜜酒絕對還沒發揮功效。

接著，地心引力接管整個局面。我討厭地心引力。

我的滑雪屐擦過雪堆咻咻作響。我已經很久很久沒有滑雪了，更從未在暴風雪的零下氣溫中，沿著四十五度的陡坡往下滑。

我的眼球凍結，寒冷燒灼著我的臉頰。不知為何，我竟然免於跌倒的慘劇。每次又開始搖晃，我的滑雪屐總能自動修正，讓我保持直立。

我往右邊瞥了一眼，看到莎米飛在旁邊，她的滑雪屐距離地面將近兩公尺。作弊。希爾斯東以之字形滑過我的左邊，並用手語比著：「從你左邊切過去。」根本一點用也沒有。

而在我前方，貝利茲恩從空中落下，同時用盡全力放聲尖叫。他撞上雪面，立刻執行一連串令人眼花撩亂的障礙滑雪、八字形技巧和三轉跳，每一種動作都滑得比他自己宣稱的程度更加厲害，不然就是他的魔法滑雪屐具有邪惡的幽默感。

我的膝蓋和腳踝都因為使力而感覺燃燒起來。狂風鑽進我身上超級重的巨人織造衣物。我可能隨時都會跌撞得太嚴重，連魔法滑雪屐都救不回來。我會撞上巨石、跌斷脖子，最後四肢攤開趴在雪面上，就像……別提了。我連試都不想試。

突然間，山坡變得平坦，暴風雪也減弱了。我們的速度慢下來，八個人全都緩緩停止，彷彿只是滑完「遜咖山」的簡單入門滑雪坡。

（嘿，這是個明喻！也許我平常馬馬虎虎的敘述技巧漸漸回來了！）

我們的滑雪屐自動脫離。亞利思率先恢復行動力，只見她跑向前，在一道橫越雪地的低矮石脊後方尋求掩蔽。我想那樣有其道理，畢竟她是方圓十幾公里內最繽紛多彩的目標。我們其他人也跑到她身旁。那些無人的滑雪屐轉了一圈，咻地一聲滑回山上。

「退場策略到此為止。」亞利思自從昨晚之後第一次看著我。「雀斯，你最好趕快開始覺得充滿詩意，因爲你快沒時間了。」

我從石脊上方望去，終於了解她說的意思。在幾百公尺外，穿越一層凍雨薄幕的後方，鉛灰色的水域延伸遠達地平線。在靠近岸邊的地方，「幽冥之船」納吉爾法的黑色形影從冰封的海灣向上拔起。它如此巨大，如果我事先不知道它是一艘帆船，很可能會以爲那是另一道海岬，如同絲卡蒂的山上堡壘。它的主帆可能要爬好幾天才能到達頂部，巨大的船身排出的水量足以灌滿整個美國大峽谷。群聚在甲板和梯板上的東西看起來像憤怒的螞蟻，不過我有預感，如果我們靠得更近，那些形影就會區分成巨人和殭屍，成千上萬，數也數不盡。

之前，我曾在夢中看過這艘船。現在，我終於意識到我們的處境有多麼險惡：八個人面對一整個計畫摧毀所有世界的軍團，而我們的希望僅僅維繫於我找到洛基、對他咒罵一些難聽的話語。

這實在太荒謬了，有可能讓我覺得很無助，然而我只覺得滿腔怒火。

說得精準一點，我沒有感覺到詩意，但確實覺得喉嚨燒起一把火，渴望把我對洛基的想法原原本本告訴他。一些生動的譬喻在我心裡蔓延開來。

「我準備好了。」我說著，希望自己沒說錯。「我們要怎麼找到洛基，又不會被殺？」

「正面進攻？」湯傑提議。

「呃……」

「我開玩笑的，」湯傑說：「這顯然需要牽制戰術。我們大部分人應該要想辦法去那艘船的前面發動攻擊，引發一陣騷動，盡可能吸引最多的壞蛋離開梯板，讓馬格努斯有機會上船去挑戰洛基。」

「再等等……」

「我同意『北軍小子』的看法。」瑪洛莉說。

「是啊。」半生人舉起他的戰斧。「『戰斧』很渴望巨人的鮮血！」

「等一下！」我說：「那樣是自殺啊。」

「不，」貝利茲說：「小子，我們談過這件事，也擬定了計畫。我帶了一些侏儒繩索，瑪洛莉有鉤爪，希爾斯有他的盧恩石。運氣好的話，我們可以爬上那艘船的船頭，開始製造一場混亂。」

他拍拍一個裝備袋，是從「大香蕉」上帶來的。「別擔心，我對那些不死的鬼魂戰士早就見怪不怪了。你偷偷溜上船尾的梯板，找到洛基，要求與他決鬥，然後戰鬥就應該停止。我們不會有事。」

「是啊，」半生人說：「然後我們會來看你大罵特罵，打敗那個臭爛屁。」

「而且我會對他扔出核桃殼，」瑪洛莉最後說：「給我們大約三十分鐘就定位。莎米，亞利思……好好照顧我們的小子。」

「我們會的。」莎米說。

連亞利思也沒有發牢騷。我領悟到他們的計謀徹底打敗我。我的朋友聯合起來擬訂一項計畫，幫我爭取最大的機會，完全不顧那會對他們帶來多大的危險。

「各位……」

希爾斯以手語說：「沒時間浪費了。這個。給你。」

他從袋子裡拿出「歐特哈拉」遞給我，就是我們從安狄容的石堆上拿來的那顆盧恩石。它躺在我的掌心，又帶回腐爛爬行類和燒焦布朗尼蛋糕的氣味。

「謝謝，」我說：「可是……爲什麼是這個盧恩字母？」

「不只代表繼承，」希爾斯說：「歐特哈拉象徵著協助一段旅程。等我們離開就用它，應該能保護你。」

「怎麼用？」

他聳聳肩。「別問我。我只是魔法師。」

「那好吧，」湯傑說：「亞利思、莎米、馬格努斯……我們到那艘船上見。」

我還來不及反對，甚至來不及感謝他們，其他人就踩著蹣跚的步伐穿越雪地。他們身穿巨人的白色衣裳，很快就消失於蒼茫的大地。

我轉向亞利思和莎米。「你們計畫這一切有多久了？」

儘管嘴唇龜裂流血，亞利思仍然笑起來。「你毫無頭緒有多久，我們就計畫了多久。所以，有一陣子了。」

「我們應該動身了，」莎米說：「可以試用你的盧恩石嗎？」

我低頭看著歐特哈拉，很疑惑「繼承」和「協助一段旅程」之間究竟有什麼關聯。我想不出來。我不喜歡這個盧恩石的來源，也不喜歡它代表的意義，但我想，我必須用它一定有其道理。我們經歷了許多痛苦和苦難才得到它，就像得到蜜酒的過程一樣。

「我把它扔進空中就行了嗎？」我好奇地問。

「我想，希爾斯會說……」接著亞利思比劃手語：「對啦，你這白痴。」

我相當確定希爾斯不會說這種話。

我拋出盧恩石。歐特哈拉幻化成一縷細雪。我希望過了一、兩天之後，它會重新出現在希爾斯的盧恩石袋子裡，他用過的盧恩石通常就是這樣。我絕對不想幫他買替代品。

「什麼事都沒發生。」我指出。接著，我瞧瞧左右兩邊。亞利思和莎米消失了。「喔，眾神哪，我把你們蒸發掉了！」我試著站起來，但是有看不見的手從兩側抓住我，拖著我往後摔倒。

「我就在這裡，」亞利思說：「莎米呢？」

「這裡，」莎米確認說：「看來是盧恩石把我們變成隱形人。我可以看見自己，但是看不見你們兩人。」

我低頭看。莎米說得對，我看自己看得很清楚，但兩個朋友存在的唯一跡象，就只有她們坐在雪地上的壓痕。

歐特哈拉為何選擇隱形呢？我感到很納悶。難道與我的個人經驗有關，我無家可歸的時候覺得自己是隱形人？或者，魔法說不定受到希爾斯東家族經驗的塑造。我想，他童年的多數時間都希望父親看不見他。無論如何，我不想浪費這個機會。

「咱們行動吧。」我說。

「大家手牽手。」亞利思命令道。

她牽起我的左手，不帶有任何特別的情感，活像我是一根枴杖。莎米沒有牽起我的另一隻手，但我猜不是宗教方面的原因。她只是很樂於想到我和亞利思手牽著手。我幾乎可以「聽見」莎米露出微笑。

「好了，」她說：「走吧。」

我們沿著石脊艱苦跋涉，前往岸邊。我很擔心留下一條足跡，但風雪很快就把我們經過的痕跡全部吹散。

氣溫和風勢比前一天更加刺骨，但絲卡蒂的蘋果酒一定發揮了功效。我呼吸時沒有覺得吸進玻璃，也不需要每隔幾秒鐘就檢查我的臉，確定自己的鼻子沒掉。

除了狂風的呼嘯聲和冰河崩解落入海灣的轟隆聲，還有其他聲音從「納吉爾法」的甲板上傳到我們耳裡，有鎖鍊的匡啷聲、橫梁的吱嘎聲、巨人發號施令的吼叫聲，以及最後一刻踩過指甲甲板匆匆抵達的腳步聲。船隻一定很快就要啓航了。

我們走到距離甲板大約一百公尺處，亞利思拉拉我的手。「趴下，你這白痴！」

我就地蹲下，但是身爲隱形人，我不知道怎麼躲才能躲得更有效。

距離我們不到三公尺的地方，風雪中冒出一群很像食屍鬼的士兵，大步走向納吉爾法。

我沒有看到他們靠近，而且亞利思是對的：我不敢確定這樣的隱形會讓那些傢伙看不到我。

它們破爛的皮革盔甲閃耀著冰晶，身軀只剩下一點乾巴巴的肉絲掛在骨頭上，胸腔和頭骨裡面閃爍著藍色的鬼魅光線，讓我聯想到一群生日蠟燭列隊穿越史上最糟的生日蛋糕。

那些不死的鬼魂大步經過時，我注意到它們的鞋底布滿釘子，很像防滑釘。我想起半生人．岡德森曾告訴我一件事：通往赫爾海姆的道路覆蓋著冰，因此不名譽的死者要以釘鞋當作陪葬物，一路上才不會滑倒。如今，那些鞋子的主人穿著它們，大步走回活人的世界。

亞利思的手在我手中瑟瑟發抖；或者說不定發抖的人其實是我。最後，那些死人經過我們旁邊，走向碼頭和幽冥之船。

我搖搖晃晃站起來。

「阿拉保護我們。」莎米喃喃說著。

如果真的有那位「大人物」，我超希望莎米與他有某種關聯。我們很需要保護啊。

「我們的朋友正在面對那些，」亞利思說：「我們得快一點。」

她又說對了。那艘船擠滿了幾千個殭屍，只有一個原因讓我想要登上那艘船：如果沒上去，我們的朋友就得孤單奮戰。那種事絕不會發生。

我踏上亡者大軍留下的路跡，結果腦袋裡立刻充滿低吟的聲音：「馬格努斯，馬格努斯。」痛苦釘進我的眼睛。我忍不住膝蓋一彎。我很清楚那是什麼聲音。有些聲音刺耳且憤怒，其他則寬容且溫和。所有聲音在我的內心反覆迴盪，渴望得到注意。其中一個聲音……有一個是我母親的聲音。

我猶豫起來。

「喂，」亞利思輕聲說：「你怎麼……？等一下，那到底是什麼？」

她也聽到那些聲音嗎？我轉過身，企圖確定聲音的來源。我以前沒有見過，但約在十五公尺外，從那些殭屍前來的方向，有個黑暗的正方形孔洞出現在雪地上，有一條坡道向下通往虛無。

「馬格努斯，」蘭道夫舅舅的聲音輕聲說：「我的孩子，我真的很抱歉。你能不能原諒我？下來吧，讓我再一次看看你。」

「馬格努斯。」有個我只在夢中聽過的聲音說。那是卡洛琳，蘭道夫的妻子。「求求你原諒他。他的心地真的很好。來吧，親愛的，我想見見你。」

「你是我們的表哥嗎？」一個小女孩的聲音說，是艾瑪，蘭道夫的大女兒。「我爹地也給我一顆歐特哈拉盧恩石。你會不會想看看它？」

最痛苦的是，我媽也叫著：「來吧，馬格努斯！」她的語氣好雀躍，以前她要鼓勵我在步道上走快一點，想要分享驚人的景致時，就會用這樣的語氣。只不過，現在她的語氣帶有一絲寒意，彷彿她的肺充滿了氟利昂冷媒。「快點！」

那些聲音撕扯著我，讓我的心碎成一片片。我是十六歲嗎？我是十二歲還是十歲？我到底在尼福爾海姆還是藍山？難道是在蘭道夫舅舅的船上？

亞利思的手從我手中滑落。我不在乎。

我走向那個洞穴。

莎米的聲音從我背後某處傳來：「你們兩個怎麼了？」

她聽起來很擔心，接近驚慌邊緣，但是對我來說，她的聲音似乎沒有比那些呢喃的魂魄更真實。她無法阻止我。她看不到我的足印踩上那些殭屍士兵遺留的踩踏路徑。如果用跑的，我就可以趁朋友還沒搞清楚發生什麼事之前，跑進那條結冰道路，向下直抵赫爾海姆。這樣的想法讓我好興奮。

我的家人都在下面那裡。赫爾，掌管不名譽死者的女神，我曾在邦克山上見到她，她對我說了不少事。她曾答應我與家人團聚。也許他們需要我幫忙。

傑克貼著我的喉嚨，發出溫暖的規律振動。他爲什麼要那樣？

而在我左邊，亞利思咕噥著說：「不，不，我不會聽。」

「亞利思！」莎米說：「感謝神。馬格努斯在哪裡？」

莎米的聲音爲何聽起來那麼擔心？我有種模糊的印象，我們是因爲某種原因而來到尼福爾海姆。我……我可能不該在此時此刻遁入赫爾海姆吧。那樣可能會害我沒命。

那些低吟的聲音愈來愈響亮，愈來愈堅持。

我的內心奮力抵抗，抗拒著想要跑向那條黑暗坡道的衝動。

我變得隱形，是因爲歐特哈拉那個盧恩石，代表「繼承」的盧恩石。萬一這是魔法的副作用呢？它讓我聽見家族死者的聲音，把我拉向他們的領域。

亞利思再度找到我的手。「找到他了。」

我抵抗著一股怒氣。「爲什麼？」我啞著嗓子問。

「我知道。」亞利思說，她的語氣異常溫和。「我也聽到他們的聲音了。可是你不能跟隨他們而去。」

黑暗坡道慢慢關閉。聲音停止了。風雪開始抹去殭屍的足跡。

「你們兩個還好嗎？」莎米叫道，她的聲音比平常高了八度音。

「嗯，」我說，但沒有覺得非常好，「我……剛才那樣我很抱歉。」

「不必道歉。」亞利思捏捏我的手指。「我聽到我祖父的聲音。都快忘了他的聲音聽起來是什麼樣子。還有其他聲音。亞德里安……」她說到這個名字突然噎住。

我幾乎不敢開口問。「誰？」

「一個朋友，」她說，讓這個名詞包含了各式各樣可能的意義，「自殺了。」

她的手在我手中變得癱軟，但我沒有放開。我好想延伸我的力量，嘗試療癒亞利思，讓她的往事反向湧進我的腦袋，讓我分擔隨之而來的痛苦與記憶。但我沒有嘗試。我沒有獲邀進入那裡。

莎米沉默了從一數到十的時間。「亞利思，我很抱歉。我……我沒有聽見半點聲音。」

「要高興才對。」我說。

「對。」亞利思也同意。

我內心有一部分仍然抗拒著奔過雪地的衝動，我渴望趴倒在地、扒抓地面，直到黑暗地道再度開啓。我聽見母親的聲音啊，即使那只是冰冷的回音，或者是惡作劇，或是赫爾開的殘酷玩笑。

我轉身面向大海。突然間，我好怕待在堅實的地面上，覺得還不如登上幽冥之船。

「走吧，」我說：「我們的朋友都靠我們了。」

41 我叫了暫停

梯板是用腳趾甲做的。

如果這樣還不足以讓你吐出來，那麼無論我喝下多少克瓦希爾的蜜酒，都無法給你夠噁心的描述。坡道寬達十五公尺，但來往人潮非常洶湧，很難找到沒人的空窗時刻。我們抓緊時機，跟著一群殭屍爬上船，但有個搬了一大把長矛的巨人差點把我踩扁。

一到船上，我們躲到側邊，讓自己緊貼著欄杆。

就我個人看來，這艘船比我夢中所見更加駭人。閃亮的甲板似乎延伸到無窮遠，是用黃色、黑色和灰色指甲拼組而成，很像某種史前生物的盔甲獸皮。數百名巨人匆忙奔走，他們的體型與巨大的船隻相較，你差點會以為是人類的體型。他們包括石巨人、山嶺巨人、霜巨人、山丘巨人，還有少數穿著整潔的巨人，可能是都會巨人吧；所有人都忙著纏繞繩索、堆疊武器，並以各式各樣的巨人方言彼此呼喊。

不死鬼魂就沒有這麼勤奮了。它們占據大部分的甲板，全神貫注站著，排列成鬼魅般的藍白色隊形，總共有成千上萬名，像是正在等待遊行檢閱。有些騎在殭屍馬上，其他身邊帶著殭屍狗或殭屍狼，少數甚至帶著殭屍猛禽停棲在骷髏手臂上。它們似乎都感到心滿意足，默默站著等待進一步指令。很多人等待這場最後戰役已經有幾千年了吧。我想，他們認為再多等一下子也沒差。

巨人盡可能避開那些不死的鬼魂。他們謹慎地繞過殭屍軍團，咒罵它們擋住去路，但沒有直接碰觸它們或出言威脅。我想，如果我發現自己與一群循規蹈矩且全副武裝的老鼠共用一艘船，可能也會有同樣的感受吧。

我環顧甲板尋找洛基，沒看到有人身穿閃亮的白色海軍上將制服，但是這不代表什麼意義。他可能身在廣大群眾之中的任何地方，也可能偽裝成任何人。或者，他可能在甲板下面，享用諸神黃昏之前的豪華早餐。虧我還想了那麼多，想要毫無阻礙地直直走到他面前，開口說：「嗨，呆頭，我向你提出挑戰，來場辱罵決鬥吧。」

在前甲板上，大約八百公尺外的地方，有個巨人來回踱步、揮舞斧頭並喊著各種命令。距離太遠了，我無法看清很多細節，但根據之前的夢境，我認出他的駝背和枯瘦的身形，以及精緻的胸甲。他是赫列姆，這艘船的船長。他的聲音大到蓋過了海浪沖刷和巨人怒吼等等各式噪音：

「你們這些懦夫，走路簡直像牛一樣慢。快點準備好！航道淨空了！動作如果沒有快一點，我會把你們餵給加姆[71]吃！」

接著，在船長背後的船頭某處，一陣爆炸聲響搖撼整艘船。冒煙的巨人一邊尖叫一邊飛越空中，很像大炮射出的特技演員。

「我們遭受攻擊！」有人大喊：「抓住他們！」

我們的朋友抵達了。

我看不見他們，但在混亂的喧囂聲之中，我聽見一支喇叭吹出起床號的刺耳聲響。我只能猜想，湯傑終於從他的打火帽、神射手眼鏡和硬麵包等種種裝備底下找到那把樂器。

在赫列姆船長的頭頂上方，一個金色的盧恩字母在空中熾烈燃燒：

ᚦ

蘇里薩茲，代表毀滅的標誌，同時也是天神索爾的符號。要對一群巨人造成恐懼和困惑等種種打擊，希爾斯東不可能選擇更好的盧恩字母了。閃電從那個盧恩字母往四面八方劈下，把巨人和不死鬼魂活生生炸熟。

又有更多巨人蜂擁到上甲板。他們其實沒有太多選擇的餘地。這艘船擠了太多軍隊，無論群眾想不想去前面，也只能讓戰線向前推進。大量的身軀把一條條坡道和樓梯擠得水洩不通。一群人趕到赫列姆船長身邊簇擁著他，只見他在頭頂上方揮舞戰斧，嘴裡大聲嚷嚷卻無濟於事。

不死鬼魂軍團多半待在原本的隊伍裡，但是就連他們也轉頭望著混亂的方向，彷彿有點感到好奇。

莎米在我旁邊低聲說：「就是現在。」

亞利思放開我的手。我聽到嗖嗖聲，她從腰帶扣環拔出勒繩。

我們開始向前移動，不時碰觸彼此的肩膀以保持聯繫。有個巨人從頭頂上跨過，我連忙蹲下身子。我們曲折穿越一個殭屍騎兵隊，它們的長矛爆出冰凍光芒，死馬的蒼白眼睛凝視著空無。

---

71 加姆（Garm）是守護赫爾海姆的地獄巨犬。

我聽到一聲戰鬥的呼喊，似乎來自半生人．岡德森。我希望他沒有像平常戰鬥時把上衣脫掉，不然他奮戰到死的時候可能會感冒啊。

又一個盧恩字母在船頭上方炸開：

ᛁ

「意沙」，是「冰」的意思，這在尼福爾海姆一定很容易施放。一波冰霜湧過納吉爾法的左舷，把整群巨人變成冰凍的雕像。

在灰暗的晨光中，我瞥見一抹閃光，有個小小的青銅物體飛向赫列姆船長，我想那是其中一個朋友抛出手榴彈。但那個「手榴彈」並沒有爆炸，它落下時反而變大了，膨脹成不可思議的巨型尺寸，變成像星巴克咖啡店那麼大的金屬鴨子，最後船長和最靠近他的十幾名巨人朋友全都消失在鴨子底下。

靠近右舷欄杆處，另一隻青銅巨鴨也擴充完成，把一大隊殭屍推進海裡。巨人全部尖叫後退、一團混亂，反正就是看到巨大的金屬鴨從天而降會有的反應。

「擴充鴨，」我說：「只有貝利茲能超越他自己。」

「繼續前進，」亞利思說：「我們現在很靠近了。」

也許我們不該說出口。在最靠近的一排殭屍戰士之中，有個貴族配戴黃金臂章，他的狼臉頭盔轉朝我們的方向。一陣咆哮聲在他胸口轟隆響起。

他用我聽不懂的語言說了些話，聲音溼漉且空洞，很像流水滴進棺材的聲音。他的手下從發霉的劍鞘裡拔出生鏽的劍，轉過來面對我們。

我看看莎米和亞利思。她們清晰可見，所以我想我也是。這像是某種很難笑的笑話，我們的歐特哈拉掩護力，就在船隻主甲板的正中央、在不死鬼魂軍團的正前方，破解了。（你只能期待阿德曼先生給你這樣的魔法保護力啊。）

殭屍環繞在我們周圍。大部分巨人依然衝去對付我們的朋友，但是有少數巨人注意到我們，他們憤怒大吼，也跑來加入殺戮的行列。

「嗯，莎米，」亞利思說：「認識你眞的很好。」

「那我呢？」我問。

「懸而未決。」她變身成一頭山獅，撲向屍鬼貴族，把他的頭咬掉。接著，她移動穿越軍隊行列，毫不費力地變換身形，從狼變成人類再變成鷹，每一種都比前一種更加致命。

莎米使出她的女武神長矛，以灼熱的光芒炸穿那些不死鬼魂，一次燒掉幾十個，但是又有上百個鬼魂持刀劍和長矛擠上前來。

我扯下傑克並大喊：「戰鬥！」

「好的！」他大喊回應，但聽起來其實像我一樣驚慌。他在周圍飛快旋轉，奮力保護我的安全，但我發現自己有個麻煩，與身爲弗雷之子特別有關。

英靈戰士有句俗話說：「要殺就先殺治療師。」

資深的維京人戰士徹底奉行這項軍事哲學，他們是在瓦爾哈拉打電動時學到這一點。這個概念很簡單：只要敵營有任何一個傢伙能治療你對手的傷勢、把他們送回戰場，那麼你瞄準他發動攻擊就對了。殺了治療師，其他人也會很快死掉。況且，治療師可能軟趴趴的沒有防禦能力，很容易殲滅。

巨人和殭屍顯然也知道這項專業技巧。或許在等待世界末日期間，他們也和英靈戰士打同樣的電玩吧。不知什麼原因，他們認定我是治療師，無視於亞利思和莎米的存在，全部朝我湧來。箭矢飛越我的耳朵旁邊，長矛刺向我的腹部，戰斧擲向我的兩腿之間。這個地方其實擠不下這麼多戰士，屍鬼大多數的武器都射中屍鬼目標，但我覺得殭屍不太在乎火力誤傷自己人。

我盡可能讓自己貌似戰士。我使出英靈戰士的力氣，出拳直接打穿最靠近的殭屍胸口，感覺很像打穿一大桶乾冰。他倒下後，我抓起他的劍，刺向他旁邊的夥伴。

「現在誰還需要治療師啊？」我大喊。

大概過了十秒鐘吧，我們的進展似乎還好。又有一個盧恩字母炸開，也有另一隻擴充鴨以綠頭鴨之姿對敵人施以毀滅行動。船頭傳來湯傑那把「春田一八六一」步槍的尖銳槍聲，我也聽到瑪洛莉用蓋爾語大聲咒罵。

半生人．岡德森喊道：「我是弗洛姆的半生人！」

聽見這句話，有個呆傻巨人回答：「弗洛姆？好垃圾的地方！」

「嗚哇哇哇啊啊啊！」半生人的憤怒嚎叫聲撼動整艘船，隨之而來的是他的戰斧犁過一排排身軀的聲音。

亞利思和莎米打鬥起來像是一對雙胞胎惡魔；莎米的燃燒長矛和亞利思的銳利勒繩以相同的速度揮過那些不死鬼魂。

然而，我們周圍環繞這麼多敵人，他們發動聯合攻擊只是遲早的事。一根長矛的尾端撞到我的頭側，我雙膝一彎跪倒在地。

「先生！」傑克大喊。

我看到一把殭屍的斧頭朝我的臉急速飛來。我知道傑克來不及阻止它。我發揮喝下克瓦希爾蜜酒的高超詩意，心裡想著：「嗯，這爛透了。」

接著發生了一件事，但不是我的死。

我內心累積了憤怒的壓力……而且有種確定感，很確定所有的戰鬥必須停止，如果想要完成任務就非停止不可。我的怒吼聲甚至比半生人．岡德森更加響亮。

金色的光芒往四面八方炸開，橫掃整艘船的廣大甲板，將所有人手中的刀劍震飛出去，也讓空中的投擲武器改變方向、呼嘯飛入大海，更剝奪了整批大軍的長矛、盾牌和斧頭。

我跌跌撞撞站起來。

戰鬥停止了。我的吼聲所到之處，每一件武器都炸飛到擁有者伸手可及的範圍之外，連傑克也飛出右舷不知所蹤；我想，只要我存活下來，等一下絕對會聽到他的下落。船上的每一個人，無論是朋友或敵人，全部都遭到弗雷的和平力量完全繳械，這種力量我以前只召喚過一次。

謹慎的巨人和困惑的殭屍紛紛從我身邊退開。亞利思和莎米則跑到我旁邊。

我的頭陣陣抽痛，視線游移。我有一顆臼齒不見了，滿嘴都是鮮血。

弗雷的和平力量是相當棒的派對把戲，絕對能緊緊抓住每一個人的注意力，但這種狀態無法持續到永遠。如果只是奪走敵人的武器，就等於回到殺死治療師的老路數，他們絕不會善罷甘休。

但是眾人這份兩手空空的震驚還來不及消退，我的左邊某處就傳來熟悉的聲音：「嗯，好啊，馬格努斯。眞是戲劇化！」

屍鬼紛紛退開，洛基現身了，他身穿俐落的白色海軍上將制服，頭髮是秋葉的顏色，滿是傷疤的嘴唇扭曲成一抹燦笑，雙眼閃耀的幽默感滿懷惡意。

他的後面站著西格恩，他那位長久受苦的妻子。許多個世紀以來，她拿一個杯子收集毒蛇的毒液，使毒液不至於滴到洛基的臉上；一般的婚禮誓言絕不會涵蓋這種職責。她的臉孔蒼白且瘦削，不可能看出思緒，但一雙眼睛仍流下血紅色的淚液。我想，我感覺到她的嘴唇微微緊繃，彷彿對於再次看到我感到失望。

「洛基……」我吐了一口血，幾乎無法說話。「我向你挑戰吟詩對罵。」

他盯著我，彷彿仍然等待我說完整句話。也許他期待我補上幾句：「吟詩對罵……挑戰對象是另外這個傢伙，他超會罵人，也比我更會羞辱人。」

在我們周圍，無窮無盡的一排排戰士似乎全都屛住呼吸，雖然殭屍沒有呼吸可以屛住。尼奧爾德、弗麗嘉、絲卡蒂，他們全都向我保證洛基一定會接受我的挑戰。這是傳統，也是榮譽感使然。我或許沒有伶牙俐嘴和靈光腦袋，克瓦希爾的蜜酒也不保證一定能把詩意融入我的聲帶，但現在面對這場言語大戰，我至少會盡全力擊敗這個高明的騙子。

洛基抬起臉，迎向冰冷灰撲的天空，仰天大笑。

「馬格努斯．雀斯，還是謝啦，」他說：「不過，我想我只會殺了你。」

42 我的開場很渺小

莎米撲過去。我想，洛基像這樣使出渾球的招數、拒絕我的挑戰，她是最不驚訝的人吧。莎米的長矛還沒碰到她父親的胸口，突然有個響亮的聲音大吼：「住手！」

莎米停下來。

我的思緒還很混亂，一度以爲喊出命令的人是洛基，因此莎米非得服從不可。她受過那麼多訓練和練習，既禁食又有自信，然而到頭來全是一場空。

接著我才意識到，發出命令的人根本不是洛基。事實上，洛基看起來相當憤怒，而莎米也是憑自己的意志停下來。屍鬼和巨人群眾紛紛閃避，只見赫列姆船長跛著腳向我們走來。他的斧頭不見了，胸口很炫的盾牌也向內凹陷，上面的凹痕可能是非常巨大的鴨嘴所造成。

從近距離來看，他的年老臉龐並沒有比較漂亮，下巴掛著一撮撮宛如冰柱的慘白鬍子，淡藍色的眼睛在眼窩深處熒熒發亮，彷彿要與大腦融合在一起。他的嘴唇宛如皮革般粗糙，很難看出到底是對我們怒目而視，還是準備要吐出一粒西瓜籽。

而且這位船長的氣味：超噁。赫列姆的白色毛皮充滿霉味，讓我聯想到蘭道夫舅舅的衣櫥平常散發的「老男人」氣味。

「提出挑戰的人是誰？」赫列姆以低沉的聲音說。

「是我，」我說：「以吟詩對罵挑戰洛基，除非他太害怕，不敢面對我的挑戰。」

群眾喃喃說著：「喔喔喔喔喔。」

洛基咆哮說：「噢，拜託。馬格努斯．雀斯，我才不會上你的當。赫列姆，我們沒時間搞這些。冰塊融化了，水道已經淨空。打扁這些入侵者，我們啓航吧！」

「喂，等一下！」赫列姆說：「這是我的船！我是船長！」

洛基嘆口氣。他脫掉海軍上將的帽子，朝帽子裡面打了一拳，顯然努力控制自己的脾氣。「我親愛的朋友。」他對船長面露微笑。「我們已經努力了這麼久。我們共同號令『納吉爾法』。」

「你的部隊，」赫列姆說：「我的船。如果我們意見不合的話，所有的約定必須由史爾特來打破。」

「史爾特？」我又吞下滿口的鮮血。聽到我最不喜歡的火巨人之名，我一點都不興奮……那位老兄在我胸口炸出一個洞，再一拳把我燃燒的屍體打到朗費羅橋下。「呃，史爾特也在這裡嗎？」

洛基哼了一聲。「火巨人在尼福爾海姆？不可能。愚蠢的年輕英靈戰士啊，你知道嗎？嚴格來說，史爾特擁有這艘船，不過那只因爲納吉爾法是在穆斯貝爾海姆註冊的船隻。那裡的稅法優惠比較多。」

「那不是重點！」赫列姆喊道：「既然史爾特不在這裡，最後的命令權握在我手中！」

「不，」洛基勉強耐心說道：「最後的命令權是我們共同擁有，而我說，我們的部隊必須出發！」

「而我說，正式提出的挑戰必須獲得接受！那是決鬥的標準規定。除非你太懦弱，就像那男孩說的。」

洛基笑起來。「懦弱？面對這樣的孩子？喔，拜託！他根本微不足道！」

「那麼，」我說：「讓我們見識你的三寸不爛之舌，除非你的舌頭和你那張臉的其他部分一起燒掉了。」

「喔喔喔喔喔！」群眾說。

亞利思對我挑挑眉，她的表情似乎要說：「沒想到還滿有說服力的嘛。」

洛基凝視天空。「父親法布提，母親勞菲，為什麼我會遇到這種事？我的天賦竟然要浪費在這群觀眾身上！」

赫列姆轉向我。「你和你的盟友會不會維持停火狀態，直到吟詩對罵決鬥結束？」

亞利思回答：「馬格努斯是我們的吟詩對罵選手，不是我們的首領。不過呢，會，我們會停止進攻。」

「連鴨子也是？」赫列姆鄭重問道。

亞利思皺起眉頭，彷彿覺得這確實是很嚴肅的提問。「那當然，連鴨子也是。」

「那麼請求挑戰獲得同意！」赫列姆吼道：「洛基，你已經遭到挑戰！根據古代的慣例，你必須接受！」

洛基原本想對船長破口大罵，但他把那些粗話全部吞下，可能因為赫列姆的身高是他的兩倍吧。「非常好。我會把馬格努斯．雀斯罵到鑽進甲板的板子裡，再用我的鞋子把他踩扁。然後我們就會啓航！莎米拉，親愛的，拿著我的帽子。」

他拋出海軍上將帽。莎米拉任憑帽子掉在她腳邊。

她對洛基露出冷冷的微笑。「這位父親，要拿帽子你自己拿。」

「喔喔喔喔喔！」群眾說道。

一陣憤怒湧過洛基的臉。我幾乎看出他的腦袋咀嚼著各種超棒的點子（全都可以把我們凌虐致死），但他什麼話也沒說。

「吟詩對罵！」赫列姆高聲宣布。「直到比賽結束之前，不能再發動更多的攻擊！不能再扔擲更多的鴨子！讓那些敵人戰士走上前來觀賞比賽！」

伴著一點推擠和咒罵，我們的朋友奮力穿越群眾而來。就剛才歷經的戰鬥來說，他們看起來還好。半生人真的把上衣脫掉，他的胸口寫了字，看似用巨人鮮血寫著「弗洛姆」，旁邊還畫了一顆大大的心形。

湯傑的步槍擊發了那麼多槍，槍口在寒冷中冒著煙。他的刺刀滴著殭屍的黏液，軍事號角也扭曲成青銅扭結餅的模樣（會變成這樣，我真的不怪那些敵人）。

希爾斯東看起來毫髮無傷，但是一副精力耗盡的樣子，這可以理解，畢竟他用冰和閃電摧毀那麼多敵人。貝利茲恩大步走在他旁邊，許多巨人見狀嚇得倉皇奔逃，雖然他們的體型足足是侏儒的十倍。有些巨人害怕得直嚷嚷，喊他「鴨子大師」；其他人則拚命抓著脖子，因爲貝利茲恩用鐵鍊盔甲領結緊緊扣住他們。巨人活在領結的恐懼陰影下。

瑪洛莉．基恩以單腳跳，顯然在挪威骨折的同一隻腳又斷了。不過她單腳跳還是充滿氣勢，不愧是眞正的戰士和弗麗嘉的女兒。她將兩把刀都插入刀鞘，以手語對我說：「我有核桃殼。」

假如我們是一群談論核子武器之類話題的間諜，那句話會是很棒的暗語。不幸的是，她眞正的意思就是她有核桃殼。好吧，我要負責把洛基弄進那裡面。我不禁感到好奇，如果我沒有先在罵人戰鬥中打敗洛基，瑪洛莉能不能打開核桃殼把他吸進去？可能不行吧。到目前爲止，沒有一件事這麼簡單就能達成；我想，簡易模式現在也不會啓動。

最後，傑克飛回來飄在我旁邊，嘴裡嘀咕著：「用弗雷的和平力量害我繳械？先生，一點都不酷喔。」接著，他安頓在莎米拉旁邊，準備看好戲。

群眾環繞在我和洛基周圍，大約圍成直徑十公尺的圓形。受到巨人的包圍，我覺得自己好像站在牆角下。周遭突然安靜下來，我可以聽到遠處傳來暴風雪的轟隆聲、冰河融解的爆裂聲，以及納吉爾法的繫泊纜繩使勁想要掙脫的顫抖和吱嘎聲響。

我的頭陣陣刺痛，受傷的嘴巴滲出血絲，原本有牙齒的那個凹洞開始疼痛，而我沒有感受到半點詩意。

洛基咧嘴微笑。他伸展雙臂，彷彿很樂意與我來個擁抱。

「嗯，馬格努斯，瞧瞧你自己，參加最高等級的吟詩對罵，像成年人一樣呢！或者隨便你們怎麼稱呼英靈戰士，永遠都不會變老，卻得學習不要老是像愛抱怨的小屁孩。如果你不是那麼沒用的小毛頭，我可能還會刮目相看！」

這些話很刺人。我的意思是眞的很刺，幾乎像酸液一樣灑入我的耳道，沿著耳咽管逐漸滴下，進入我的喉嚨。我想要回應，但洛基把他滿是傷疤的臉孔湊到我面前。

「弗雷的小兒子，」他說：「你涉入打不贏的戰鬥，毫無頭緒，毫無計畫……只有肚子裡裝了一點點蜜酒！你眞的以爲那會彌補你完全缺乏的技能嗎？我以爲這個道理很容易想通。你太習慣仰賴朋友們打完所有的戰役。現在換你了！眞悲哀！沒有半點才能的魯蛇！馬格努斯．雀斯，你真的知道自己是什麼樣的人嗎？我該告訴你嗎？」

群眾大笑起來，彼此推擠。我不敢看我的朋友。羞恥感湧上我的心頭。

「你……你也半斤八兩吧，」我勉強說：「你到底是巨人冒充天神，還是天神冒充巨人？你對任何人都不關心，只爲自己著想吧？」

「當然不是！」洛基笑起來。「這艘船上全是自由的巨人，對吧，各位？我們爲我們自己著想！」

巨人大聲吼叫。殭屍扭動身子發出嘶嘶聲，冰藍色靈光在頭骨內劈啪作響。

「洛基爲洛基著想。」他的手指叩叩敲打海軍上將動章。「我不能信賴任何人，對吧？」他的妻子，西格恩，非常輕微地歪著頭，但洛基似乎沒發現。

「至少，我對這點非常誠實！」洛基繼續說：「而要回答你的問題呢，我是巨人！不過重點來了，馬格努斯。阿薩神族只是巨人的另一個世代，所以他們也是巨人！這整個『天神對抗巨人』的戲碼實在很荒謬。我們是個不快樂的大家族。你這個不正常的渺小人類，你應該要了解這點啊。你說自己選擇了家人，你說你在瓦爾哈拉得到一群新的兄弟姊妹，那樣不是很甜蜜嗎？別再欺騙自己了。你永遠無法掙脫自己的血脈。你完全像你眞正的家人，像弗雷一樣軟弱和對愛痴迷，像老蘭道夫舅舅一樣絕望和懦弱，像你母親一樣樂觀卻愚蠢，也像她一樣死掉。可憐的孩子，你同時有弗雷和雀斯兩邊最爛的部分。你眞是一團糟！」

群眾哄笑。他們的人數似乎變得愈來愈多，光是影子就淹沒了我。

洛基逼近我。「馬格努斯，別再欺騙你自己了。你什麼也不是。你是個錯誤，弗雷的眾多私生雜種之一。他離開你媽，完全忘了你，直到你找回他的劍爲止。」

「才不是那樣。」

「根本就是！你明知道！我至少認領自己的孩子。這裡的莎米和亞利思，她們還是小孩子的時候就知道我了！可是你呢？弗雷根本不屑寄張生日卡給你。而你的頭髮是誰弄的？」

他大笑起來。「喔，對了，是亞利思剪的，對吧？你認為那不代表什麼意義，對吧？她根本不關心馬格努斯．雀斯，她只需要利用你。她是她母親的孩子。我好以她為榮。」

亞利思臉色鐵青，但沒有說話。我的朋友全都一動也不動，也沒發出半點聲音。這是我的戰役，他們不該插手干預。

克瓦希爾蜜酒的魔法在哪裡？為何我想不出半點像樣的話語出言反駁？我真的認為蜜酒能夠彌補我完全缺乏的技能嗎？

等一下……那些話是洛基的一面之詞，從外面鑽進我的腦袋。我不能任憑他來定義我是什麼樣的人。

「你好邪惡。」我說。就連這句話聽起來也沒有真心相信。

「喔，拜託！」洛基笑起來。「別跟我來『好心和邪惡』這套，北歐根本沒這種概念。你會因為殺死敵人而叫『好人』，但你的敵人因為殺了你而叫『壞人』？這是哪門子的邏輯啊？」

他更加傾身靠近。他現在絕對比我高，我的頭頂幾乎不到他肩膀的高度。「馬格努斯，說個小祕密。根本沒有所謂的好心和邪惡，只有能幹和無能。我是能幹的人，而你……不是。」

他沒有推我，沒有真正出手推，但我跌跌撞撞往後退。面對群眾的訕笑，我整個人畏縮起來。現在連侏儒貝利茲恩都比我高了。西格恩站在洛基的背後，興味盎然地看著我，發亮的紅色眼淚沿著她的臉頰往下流淌。

「唉唷。」洛基噘著嘴，假裝寄予同情。「馬格努斯，你現在怎麼辦啊？抱怨我好刻薄？批評我殺人又騙人？儘管來啊！唱幾首我最暢銷的金曲！你會希望自己眞的那麼能幹。你不會戰鬥，你無法果斷思考，你甚至不能在所謂的朋友面前好好表達自己的想法！你哪有機會打敗我？」

我繼續畏縮。洛基再說個幾句，我就只剩下六十公分高了。我兩腳鞋子周圍的甲板開始移動，而且發出吱嘎聲，手指甲和腳趾甲向上彎曲，很像飢餓的植物嫩芽。

「施展你最厲害的一擊！」洛基提出挑戰。「不行嗎？舌頭仍然打結？那麼我想，我要把我對你眞正的看法告訴你！」

我看著周遭巨人不懷好意的表情，以及朋友們嚴厲的神情，全都在四周圍成一圈，於是我知道，我永遠爬不出這樣的深井。

43 我有個盛大的結局

我拚命想著最棒的羞辱話語：你是臭爛屁。你是大呆瓜。你是醜八怪。

對啦……我最棒的話語沒有那麼令人刮目相看，特別是這些話出自一個遭受洛基猛烈抨擊、畏縮得非常渺小的傢伙口中。

我渴望得到啓發，於是再次瞥向我的朋友。莎米看起來嚴肅且堅定，似乎還很相信我。亞利思．菲耶羅看起來氣憤且挑釁，似乎仍然相信如果我搞砸了，她會殺了我。貝利茲的一邊眼皮陣陣抽跳，彷彿看到我把一件漂亮的裁縫作品毀掉了。希爾斯東似乎悲傷且憂慮，他仔細端詳我的臉，像是正在尋找某顆失落的盧恩石。湯傑、瑪洛莉和半生人則是全身緊繃，環顧他們周圍的巨人，可能正在努力擬定B計畫，不過「B」代表的是「Bad Magnus」（糟糕的馬格努斯）。

接著，我的目光停留在西格恩身上，她鄭重站在丈夫後方，雙手交握，奇特的紅眼睛盯著我，彷彿正在等待。

等待什麼呢？每一個人都背棄她丈夫的時候，她依然站在丈夫身邊。長久以來，她一直照顧他，盡可能不讓蛇毒滴到丈夫臉上，儘管事實上洛基一直欺騙她、在言語上辱罵她、極盡忽視她。即使是現在，他也幾乎不看她。

西格恩的忠誠之心超越了信念。然而回想在洛基的洞穴裡，在巨人婚禮期間，我幾乎確定是她助我們一臂之力，在關鍵的時刻讓她丈夫分心，沒讓他殺了我和我的朋友。

她爲何會像那樣反抗丈夫呢？她到底想要怎樣？那幾乎像是以很微妙的方式暗中顛覆洛基，彷彿她非常希望延後諸神的黃昏，希望看著她丈夫回到原本的洞穴，緊緊拴在岩石上繼續受苦。

也許洛基說得對。也許他無法相信任何人，連西格恩都不行。

接著，我回想起之前在憲法號護衛艦的甲板上，波西．傑克森曾經告訴我：我最大的力量並非一直以來接受的訓練，而是我周圍的團隊。

吟詩對罵理應貶低對手的自尊，把他們罵得無地自容。不過我是治療師，我會不貶低別人，而是要讓人成長。我如果按照洛基的遊戲規則，就不能妄想獲得勝利。我必須按照自己的遊戲規則。

我深呼吸一口氣。「讓我來告訴你瑪洛莉．基恩的事。」

洛基的笑容有點動搖。「那是誰？我爲何要在乎？」

「眞高興你這樣問。」我盡可能用自己小小的肺活量所能承受的程度，對群眾喊出最大的音量與自信。「瑪洛莉．基恩爲了修正自己的錯誤、拯救一大群小學生，她犧牲自己的性命！而現在，她是瓦爾哈拉最兇悍的戰士，罵起人來也最惡毒。她讓十九樓結合成一個團隊，即使有時候我們很想殺了對方！有任何人認爲自己也擁有同等程度的同志情誼嗎？」

巨人不安地扭來扭去，而屍鬼瞅著彼此，像是要說：「我一直都好想永遠殺了這傢伙，可是他已經死了。」

「瑪洛莉打開蘇圖恩洞穴的大門，僅用兩把匕首就辦到了！」我繼續說：「她只憑詭計和一塊石頭，不費一兵一卒打敗了巴烏吉的九名奴僕！而且等到發現自己是弗麗嘉的女兒，她居然能克制自己，不對女神發動攻擊！」

「喔喔。」巨人讚賞地點點頭。

洛基揮揮手，不想聽這些話。「小子，我認爲你不了解吟詩對罵的進行方式。那些話根本不是辱罵……」

「讓我來告訴你半生人．岡德森的事！」我大聲喊叫，蓋過他的聲音。「非凡的狂戰士，弗洛姆之光！他與『無骨人』伊瓦爾征服了無數個王國，而且隻手殺死巨人巴烏吉，不但拯救他的家鄉，更讓母親以他爲榮！他在我們船上負責掌舵，扎扎實實直闖九個世界，他的戰斧造成的傷害遠超過大部分的軍旅，而他完成這一切成就的時候甚至沒穿上衣！」

「他脫衣的動作也滿帥的。」另一個巨人咕噥著說，同時戳戳狂戰士的腹肌。半生人把他的手揮開。

「還有湯瑪斯．小傑佛遜的功績！」我喊道：「值得列入維京名人堂！他衝進敵人的炮火陣，面對面迎戰他的勁敵傑佛瑞．杜桑。他接下不可能成功的挑戰而死，絕對是可敬的提爾之子！他是我們這群夥伴的靈魂和核心，也是永不放棄的驅動力。他用自己信賴的『春田一八六一』步槍打敗巨人赫朗格尼爾，眼睛上方還留下巨人心臟的打火石碎片，不但成爲榮耀的動章，還可以用來點燃火柴！」

「唔唔唔。」巨人們點點頭，無疑認爲這樣要在尼福爾海姆的寒風中點燃菸斗很方便。

「還有貝利茲恩，弗蕾亞之子！」我對我的侏儒朋友露出微笑，他的眼眶都溼了。「在尼德威阿爾的鑄鐵爐，他打敗了小伊特里。他製作出九個世界最棒的前衛時尚，還縫製出巨人

『小微』的魔法保齡球袋！他挺身而出，赤手空拳面對面對抗巨龍阿德曼，迫使那隻怪物向後退。他獲得專利的不鏽鋼領結和擴充鴨絕對是巨人的惡夢！」

好幾個巨人嚇得哭起來表示同意。

「別再說了！」洛基呸了一聲。「這太荒謬了！這一切到底在搞什麼……激勵大會嗎？馬格努斯．雀斯，你的髮型還是好可怕，而你的服裝……」

「希爾斯東！」我大吼。難道是我自己的想像嗎？還是我又長高了？感覺現在不必伸長脖子就可以正視對手的眼睛。「九個世界最偉大的盧恩文字魔法師！他的勇氣名垂千古！他願意爲朋友犧牲一切也在所不惜。他克服了最可怕的挑戰……他弟弟的死、他家人的輕視……」

我因爲情緒激動而停頓，但洛基沒有趁這個空檔說半句話。群眾以期待的眼神看著我，有些人甚至眼泛淚光。

「他的父親變成一隻巨龍，」我說：「然而希爾斯東站出來面對他，面對他最恐怖的惡夢，最終獲得勝利，不但打破了詛咒，也以同情摧毀了仇恨。如果沒有他，我們不可能來到這裡。他是我所認識最強大也最親愛的精靈。他是我的兄弟。」

希爾斯東伸手按住胸口，臉色變得像亞利思給他的圍巾一樣粉紅。

赫列姆船長吸吸鼻子，似乎好想給希爾斯東一個大大的擁抱，但是擔心在自己的組員面前看起來不太好。

「莎米拉．阿巴斯，」我說：「洛基之女，但是比洛基更棒！」

洛基笑起來。「我拜託你好不好？這個女孩甚至連……」

「她是女武神，誓言執行奧丁最重要的任務！」我現在說起話來順暢多了。我可以感覺到話語的韻律，有種擋不住的節奏和篤定。或許是克瓦希爾蜜酒的關係，也說不定是因爲我陳述自己所知最眞實的事物。「你們在戰鬥中體驗過她的發光長矛燒灼你們的部隊！她的韌性宛如鋼鐵，她的信念堅定不移。她也克服了父親的支配力！她從恐怖的瓦納維提手中拯救我們的戰船！偉大的巴烏吉呈現巨鷹型態時，她的飛行速度比他更快，於是把克瓦希爾的蜜酒安全送回我們組員手上！而且，她完成這所有任務的同時，還執行齋戒月的禁食規定！」

好幾名巨人倒抽一口氣。有些人把雙手放在喉嚨上，彷彿這才發現自己有多渴。

「莎米拉，」洛基咆哮說：「親愛的，變成一隻蜥蜴，趕快溜走。」

莎米皺眉看著他。「不，父親，我不想要那樣。爲什麼不由你來變呢？」

「喔喔喔！」有些巨人居然拍起手來。

我現在絕對比平常更高大。或者，等等……是洛基漸漸變矮了。

不過我需要繼續加碼。我轉向亞利思。「讓我告訴你亞利思．菲耶羅的種種事蹟！」

「把最好的留到最後嗎？」亞利思問道，語氣帶有挑釁的意味。

「她是我們的祕密武器！」我說：「是約維克的恐懼來源！也是陶瓷戰士『陶瓷倉庫』的創造者！」

「我在『陶瓷倉庫』買了一些漂亮的餐墊耶。」一個巨人對朋友咕噥說。

「在雀斯家的大宅，他光用鐵絲就讓一匹巨狼斷了頭，接著又用我祖先的飲酒角杯喝光芭樂汁！」

「他？」一名巨人問。

「繼續聽下去啦。」另一個巨人說。

「她也曾斬斷『恐狼』那隻老鱗蟲的頭！」我繼續說：「她參加一場恐怖的保齡球錦標賽，打敗厄特加爾洛基的巫術！她贏得女神希芙的信任和情感！她護著我橫越尼福爾海姆的冰凍海洋而活下來，而她昨天在毯子底下親吻我……」我迎上亞利思的雙色眼睛。「嗯，那是我這輩子所遇過最棒的事！」

我轉向洛基，臉頰燒得發燙。或許我原本沒有想要說得這麼坦白誠實，但不能因此而破壞自己的氣勢。

「洛基，你問我到底是什麼樣的人？我是這個團隊的一份子。我是瓦爾哈拉旅館十九樓的馬格努斯．雀斯。我是弗雷之子，娜塔莉之子，也是瑪洛莉、半生人、湯傑、貝利茲恩、希爾斯東、莎米拉和亞利思的朋友。這是我的家庭！這是我的歐特哈拉，我知道他們永遠會支援我，這也是我站在此地的原因。此刻我得意洋洋地在你的船上，周圍環繞著我的家人，而你呢……就算周遭包圍了數千人，你、還、是……孤孤單單一個人。」

洛基噓了一聲。他退到一整排滿臉怒容的屍鬼行列裡。「我不是孤單一個人！西格恩！親愛的妻子！」

西格恩已經消失了。吟詩對罵進行到某個時候，她一定是躲到群眾裡。比起長年以來的言語辱罵，這番沉默舉動的訴求力量更加強大。

「亞利思！莎米拉！」洛基努力擠出自信的微笑。「親愛的，拜託，你們當然知道我愛你們！不要搞得這麼麻煩。幫我殺了你們的朋友，所有的一切都可以原諒。」

亞利思調整一下運動背心外面的綠色毛皮絨毛斗篷。「抱歉，媽，我恐怕得說『不』。」

洛基衝向莎米拉，莎米以矛尖迫使他後退。那個騙子現在大約只有九十公分高吧。他嘗試變身，額頭冒出毛皮，雙手的手背出現魚鱗，但似乎無法持久。

「洛基，你無法逃避你自己，」我說：「無論採取何種外型，你還是你……孤單、遭人鄙視、痛苦、不可信賴。你的辱罵既空洞又絕望。要對抗我們，你連一點機會也沒有，因爲你沒有一群『我們』這樣的人。你是洛基，永永遠遠孤單一人。」

「我恨你們所有人！」天神尖聲叫道，口水亂噴。酸液從他的毛孔汩汩流出，落到甲板上嘶嘶作響。「你們所有人都沒資格當我的夥伴，更沒資格接受我的領導！」

隨著洛基縮小，他臉上的疤痕宛如波浪狀起伏，因爲憤怒而扭曲。他周圍的一灘灘酸液冒著蒸汽。我眞好奇，那究竟是長久以來絲卡蒂的蛇毒滴在他身上的總和，還是洛基本質的一部分？西格恩一直試圖幫洛基阻擋蛇毒，也許因爲她知道自己的丈夫早已全身是毒，很難維持人類的形體，幾乎要液化成那種毒素。

「你以爲自己的快樂友誼演說眞的有意義嗎？」他咆哮說：「現在一群人該擁抱在一起了嗎？你讓我想吐！」

「你說話必須大聲一點喔，」我說：「你從那麼下面講話，我很難聽清楚你的聲音。」

洛基這時只剩十幾公分高了，他一邊踱步一邊嚷嚷，涉過他自己的一灘灘毒液。「我會以凌遲的方式殺了你們！我會請赫爾凌虐你們所愛的每一個人的靈魂！我會……」

「逃走嗎？」莎米拉問道，她見到洛基衝向左邊，連忙以矛尖擋住他的去路。當他跑向右邊，亞利思踩下她的粉紅色雪靴擋住他。

「媽，我想不行喔，」亞利思說：「我喜歡你在下面那裡。而且呢，瑪洛莉・基恩有個可愛的臨別禮物要送給你。」

瑪洛莉跳向前，把核桃殼拿出來。

「不！」洛基尖聲大叫：「不，你才不敢！我絕對不會……」

瑪洛莉把核桃殼拋向縮小的天神。殼打開了，把洛基吸進去，發出巨大的吸吮聲響，接著再度猛然關上。核桃殼在甲板上喀啦作響且震動不休，裡面有個細小的聲音叫喊著不堪入耳的話語，但是外殼保持閉合。

巨人們低下頭，皺眉看著核桃殼。

赫列姆船長清清喉嚨。「嗯，那很有趣。」他轉向我。「馬格努斯·雀斯，恭喜！你光明正大贏得吟詩對罵比賽。我眞的刮目相看！希望你會接受我的道歉，因為我現在必須殺了你們所有人。」

44 他們爲何有大砲？我也想要

我沒有接受他的道歉。

我的朋友也沒有。他們在我的四周圍成一圈提供保護，一邊揮砍、一邊穿越敵人陣線，慢慢移動到船隻的右舷。

瑪洛莉．基恩依然以單腳跳，她撈起那個邪惡的核桃殼，放進口袋，接著展現她的二刀流絕技，將雙刀刺向赫列姆船長的褲襠。

半生人和湯傑戰鬥起來宛如殺人機器。我不想把他們的熱情歸功於自己，但他們一路挺過屍鬼部隊的模樣令人驚嘆，簡直像是決心要像我的描述一樣厲害……彷彿我的那些話讓洛基變得渺小，同時也讓他們變得強大。

「跟著我！」莎米大喊，她的光矛炸出一條通往右舷的路。亞利思像是甩動鞭子一樣揮舞她的勒繩，把太靠近的巨人全部削掉頭部。

我很怕擁擠的人群會壓扁貝利茲恩，但希爾斯東蹲下，讓侏儒爬到他的肩膀上。很好，這樣是全新的組合。

我沒想到希爾斯東有體力扛起貝利茲恩，因爲貝利茲恩很矮小但很結實，幾乎不能算是小孩子。不過希爾斯東使盡全力，而從貝利茲恩沒有質疑便接受的樣子看來，我有預感，他們以前嘗試過這招。

貝利茲恩拋出領結和擴充鴨，簡直像是拋擲「懺悔星期二」[72]狂歡節的珠串，在敵人的陣列裡造成恐慌。同時，希爾斯東朝向前甲板拋出熟悉的盧恩字母：

M

埃瓦茲，代表駿馬的盧恩字母爆出金色光芒。突然間，我們上方的空中漂浮著八條腿的馬，是老朋友史丹利。

史丹利查看混亂局勢，然後嘶叫一聲，彷彿是說：「客串戰鬥場景？好吧。」接著他躍入戰場，從巨人的頭頂飛馳踩踏而過，每一趟都造成大混亂。

傑克飛到我旁邊，氣得嗡嗡叫。「先生，我要找你好好理論一番。」

「什麼？」我蹲下身子，躲過飛越頭頂的一支長矛。

「你發表這麼漂亮的演說，」傑克說：「而你遺漏了誰？坦白說？」

傑克的劍柄痛擊一個巨人，力道大到讓那個可憐的傢伙向後飛出，然後宛如骨牌，撞倒一整排的殭屍騎兵。

我嚥下自己的羞愧之情。我怎麼能忘了自己的劍？傑克超討厭遭到遺忘啊。

「傑克，你是我的祕密武器！」我說。

「你也這樣說亞利思！」

「呃，我是說，你是我的最後王牌！我把最棒的保留給……你也知道，緊急詩歌！」

「說得像眞的一樣！」他砍過最靠近的一群屍鬼，活像是攪拌機的刀刃。

「我……我會請詩歌之神布拉基親自爲你寫一首史詩！」我脫口而出，但一說出口就後悔做了這種承諾。「你是有史以來最棒的劍！真的！」

「一首史詩，哦？」他發出更加燦爛的紅色光芒，也說不定那只是從他劍刃滴下的鮮血。「布拉基，哦？」

「當然！」我說：「咱們趕快離開這裡吧。展現你最棒的特質，你也知道，我以後可以描述給布拉基聽。」

「唔。」傑克突然轉向一名都會巨人，把他亂刀劈砍成整齊俐落的一塊塊。「我想我可以這樣。」

他開始著手猛砍我們的敵人，簡直像是購物狂在「黑色星期五」[73]亂翻衣架一樣。「不，不，不！」傑克大喊：「我不喜歡你！別擋我的路！你是醜八怪！」

過沒多久，我們這一小群英雄便抵達右舷欄杆。不幸的是，船隻側邊的高差至少有一百多公尺，向下直抵冰凍的灰色水面。我的胃揪成一團。之前我要從「老鐵殼」的主桅跳下去都一直搞砸了，這裡的跳躍高度更是兩倍有餘。

「我們跳下去必死無疑。」瑪洛莉指出。

大批的敵人壓迫我們緊貼著欄杆。無論剛才戰鬥得多順利，這下子敵人根本不用出手就能殺死我們。他們的數量太驚人了，大可把我們壓扁，或者把我們推下船。

---

[72] 懺悔星期二（Mardi Gras）是基督教的聖灰星期三（又稱大齋首日，即教會年曆大齋期的第一天，復活節的前四十天）的前一天，各地舉辦化妝舞會和遊行等狂歡節活動，拋出大量色彩繽紛的珠串。

[73] 黑色星期五（Black Friday）指的是感恩節之後一天，也是耶誕大採購季的第一天。

我拿出自己的黃手帕。「我可以召喚米基爾古，就像在埃吉爾的宴會廳那樣。」

「只不過，我們現在是向下墜，」亞利思說：「而不是往上漂浮。而且沒有尼奧爾德保護我們。」

「她說得對。」貝利茲大喊，同時又朝他的仰慕者丟了一大堆領結。「就算船隻撞擊水面沒有解體，我們的所有骨頭也會。」

莎米朝船外看了看。「而且就算我們活下來，那些槍砲也會把我們的戰船炸沉到水裡。」

「槍砲？」我順著她的視線看去。我先前沒注意到，可能因爲那些艙口原本都關著，但現在，納吉爾法的船身側邊冒出一排又一排的砲口。

「不公平，」我說：「維京人才沒有大砲。納吉爾法怎麼可能得到大砲？」

湯傑用他的刺刀刺中一個殭屍。「我一定要向『諸神的黃昏規則委員會』提出嚴正抗議。但現在呢，無論我們打算怎麼做，全都非做不可！」

「同意！」半生人喊道，他的斧頭砍過一群骷髏狼。

「我想過一個計畫，」莎米大喊著：「但是你們不會喜歡。」

「我愛死了！」貝利茲大吼說：「什麼計畫？」

「跳下去。」莎米說。

亞利思躲過一支標槍。「可是『跌斷我們身上每一根骨頭』的所有問題呢……？」

「沒時間解釋了，」莎米說：「跳！」

你的女武神叫你跳下去的時候，你只能跳。我是第一個翻身跳下的人。我嘗試著回想波西·傑克森曾經教我的要點，跳傘動作、大鷹、箭、屁股……然而我也知道，從這樣的高度跳下去，那些要點全都不重要。

我撞上水面時，發出了巨大的「嘩啦」聲。我死過夠多次，非常清楚接下來會發生什麼事……突然間一陣疼痛排山倒海而來，接著是全然的黑暗。可是那沒有發生。我反而在水面載浮載沉、拚命喘氣、瑟瑟發抖，但毫髮無傷。這時，我才意識到有某個東西讓我浮著。

我周圍的水域翻騰冒泡，彷彿掉進按摩浴缸。我覺得雙腿之間的水流幾乎像是固體，好像跨坐在一頭用海水雕刻的生物身上。在我的正前方，一顆頭從波浪中冒出來，強壯的頸部以灰水構成，還有冰霜構成的鬃毛，雄偉的吻部從鼻孔噴出羽毛般的冰霧。我騎著一頭瓦納維提，也就是水馬。

我的朋友也俯衝入水，每一個人都剛好掉在一頭等待的馬精靈背上。眼看著長矛宛如雨點般落在我們周圍，這些瓦納維提嘶嘶叫著，拱背躍起。

「走吧！」莎米帶著她的燃燒長矛飛撲而下，安坐在帶頭的水馬背上。「前往海灣入口！」

這群水馬從幽冥之船旁邊奔跑離開。巨人和屍鬼憤怒尖叫。長矛和飛箭劈哩啪啦落入水中，大砲也轟然作響；彈殼爆炸的地方好近，害我們淋了一身水，但是瓦納維提速度更快，機動性也比所有船隻更高。牠們曲折前進，以驚人的速度飛馳越過海灣。

傑克飛到我身旁。「嗨，先生，你有沒有看到我開膛剖腹的那一個？」

「有啦，」我說：「很驚人！」

「還有我砍掉巨人四肢的方式？」

「好啦！」

「我希望你幫布拉基的史詩做點筆記。」

「絕對會！」我在心裡默默筆記，要開始在心裡做更多的筆記。

另一個馬的形體突然靠近我們頭頂……是八腿馬史丹利，他來查看我們的狀況好不好。他嘶嘶叫著，意思像是說：「好吧，猜想我們這裡的任務完成了？祝你們有美好的一天！」

接著，他高速衝向鐵灰色的雲團。

水馬異常溫暖，像是活生生的動物，讓我的雙腿和胯下浸泡在寒冷的水裡不至於徹底凍結。然而，我想起瑪洛莉和半生人說的故事，瓦納維提會把受害者拖進海底。莎米拉怎麼能控制牠們？假如這群水馬決定潛水，我們就死定了。

然而我們繼續高速前進，前往海灣入口的冰河峽谷。我已經看到水域又開始重新凍結，浮冰逐漸變厚又變硬。尼福爾海姆的夏天只持續大約十二分鐘，現在已經結束了。

在我們背後，水面上繼續迴盪著大砲的隆隆聲，但是納吉爾法依舊留在停泊處。既然我們把他們的海軍上將關在核桃殼裡，我只能盼望那艘船被迫留在那裡。

水馬載著我們，沿路穿越破碎的浮冰，最後衝出海灣，進入嚴寒的海洋。接著我們轉朝南方，前往比較安全、有大批怪物出沒的約頓海姆開闊水域。

45 如果你弄懂這章發生的事，拜託說明給我聽

帶著一顆邪惡的核桃航行三天實在很漫長。

水馬拋下我們之後（「牠們覺得無聊了。」莎米解釋說，那總比淹死我們好多了），我召喚出「大香蕉」，大家全部爬上船。希爾斯東努力施展代表火焰的盧恩字母「肯納茲」，拯救我們免於凍死。我們向西航行，相信這艘魔法船會載著我們前往必須去的地方。

最初的十二小時左右，我們完全依靠腎上腺素和恐懼感支撐著意志。我們換了乾爽的衣物。我治療瑪洛莉的腳。我們吃東西。我們沒有說太多話。我們發出咕噥聲，指著各自需要的東西。沒有人睡覺。莎米吟誦她的祈禱文，那實在很厲害，畢竟我們其他人可能連簡單的句子都講不清楚。

最後，等到灰撲撲的太陽終於西沉，世界也還沒有終結，我們漸漸相信納吉爾法眞的沒有跟隨我們航行出海。洛基無法突破他的微型監獄。諸神的黃昏至少不會在今年夏天揭開序幕。我們活下來了。

瑪洛莉緊緊握著那顆核桃，說什麼都不肯放開。她在船頭縮成一團，瞇著眼睛仔細觀看大海，一頭紅髮在風中飄動。大概這樣過了一個小時後，半生人·岡德森在她旁邊坐下。她沒有殺了他。他對瑪洛莉喃喃說了很久的話，我沒打算聽清楚那些話。她開始哭，哭出來的聲音幾乎像洛基的蛇毒一樣苦澀。半生人伸手環抱她，看起來不算開心，但很滿足。

隔天，貝利茲和希爾斯進入餵養模式，確定每個人都有食物，每個人都夠暖，沒有人覺得孤單，如果他們不想孤單的話。希爾斯花了很長的時間聆聽湯傑講述戰爭和蓄奴，以及什麼樣的狀況構成光榮的挑戰。希爾斯眞是最棒的聽眾。

貝利茲整個下午都坐在亞利思旁邊，教她用鐵鍊盔甲製作背心。我不確定亞利思是否需要鐵鍊盔甲背心，但這件事似乎讓他們兩人都冷靜下來。

做完午後禮拜，莎米拉來找我，給我一顆椰棗。我們嚼著水果，看著約頓海姆的奇怪星座在頭頂上一閃一爍。

「你眞是令人吃驚。」莎米說。

我讓這番話沉澱一下。莎米拉並不是很擅長說讚美的話，就像瑪洛莉不是很擅長說道歉的話。

「嗯，那根本不是吟詩，」我終於開口說：「純粹比較像是驚慌亂扯。」

「也許沒有那麼大的差異，」莎米說：「況且，雀斯，就把讚美收下吧。」

「好吧，謝謝你。」我站在她旁邊，遙望著地平線。單純與朋友在一起，欣賞著繁星，不必擔心接下來的五分鐘會怎麼死，感覺眞好。

「你也表現得很棒，」我說：「你向洛基挺身而出，打敗了他。」

莎米露出微笑。「對呀。今天晚上的祈禱文，我說了很多感謝的話。」

我點點頭。我不禁心想，自己是否應該要感謝某個人……當然啦，我的意思是除了船上的朋友以外。西格恩，或許吧，感謝她的暗中支持，感謝她被動抵抗自己的丈夫。如果眾神把洛基關回他的洞穴，我很想知道西格恩還會不會跟著他。

或許蘭道夫舅舅也值得感謝一下，感謝他把關於克瓦希爾蜜酒的筆記留給我。無論他對我的背叛有多嚴重，到最後他仍然努力想做正確的事。

想到蘭道夫，讓我回想起赫爾海姆的那些聲音，誘惑我去黑暗中加入他們的行列。我把那段記憶封存起來。我覺得自己還不夠堅強，無法面對那件事。

莎米指向亞利思，她正在試穿新的鐵鍊盔甲背心。「馬格努斯，你應該去找她談談。在吟詩對罵那時候，你投下一顆震撼彈。」

「你是指……喔。」我覺得好窘，整個胃揪成一團，似乎想要躲到我的右肺後面。在我最親近的八個朋友和數千名敵人面前，我居然大聲嚷嚷說自己有多麼享受亞利思的私密親吻。

莎米咯咯笑著。「她可能不會太抓狂啦。去吧，把那件事解決掉。」

莎米說得可容易。在她與阿米爾的關係中，她很清楚自己站在什麼樣的位置。她開開心心訂了婚，而且永遠不必擔心會有毯子下的祕密親吻，因爲她是穆斯林好女孩，絕對不會做那種事。而我呢，哎呀，我不是穆斯林好女孩。

我走向亞利思。貝利茲恩看到我走近，對我緊張兮兮地點個頭，然後溜走。

「馬格努斯，你覺得怎樣？」亞利思伸展雙臂，給我看她全新閃亮的時尚宣言。

「很好啊，」我說：「我是說，不是很多人都能駕馭蘇格蘭格子圖案的鐵鍊盔甲背心，不過這很好。」

「不是蘇格蘭格子圖案，」亞利思說：「比較像方格，像菱形，或者棋盤。」

「好吧。」

「那麼……」她交叉雙臂，嘆口氣，仔細端詳著我，意思像是：「我們到底該拿你怎麼辦啊？」我看過這種神情出自老師、教練、社工、警察，以及我最親近的幾位親戚。「你之前在納吉爾法宣告的事情……馬格努斯，那一切實在非常突然。」

「我……呃。對啦。我沒想太多。」

「顯然是。那到底是怎麼來的啊？」

「嗯，你眞的親了我吧。」

「我是說，你不能像那樣嚇別人吧。突然間，我就變成你這輩子所遇過最棒的事？」

「我……我其實不是說……」我自己住口。「嗯，如果你希望我收回……」

我沒辦法形成完整的想法。而且，我也不知道要怎麼透過對話表達自己，又能維持完整的尊嚴。我不禁納悶，這會不會是克瓦希爾蜜酒的戒斷症狀？或者我在納吉爾法船上的成功演出必須付出代價？

「嗯。」

「我需要一點時間，」亞利思說：「我是說，我受寵若驚，不過這一切實在太意外了……」

「我實在不會跟臉蛋漂亮和髮型很棒的英靈戰士約會。」

「喔，對呀。臉蛋漂亮？」

「我很感激這樣的告白。眞的。不過先讓這事暫停一下，我以後再找你談。」她舉起兩隻手。「一點點空間，雀斯。」

她大步走開，然後回頭詭異一笑，害我簡直無地自容，腳趾頭在毛襪裡面都蜷縮起來了。

希爾斯東出現在我旁邊，表情像平常一樣深不可測。不知道是什麼原因，他的圍巾已經換成紅白方格花紋。我們看著亞利思走開。

「剛才是怎樣？」我問他。

「沒有適合的手語可以表達。」他說。

我們在海上的第三天早晨，湯傑在吊索上大叫：「嘿！陸地！陸地！」

我以爲表達方式應該是：「陸地，耶！」不過也許他們在南北戰爭時代看事情的角度不同吧。我們全都擠到「大香蕉」的船頭。一片帶有紅色和金色的廣大平坦地景橫越地平線，感覺我們好像直直航向薩哈拉沙漠。

「那不是波士頓。」我指出。

「甚至不是米德加爾特。」半生人皺著眉頭。「如果我們的船沿著納吉爾法可能採用的洋流，那就表示……」

「我們要在維格利德登陸，」瑪洛莉表示：「也就是『最後的戰場』。總有一天，我們所有人都會死在這裡。」

說也奇怪，沒有人尖叫說：「讓這艘船掉頭！」

我們呆呆站著，任憑「大香蕉」載著我們前進，目標對準岸邊伸向海浪的無數碼頭之一。在碼頭末端，一群人影站著等待，有男有女，全都穿戴著燦爛華麗的閃亮盔甲和鮮豔斗篷。原來是眾神在那裡歡迎我們。

46 我贏得一件毛茸茸的浴袍

荒涼的岸邊鋪設了全宇宙最長的木板路，沿著岸邊延伸出數千座空蕩的攤位和數公里長的排隊標柱，並設有告示牌指向這邊和那邊：

巨人 ⟶
⟵ 阿薩神族
事先預約 ⟶
⟵ 學校團體

我們的碼頭設有大型的紅色告示牌，上面有固定格式的鳥形和大大的數字「五」，底下分別用英文和盧恩文字寫著：「請記住，你停泊於『渡鴉五號』！祝你渡過美好的諸神黃昏！」我想，我們的泊船條件有可能更糟，像是停泊在「小兔十二號」或「雪貂一號」。

歡迎我們的這一行人當中，我認出許多位天神。弗麗嘉穿戴她的雲白色衣裳和閃亮戰鬥頭盔，編織袋揹在一隻手臂底下。她對瑪洛莉露出了和藹的笑容。「我的女兒，我就知道你會成功！」

我不確定這話背後的意思到底是「我可以看出你的未來」，亦或「我對你有信心」，但無論如何她說出來了，我認爲很棒。

海姆達爾，彩虹橋的守衛，他對我笑得開懷，純白色的眼睛宛如冰凍的牛奶。「馬格努斯，我從八公里外就看到你來了！那艘黃色船，哇嗚！」

索爾看起來好像剛睡醒，頭上的紅髮有一邊塌塌的，臉上還有枕頭壓痕。他的巨鎚，邁歐尼爾，掛在他的腰帶上，用一條腳踏車鍊條鉤在馬褲上。他抓抓「金屬製品樂團」T恤底下的毛茸茸腹肌，然後輕輕放個屁。「我聽說你把洛基罵成五公分高的小人？做得好！」

他的妻子，希芙，頂著一頭滑順的金髮，衝過來抱住亞利思．菲耶羅。「親愛的，你看起來好可愛。那是新的運動背心嗎？」

有位大個子我以前沒見過，他膚色很深，一顆禿頭亮晶晶，穿著黑色皮革盔甲。他向湯瑪斯．小傑佛遜伸出左手。天神的右手不見了，手腕包著金色的套子。「我的兒子。你一直都表現得很好。」

湯傑的嘴巴張得好大。「爸？」

「握住我的手。」

「我……」

「我向你提出挑戰，握住我的手。」天神提爾換個方式說。

「我接受！」湯傑說，然後任憑自己被拉到碼頭上。

奧丁穿著三件式的西裝，外面套著碳黑色的鐵鍊盔甲，我猜那是由貝利茲恩親自量身訂做。眾神之父的鬍子修剪整齊，眼罩閃閃發亮，像是不鏽鋼材質。他的渡鴉，分別叫做「思考」和「記憶」，停棲在他的肩膀上，牠們的漆黑羽毛把奧丁的外套襯托得漂亮極了。

「希爾斯東，」他說：「老弟，盧恩魔法施展得棒極了。我教你那些視覺上的把戲一定很成功！」

希爾斯虛弱地笑一笑。

另外兩位天神從人群後面向前擠。我以前從沒見過他們兩位一起出現，但現在明顯看出這對雙胞胎有多麼相像。弗蕾亞，掌管愛與財富的女神，穿著她的金色禮服閃閃動人，全身飄散玫瑰花的香氣。「喔，貝利茲，我美麗的男孩！」

她哭出紅金色的眼淚，擁抱兒子時，她在碼頭上撒了價值四萬元的錢幣。

站在她旁邊的是我爸，弗雷，掌管夏日的天神。他穿著垮垮的牛仔褲、法蘭絨襯衫和靴子，金色的頭髮和鬍子都很狂野凌亂，看起來好像剛結束歷時三天的健行旅程。

「馬格努斯。」他說話的語氣彷彿我們五分鐘前才剛見過面。

「嗨，爸。」

他猶豫一下走過來，拍拍我的手臂。「做得好。真的。」

傑克身處於盧恩石型態，他嗡嗡響又拉拉扯扯，最後我只好讓他脫離項鍊。他伸展成一把劍，生氣地散發紫光。「嗨，傑克，」他說著，模仿弗雷的低沉聲音，「傑克，老兄弟，你怎麼樣？」

弗雷瞇起眼睛。「哈囉，桑馬布蘭德，我不是有意要忽略你。」

「是啦，是啦。嗯，這個馬格努斯要去找布拉基幫我寫一首史詩喔！」

弗雷挑起一邊眉毛。「真的？」

「呃……」

「沒錯！」傑克氣呼呼地說：「弗雷就從來沒找過布拉基幫我寫史詩！他曾經給我的唯一一種東西，就只有很蠢的『刀劍節』賀曼賀卡。」

我默默在心裡多加一條筆記：有「刀劍節」這種東西。我對賀卡工業默默咒罵了一句。

父親露出微笑，略帶一點哀愁。「傑克，你說得對。一把好劍值得有個好朋友。」弗雷捏捏我的肩膀。「看來你已經找到一把了。」

我很感激這麼溫暖人心的意見。另一方面，我說要找布拉基其實只是草率的承諾，我真怕老爸把它變成天神頒布的旨令。

「各位朋友！」奧丁喊道：「我們在維格利德的原野上設置了宴會帳篷，大家後退到那裡去吧！我預訂了『鱗蟲七號』帳篷！那個就是『鱗蟲七號』。如果有人找不到路，請跟著紫箭指標走。到了那裡……」他的神情突然變得陰沉，「我們會討論所有生靈的命運。」

我要告訴你，你跟這些天神一起吃飯，絕對不可能不討論所有生靈的命運。

宴會帳篷設置在維格利德原野的正中央，從碼頭過去要走好長一段路，畢竟（根據莎米拉的說法）維格利德往四面八方延伸將近五百公里遠。幸好奧丁安排了一小批高爾夫球車。

景色大半是紅色和金色的草原，偶爾出現河流、山丘和樹叢，稍微有點變化。大帳篷本身是用曬乾的皮革搭設而成，側邊通透開放，主火爐燃燒得很旺，一張張桌子擺滿食物。這讓我想起以前在旅遊雜誌看過的照片，人們去非洲莽原大啖豪華的狩獵旅行盛宴。我媽以前好愛看旅遊雜誌。

眾神坐在主桌，大家也料想得到。許多女武神匆匆服侍每一個人，但她們不時分心，因為一看到莎米拉就跑過來擁抱她並閒聊一下。

等到所有人都入座，蜜酒也倒好，奧丁以嚴肅的語氣宣布：「將核桃拿上前來！」瑪洛莉站起來。她很快看了弗麗嘉一眼，弗麗嘉鼓勵地點點頭，於是瑪洛莉走到火爐前方，那裡有個獨立的石造台座。她放下核桃，然後回到座位上。

眾神全都傾身向前。索爾怒目而視。提爾的左手手指與不存在的右手手指彼此交握。弗雷摸摸他的金毛鬍子。

弗蕾亞噘著嘴。「我不喜歡核桃，即使那是很好的 omega-3 脂肪酸來源也一樣。」

「妹妹，這顆核桃沒有營養價值，」弗雷說：「它關住洛基。」

「對，我知道。」她皺起眉頭。「我只是說，一般而言……」

「洛基眞的安全嗎？」提爾問：「他不會跳出來找我單挑吧？」

這位天神的語氣似乎非常渴望，彷彿他早已夢想過那樣的可能性。

「核桃會關住他，」弗麗嘉說：「至少關到我們用鍊條把他綁回去爲止。」

「呸！」索爾舉起他的巨鎚。「我就說嘛，我應該立刻打爛他！省掉大家所有的麻煩。」

「親愛的，」希芙說：「這點我們早就談過了。」

「確實是。」奧丁說，他的渡鴉在王座的高聳椅背上呱呱叫。「我尊貴的兒子索爾，我們談過這件事大概有八千六百三十次了。我不確定你有沒有用上『積極聆聽』策略。我們不能改變已經預言的命運。」

索爾氣呼呼地說：「嗯，那還要天神幹嘛？我有一把超棒的好鎚子，而這顆核果在拜託人家打破它！爲什麼不能把它敲爛？」

對我來說，這聽起來像是相當合理的盤算，但我沒有說出口。我還不習慣反駁眾神之父奧丁的意見，畢竟他控制我的來世，還有我在瓦爾哈拉旅館的迷你冰箱特權。

「說不定……」我說著，自覺所有的目光都轉過來看我，「我不知道……至少可以想個比較安全的地方把他關起來吧？就像……我只是把心裡想的大聲講出來喔，像是一間戒備最森嚴的監獄，配備眞正的警衛？而且鎖鍊不要用他兒子的腸子製作？或者，你們也知道啊，反正就是完全避免用腸子之類的東西……」

奧丁笑起來，活像我是學會新把戲的小狗。「馬格努斯・雀斯，你和你的朋友確實表現得英勇又高貴。現在呢，你得把事情留給眾神來處理。我們在各方面都不能改變洛基的懲罰方式，只能恢復原本的狀況，那麼導致諸神黃昏的一連串重要事件才能受到嚴密控制。至少到目前爲止是如此。」

「唔。」索爾大口喝他的蜜酒。「我們繼續拖延諸神的黃昏。爲什麼不乾脆讓它結束？我就可以好好打一架！」

「嗯，我的兒子啊，」弗麗嘉說：「我們繼續拖延諸神的黃昏，是因爲早就知道它會摧毀整個宇宙，也因爲我們大部分都會死，包括你在內。」

「更何況，」海姆達爾補充說：「現在我們才剛能用手機拍攝很棒的自拍照，再多發展幾個世紀，你能想像這種科技會變得多棒嗎？我等不及要在雲端網路做世界末日的虛擬實境直播，追蹤我的數百萬粉絲會很想看！」

提爾的表情很憂愁，他指著附近一小片黃金樹叢。「我就是會死在那裡……加姆會殺了我，牠是赫爾的守衛犬，不過我會先打爛牠的頭。我等不及了，希望那一天趕快到來。我夢想著加姆的獠牙撕咬我的胃。」

索爾充滿同情地點點頭，意思像是：「對，美好的時光啊！」

我環顧地平線。我呢，也一樣，到了諸神的黃昏，註定要死在這裡，假如沒有先因為從事危險任務而死掉的話。我不知道確切地點，不過我們可能剛好在某個地方吃午餐，我就在那裡遭到刺殺，或者半生人的腹部中劍而倒下，或者亞利思……我沒辦法想下去。突然間，我好希望自己身在任何地方，只要不在這裡就好。

莎米拉咳嗽一下要大家注意。「奧丁陛下，」她說：「那麼，您對洛基到底有什麼計畫？既然他原本的束縛被砍斷了？」

奧丁面露微笑。「我勇敢的女武神，別擔心。洛基會回到那個懲罰洞穴。我們會對那個地方施加新的魔法，一方面隱藏它的地點，同時也避免進一步的破壞。我們會重新打造他的束縛物，確保比以前更加強韌。最優秀的侏儒鐵匠已經同意接下這項任務。」

「最優秀的侏儒鐵匠？」貝利茲問。

海姆達爾熱切地點頭。「我們達成全部四條固定裝置的整批交易，對象是小伊特里！」

貝利茲開口咒罵，但希爾斯東用一隻手摀住他朋友的嘴巴。我敢說，貝利茲恩會站起來大發雷霆，開始亂丟「擴充鴨」。

「我懂了……」莎米拉說，顯然對奧丁的計畫沒有很興奮。

「那麼西格恩呢？」我問：「如果她想要，您會讓她繼續留在洛基身邊嗎？」

奧丁皺起眉頭。「我沒想過這件事。」

「那不會有任何害處，」我匆匆說：「她……她心存善意，我是這樣想。她一開始並不希望他逃走，這點我相當確定。」

眾神喃喃自語。

亞利思對我投以質疑的眼神，無疑很好奇我為何這麼關心洛基的妻子。我自己也不確定為何覺得很重要。如果西格恩想要待在洛基身邊，無論是出於同情或其他原因，我認為眾神至少該幫她一下。特別是考慮到眾神殺了她的兩個孩子，還用腸子製作鎖鍊綁住他們的父親。

我回想起洛基曾經提過好心與邪惡、眾神與巨人。他說得有道理。我沒必要站在好人那邊。我只是站在最後戰役的某一邊。

「非常好，」奧丁終於說：「西格恩想要的話，她可以和洛基待在一起。洛基的懲罰還有任何其他問題嗎？」

我看得出來，我的很多朋友都想站起來大喊：「有。你瘋了嗎？」

但是沒人站出來。也沒有一位天神提出異議或拿出武器。

「我得說，」弗蕾亞表示：「這是好幾個世紀以來最棒的天神會議。」她對我微笑。「我們盡量避免這麼多人一起出現在同一個地方。通常會惹出麻煩。」

「上一次就是與洛基吟詩對罵，」索爾咕噥說：「在埃吉爾的宴會廳。」

我不喜歡有人提起埃吉爾，但這讓我想起一個承諾。「奧丁陛下，我……我應該要帶一份克瓦希爾的蜜酒給埃吉爾，算是作為他沒殺我們、讓我們離開的代價，但是……」

「馬格努斯．雀斯，別擔心。我會與埃吉爾談談你的事，甚至可能同意把我特別保存的一小份克瓦希爾蜜酒交給他，如果他願意把我放到他的『南瓜香料酒』寄送名單上的話。」

「還有我。」索爾說。

「還有我。」其他的眾神也紛紛舉起手說。

我瞇起眼。「你……你有一份特別保存的克瓦希爾蜜酒？」

「當然！」奧丁說。

這引發一些有趣的問題，例如眾神為何要我們跑遍全宇宙、冒著生命危險，從巨人手上取得蜜酒，但奧丁其實可以拿一些給我？奧丁可能根本想不到這麼簡單的解答。他是個領導者，不是分享者。

我父親迎上我的目光。他搖搖頭，像是要說：「不要問。阿薩神族很可怕。」

「那好吧！」奧丁伸拳猛敲桌面。「我同意弗蕾亞說的話，會議這麼順利眞是令人驚訝。我們會拿走核桃。我們會送諸位英雄回到瓦爾哈拉，好好享受你們的慶功宴。會議結束前還有什麼事嗎？」

「奧丁陛下，」弗雷說：「我兒子和他的朋友幫我們完成偉大的服務。我們不該……獎賞他們嗎？那不是慣例嗎？」

「唔。」奧丁點點頭。「我想你說得對。我可以讓他們全都到瓦爾哈拉成為英靈戰士！不過呢，啊，他們大部分已經是了。」

「而我們其他人，」莎米很快補充說，「很希望能再活久一點點，奧丁陛下，如果您不介意的話。」

「嗯，如你們所願！」奧丁說：「我們活著的英雄，獎賞就是繼續活著！另外獲得我的新書《超勵志英雄氣概》，送你們每人五本簽名書。至於英靈戰士呢，除了慶功宴和新書，我再加碼贈送瓦爾哈拉旅館土耳其浴袍給你們每個人！很讚吧？」

奧丁似乎對自己滿意得不得了，我們沒有人膽敢抱怨，只能夠拚命點頭，心不在焉地面露微笑。

「唔，土耳其浴袍。」湯傑說。

「唔，繼續活著。」貝利茲說。

沒有人提起勵志簽名書。

「最後呢，馬格努斯．雀斯，」眾神之父說：「我明白，你就是與洛基面對面的人，承受了令人難堪的羞辱猛攻。你想對眾神要求任何天賜的特殊恩惠嗎？」

我吞了口口水。我環顧朋友們，努力想讓他們知道，我認爲自己得到特殊的待遇並不公平。打敗洛基是團隊的功勞，這是最大的重點。讓洛基落入陷阱的方法，其實是充滿詩意地歌頌我的團隊，而非我的技巧本身很厲害。

更何況，我可沒有在褲子後面的口袋收著一張天賜恩惠的列表。我這個人需求不多，沒有天賜的恩惠也很滿足。

接著，我回想起蘭道夫舅舅最後的贖罪行爲，他努力想指引我去找克瓦希爾的蜜酒。我想起他的房子現在看起來多麼悲傷又孤單，而我與亞利思．菲耶羅在屋頂露台上又是多麼快樂和平靜。我甚至稍微回想起安德瓦利的戒指在我心裡傾訴的建議，當時我正準備把那些黃金寶藏還給魚群。

歐特哈拉。繼承。最難理解意義的盧恩字母。

「其實呢，奧丁陛下，」我說：「我想要求一項恩惠。」

47 到處都是驚奇，甚至有些是驚喜

接下來就是普通的回家旅程。

搭乘高爾夫球車，努力回想我們的戰船停泊在哪裡，航行進入一條未知河流變幻莫測的河口，再遭到急流吸入，把我們射進瓦爾哈拉的地下水道，從移動的船上跳出去，然後眼睜睜看著「大香蕉」消失在黑暗中，無疑是要去搭載下一群幸運的冒險家，準備奔赴榮耀與死亡，以便拖延諸神黃昏的惡作劇。

其他英靈戰士視我們為英雄熱烈歡迎，帶我們前往宴會廳舉行盛大的慶功宴。我們發現赫爾吉幫莎米拉安排了特別的驚喜，這都要感謝奧丁親自向他透露消息。有個人站在我們平常坐的桌子旁邊，看起來非常困惑，他的脖子上掛了一塊名牌，上面寫明：「訪客。凡人！千萬別殺！」那個人是阿米爾．法德蘭。

看到莎米時，他眨了好幾次眼。「我……我完全搞糊塗了。你是眞的嗎？」

莎米拉用雙手摀著自己的臉，兩眼滿是淚水。「噢，我是眞的。我現在好想抱你。」

亞利思指著魚貫湧入準備吃晚餐的群眾。「你最好不要喔，畢竟我們全都是你在這裡廣義的家人，你有好幾千名全副武裝的男性監護人在場。」

我意識到亞利思把自己包括在那群人裡面。回家途中的不知何時，他已經轉變成男性了。

「這是……」阿米爾滿心驚奇地望著四周。「莎米，這就是你工作的地方？」

莎米拉發出的聲音介於笑聲和喜極而泣之間。「是的，我的愛。是的，就是這裡。而今天是開齋節，對吧？」

阿米爾點點頭。「我們家人今晚準備一起吃晚餐。就是現在。我不知道你有沒有空……」

「有！」莎米拉轉向我。「你可以幫我向領主們道歉嗎？」

「不需要道歉，」我向她保證，「這樣表示齋戒月結束了嗎？」

「對！」

我笑了起來。「這星期找個時間，我帶你出去吃午餐。我們要在陽光下吃東西，而且大笑特笑。」

「說定了！」她張開雙臂。「隔空擁抱。」

「隔空擁抱。」我附和說。

亞利思嘻嘻笑。「如果你們全都能體諒我，看來他們需要我去執行監護人的職責。」

我並不想體諒他，但我沒有選擇的餘地。莎米、阿米爾和亞利思衝出去慶祝開齋節，大啖美味的食物。

至於我們其他人，整個晚上就是喝蜜酒，還有人在你背上拍了好幾千次，以及聆聽領主們發表演說指出他們有多偉大，連他們以前的英雄素質也遠比現在好很多。我們頭頂上方，在「拉雷德之樹」的枝椏間，松鼠、袋熊和小鹿像平常一樣在我們周圍跑來跑去。女武神則穿梭各處，忙著供應食物和蜜酒。

到了宴會的尾聲，湯瑪斯．小傑佛遜試著教我們唱一些舊日的進行曲，來自他以前參加的麻薩諸塞州第五十四志願步兵團。半生人．岡德森和瑪洛莉．基恩一下子彼此互扔盤子、在走道上扭打成一團，一下子又親吻起來，其他維京人見狀都笑翻了。看到他們又在一起，我心裡很高興……不過也讓我覺得有點空虛。

貝利茲恩和希爾斯東已經變成瓦爾哈拉的常客，赫爾吉宣布他們成爲旅館的榮譽賓客，可以隨他們高興自由進出，不過他也特別指出，他們沒有房間，沒有迷你冰箱的鑰匙，也不能永生不死，所以他們必須小心行事，避開所有會飛的拋射物體。貝利茲和希爾斯獲得巨大的頭盔，上面寫著「榮譽英靈戰士」，不過兩人的神情看來不是很開心。

慶功宴漸漸結束，貝利茲恩拍拍我的背，由於這一晚接受其他人拍了太多下，實在痛死了。「小子，我們要閃人了。得去睡一下。」

「你們確定嗎？」我問。「每個人都要去第二攤。我們要在一大池巧克力的兩邊舉辦拔河比賽喔。」

「聽起來很好玩，」希爾斯東以手語說：「不過我們明天見。是嗎？」

我知道他要問的是：我說要遵循的計畫是認眞的嗎？就是我向奧丁要求的恩惠。

「是的，」我承諾說：「就是明天。」

貝利茲笑逐顏開。「馬格努斯，你是好人。那一定超棒的！」

拔河比賽很好玩，雖然我們這一隊輸了。我想，原因在於我們的最後一個人是杭汀，而他很想泡在巧克力裡面。

晚上結束時，我筋疲力盡，非常開心，渾身都是巧克力糖漿。我搖搖晃晃回到房間，經過亞利思．菲耶羅的房門口時，停了一下子聆聽聲音，但什麼都沒聽到。他可能還在外面，與莎米和阿米爾享受開齋節吧。

希望他們大大慶祝一番。他們值得好好慶祝。

我蹣跚走進房間，站在玄關，全身的巧克力滴得地毯上到處都是。幸好旅館有強大的魔法清潔服務。我還記得第一次進入房間，那一天我從朗費羅橋摔下去死掉。我以驚嘆的眼光看著所有設備，包括廚房、書房、沙發和巨大的電視螢幕，還有好大的中庭，透過枝枒可以見到夜空的滿天星斗閃閃發亮。

如今壁爐架上的照片愈來愈多了，每星期神奇地出現一、兩張。有些是我家人的老照片，有我媽、安娜貝斯，甚至有蘭道夫舅舅和他的妻女渡過快樂時光。不過也有一些比較新的照片，有我和十九樓的朋友，還有一張是我、貝利茲和希爾斯仍然無家可歸的時候，我們借了某人的相機拍下團體自拍照。瓦爾哈拉旅館到底怎麼從宇宙蒼穹取得這些照片，我實在搞不懂。也許海姆達爾幫所有的自拍照建立了雲端資料庫吧。

這是第一次，我意識到走進這個房間的感覺像是回家。我可能不會永遠住在這間旅館。事實上，今天中午我根本在自己終有一天會死掉的地方吃午餐。不過……這裡感覺像是高掛配劍的好地方。

說到這點……我取下項鍊，小心不要吵醒傑克，然後把他的盧恩石墜子放在咖啡几上。他安心地嗡嗡睡著，可能夢到波西的波濤劍和他熱愛的所有其他武器吧。該怎麼找到天神布拉基，請他幫傑克寫一篇史詩呢？我實在是不知道，但那是改天才要煩惱的問題。

我才剛把吸飽巧克力的黏答答上衣脫掉，這時背後有個聲音說：「你開始更衣之前，可能會想關上門吧。」

我轉過身。

亞利思倚著門框，雙手交叉在鐵鍊盔甲背心胸前，粉紅色眼鏡低垂在鼻頭上。他不可置信地搖搖頭。「你輸了泥巴摔角比賽嗎？」

「呃。」我低頭看。「是巧克力。」

「好吧。我不打算問。」

「開齋怎麼樣？」

亞利思聳聳肩。「很好吧，我想。一大堆快樂的人參加派對。大量的食物和音樂。親戚彼此擁抱。實在不是我的場子。」

「對喔。」

「莎米和阿米爾有他們全家人好好陪伴，所以我就走了。他們看起來……開心還不足以描述。快樂？狂喜？」

「神魂顛倒？」我提議說：「欣喜若狂？」

亞利思迎上我的目光。「對啦。那樣可以。」

滴。滴。巧克力從我的指尖滴落，徹底滑順又吸引人。

「所以，總之，」亞利思說：「我正在想你的提議。」

我喉頭一緊，不禁納悶自己是不是對巧克力過敏而不自知，結果要以這種有趣新穎的方法死掉。

「我的什麼？」我啞著嗓子問。

「關於大宅，」他澄清說：「不然你以爲我指的是什麼？」

「當然沒有。關於大宅的提議。那是當然的啦。」

「我想要參一腳，」他說：「我們什麼時候開始？」

「呃，太好了！明天我們可以事先勘查一下。我會拿到鑰匙，然後等律師完成他們的程序。也許幾個星期吧？」

「太棒了。快去淋浴一下吧，你好噁。明天早餐見。」

「好。」

他轉身離開，然後遲疑一下。「還有一件事。」

他走向我。「我也一直想著你那番永恆之愛還是什麼的告白。」

「我沒有……那不是……」

他的雙手捧起我黏答答的臉，吻了我。

我不得不好奇地想：一個人有沒有可能溶解成巧克力的分子層次，然後在地毯上溶成一灘？因爲我的感覺就像這樣。

我相當確定在這個吻的過程中，瓦爾哈拉必須讓我重新復活好幾次，否則等到亞利思的唇終於離開時，我不知道自己怎麼可能保持完整。

他仔細端詳我，棕色和琥珀色的眼睛深深望著我。他現在有巧克力鬍髭和山羊鬍了，巧克力也往下滴到運動背心上。

我要坦白說。我的腦袋有一小部分想著：「亞利思現在是男性。我剛剛與一位老兄接吻。我到底有什麼感覺呢？」

腦袋的其他部分則回答：「我剛剛是與亞利思．菲耶羅接吻。感覺超棒的啊。」

事實上，我可能做了顯然很糗又很蠢的事，就像上述永恆之愛的告白一樣，不過亞利思饒了我。

「呃。」他聳聳肩。「我一直在想這件事。我會再回來找你。同時，一定要淋浴一下。」

他離開了，嘴裡吹著口哨，可能是電梯裡的法蘭克·辛納屈的曲子〈帶我飛向月球〉。

我很善於聽命行事。我去淋浴。

48 雀斯屋變成一種地方

奧丁的律師很厲害。

兩星期之內，所有的文書作業都完成了。奧丁必須與波士頓的許多單位爭辯周旋，包括都市規畫委員會、市長辦公室和好幾個鄰里協會，不過他以破紀錄的時間清除那些障礙；要達成這樣的目標，就只有金錢無限和具備勵志演說背景的天神才辦得到。安娜貝斯很樂意簽字轉讓。

「馬格努斯，我覺得這樣超讚，」她從加州打電話說：「你眞是太令人驚奇了。我……我現在有點需要好消息。」

這番話讓我的耳朵嗡嗡響。安娜貝絲爲什麼聽起來好像在哭？

「表姊，你還好吧？」

她停頓良久。「我會很好。我們……我們來這裡的時候接到一些壞消息。」

我等著，但她沒有詳細說明。我沒有催促，如果想說而且可以說，她一定會告訴我，然而，我眞希望透過電話把她拉過來，擁抱她一下。如今她在另一岸，我眞想知道何時才能再見她一面。英靈戰士到底能不能去美國西岸呢？我得問問莎米拉。

「波西還好嗎？」我問。

「是啊，他很好，」她說：「嗯……跟預期中差不多。」

我聽到背景傳來他的模糊聲音。

「他想要知道，他的建議對你這趟航海旅程有沒有幫助。」安娜貝斯幫忙轉達。

「絕對有，」我說：「告訴他，我整趟旅程一直夾緊屁股，完全聽他的。」

這番話引爆笑聲。「我會告訴他。」

「你好好保重。」

她發著抖吸口氣。「我會。你也是。等下次見到你再多聊一下。」

這讓我懷抱希望。會有下次見面機會。無論我表姊的生活發生什麼事，無論她正在處理什麼樣的壞消息，至少我和朋友們幫她和波西爭取到諸神黃昏的緩刑。希望他們有機會過著幸福快樂的日子。

我說聲再見，然後回去工作。

再過兩星期，雀斯大宅開張大吉。

我們的第一批客人是在七月四日美國獨立紀念日搬進來。我和亞利思花了好幾天，終於說服他們相信我們的提案是認眞的，絕非詐騙。

「我們很了解你們的處境，」亞利思對這些孩子說：「我們也曾經無家可歸。你們想待多久或多短時間都沒關係。不批評，不期待，只有互相尊重，好嗎？」

他們走進來，瞪大雙眼且餓得發抖，而他們留下來了。我們沒有向附近鄰里大肆宣傳這個地方。我們不想小題大作，更不想太刺激鄰居。不過在法律文件上，這棟大宅稱爲「雀斯屋」，爲無家可歸的年輕人提供居所。

貝利茲恩和希爾斯東搬進來住，爲孩子們擔任廚師、裁縫師和人生導師。希爾斯教他們學手語，貝利茲讓孩子們在他開的店「貝利茲恩嚴選」工作，那裡剛好開在同一條街上，也趕在購物旺季重新開幕。

我和亞利思穿梭於瓦爾哈拉和大宅之間，幫忙招募新的孩子。他們有些人待了很長時間，有些則不。有些人只想吃個三明治、偷點錢，或者晚上有床睡，到了隔天早上就不見人影。那沒關係。不批評。

有時候，我經過某間臥房，發現亞利思緊緊抱著某個新來的孩子，那孩子好幾年來第一次哭泣；亞利思待在他們身邊，聆聽，理解。

她會抬起頭，然後擺擺頭，示意要我離開，意思像是說：「雀斯，給我一點空間。」

開張的第一天是七月四日，我們在屋頂露台爲客人舉辦派對，貝利茲恩和希爾斯東燒烤漢堡和熱狗。孩子們跟我們待在一起，觀賞河濱公園哈奇貝殼劇場[74]上空的絢爛煙火，火光的劈啪聲穿透低矮的雲層，將後灣區的褐石房屋染成紅色和藍色。

我和亞利思坐在休閒椅裡彼此依偎，這裡就是幾個星期前，我們在蘭道夫的書房殺死那匹狼之後所坐的同一個地方。

她的手伸過來牽著我的手。

自從我們以隱形人之姿走向幽冥之船後，她還沒有牽過我的手。我沒有對這個舉動提出

[74] 哈奇貝殼劇場（Hatch Shell）位於波士頓查爾斯河畔的河濱公園，是一座戶外音樂廳，每年美國國慶日都在此舉辦慶祝活動，包括波士頓大眾樂團的音樂會，以及晚上的煙火表演。

質疑，也沒有視之爲理所當然。我決定好好享受這一刻。你和亞利思在一起就得這麼想。她無時無刻不斷變化，每一個時刻都不會持續很久。你得好好享受當下的每一刻。

「這樣很好。」她說。

我不曉得她指的是我們所實現的「雀斯屋」，還是煙火，抑或是交握的雙手，但我全都同意。「對呀。眞的很好。」

我想著未來可能發生的狀況。我們身爲英靈戰士的職務永遠不會結束。直到諸神的黃昏來臨之前，我們永遠有接待不完的客人，也有打不完的戰鬥。而且我還得去找天神布拉基，說服他幫傑克寫一首史詩。

而且，我也從歐特哈拉學到很多事，知道你所繼承的一切讓你永遠不孤單。正如同希爾斯東必須重返亞爾夫海姆，我也還有一些困難的事情需要面對，其中最重要的是：通往赫爾海姆的黑暗道路、我那些死去親戚的呼喊聲，以及我媽的召喚。赫爾曾經答應我，總有一天我會再見到我媽。洛基也曾語出威脅，我對他的所作所爲會讓我家人的靈魂蒙受苦難。到最後，我必須找到亡者棲身的冰凍大地，親眼去看看那裡。

但是此時此刻，我們有煙火。我們有好多朋友，有新朋友也有老朋友。我有亞利思·菲耶羅在我身邊，握住我的手。

這一切有可能隨時終止。英靈戰士都知道我們註定要死，世界終將終結，大格局無法改變。但在此同時，就像洛基曾經說過的，我們可以選擇改變其中的細節。我們就是以這種方式掌控自己的命運。

有時候，連洛基說的話都有其道理。

阿斯嘉末日

幽冥之船

文 / 雷克・萊爾頓　譯 / 王心瑩

主編 / 林孜懃　封面設計 / 唐壽南　內頁排版 / 連紫吟・曹任華
行銷企劃 / 鍾曼靈
出版一部總編輯暨總監 / 王明雪

發行人 / 王榮文
出版發行 / 遠流出版事業股份有限公司　104005台北市中山北路一段11號13樓
電話：(02)2571-0297　傳眞：(02)2571-0197　郵撥：0189456-1
著作權顧問 / 蕭雄淋律師
輸出印刷 / 中原造像股份有限公司
□ 2018年7月 1 日 初版一刷
□ 2023年1月 5 日 初版六刷

定價 / 新台幣399元 (缺頁或破損的書，請寄回更換)

ISBN 978-957-32-8310-2
遠流博識網 http://www.ylib.com　E-mail:ylib@ylib.com
遠流雷克萊爾頓奇幻欄 http://www.facebook.com/thekanefans

MAGNUS CHASE AND THE GODS OF ASGARD：THE SHIP OF THE DEAD

國家圖書館出版品預行編目（CIP）資料

阿斯嘉末日：幽冥之船／雷克・萊爾頓
（Rick Riordan）著，王心瑩譯. -- 初版.
-- 臺北市：遠流，2018.07
面；　公分
譯自：Magnus chase and the gods of asgard : the ship of the dead
ISBN 978-957-32-8310-2(平裝)

874.57　　107009217